SOPHIE BONNET

Provenzalischer Rosenkrieg

Autorin

Sophie Bonnet ist das Pseudonym einer erfolgreichen deutschen Autorin. Mit ihrem Frankreich-Krimi »Provenzalische Verwicklungen« begann sie eine Reihe, in die sie sowohl ihre Liebe zur Provence als auch ihre Leidenschaft für die französische Küche einbezieht. Mit Erfolg: Der Roman begeisterte Leser wie Presse auf Anhieb und stand monatelang auf der Bestsellerliste, ebenso wie die darauffolgenden Romane um den liebenswerten provenzalischen Ermittler Pierre Durand. Die Autorin lebt mit ihrer Familie in Hamburg.

Die Romane der Pierre-Durand-Reihe:

Provenzalische Verwicklungen · Provenzalische Geheimnisse · Provenzalische Intrige · Provenzalisches Feuer · Provenzalische Schuld · Provenzalischer Rosenkrieg · Provenzalischer Stolz · Provenzialischer Sturm · Provenzialische Täuschung (Paperback-Ausgabe)

Sophie Bonnet

Provenzalischer Rosenkrieg

Ein Fall für Pierre Durand

blanvalet

MIX
Papier | Fördert gute Waldnutzung
FSC® C014496

Penguin Random House Verlagsgruppe FSC® N001967

3. Auflage

Redaktion: Angela Troni
Umschlaggestaltung: www.buerosued.de
Umschlagmotiv: iStock.com/bbtomas
DN · Herstellung: wag
Satz: Mediengestaltung Vornehm GmbH, München
Druck und Bindung: GGP Media GmbH, Pößneck
Printed in Germany
ISBN 978-3-7341-0898-3

www.blanvalet.de

Prolog

Er sah über das Wasser, dorthin, wo das Boot aus seinem Sichtfeld verschwunden war. Das Meer war ruhig, beinahe reglos, übergossen vom Weiß der Mittagssonne. Geblendet wandte er sich ab, folgte dem Farbverlauf von Tiefblau hin zu grünlichem Schwarz. An der Küste würden die Wasser die Farbe schimmernder Smaragde haben, funkelnd und blitzend in der Bewegung der ans Ufer rollenden Wellen.

Als sie losgefahren waren, war das Meer noch aufgewühlt gewesen. Der Wind hatte unzählige kleine Wellentürme hin und her geschoben, als seien sie Figuren eines Schachspiels. Die Bewegungen ließen das Boot schlingern, bis das offene Meer erreicht war, aber es machte ihm nichts aus. Er liebte das Auf und Ab, die Hüpfer über die Wellenkämme, die aufgepeitschte Gischt. So, wie er das Meer liebte.

Ihm hatte er ein Parfüm gewidmet, das dank der Reduzierung auf wenige Komponenten das Bild in der Sonne schimmernder Wellen hervorrief. Er hatte die Regeln der Parfümherstellung gebrochen, sie gebeugt, um das Meer selbst einzufangen, das ozeanisch Transparente, die flirrende Leichtigkeit. Eine kaum wahrnehmbare Brise und doch präsent.

Lange drohte das Projekt an der Unmöglichkeit zu scheitern, den Geruch so nachzubilden, dass er harmonisch mit der Haut verschmolz, ohne sich zu verändern. Doch nun hatte er es geschafft. Es war ihm gelungen, einen Meeresduft zu kreieren, der ohne Umwege, ohne jede Ablenkung direkt ins limbische

System vordrang, wo er eine Gefühlsexplosion hervorrief, die den Träger unweigerlich euphorisierte. Es war ein Zufallstreffer gewesen, wie in den Historien vieler erfolgreicher Parfüms, dank einer unerwartet wirkungsmächtigen Komponente. Das Ergebnis war so stimmig, als habe sie sich im Strom der Gezeiten verborgen und nur darauf gewartet, von ihm, Lucien Aubert, entdeckt zu werden.

Er lächelte.

Unzählige Parfümeure hatten versucht, diese Emotionen zu bannen. Sie alle hatten ihre Kreationen nach dem Meer benannt – Baldessarini, Armani oder Linari –, die unter der Verwendung von Zitronenverbene, Ambra oder Zedernholz Bilder von Schiffsplanken und Sonnenöl hervorriefen. Nie die der anmutig rollenden Wellen, der offenen See.

Andere warben damit, die salzige Meeresluft einzufangen, während sie in Wahrheit einen erdig-grünen Akkord aus Lavendel und Eichenmoos erschufen, Duftnoten von frisch gemähtem Gras und Melone miteinander verschmolzen oder gar den Fokus auf Küchenkräuter legten, die im Zusammenspiel mit der Narzisse das Bild eines Spaziergangs an üppig bewachsenen Küsten heraufbeschworen. Es gab sogar einen synthetischen Duft, den man Meersalz nannte und werbewirksam als Kopfnote präsentierte. Dabei war es ein Nichts, viel zu flüchtig, ohne das Riechorgan auch nur im Mindesten zu beeindrucken.

Ein Kälteschauer durchzog seinen Körper. Zitternd fuhr er mit der Zunge über die Lippen und verzog unwillkürlich den Mund.

Salz – Atem des Meeres.

Wenn Autoren schrieben, die Luft rieche nach Salz, dann dachten sie an den Geruch, den das Meer in Küstennähe verströmte. Und der in Wahrheit eine Mischung aus verendeten

Algen und der Ausdünstung eines sie zersetzenden Bakteriums war. Reines Salz duftete nicht, das war chemisch unmöglich. Die Teilchen waren zu fest im Ionengitter verankert, um sich zu lösen und als Geruch in die Nase zu steigen. Trotzdem wusste jeder Leser, was gemeint war.

»Die Luft roch nach Salz …«

Dieser Satz löste unmittelbar Sehnsucht aus, eine Erinnerung an Sommertage, an stahlblauen Himmel, an das Geräusch der Brandung, durch die man mit nackten Füßen watet. An den mit dem Meer verschmelzenden Horizont.

Ihm, Lucien Aubert, war es gelungen, genau dies einzufangen und in ein Gefühl des Glücks, der Zufriedenheit zu verwandeln.

Sein Parfüm vermochte es, für einige Atemzüge das Bedürfnis nach Weite und unendlich scheinender Freiheit zu stillen. Und nun war endlich der Zeitpunkt gekommen, um seinem *Hommage au Bleu* zu dem Erfolg zu verhelfen, den es verdiente.

Ein schmerzhafter Stich fuhr ihm in die Brust, und er rieb sie, um die Kälte zu vertreiben, die ihn immer stärker umklammerte. Sein Herz hämmerte wild, trieb das Blut mit gewaltigen Donnerschlägen durch den Körper.

»Verdammte Scheiße, warum kommt denn niemand?«

Sein Sturz musste doch längst bemerkt worden sein. Er hatte auf dem Sonnendeck gedöst, als das Boot unerwartet anfuhr und voll beschleunigte. Durch den heftigen Ruck war er von der glatten Oberfläche gerutscht, hinab ins Meer. Alles ging so schnell, dass er keine Zeit hatte zu reagieren. Das Wasser umschloss ihn kalt, es war so eisig, dass es ihm für einen Moment den Atem nahm. Dann katapultierte er sich mit kräftigen Schwimmzügen wieder nach oben, gerade rechtzeitig, bevor die reflexartig einsetzende Atmung ihm das Salzwasser in die Lunge pumpen konnte. Er winkte, schrie zwischen dem

Luftholen, in der irrigen Annahme, sein Rufen würde durch das Röhren des Motors bis zum Steuerstand dringen. Vergeblich.

Erst glaubte er, es sei ein Versehen, das schnell korrigiert werden würde. Wenn das Boot innerhalb von wenigen Augenblicken drehte, dann war die Wahrscheinlichkeit hoch, dass man ihn fand. Jede Minute aber, die darüber hinaus verstrich, machte die Suche zu einem Schicksalsspiel. Ein um nur wenige Zentimeter vom Wendepunkt abweichender Kurs konnte verheerend sein.

Doch dann erkannte er, dass das Boot nicht kommen würde und dass er einen großen Fehler begangen hatte, der ihn womöglich nun das Leben kostete.

In plötzlicher Panik bewegte er die Arme und strampelte mit den Beinen, bemüht, die zunehmende Taubheit zu vertreiben, die Kälte, die sich über seine Muskeln legte. Dabei sanken die Beine immer tiefer, als hielte ein Eisblock sie umschlossen, bis er schließlich aufgegeben hatte und sich treiben ließ.

Wie viel Zeit war seither vergangen? Fünfzehn Minuten oder bereits fünfzig?

Seine Kräfte schwanden zunehmend, lange vermochte er der Kälte nicht zu widerstehen. Trotz sommerlich warmer Luft war das Wasser eisig, die Temperatur betrug höchstens zwölf, dreizehn Grad. Warm für einen Apriltag, aber viel zu kalt für seinen Körper, der sich inzwischen anfühlte, als wolle er in Winterstarre verfallen.

»Zu Hilfe!«

Mühsam drehte er sich um seine eigene Achse. Nichts. Kein Boot, keine der vielen Jachten, die die nahe Bucht im Halbstundentakt ansteuerten. Sie waren zu weit draußen gewesen, abseits der üblichen Routen.

Plötzlich spürte er, wie sein Herz verkrampfte.

Nein, er konnte nicht länger warten und auf Hilfe hoffen, er musste selbst versuchen, ans Ufer zu gelangen, und zwar rasch!

Er blickte sich um, suchte die rettende Küste. Doch wohin er auch sah: überall nur Meer. Dann endlich glaubte er in einiger Entfernung einen Punkt auszumachen, der sich langsam auf ihn zubewegte.

Ein Boot! War es gekommen, um ihn zu retten?

Er würde ihm entgegenschwimmen, er musste es schaffen. Nein, er wollte nicht sterben, er hatte doch gerade erst begonnen, seine Freiheit zu genießen.

Ich habe doch noch so viele Pläne!

Entschlossen ruderte er mit den Armen, jede Bewegung war schmerzhaft. Nach wenigen Metern war es ihm, als schwimme er in Beton. Hektisch fing er an zu zwinkern, versuchte, die Benommenheit zu vertreiben, die sich seiner Gedanken bemächtigte, seiner Gedanken, die keinen Halt mehr fanden, sich verloren, mit den Wellen trieben … Bis er spürte, dass er sich in ihnen auflöste und sich dem Meer überließ. Eins mit ihm wurde.

Das Letzte, was er vor seinem inneren Auge wahrnahm, war das verschwommene Bild einer stürmischen Gewitternacht. Noch im selben Moment, als er die Lider schloss und zu sinken begann, erkannte er, dass er etwas übersehen hatte. Und dass er sie hätte warnen sollen.

1

»*Salut*, hier bin ich.«

Die Tür zur Wache schob sich auf, und mit der jungen Frau, die einen nach oben geklappten Schirm umklammert hielt, kam auch der Regen in den Raum.

»Moment, ich helfe Ihnen.« Pierre, der sich gerade gemeinsam mit seinem Assistenten Luc Chevallier über eine Akte gebeugt hatte, richtete sich auf und eilte ihr entgegen. Er hielt ihr die Tür auf und verschloss sie rasch wieder, bevor die hineindrängenden Tropfen auf dem Boden zu Pfützen werden konnten.

Die junge Frau schob die Kapuze ihrer Jacke zurück und zupfte eine hellblonde Haarsträhne zurecht, die sie zu einem seitlichen Zopf gebunden hatte.

»Danke.« Mit einem Ruck versuchte sie, den Schirm wieder in seine ursprüngliche Form zu biegen, und gab schließlich mit einem Schulterzucken auf. »Das ist schon der dritte in dieser Woche. Gibt es hier irgendwo einen Mülleimer?«

Pierre nahm ihr den Schirm ab, trug ihn in die Kaffeeküche, die zwischen dem Vorraum und seinem Büro lag, und warf ihn in die Tonne. »Mistwetter!«, murmelte er.

So ging es nun schon seit Wochen. Als Ende April eine Schönwetterfront über die Provence zog, hatten sie alle geglaubt, das Schlimmste sei endlich überstanden. Nur um wenige Tage später festzustellen, dass sie sich geirrt hatten, da es nur eine kurze Atempause gewesen war, bevor die nächste

Kältewelle heranrollte. Seither war kaum ein Tag vergangen, an dem es nicht regnete, die Meteorologen sprachen vom schlechtesten Wetter seit gut sechzig Jahren. Selbst in Deutschland, wo ein Teil der Familie seiner Freundin Charlotte lebte, war das Wetter besser, geradezu sommerlich. Während sich die Temperaturen dort bei vollkommener Trockenheit auf irrwitzige dreißig Grad zubewegten, kamen sie im Luberon auf gerade einmal siebzehn. Und das auch nur zur Mittagszeit. Da war es wenig tröstlich, dass der Regen – wie in den Medien unermüdlich betont wurde – nach der historischen Dürreperiode vom Vorjahr ein Segen für die Natur sei und dringend notwendig, um die Grundwasservorräte aufzufüllen. Die Hälfte davon hätte sicherlich auch gereicht.

Brummelnd ging Pierre zurück in den Vorraum, wo sich Luc inzwischen der jungen Dame angenommen hatte.

»Wie kann ich Ihnen weiterhelfen?«

»Ich bin Penelope Brunel. Bin ich zu spät?«

»Penelope … wer?« Luc warf Pierre einen fragenden Blick zu.

»Na, die Neue.« Die junge Frau betrachtete die vielen unbearbeiteten Akten und Zettel, die sich inzwischen nicht nur auf den Schreibtischen und in den Regalen stapelten, sondern auch auf Fußböden und Fensterbänken. »Ach du Schande! Das wird echt höchste Zeit.«

»Mademoiselle Brunel!« Sie war die neue Sekretärin, verdammt, er hatte sie vollkommen vergessen. Pierre streckte ihr die Hand entgegen. »Herzlich willkommen! Mein Name ist Pierre Durand, *Chef de police municipale*. Und das hier ist Luc Chevallier, mein Assistent.«

Arnaud Rozier hatte sie eingestellt, das war im März gewesen. Eine der letzten Amtshandlungen des alten Bürgermeisters, bevor er sich ins Privatleben zurückgezogen hatte. Mit tränenverschleiertem Blick hatte er die Hände auf Pierres Schultern gelegt und ihm versichert, wie stolz er immer auf seinen *Chef de police* gewesen sei. Und dass es ihm endlich gelungen sei, den Gemeinderat davon zu überzeugen, die lang ersehnte Sekretariatsstelle zu bewilligen. Der Name der neuen Mitarbeiterin sei Mademoiselle Brunel, und ab Mitte Mai werde sie dafür sorgen, dass endlich wieder Ordnung in die kleine, von der zunehmenden Verwaltungsarbeit überforderten *police municipale* komme.

Rozier hatte dabei die Arme ausgebreitet, als sei dies ein großzügiges Geschenk und keineswegs dringend notwendig, um den ihm gebührenden Dank entgegenzunehmen, den Pierre ihm schmunzelnd gewährte.

So war er eben, der ehemalige Bürgermeister. Selbstgefällig, jovial, leutselig. Dennoch hatte er sich in den vergangenen Monaten zum Positiven entwickelt. Seit dem letzten Fall war er wie geläutert, wesentlich aufmerksamer und umgänglicher als zuvor, aber es gab Dinge, die würden sich wohl nie ändern, nicht mal in hundert Jahren.

»Ich kann Ihnen gar nicht sagen, wie froh ich bin, dass Sie bei uns anfangen, Mademoiselle Brunel«, sagte Luc in diesem Augenblick und schüttelte der jungen Frau überschwänglich die Hand.

»Nennen Sie mich bitte Penelope. Mademoiselle klingt so furchtbar alt.«

»In Ordnung, Penelope. Ich bin Luc.«

Pierre musterte die Kollegin, die sich sichtbar skeptisch an ihrem zukünftigen Arbeitsplatz umsah. So als überlege sie, die Wache fluchtartig wieder zu verlassen.

Er seufzte.

Tatsächlich hatte er gehofft, die Neue wäre eine gestandene Frau wie Gisèle, die bestens vernetzte Empfangsdame des Bürgermeisteramts. Die Seele des Dorfes kannte jeden und fand trotz ihrer Abneigung gegen technische Neuerungen immer Mittel und Wege, Pierre mit den dringend benötigten Informationen zu versorgen. Korrekt, geordnet und pflichtbewusst.

Penelope Brunel wirkte wie das genaue Gegenteil. Sie mochte Anfang zwanzig sein, vielleicht ein, zwei Jahre älter, so genau konnte er es bei der Frisur nicht sagen. Das hellblond gefärbte Haar mit der hochgebundenen Strähne hatte etwas Mädchenhaftes, die Bluse mit dem Glockenrock erinnerte an eine Schuluniform. Aber ihre großen Augen, und das war ermutigend, waren hellwach und blitzten vor Tatendrang.

Pierre wies ihr den freien Schreibtisch zu, der sich ebenso wie der seines Assistenten im Vorraum befand, zeigte ihr, wo sie ihre persönlichen Sachen verstauen konnte und wie die digitale Zeiterfassung funktionierte, die der neue Bürgermeister Maurice Marechal hatte installieren lassen. Er überließ es Luc, sie mit der täglichen Arbeit vertraut zu machen, zog sich in sein Büro zurück, schloss die Tür und atmete tief durch.

Es setzte ihm zu, dass er den Tag, an dem die Schreibkraft endlich ihren Dienst beginnen sollte, vergessen hatte. Dabei hatte Marechal sie vergangene Woche noch extra angekündigt. Aber die Arbeit hatte sich dermaßen aufgestaut, dass er jeden Morgen in sie eintauchte und sich mit einem Tunnelblick durch die Aktenberge arbeitete, ohne dass diese am Abend kleiner geworden wären, weil ständig neue Anträge hinzukamen.

Mit verschränkten Armen schaute Pierre durch das Fenster auf den Hinterhof, der bei schönem Wetter von Leinen durchzogen war, auf denen bunte Wäsche flatterte. Heute waren nur die Mülltonnen des *Chez Albert* zu sehen. Ein trostloser Anblick, dachte er, während er sich wieder an seinen Platz setzte, ebenso trostlos wie jeder einzelne Tag, an dem er sich mit den leidigen Auswüchsen der zunehmenden Bürokratie beschäftigte.

Widerwillig rückte er seinen Stuhl zurecht. Vor ihm lag

die Akte eines stillgelegten Fahrzeugs, das seit Monaten nicht bewegt worden war und dessen Fahrer nun ausfindig gemacht werden musste. Er öffnete sie, holte das entsprechende Formular hervor und seufzte erneut.

So hatte er es sich nicht vorgestellt, das Leben als *Chef de police municipale* dieses bezaubernden Bergdorfes mit seinen warmherzigen, skurrilen Bewohnern. Als er den Posten als *Commissaire* im fernen Paris gegen das Leben eines Dorfpolizisten eingetauscht hatte, war es ihm wie ein Befreiungsschlag erschienen. Auf ihn hatte ein beschaulicher Alltag gewartet, der zuweilen von Kriminalfällen unterbrochen war, bei denen er – aus alter Gewohnheit und nicht immer zur Freude der zuständigen Beamten – ermittelte. Aber seit Einführung des Datenschutzgesetzes hatten die bürokratischen Pflichten dermaßen überhandgenommen, dass er sich immer öfter bei dem Gedanken erwischte, lieber im Bett bleiben zu wollen, statt zur Arbeit zu gehen.

»Das liegt sicher am Wetter«, hatte Charlotte gesagt, als er ihr beim Frühstück gestand, wie sehr ihn seine momentane Arbeitssituation nervte. »Du wirst sehen, sobald die Sonne scheint, sieht die Sache wieder anders aus.«

Er schüttelte zweifelnd den Kopf. Charlotte hatte gut reden. Sie brannte für ihre Arbeit! Innerhalb kürzester Zeit hatte sie aus ihrer *Épicerie*, in der sie auch Gerichte zum Mitnehmen anbot, jeden Tag frisch zubereitet und mit wechselnder Wochenkarte, einen beliebten Anlaufpunkt für Gäste und Einheimische gemacht. Es gab kaum eine Feier und keinen Empfang, für die sie nicht das Catering übernahm, sodass sie sich noch vor Weihnachten einen gebrauchten Lieferwagen gekauft hatte, um all die Einkäufe zu bewältigen und die Platten und Schüsseln auch zu den Häusern außerhalb des Dorfes zu transportieren.

Pierre sah von dem Formular auf und drehte sich erneut zum Fenster, starrte auf die Regentropfen, die gegen die Scheibe schlugen und in kleinen Rinnsalen hinabglitten.

Anfang April hatte Charlotte neben ihrer Küchenhilfe Jean noch zwei weitere Kräfte eingestellt: die Köchin Marianne, die Charlotte mit tiefer Dankbarkeit zur Seite stand, weil sie sich schon fast damit abgefunden hatte, mit Anfang sechzig keine Anstellung mehr zu finden. Außerdem Isabelle Poncet, eine der beiden Töchter des örtlichen Mechanikers, die sich seit der Teilnahme an Charlottes Kochkurs für die heimische Küche begeisterte und nun als Verkaufskraft hinterm Tresen stand.

Und ganz nebenbei, so als sei es nichts weiter als ein Spaziergang, organisierte Charlotte in regelmäßigen Abständen gemeinsam mit dem Sommelier Martin Cazadieu Genussreisen durch die Provence, die sich größter Beliebtheit erfreuten. Sogar ein Kochbuch hatte sie geschrieben.

Pierre seufzte. Vier Monate waren vergangen, seit Charlotte und er zusammengezogen waren. Es war die beste Entscheidung seines Lebens, und doch führte sie ihm nun täglich vor Augen, welchen Unterschied es machte, wenn der Beruf einen erfüllte.

Eine graue Katze sprang auf den steinernen Absatz vor dem Fenster und lugte herein. Erschrocken löste sich Pierre aus der Erstarrung und beschloss, sich einen Kaffee mit unanständig viel Zucker zu holen. Damit ließe sich vielleicht keine Begeisterung herbeizaubern. Aber sicher das nötige Durchhaltevermögen.

2

Aus dem Vorraum drang fröhliches Lachen. Pierre hob den Kopf, rieb sich den Nacken und sah auf die Uhr. Es war Viertel vor zwölf, und sein Magen machte sich mit einem Grummeln bemerkbar. Der Stapel der zu erledigenden Dinge war durchaus ein wenig geschrumpft, es sprach also nichts dagegen, die Mittagspause vorzeitig einzuläuten.

Er stand auf, nahm seine Jacke vom Haken und zog sie über. Dann ging er in den Vorraum, wo Luc und Penelope Schulter an Schulter vor ihrem Computer saßen und die Köpfe zusammensteckten.

»Ich bin dann mal weg.«

Luc sah auf. »Wo willst du hin?«

»Patrouillieren.«

»Bei dem Wetter?«

»Die Sicherheit der Dorfbewohner ist mir auch bei Regen ein Anliegen.«

Luc grinste. Jeder wusste, was es hieß, wenn Pierre auf Patrouille ging: den Kopf frei machen, durchatmen, den Gedanken ihren Lauf lassen. Oder: etwas zu essen organisieren.

»Bringst du mir was mit?«

»An was hast du gedacht?«

Luc warf einen Blick auf die Wochenkarte der *L'Épicerie provençale*, die an der Korbtafel neben einem Plan von Sainte-Valérie und dem Veranstaltungskalender hing, auf dem der nächste Termin – ein Bouleturnier – rot umkreist war.

»Eine Portion Kartoffel-Ziegenkäse-Auflauf mit Oliven. Und ein Stück von der Rosencremetorte, ja? Ich denke, wir werden die Mittagspause durcharbeiten, damit Penelope am Nachmittag selbständig weitermachen kann.«

»So schnell? Meinst du nicht, wir sollten ihr mehr Zeit geben, um sich im System zurechtzufinden?«

»Unsinn. Penelope ist echt schlau, in null Komma nichts hat die das drauf.« Er nickte ihr anerkennend zu. »Du bist wirklich toll. Auf so jemanden haben wir lange gewartet.«

Die Angesprochene errötete.

Pierre runzelte die Stirn. Eine eigenartige Stimmung hing im Raum. Ein Flirren, das Lucs Freundin Florence sicher nicht behagen würde.

»Soll ich Ihnen auch etwas mitbringen?«, fragte er die junge Kollegin.

»Oh ja, gerne. Die Torte klingt lecker.«

Pierre nickte. Er zog die Kapuze seiner Jacke tief ins Gesicht und trat vor die Tür. Der Regen hatte fast noch an Intensität gewonnen, stürzte auf das Steinpflaster und spritzte zu allen Seiten.

Unter dem Schutz der Kapuze eilte er in Richtung der *Rue du Pontis*, in der Charlottes *Épicerie* lag. Die Gassen waren wie leergefegt. Nur ein Mann in Anzug und eleganten Schuhen hastete vorüber, eine durchweichte Zeitung über dem gesenkten Kopf, er rutschte eher, als dass er ging. Es war der neue Bürgermeister, wie Pierre erst erkannte, als er bereits vorüber war. Was daran liegen mochte, dass Marechal normalerweise sehr aufrecht ging, sogar ein wenig nach hinten geneigt und mit raumgreifendem Schritt.

Nach wenigen hundert Metern erreichte Pierre jenen Teil der Stadtmauer, an dem man normalerweise einen wundervollen Blick über die frühlingshaft ergrünende Ebene hatte, bis zum Luberon. Heute jedoch versank alles hinter einem grauen Schleier. Und obwohl es erst Mittag war, brannten bereits die Lichter der Straßenlaternen und warfen ihr Licht über das nassglänzende Pflaster.

Die Fensterscheiben der *Épicerie* waren beschlagen. Eine Frau stieß gerade die Tür auf, in der Hand eine floral bedruckte Papiertüte, die inzwischen zu Charlottes Markenzeichen geworden war. Die Kundschaft liebte diese Tüten und verwendete sie gerne weiter, sei es für Einkäufe, zur Aufbewahrung oder gar als Geschenkverpackung.

Pierre trat ein und war augenblicklich von dem Geruch nach Thymian und Knoblauch umhüllt, der wohl von dem noch dampfenden *pâté en croûte* kam, einem mit verschiedenen Schichten Fleisch gefüllten Krustenbrot, das Isabelle gerade frisch aufschnitt. Vor dem Verkaufstresen hatte sich eine Schlange gebildet, aus der in diesem Moment eine alte Dame ausscherte, um sich eines der frisch zubereiteten Gerichte im Einmachglas aus dem Regal zu nehmen. Ein *coq au vin* für zwei Personen, wie Pierre im Vorbeigehen erkannte, das neben dem *cassoulet* und der Bouillabaisse zu den Gerichten gehörte, die Charlotte standardmäßig für ihre Kunden bevorratete.

Pierre drängte sich an den Wartenden vorbei in Richtung Küche und dachte, dass sie mit ihrem Konzept ein wirklich gutes Händchen bewiesen hatte.

Während das Wetter draußen nasskalte Kapriolen schlug, erzeugte drinnen die Kombination aus modernem Interieur und provenzalischem Flair eine geradezu sonnige Atmosphäre. Die Pendelleuchten tauchten den Tresen in warmes Licht, und das helltürkis gemusterte Fliesenschild, auf dem die Kreidetafel mit den Wochengerichten angebracht war, erinnerte unwillkürlich an das Meer oder an einen klaren provenzalischen Morgenhimmel.

»Bonjour, Isabelle!«, rief er der Verkäuferin zu und eilte nach hinten.

»Salut, Pierre.«

Charlotte stand mit dem Rücken zu ihm. In der Hand einen Teller mit Rosencremetorte, die sie einer Frau mit rotbraunen, zu einem hohen Zopf gebundenen Haaren hinhielt.

»Es schmeckt wunderbar«, sagte die Fremde. Sie leckte die Gabel noch einmal ab und sah auf. »Du hast Besuch.«

Charlotte drehte sich um, strahlte ihn an. »Das ist er, mein Pierre!« Sie stellte den Teller ab und gab ihm einen Kuss. Dann wies sie mit geradezu huldvoller Bewegung auf die Frau. »Darf ich vorstellen? Das ist Anouk, meine Freundin aus Banyuls-sur-Mer.«

»*Die* Anouk?« Pierre fiel auf, dass er noch nie eine von Charlottes Freundinnen kennengelernt hatte. Was wohl daran lag, dass sie in Deutschland aufgewachsen und während ihrer Ausbildung zur Köchin durch ganz Frankreich gereist war. Die Sommerferien hatte die Familie stets in der Heimat ihrer südfranzösischen Mutter verbracht, und Anouk hatte Charlotte in dem Zusammenhang mehrfach erwähnt. Er streckte ihr die Hand entgegen. »Freut mich sehr.«

»Mich ebenfalls.«

Hellgraue Augen, unter denen dunkle Schatten lagen. Ein breiter, wohlgeformter Mund. Als sie den Händedruck erwiderte, umgab sie der Hauch eines Parfüms. Ein holzig-warmer Duft. Elegant und sinnlich. Aber auch ein wenig sperrig.

»Sie war gerade in der Nähe und hatte die spontane Idee, mich zu besuchen«, erzählte Charlotte. »Wie lange ist es her, dass wir uns gesehen haben? Drei Jahre, vier?«

»Mit Sicherheit.« Anouk lächelte, und ihr Mund wurde noch breiter. »Beim letzten Mal hast du noch in diesem Gourmetrestaurant in Marseille gearbeitet und warst mit einem Kerl zusammen, der dir die Welt zu Füßen legen wollte. Wie hieß er noch?«

»Nicolas.« Charlotte verdrehte die Augen. »Er hat sich in eine Artistin vom *Cirque du Soleil* verguckt und wollte mit ihr durch Europa touren, bevor er kalte Füße bekommen hat. Aber da wollte ich dann nicht mehr.«

»So ein Mistkerl!«

»Ich sollte ihm dankbar sein. Sonst wäre ich niemals aus Marseille fortgegangen. Und hätte Pierre nicht kennengelernt.« Charlotte schmiegte sich an ihn. »Wie lange bleibst du in Sainte-Valérie, Anouk? Wir könnten abends irgendwo was essen gehen, was meinst du? «

Die Freundin schüttelte bedauernd den Kopf. »Heute Abend muss ich wieder zu Hause sein. Ich hätte eigentlich gar nicht wegfahren dürfen, die Rosen stehen in voller Blüte. Sie sind spät dran in diesem Jahr, und wir müssen sie ernten, bevor der Regen sie verdirbt.«

»Es gibt Rosenfelder in Banyuls-sur-Mer?« Pierre hob erstaunt die Brauen.

»Nein«, antwortete Charlotte lachend. »Anouk ist vor einigen Jahren in die Nähe von Grasse gezogen. Sie hat eine alte Rosenplantage gekauft und neu bewirtschaftet. Damit beliefert sie die Crème de la Crème der Parfümindustrie.«

»Du übertreibst!« Anouk strich sich eine Strähne hinters Ohr. »Noch beliefere ich nur einen der verarbeitenden Betriebe. Aber vielleicht ändert sich das bald. Morgen kommt der Chef-Parfümeur eines Luxuslabels und will sich meine Rosen ansehen. Das ist natürlich noch streng geheim, es geht um einen Exklusivvertrag für die nächsten fünf Jahre.« Sie lächelte. „Hervé hat das für mich eingefädelt.«

»Ist das dein neuer Freund?«

»Gott bewahre, nein! Hervé ist schon über siebzig, er könnte mein Vater sein. Er ist mein Nachbar, und zwar der beste, den man sich vorstellen kann. Seine Kenntnisse über Rosendüfte sind enorm, in seinem Archiv lagert sogar ein Fläschchen Rosenwasser aus dem Jahr 1870.«

»Archiv?« Charlotte riss die Augen auf. »Sag bloß, du meinst *den* Hervé Bousquet!«

»Ja, du hast von ihm gehört?«

»Natürlich. Und du warst bei ihm im Haus?«

»Sogar mehr als einmal. Gerade gestern habe ich dort mit ihm zu Abend gegessen.«

»Wer in aller Welt ist das?«, fragte Pierre irritiert.

»Monsieur Bousquet ist der Grandseigneur der Düfte«, antwortete Charlotte mit leuchtenden Augen. »In seinem Archiv lagern mehrere tausend Blumenessenzen aus zwei Jahrhunderten und viele historische Parfüms samt Formeln. Darunter sogar welche aus dem 17. Jahrhundert. Er ist quasi das Duftgedächtnis Südfrankreichs.«

»So wie in der *Osmothèque* in Versailles?« Pierre hatte einmal darüber gelesen. Das Museum vor den Toren von Paris beherbergte eine einzigartige Sammlung von Duftstoffen aus mehreren Jahrhunderten.

»Ja«, antwortete Anouk, »nur ist das Archiv älter und privat geführt. Die Bousquets besaßen früher selbst Blumenplantagen: Jasmin, Iris, Nelken und Rosen. Hervés Urgroßvater Henri führte außerdem eine landwirtschaftliche Schule, in der er junge Landwirte in der Kunst des Parfümpflanzenanbaus unterwies. Er hatte es sich zur Aufgabe gemacht, das Vermächtnis der Duftstoffe rund um Grasse zu bewahren. Alles, was jemals extrahiert, destilliert oder mittels Enfleurage gewonnen wurde, jede Blüte, jedes Kraut, jedes Holz. Alleine von den Ölen der *Rose de Mai* existieren mehrere tausend Flakons.«

»Vielleicht«, ergänzte Charlotte, als Pierre bedauernd die

Schultern hob, »kennst du ihn auch aus der Klatschpresse. Seine Affären mit diversen Filmschauspielerinnen in den sechziger Jahren waren oft ein Thema.«

»Ja, kann sein, das kommt mir irgendwie bekannt vor.«

»Charlotte …« Anouks Gesicht sah nun ganz ernst aus. Sie warf einen Blick auf ihre Armbanduhr. »Ich muss bald los. Kannst du dir nicht ein Stündchen frei nehmen? Wir könnten gemeinsam zu Mittag essen.«

»Jetzt?« Charlotte spähte zweifelnd nach vorne. Noch immer stand eine Schlange vor dem Thekenbereich. Gerade stieß der Wind die Tür auf und trieb neue Kunden herein. »Ich kann Isabelle jetzt unmöglich alleine lassen.«

»Ach, komm schon, wir haben uns so lange nicht gesehen.«

Charlotte zögerte. »Na schön«, sagte sie endlich, »du hast recht. Wir könnten ins *Chez Albert* gehen. Begleitest du uns, Pierre?«

Er nickte und sah neugierig zu Anouk. Wer war diese Frau, der es gelang, Charlotte nicht nur inmitten der Hauptverkaufszeit in ein Gespräch zu verwickeln, sondern sie auch noch von ihren Pflichten loszueisen? Ob sie sich beim Mittagessen über ihre Jugendzeit austauschten? »Nichts lieber als das.«

Er versprach nachzukommen, sobald er Luc und Penelope das bestellte Essen in die Wache gebracht hatte. Und während er zusah, wie die Verkäuferin den Kartoffel-Ziegenkäse-Auflauf und zwei Stücke der mit gezuckerten Blättern dekorierten Rosencremetorte einpackte, dachte er, dass er sich die Gelegenheit ganz gewiss nicht entgehen lassen würde.

3

Der Regen hatte von einem Moment auf den anderen nachgelassen und der Sonne Platz gemacht, die zaghaft hinter davonziehenden Wolken hervorlugte. Gemächlich ergoss sie ihre Strahlen über die *Place du Village*, malte die grauen Fassaden bunter und die Blätter der Platanen grüner. Und als schwinge sie einen unsichtbaren Zauberstab, kam mit einem Schlag Leben in die Gassen.

Kinder stürmten über das glänzende Pflaster und sprangen in Gummistiefeln durch die Pfützen. Eine Gruppe Touristen folgte angeregt schnatternd ihrem Reiseführer, der mit hoch erhobenem Stab auf die *Église Saint-Michel* zustrebte und dabei immer wieder gen Himmel schaute, als traue er dem Frieden nicht.

Drüben beim Bouleplatz entdeckte Pierre den alten Uhrmacher Didier Carbonne, der gemeinsam mit Arnaud Rozier den Sandboden glättete, um für das Turnier zu üben, das am kommenden Wochenende stattfinden sollte.

Pierre zog die Jacke aus und hob die Hand zum Gruß, als Rozier aufblickte. Der ehemalige Bürgermeister sah erholt aus. Das zuletzt so fahle Gesicht war braun gebrannt, und Pierre fiel auf, dass der schon immer ein wenig vorgewölbte Bauch noch ein wenig stattlicher geworden war.

»He, Pierre, Moment mal!« Rozier ließ die Harke fallen und lief auf ihn zu.

»Arnaud, schön, dich zu sehen. Wie war euer Urlaub?« Pierre

klopfte Rozier auf die Schulter, als im Hintergrund ein empörtes Kläffen erklang.

»Ruhig, Beaufort!«, rief der ehemalige Bürgermeister über die Schulter in Richtung Sandplatz, wo ein weißer Hund mit grauvioletten Sprenkeln und Schlappohren an seiner um einen Baum gebundenen Leine auf- und abhüpfte. »Na ja«, sagte er, wieder an Pierre gewandt, »eigentlich ganz gut. Wir konnten nach der turbulenten Zeit endlich wieder durchatmen. Aber nun, da wir wieder hier sind, fällt mir ehrlich gesagt die Decke auf den Kopf.«

»Ich hatte gehofft, du genießt den vorzeitigen Ruhestand?«

»Ja, das tue ich, aber irgendwann ist auch mal gut. Ich bin nicht der Typ, der den ganzen Tag herumgammelt oder mit dem Hund spazieren geht, mir fehlen die Aufgaben.«

»Was ist mit dem Komitee für das Bouleturnier?«

»Das habe ich doch nur gegründet, um dem Ganzen einen halbwegs professionellen Anstrich zu geben, aber was mache ich, wenn das Wochenende vorbei ist?«

»Du könntest dich anderweitig im Dorf engagieren. Hilfsbedürftige gibt es genug.«

»Lass gut sein. Die Versorgung Hilfsbedürftiger überlasse ich lieber Nanette. Nein, das ist es nicht, was ich brauche.« Er zog die Mundwinkel nach unten. »Ich komme nicht klar ohne meinen Beruf, ich habe das Amt des Bürgermeisters immer gerne ausgeübt. Ich sehne mich danach, wieder an meinem Schreibtisch zu sitzen und die Geschicke des Dorfes zu leiten.« Er sah hinüber zum ersten Stock der *mairie*, zur großen Fenstertür mit dem französischen Balkon, hinter dem sein ehemaliges Büro lag. »Und nun sieh es dir an. Alles ändert sich, sogar die Farbe der Vorhänge.«

»Du bist doch freiwillig gegangen, um mehr Zeit mit deiner Frau zu verbringen.«

»Ja, auch deshalb. Aber die schickt mich fort, sobald ich ihr auf die Nerven gehe. Und das tue ich, weil mir die Decke auf den Kopf fällt.« Er lächelte traurig. »Nein, vor allem bin ich gegangen, weil ich gemerkt habe, dass die Dorfbewohner nicht mehr hinter mir stehen. Sie haben einem absurden Vorwurf mehr geglaubt als meinen Beteuerungen, und das schmerzt. Noch immer.«

»Du meinst die anonyme Anzeige wegen Korruption.«

»Die sich im Nachhinein als Verleumdung herausgestellt hat. Ich wüsste nur zu gerne, wer die lanciert hat.« Sein Blick wanderte wieder zur *mairie*. »Bist du gerade auf dem Weg dorthin?«

»Nein. Ich bin zum Essen verabredet.« Pierre schaute auf seine Uhr, es war kurz vor eins, höchste Zeit, dass er ins Restaurant kam. »Es tut mir sehr leid, Arnaud«, sagte er. »Ich wünschte, ich könnte dir helfen.«

Rozier nickte tapfer. »Wenigstens scheint wieder die Sonne, nicht wahr? Hoffen wir mal, dass es bis zum Wochenende so bleibt. Bei Regen können wir das Turnier vergessen.«

»Ich drücke die Daumen.«

Pierre verabschiedete sich und schritt eilig voran.

Das *Chez Albert* lag an der Ostseite des Platzes, ein schmales Gebäude mit grüner Markise, dessen Terrasse verwaist war. Von den Platanen trommelten große Wassertropfen auf die nackten Tischplatten und begleiteten Pierre auf seinem Weg ins Lokal.

Kaum dass er die Tür aufgestoßen hatte, empfing ihn eine Mischung aus Essensgeruch und dem Dunst nasser Jacken und Mäntel, die eng aneinandergepresst an der Garderobe hingen. Noch bevor Pierre den Gastraum betrat, kündete lautes Stimmengewirr davon, dass das *Chez Albert* bis auf den letzten Platz besetzt war. Man hatte in der Mitte des Raumes mehrere Tische zu einer großen Tafel zusammengestellt, an der eine Reisegruppe gerade ihre Bestellung aufgab. Die beiden Kellnerinnen hatten sichtlich Mühe, den vielen Handzeichen, den Rufen nach Getränken und Speisen nachzukommen.

Pierre sah sich suchend um und entdeckte Charlotte und Anouk in einer Nische am Fenster, die Köpfe eng beieinander, in ein reges Gespräch vertieft. Pierre schlängelte sich an Rucksäcken und Einkaufstaschen, die an Stuhllehnen baumelten, vorbei zu dem Tisch der beiden.

»Versprich mir, es niemandem zu erzählen«, sagte Anouk in diesem Moment leise und fixierte Charlotte, die mit hochroten Wangen nickte.

Pierre hielt inne. Er kam ungelegen, das war überdeutlich. Er erinnerte sich, dass Anouk nicht eingestimmt hatte, als Charlotte ihn bat, sie zu begleiten. Er hatte es nicht beachtet, zu begierig war er darauf gewesen, mehr über Charlottes Jugendzeit zu erfahren. Nun aber, da er die beiden in diesem intimen Moment sah, dachte er, dass es sicher besser wäre, sie alleine zu lassen.

In diesem Augenblick hob Charlotte den Kopf. Ein Lächeln schlich sich auf ihr Gesicht. »Da bist du ja. Komm, setz dich.«

Pierre sah zu Anouk, auch ihr Mund lächelte, aber die großen grauen Augen taten es nicht. Sie waren verquollen, als hätte sie geweint.

»Nein«, sagte er rasch, »ich wollte nur kurz Bescheid sagen, dass ich es leider nicht schaffe, mit euch zu essen. Mir ist etwas Wichtiges dazwischengekommen. Eine … eine Akte, die dringend bearbeitet werden muss.«

Verblüfft runzelte Charlotte die Stirn. »Seit wann interessieren dich denn Akten? Pierre war«, erklärte sie ihrer Freundin, »in seinem vorigen Berufsleben Kommissar. Er hat sich entschieden, der höheren Beamtenlaufbahn den Rücken zu kehren, um genau jenen Aktenbergen und Pflichtübungen zu entgehen, wegen denen er uns nun sitzen lassen möchte.«

Es hatte scherzhaft geklungen. Offenbar versuchte sie beides – das intime Gespräch mit der Freundin und Pierres Anwesenheit – einigermaßen anständig zu vereinen.

»Es war eher das ständige Taktieren, das mich das Weite suchen ließ«, entgegnete Pierre mit einem Schmunzeln. »Ist schon in Ordnung. Ihr habt sicher viel zu besprechen nach all den Jahren.«

Anouk lächelte. »Das haben wir tatsächlich. Aber wir sind gerade fertig geworden. Na komm, setz dich zu uns. Wir haben vor lauter Reden noch gar nichts bestellt, du kommst also genau richtig.«

»Du musst unbedingt die *légumes farcis* probieren«, sagte Pierre, dessen Magen wie aufs Stichwort vernehmlich knurrte. »Erntefrisches Gemüse aus dem Luberon mit einer pikanten Hackfleischfüllung. Und erst die Sauce!« Er küsste Daumen und Zeigefinger.

»Das klingt wunderbar. Ich werde …« Das Klingeln ihres Telefons ließ Anouk innehalten. Mit zusammengezogenen Brauen zog sie es aus der Tasche und schaute auf das Display. »Das ist meine Haushaltshilfe«, sagte sie überrascht und nahm das Gespräch an. »Aminata, was gibt es denn?« Und im nächsten Moment: »Oh mein Gott, ist er verletzt?«

»Ich glaube, nicht.« Die weibliche Stimme am anderen Ende der Leitung war laut geworden. Obwohl Anouk das Telefon mit weißen Fingerknöcheln ans Ohr presste, war jedes Wort, mit starkem Akzent vorgetragen, zu verstehen. »Aber er bewegt sich nicht mehr. Ich habe Angst, dass er tot ist. Kannst du rüberkommen?«

»Ich bin nicht zu Hause. Ruf einen Krankenwagen. Und am besten auch gleich die Polizei.«

»Die Polizei? Kannst du das nicht machen?«

»Von hier aus? Was soll ich denen denn sagen? Bitte, Aminata, ruf am besten vom Festnetz aus an.«

»Schön, ich mache es, dir zuliebe. Aber danach verschwinde ich.«

»Lass bitte die Tür angelehnt, damit die Sanitäter reinkönnen. Ich mache mich sofort auf den Weg.« Anouk ließ den Hörer sinken. Sie war blass geworden.

»Was ist denn passiert?« Charlotte sah sie besorgt an.

»Es geht um Hervé. Er ist …« Sie brach ab. Ihre Augen füllten sich mit Tränen. »Aminata hat ihn gefunden. Er lag auf dem Boden, regungslos. Ich fürchte …«

»Bei dir im Haus?«

»Nein. Aminata putzt montags immer bei ihm. Sie hat mich angerufen, weil …« Anouk sprang auf und zog ihren Autoschlüssel aus der Tasche. »Ich muss sofort zu ihm.«

Auch Charlotte erhob sich. »Soll ich dich nicht besser fahren?«

»Nein, das schaffe ich schon.« Anouk nickte mit Nachdruck, das Gesicht starr, beinahe maskenhaft.

Charlotte drückte sie an sich. »Melde dich, wenn du mehr weißt, versprochen?«

»Ja.« Anouk schüttelte die Umarmung ab, dann drehte sie sich um und stürmte ohne ein weiteres Wort aus dem Lokal.

Pierre sah ihr durchs Fenster nach, bis ihr rotbrauner Schopf in Richtung des westlichen Parkplatzes verschwand. Ihre Bewegungen waren seltsam ruckartig gewesen, mechanisch. Als müsse sie sich zusammenreißen, Hysterie unterdrücken oder gar Panik. Instinktiv warf er einen Blick auf seine Uhr. Sieben Minuten nach eins.

»Eigenartig«, flüsterte er. Es war keine untypische Reaktion für jemanden, der den Tod eines Nahestehenden befürchten musste. Aber irgendetwas irritierte ihn, wenngleich er nicht sagen konnte, was.

»Vielleicht hat die Haushaltshilfe überreagiert«, sagte Charlotte. »Vielleicht war es ja nur ein unglücklicher Sturz, bei dem Monsieur Bousquet das Bewusstsein verloren hat. Anouk wird sich bald melden und Entwarnung geben, du wirst sehen.« Sie nickte, während sie redete, als wollte sie sich damit Mut zusprechen. »Die Arme hat wahrlich genug durchgemacht.«

Sie erhoben sich von ihren Stühlen und drängten sich an der Reisegruppe und der erstaunten Kellnerin, die gerade mit gezücktem Block auf sie zukam, vorbei ins Freie. Schweigsam gingen sie über den Platz bis zur *Rue du Portail*, wo sich ihre Wege trennten.

»Sicher hast du recht, *ma douce*«, flüsterte Pierre mit einiger Verspätung, als Charlotte längst die Gasse entlang in Richtung der *Épicerie* eilte.

Als sie am Abend gemeinsam nach Hause fuhren, saß Charlotte auf dem Beifahrersitz und überprüfte die Funktionstüchtigkeit ihres Mobiltelefons. Sie ließ es während des Abendessens nicht aus den Augen und legte es beim Zubettgehen neben sich auf den Tisch.

Doch auch als die Nacht hereinbrach und sie eng aneinandergeschmiegt einschliefen, hatte sich Anouk noch immer nicht gemeldet.

4

Als Pierre am nächsten Morgen die Treppe hinabstieg, waren die Räume des Erdgeschosses in das orangefarbene Licht der aufgehenden Sonne getaucht. Charlotte saß aufrecht und auf der Unterlippe kauend vor dem Fernseher, wechselte im Sekundentakt das Programm. Sämtliche Regionalsender hatten nur noch ein Thema: den Tod von Hervé Bousquet. *Azur TV* zeigte gerade eine Sondersendung mit Ausschnitten aus dem Leben des bekannten Archivars.

»Ist es nicht schrecklich?«, sagte Charlotte, ohne ihn anzusehen. »Wie es Anouk wohl gerade geht …?«

»Warte, ich will das sehen.« Pierre setzte sich neben sie, nahm ihr vorsichtig die Fernbedienung aus der Hand und legte diese, bevor sie wieder umschalten konnte, beiseite.

Hervé Bousquet war ein gut aussehender Mann Anfang siebzig gewesen, mit vollem aschgrauem Haar und einem spitzbübischen Lachen. Dem Moderator zufolge war er bereits zweimal verheiratet gewesen und dennoch kinderlos. Von seiner letzten Frau hatte er sich vor vier Jahren getrennt, seither lebte er alleine und zurückgezogen in seinem Haus bei Grasse.

Schwarz-Weiß-Aufnahmen zeigten nun einen jungen Mann mit weit aufgeknöpftem Hemd und einer Zigarette in der Hand in lässiger Pose. Neben ihm eine Filmschönheit, die den Arm um ihn gelegt hatte. Bilder aus einem Atelier, im Gespräch mit Yves Saint-Laurent.

Hervé Bousquet schien in jungen Jahren auch als Parfümeur

außerordentlich erfolgreich gewesen zu sein. Gebannt verfolgte Pierre die Berichte über Bousquets Arbeit für Luxuskonzerne in Paris und Mailand und von seinen Kreationen, die den Markt nachhaltig beeinflusst hatten.

Als das umfangreiche Archiv der Düfte Erwähnung fand, erhöhte Pierre die Lautstärke und beugte sich vor.

»Man hat den Toten in einem der normalerweise für Unbefugte unzugänglichen Räumen gefunden«, sagte der Moderator, während seltene Aufnahmen aus dem Archiv zu sehen waren, dessen Türen Bousquet vor einigen Jahren für eine Dokumentation geöffnet hatte. Die Kamera glitt über gläserne Kühlschränke mit herausziehbaren Regalböden, in denen unscheinbare braune Fläschchen lagerten, und weiter zu einem Raum, eingerichtet wie eine Bibliothek, nur dass in den Regalen statt der Bücher Aktenschuber standen. Jetzt waren die Hände des Archivars zu sehen, der eine Mappe hervorzog, in der ein altes vergilbtes Schriftstück lag.

»Einige der historischen Formeln sind offenbar verschwunden«, erklärte die Stimme im Hintergrund. »Die Polizei geht davon aus, dass es ein Raubmord war. Unser Reporter vor Ort weiß mehr.«

Das Bild wechselte zu einem Mann, der sich vor einem schmiedeeisernen Tor postiert hatte, durch dessen Verzierungen ein prachtvolles, quittengelb gestrichenes Herrenhaus mit weißen Holzläden zu sehen war.

»Noch halten sich die Polizeibehörden bedeckt. Aber aus gut informierten Kreisen haben wir erfahren, dass der Tod des Archivars gestern Vormittag eingetreten ist. Zur Person, die die Leiche gefunden hat, gibt es keine näheren Informationen, es scheint jedoch bereits eine Verdächtige zu geben.«

Es folgten verwackelte Nachtaufnahmen eines weiteren Hauses, auf das der Kameramann offenbar beim Filmen zugelaufen war. Ein breiter Bungalow, weiß mit dunklen Fensterläden. Das Objektiv zoomte an einem Polizeiwagen vorbei zum Eingang, fokussierte eine beleuchtete Tür, durch die gerade zwei Beamte ins Haus traten.

»Das ist ja Anouks Haus!«, rief Charlotte aus und schlug entsetzt die Hände vor den Mund.

»Woher weißt du das?«

»Sie hat mir Fotos davon gezeigt.«

»Bei der Frau«, erklärte der Reporter, der jetzt wieder im Bild war, »handelt es sich um die Nachbarin des Ermordeten. Hat der Archivar sie in sein Haus gelassen, in die geheiligten Räume, in denen er seine Schätze aufbewahrte? Musste er sterben, weil er ihr zu sehr vertraute? Wir wissen es nicht. Noch nicht.«

Nun hielt es Charlotte nicht mehr auf dem Sofa. »Das ist doch blanker Unsinn! Zum Todeszeitpunkt war Anouk hier, in Sainte-Valérie.«

»Keine Sorge, das sind bloß Spekulationen«, sagte Pierre ruhig. »Alles, was wir sehen, ist ein Wagen der Kriminalpolizei. Vielleicht haben sie Anouk nur als Zeugin vernommen.«

Charlotte hörte ihm längst nicht mehr zu. »Sieh nur!«

Pierre folgte ihrem Fingerzeig. Über den Bildschirm flackerte ein verpixeltes Foto von Anouk, auf dem sie lasziv lächelnd in die Kamera blickte.

»Aus unbestätigten Quellen wissen wir, dass es sich bei der Nachbarin um die siebenunddreißigjährige Anouk D. handelt.« Der Reporter presste eine Hand ans Ohr und lauschte kurz, bevor er weitersprach. »Soeben höre ich, dass in wenigen Minuten der Generalsekretär der *Sous-Préfecture* von Grasse vor die Kamera treten wird. Das ist ungewöhnlich früh für einen Mordfall. Offenbar gibt es interessante Neuigkeiten, ich bleibe dran.«

»Das gibt's doch nicht!« Aufgebracht tippte Charlotte etwas in ihr Mobiltelefon.

Pierre drehte den Ton ab. »Was tust du denn da?«

»Ich suche die Telefonnummer der zuständigen Behörden in Grasse. Ich will mich als Zeugin melden.«

»Wir wissen doch noch gar nicht, ob deine Freundin wirklich verdächtigt wird.«

Charlotte schnalzte unwillig mit der Zunge und wandte sich ab. Mit hochroten Wangen lauschte sie dem Freizeichen, um dann, kaum dass jemand abgehoben hatte, auf den Menschen am anderen Ende der Leitung einzureden.

»Anouk Debris ist unschuldig. Sie war zum Zeitpunkt der Tat hier bei uns. Wir können es bezeugen. Wer ich bin? Charlotte Berg. Wie bitte? Ja, sie war hier, in Sainte-Valérie. Von Viertel vor zwölf bis kurz nach eins. Gut, ich warte.« Sie verdrehte die Augen, wiederholte einen Moment später ihr Anliegen und wurde dabei immer unruhiger. »Sie hatte vorher einen Termin in der Gegend. In Oppède-le-Vieux, ja, genau. Ganz sicher.« Stille. »Das kann nicht sein!«, rief sie schließlich aus. »Nein, ich will mich nicht beruhigen. Hören Sie mir zu, Anouk Debris ist unschuldig. Und ich glaube nicht, dass es dem Generalsekretär der *Sous-Préfecture* gefallen wird, wenn er vor die Kamera tritt, um die angeblich Schuldige zu präsentieren, und am Ende wie ein Idiot dasteht, nur weil irgendein Inspektor sich zu fein ist, einen Hinweis entgegenzunehmen.«

Pierre legte eine Hand auf Charlottes Arm, doch sie sprang auf und schüttelte heftig den Kopf, während sie angestrengt in den Hörer lauschte.

»Was sagen Sie da?« Ihre Stimme kippte. »Es ist Ihre verdammte Pflicht!«

Das Gespräch drohte zu eskalieren, so würde sie gewiss nicht weiterkommen.

»Charlotte …« Pierre machte eine beschwichtigende Handbewegung. Er hatte sie noch nie so aufgelöst gesehen.

»Mach du es doch besser!« Mit einem wütenden Aufschrei warf sie ihm das Telefon entgegen und rannte aus dem Wohnzimmer.

Pierre fing es auf und hob es ans Ohr. »Hallo? Mein Name ist Pierre Durand«, sagte er. »*Chef de police municipale* aus Sainte-Valérie. Mit wem spreche ich?«

»Bonjour, hier Inspektor Louis Gernot.«

Pierre hatte fest damit gerechnet, dass der Beamte längst aufgelegt hatte. Stattdessen nun diese ruhige, monotone Stimme.

»In Ordnung, *Monsieur l'Inspecteur*. Mademoiselle Berg und ich haben gestern mit Anouk Debris zu Mittag gegessen und möchten uns als Zeugen melden. Gibt es dabei ein Problem?«

»Wenn es ein Problem gibt, dann das, dass die Dame mir eben nicht zuhören wollte.« Der Mann am anderen Ende der Leitung seufzte. »Ich habe ihr gesagt, dass wir ihre Aussage gerne zu Protokoll nehmen, dass diese Mademoiselle Debris jedoch nicht entlasten wird.«

»Warum?«

»Alles, was ich Ihnen dazu sagen kann, ist, dass ein Alibi in diesem besonderen Fall nicht zielführend ist.«

»Es gibt keinen festen Tatzeitpunkt?«

»Darüber darf ich leider nicht reden.«

»Umso wichtiger ist es, dass wir eine Aussage machen. Wir waren dabei, als Mademoiselle Debris die Nachricht vom Tod ihres Nachbarn erhalten hat.«

»Um wie viel Uhr war das?«

»Um exakt sieben Minuten nach eins. Ihre Reaktion war authentisch, sie war schockiert. Wir haben alles unmittelbar mitbekommen.«

»Das ändert die Sache natürlich. Sie wohnen in Sainte-Valérie?«

»Ja.« Pierre gab die Adresse durch.

»Gut. Ich werde den Kollegen in Cavaillon Bescheid geben. Bitte bleiben Sie vor Ort, bis die Beamten bei Ihnen eintreffen.«

»In Ordnung.«

»Wenn Sie übrigens mehr über die Hintergründe wissen wollen …«, sagte der Inspektor nun deutlich freundlicher, »der Generalsekretär wird in wenigen Augenblicken vor die Presse treten.«

»Danke.«

Pierre legte auf. Er blickte zum Bildschirm, wo nun ein Podest zu sehen war, die französische Flagge im Hintergrund. Er nahm die Fernbedienung und stellte den Ton lauter, als im selben Moment ein Mann mit akkurat gescheiteltem Haar und Nickelbrille unter dem Klicken der Kameras vor die Mikrofone trat, begleitet von einem hochgewachsenen Herrn, den er als *Commissaire* Thiebaud vorstellte. Letzterer würde am Ende der Erklärung Fragen zum Stand der Ermittlungen beantworten.

Der Generalsekretär schob seine Brille zurecht und hob zunächst hervor, wie sehr er das Ableben des Archivars, eines verdienten Bewohners der Gemeinde, bedauere und dass sein tiefes Beileid den Menschen gelte, die ihm nahestünden. Dann legte er ein dicht beschriebenes Blatt vor sich und sah in die Kamera.

»Am Montag, den vierzehnten Mai, um dreizehn Uhr neun wurde die Polizei von einer anonymen weiblichen Person alarmiert, die mit afrikanischem Akzent sprach. Die Beamten trafen acht Minuten später zeitgleich mit den Sanitätern am Tatort ein und fanden das Opfer leblos am Boden liegend vor.« Er machte eine bedeutsame Pause. »Monsieur Bousquet ist an den Folgen einer Vergiftung gestorben.«

Eine Vergiftung also. Am liebsten hätte Pierre den Ton lauter gedreht, aber er scheute vor dem zurück, was der Generalsekretär vermelden würde, also beugte er sich vor, um das Gesagte besser verstehen zu können.

»Laut vorläufigem Befund der Gerichtsmedizin«, fuhr der Mann fort, »ist der Tod zwischen neun und zehn Uhr eingetreten. Der Zeitpunkt der Tat ist noch unklar. Momentan ist davon auszugehen, dass das Tatwerkzeug nachträglich präpariert worden ist. Und zwar zwischen«, er räusperte sich und spähte auf das Blatt, »Mitternacht und zehn Uhr vormittags. Offenbar wurde Hervé Bousquet Opfer eines Raubüberfalls. Einer Zeugenaussage zufolge fehlen mehrere historische Dokumente aus seinem Archiv. Inwieweit dies zutrifft und um welche Dokumente es sich handelt, werden wir in den kommenden Tagen überprüfen.« Er richtete den Blick wieder in die Kameras. »Vor diesem Hintergrund bitten wir die Bevölkerung um Mithilfe. Sollte jemand in der fraglichen Zeit verdächtige Personen rund um das Anwesen im *Chemin de la Rouree* bemerkt oder Informationen über eine weibliche Person afrikanischer Herkunft haben, die im Haushalt beschäftigt war, bitte ich Sie, die Polizei davon in Kenntnis zu setzen.«

Daraufhin prasselten die Fragen nur so auf ihn nieder, und erst nach einer energischen Ermahnung aus dem Hintergrund kehrte Ruhe ein.

Einer der Pressevertreter wiederholte sein Anliegen: »Um was für ein Gift handelt es sich?«

Nun trat *Commissaire* Thiebaud vor und beugte sich beim Sprechen zu den Mikrofonen hinab. »Wir werden den Namen der Substanz nicht preisgeben, solange nach dem Täter oder der Täterin gesucht wird.« Er sprach ruhig und betont langsam.

»Gibt es bereits eine Verdächtige?«

Thiebaud zögerte kurz. »Zum Stand des Ermittlungsverfahrens möchte ich mich zu diesem Zeitpunkt nicht äußern. Aber da Sie offenbar auf die voreiligen Presseberichte anspielen, kann ich Ihnen sagen, dass die Staatsanwaltschaft Grasse noch keinen Haftbefehl beantragt hat.«

»Wer ist diese Haushälterin?«

»Nach Auswertung der Stimmaufnahmen des Polizeinotrufes gehen wir davon aus, dass es sich um eine Person afrikanischer Herkunft handelt. Beim Betreten des Hauses haben wir Putzutensilien vorgefunden, die offenbar in der Eile zurückgelassen wurden.« Er hob beide Hände und wehrte die erneut anhebenden Fragen ab. »Meine Damen und Herren, ich bitte Sie um Verständnis, dass wir in diesem frühen Stadium nicht näher auf die Ermittlungen eingehen können. Ich darf Sie noch einmal bitten, unsere Arbeit durch die Beachtung unseres Zeugenaufrufes zu unterstützen.«

Damit war die Pressekonferenz beendet. Pierre schaltete den Fernseher aus. Offenbar stand Anouk tatsächlich nicht im Fokus der Ermittlungen. Allerdings hatte der *Commissaire* kurz gezögert, bevor er den noch nicht beantragten Haftbefehl erwähnte. Und das war seiner Erfahrung nach kein gutes Zeichen.

5

Pierre fand Charlotte in der Küche, wo sie mit einer Tasse Kaffee an die Arbeitsplatte gelehnt dastand. Sie schien sich wieder gefangen zu haben, blickte ihm erwartungsvoll entgegen.

»Und? Konntest du was erreichen?«

»Ja. Sie schicken Beamte vorbei, die unsere Zeugenaussage aufnehmen.«

»Noch heute Morgen?«

»Davon gehe ich aus.«

Charlotte sah ihn überrascht an. »Aber wir müssen nur bestätigen, dass Anouk zum Tatzeitpunkt in Sainte-Valérie war. Dafür müssen sie doch niemanden herschicken.«

»Sie benötigen noch eine Beschreibung von Anouks Reaktion auf das Telefonat mit Aminata. Es ist wichtig, unsere Aussagen hierzu zeitnah aufzunehmen, damit sie, sollte es notwendig sein, auch entlastend wirken.«

»Das geht nicht. Anouk hat uns gebeten, Aminata herauszuhalten.«

»Glaub mir, *ma douce* …« Pierre trat ein Stück näher und hob die Hand, ließ sie aber gleich wieder sinken. »Im Fall eines Mordverdachts wäre das Zurückhalten derart wichtiger Informationen glatter Selbstmord. Die Beamten sind ohnehin längst im Bilde. Im Fernsehen gab es eben eine öffentliche Suchmeldung nach einer Haushaltskraft afrikanischer Herkunft. Offenbar hat Aminata mehr Spuren ihrer Anwesenheit hinterlassen als gewollt.«

Mit wenigen Worten erzählte Pierre ihr, was er soeben erfahren hatte.

»Der Archivar ist vergiftet worden?« Charlotte ließ die Tasse derart heftig auf die Platte sinken, dass der Kaffee überschwappte. »Deswegen hat der Inspektor am Telefon so eigenartig reagiert. Das Gift kann ja schon Tage vorher herumgelegen haben, in welcher Form auch immer. Dann wird Anouk vielleicht gar nicht verdächtigt?«

»Zumindest war in der Pressekonferenz keine Rede davon. Die Reporter haben wohl voreilige Schlüsse gezogen. Wie gesagt, sie werden deine Freundin als Zeugin verhört haben.«

»Schöne Reporter sind das!« Abrupt stieß sie sich ab und griff nach einem Lappen, wischte konzentriert den Kaffee von der Fläche.

Pierre beobachtete ihre mühsam kontrollierten Bewegungen. Er hatte das Bedürfnis, sie zu berühren, ihr mit einer Geste Zuspruch zu signalisieren, aber etwas an ihrem Ausdruck hielt ihn davon ab. Dabei fiel ihm ein, dass Anouk von einem gemeinsamen Essen erzählt hatte, am Abend vor Bousquets Tod. Charlottes Freundin war also offenbar die Letzte, die den Archivar lebend gesehen hatte.

»Wie gut kennst du Anouk?«

Charlotte ließ die Hand mit dem Lappen sinken. »Sie steht mir sehr nahe, fast wie eine Schwester.«

Pierre dachte an den Moment, als er die beiden Frauen ins Gespräch vertieft gesehen hatte. »Versprich mir, es niemandem zu erzählen«, hatte Anouk ihre Freundin beschworen, bevor sie ihn bemerkte.

»Worüber habt ihr im *Chez Albert* geredet?«

»Anouk war traurig, eine Herzensangelegenheit. Sie brauchte Zuspruch, meinen Trost. So wie früher.«

»Eine Herzensangelegenheit? Sie war nicht zufällig doch

mit dem Archivar zusammen und hatte sich mit ihm gestritten?«

Charlotte trat einen Schritt zurück. »Pierre, das ist nicht dein Ernst! Es klingt fast so, als wolltest du nach einem Beweis für ihre Schuld suchen.« Sie warf den Lappen in die Spüle und funkelte ihn an. »Mit dem Mord hat das überhaupt nichts zu tun. Anouk und Hervé waren gute Freunde. Ich mag gar nicht daran denken, wie es ihr jetzt geht, nachdem er so grausam ermordet wurde. Außerdem …« Ein heller Glockenton unterbrach ihre Verteidigung, abrupt wandte sie den Kopf in Richtung Flur. »Jetzt schon? Die waren aber wirklich schnell.«

»Das kann ich mir eigentlich kaum vorstellen.« Pierre eilte zur Tür. Und noch bevor er sie öffnete, ahnte er, wer davorstand. »Anouk!«

Die junge Frau war vollkommen aufgelöst. Ihre Augen waren verquollen, das Haar war zerzaust. Die helle Bluse verknittert, als hätte sie darin geschlafen.

»Ich …« Sie kam nicht weiter. Ein heftiges Weinen ließ ihre Schultern beben, dann setzte sie erneut an. »Ich brauche eure Hilfe.«

Mit wenigen Schritten war Charlotte bei ihr und zog sie ins Haus. Wortlos nahm sie die zitternde Freundin in den Arm, während Pierre die Tür hinter ihr schloss.

»Verdammt«, murmelte er.

Ihm war unbehaglich zumute. Wenn die Beamten Anouk hier sahen, würden sie mit Recht eine Absprache vermuten, und ihre Zeugenaussage hätte weniger Gewicht. Aber er konnte die Frau jetzt unmöglich fortschicken!

Pierre atmete tief durch, unschlüssig, was er tun sollte. Die Freundinnen standen eng beieinander. Charlotte strich Anouk behutsam über den Rücken, die beiden schien ein Kokon zu umgeben, der alles andere ausschloss, auch ihn. Er sah auf die

Uhr, es war kurz nach acht. Innerhalb der nächsten Stunde würden die Beamten aus Cavaillon sicher nicht kommen, also beschloss er, Anouk einen Moment zu geben, um sich zu fangen.

»Ich gehe kurz mal raus«, murmelte er und verließ das Haus.

Das sanfte Morgenlicht spiegelte sich in den tiefen Pfützen, die der Regen in den Boden gewaschen hatte. In der Ferne ballten sich dunkle Wolken, in weniger als einer halben Stunde würde es wieder aus vollen Kübeln schütten.

Mit erhobenen Schultern ging Pierre in Richtung Ziegenstall. Auf dem Kiesplatz vor dem Haus stand ein schwarzer Peugeot, gleich neben Charlottes Firmenwagen, einem geräumigen Citroën Berlingo.

Noch immer war es seltsam, den Hochdachkombi dort zu sehen, wo sonst immer sein Dienstwagen gestanden hatte. Aber der neue Bürgermeister hatte ihm untersagt, das Fahrzeug auch außerhalb der Arbeitszeiten zu benutzen. Pierre hatte es akzeptieren müssen, wenn auch widerstrebend.

Ein fröhliches Meckern begrüßte ihn, als er die Tür zum Freigehege öffnete. Die weiß-braun gescheckte Ziege Cosima und ihre rostbraune Tochter Lilou, die ihre Mutter inzwischen um eine Hörnerlänge überragte, stupsten ihn an und legten den Kopf schräg, als erwarteten sie eine Erklärung, was er zu dieser Stunde hier verloren hatte.

Früher hatten sie es nicht abwarten können, ihn zu sehen. Aber seit Didier Carbonne, der verwitwete Uhrmacher, im vergangenen Jahr festgestellt hatte – rein zufällig, wie er behauptete –, dass Cosima noch immer Milch gab, die zudem wunderbar rahmig schmeckte, hatte er angeboten, das Melken zu übernehmen. Es sei eine Schande, das gut gefüllte Euter verkümmern zu lassen. Und wenn er sowieso schon da sei, könne er ebenso gut auch die Stallarbeit übernehmen, als Gegenleistung für die Milch sozusagen.

Seither kam Carbonne jeden Morgen vorbei, in aller Früh, wenn Charlotte und Pierre noch schliefen. Wenn sie aufstanden, waren die Ziegen längst versorgt, und an manchen Tagen fanden sie auf der Türschwelle ein Päckchen mit Käse, den der Alte selbst hergestellt hatte.

Pierre legte noch etwas Heu in die überdachte Raufe. »Ich dachte, ihr könntet eine Extraportion gebrauchen.«

Er lehnte sich ans Gatter und sah zu, wie die Ziegen die Köpfe über das Futter senkten und mit den Stummelschwänzchen wackelten. Dann holte er sein Telefon hervor und wählte die Nummer der Polizeiwache.

»Guten Morgen, Chef. Wo steckst du denn?«, begrüßte ihn Luc.

»Ich bin noch zu Hause. Mir ist was dazwischengekommen, es wird heute etwas später.«

»Hast wohl verschlafen, was?« Sein Assistent kicherte. »Was soll ich als Grund eintragen? Verschlafen steht nicht auf der Liste.«

Pierre verdrehte die Augen. Das neue Anwesenheitserfassungssystem hatte er vollkommen vergessen. »Nein, aber ich muss eine Zeugenaussage machen, sie schicken uns zwei Beamte aus Cavaillon auf den Hof.«

»Eine Zeugenaussage? Ist etwas passiert?«

»Ein Mord, allerdings hunderte Kilometer von hier entfernt«, sagte er ausweichend. »Trag es unter *Behördengang* ein, da passt es.«

Damit legte er auf. *Anwesenheitserfassungssystem.* Er schnaubte. Früher, unter der Führung des alten Bürgermeisters, hatte niemand das Bedürfnis gehabt, ihre Arbeitszeiten zu kontrollieren. Ein Zeichen gegenseitigen Vertrauens. Damals hatte er es nur nicht zu schätzen gewusst.

Pierre strich den beiden Ziegen über die Köpfe und verließ den Stall. Vertrauen … Das war nichts, was man einfach geschenkt bekam. Manchmal begegneten sich zwei Menschen mit vorsichtigem Abstand, und dann musste man es sich erst erarbeiten, beweisen, dass man dessen würdig war. So wie bei Anouk. Pierre bemerkte, wie schwer es ihm fiel, ihr ebenso zu vertrauen, wie Charlotte es tat. Ein Mord war kein Kinderspiel. Wenn Anouk tatsächlich die Letzte war, die Hervé lebend gesehen hatte, dann gehörte sie mit großer Wahrscheinlichkeit zu den Hauptverdächtigen.

6

Als Pierre das Haus wieder betrat, saßen die beiden Frauen am Küchentisch. Vor Anouk stand die Keramiktasse, aus der Charlotte sonst immer ihren Kaffee trank. Ihre Augen waren noch immer verquollen, aber sie wirkte nun gefasster als noch vor wenigen Minuten.

»Ich begreife es nicht«, sagte sie gerade und tupfte sich mit einem Taschentuch über die Augen. »Wer könnte einem Menschen wie ihm etwas antun?«

Pierre nahm sich ebenfalls eine Tasse Kaffee und setzte sich zu ihnen an den Tisch. »Warum bist du hergekommen?«

»Weil Charlotte der einzige Mensch auf Erden ist, mit dem ich über alles reden kann. Und … weil ich hoffe, bei euch eine Weile untertauchen zu können. Hier werden sie mich nicht vermuten.«

»Etwa die Polizei?«

»Nein, ich meine die Presse. Die Journalisten belagern mein Haus, ich kann keinen Schritt mehr tun, ohne dass mir jemand ein Mikrofon unter die Nase hält. Für diese Leute bin ich doch längst schuldig!«

»Ich habe Anouk versichert, dass sie so lange bleiben kann, wie sie möchte«, beeilte sich Charlotte zu sagen. »Sie kann in meinem Arbeitszimmer schlafen, auf dem Klappsofa.«

Pierre runzelte die Stirn. »Erwartest du, dass die Ermittler einen Haftbefehl beantragen?«, fragte er Anouk. Er geriet in Teufels Küche, wenn herauskam, dass er – ein Polizist! – einer gesuchten Person Unterschlupf gewährte. Seinen Beruf könnte er dann für alle Zeiten an den Nagel hängen.

»Ich hoffe nicht, ich habe doch nichts Ungesetzliches getan. Allerdings …« Wieder löste sich eine Träne. »Ich glaube, ich hab's vermasselt. Ich habe alles falsch gemacht, was man hätte falsch machen können.«

»Erzähl!«

»Darf ich hier rauchen?«

Charlotte nickte, woraufhin Anouk ein ledernes Etui aus der Handtasche holte und nach einer Zigarette fingerte. Ihre Hände zitterten im Versuch, sie anzuzünden. Pierre nahm ihr behutsam das Feuerzeug ab und hielt ihr die Flamme vor die Spitze, bis sie zu glühen begann.

»Danke.« Mit einem langen Atemzug sog Anouk die Luft in die Lunge und blies den Rauch gen Decke, bevor sie endlich zu sprechen begann. »Als ich gestern ankam, war alles so wie immer, als sei nie etwas geschehen. Keine Sanitäter, keine Polizei. Da bin ich in Hervés Haus gegangen und habe mich umgesehen. Ich wollte doch nur wissen, was passiert ist. Ich hatte gehofft, dass er noch lebt und dass sie ihn ins Krankenhaus gebracht haben.«

»Die Tür stand offen?«

»Nein. Ich besitze einen Zweitschlüssel. Hervé hat ihn mir gegeben. Seit seinem Herzinfarkt im vergangenen Jahr hatte er panische Angst davor, dass er nicht rechtzeitig versorgt würde, wenn ihm wieder etwas zustoßen sollte.«

Pierre nickte. »Du warst also der festen Überzeugung, es sei nur ein Notfall gewesen.«

»Ja. Aber als ich in den Raum gegangen bin, war mir sofort klar, dass etwas Schreckliches passiert sein muss. Die Tür zum Archiv stand weit offen … Sie ist normalerweise mit einem Code gesichert, den Hervé nahezu wöchentlich änderte.«

»Wer hatte Zugang zu den wechselnden Codes?«

»Es gibt da ein System. Hervé erneuerte ihn immer sonntags und orientierte sich dabei am Datum des Sonntags drei Wochen zuvor. Gut möglich, dass noch mehr Menschen davon wussten.« Sie zog wieder an der Zigarette und sah Pierre dabei direkt an, bevor sie den Rauch an seinem Gesicht vorbeiblies. »Ich bin also hineingegangen und habe sofort gesehen, dass etwas fehlt.«

»Und was war das?«

»Historische Dokumente. Vielleicht auch mehr, aber das konnte ich nicht mehr überprüfen.«

»Was macht dich so sicher?«

»Hervé hat mir sein Archiv gezeigt und erzählt, wie es aufgebaut ist. Alle Akten stehen nach Jahrgängen geordnet und durchnummeriert im Regal. Lichtgeschützt in Packpapier gewickelt oder in Aktenschubern verwahrt. Ich habe es auf den ersten Blick bemerkt: In einem Regal fehlte ein Paket, vielleicht waren es auch zwei.«

»Dir war klar, dass es Aufgabe der Polizei ist, das herauszufinden?«

»Ja, absolut. Aber in dem Moment habe ich nicht darüber nachgedacht. Und dann …« Anouk lachte bitter, streifte die Asche an der Glasschale ab, die Charlotte ihr hingestellt hatte. »Dann standen überall Polizisten im Raum. Ich weiß auch nicht, woher die auf einmal kamen, aber plötzlich waren sie da.«

»Wahrscheinlich haben sie nur darauf gewartet, dass der Täter an den Ort des Geschehens zurückkehrt«, bemerkte Pierre.

»Stattdessen haben sie mich gefunden.« Anouk seufzte. »Sie haben mich vernommen und meine Fingerabdrücke registriert. Natürlich habe ich sie ihnen gegeben, was hätte ich denn tun sollen? Ich konnte ihnen ja erklären, wie meine Spuren in das Archiv gekommen sind.«

»Hattest du dort etwas angefasst?«

»Ja, aber das war am Abend zuvor. Hervé hat mir seinen neuesten Schatz gezeigt, ein Dokument aus dem 18. Jahrhundert, das aus einem Nachlass stammt.« Sie lächelte traurig. »Ich durfte es sogar berühren, ganz vorsichtig natürlich, damit keine noch so kleine Spur Handschweiß eine chemische Reaktion auslöst. Es handelte sich um eine Niederschrift der Rezeptur für Kölnisch Wasser.«

»In einem Nachlass bei Grasse?«, fragte Charlotte verwundert. »Ich dachte, das Rezept stammt aus Deutschland?«

»Ursprünglich sogar aus Italien. Der Parfümeur Giovanni Maria Farina hat es einst mit nach Köln gebracht und sein *aqua mirabilis* nach seiner Wahlheimatstadt benannt. Der Duft des angeblichen Wunderwassers sollte an einen italienischen Frühlingsmorgen kurz nach dem Regen erinnern, hat Hervé mir erklärt. Die Mischung enthielt vor allem die ätherischen Öle mehrerer Zitrusfrüchte wie Bergamotte, Zitrone und Orange, wobei man bei Letzterer sowohl die Schale als auch die Blüten verwendete. Der Duft war vor allem bei den französischen Besatzern beliebt, sie schickten das sogenannte *Eau de Cologne* in die Heimat. Die wenigsten wissen, dass einer der Bestandteile Rosmarinöl war. Und das Öl des Lavendels. Der geschäftstüchtige Kölner Kaufmann Wilhelm Mülhens, der die geheime Rezeptur der Legende nach als Hochzeitsgeschenk von einem mit Farina verwandten Mönch erhielt, erwarb Jahre später zur Sicherung der Produktion ein Lavendelfeld bei Grasse. So ist vermutlich auch die Abschrift hierhergekommen, sie wurde über Generationen weitervererbt, bis der letzte Besitzer sie dem Archiv vermachte.«

»Ist dieses Dokument noch da?«, fragte Charlotte.

»Ich denke, schon.«

Pierre stieß die Luft aus. »Sie werden also deine Fingerabdrücke darauf finden.«

»Ja, natürlich!« Anouk nahm einen letzten Zug und drückte die Zigarette mit einem Stoßseufzer in der Glasschale aus. »Ich habe den Beamten davon erzählt, und sie haben mich erst gehen lassen. Doch dann standen sie am Abend wieder vor meiner Tür und zeigten mir die Aufnahme einer Pralinenschachtel. Sie fragten, wie meine Fingerabdrücke darauf gekommen seien.« Anouk rang nach Luft, schluckte heftig, bevor sie weitersprach. »Es waren die Pralinen, die ich Hervé am Abend zuvor als Gastgeschenk mitgebracht hatte.«

Charlotte stöhnte auf. »Es heißt, er sei vergiftet worden.«

Anouk nickte heftig. »Ja. Das Gift war in den Pralinen! Die Beamten haben gesagt, ich solle mich für weitere Befragungen zur Verfügung halten. Aber ich habe es zu Hause einfach nicht mehr ausgehalten, versteht ihr das?«

»Du musst trotzdem zurückfahren«, sagte Pierre ernst. »Und zwar so schnell wie möglich. Wir erwarten zwei Beamte, die unsere Zeugenaussage aufnehmen wollen. Wenn sie feststellen, dass du deinen Wohnort gegen ihre ausdrückliche Anweisung verlassen hast, werden sie erst recht einen Haftbefehl ausstellen, wegen Fluchtgefahr.«

Anouk schrak auf. »Zeugenaussagen? Warum denn das?«

»Wir wollten dir nur helfen«, erklärte Charlotte. »Ich will nicht, dass sie dich verhaften.«

Erschrocken sah Anouk Pierre an. »Glaubst du auch, dass sie mich einsperren werden?« Sie kämpfte wieder mit den Tränen. »Ich könnte es nicht ertragen. Angeblich legen sie nach Urin stinkende Decken in die Zellen, um die Gefangenen zu zermürben …«

Pierre wollte erst etwas entgegnen, aber er schwieg. Frankreichs Gefängnisse – und dazu gehörten auch die Untersuchungshaftanstalten – hatten einen denkbar schlechten Ruf, was dem Land regelmäßig Ermahnungen des Europarats einbrachte. Dennoch: Jeder Versuch Anouks, sich zu entziehen, machte ihre Lage nur noch schlimmer.

»Die genannten Beweise reichen für einen Verdacht aus, für mehr nicht«, sagte er ruhig. »Jemand könnte das Gift nachträglich hinzugefügt haben. Wer außer dir hat noch Zugang zu Bousquets Haus?«

»Aminata, die Haushälterin. Sonst niemand.«

»Dann ist es umso wichtiger, sie einzubezie…«

»Lass sie da raus«, unterbrach Anouk heftig. »Aminata besitzt keine Arbeitserlaubnis, und ich möchte nicht, dass sie wegen mir in Schwierigkeiten kommt.«

Pierre stöhnte auf. Es war eine jener Win-win-Situationen, bei denen niemand genauer hinsah. Eine zuverlässige Kraft, die Woche für Woche kam, um für einen überschaubaren Betrag das Haus zu säubern, war besser als ein Mensch, der in die Kriminalität abrutschte, weil er sich nicht anders zu ernähren wusste. Für die ermittelnden Beamten jedoch war es häufig ein schwerwiegendes Problem. Vor allem, wenn es sich dabei um Zeugen in einem Mordfall handelte.

»Die Polizei ist ihr längst auf der Spur. Und irgendjemand muss die Pralinen manipuliert haben, nachdem du gegangen bist. Wenn außer dir und Aminata niemand Zutritt hat …«

»Das mag ja sein, aber letztlich spielt es keine Rolle.« Anouks Stimme war jetzt ein Flüstern. »Ich glaube nicht, dass das Gift für Hervé bestimmt war.« Immer mehr Tränen lösten sich, rollten die Wangen hinab. »Sein Tod ist eine tragische Verwechslung. Die Pralinen waren für mich gedacht.«

7

Es hatte eine Weile gedauert, bis Anouks Weinen abebbte. Pierre und Charlotte tauschten stumme Blicke über ihren Kopf hinweg, zwischen Besorgnis und Irritation.

»Die Pralinen sind mir vor drei Wochen zugeschickt worden«, erzählte Anouk endlich. »Ohne Text, ohne Absender, nur mit einem aufgeklebten Herz auf dem Umkarton.«

»Hast du den Karton noch?«, fragte Pierre.

»Nein, ich habe ihn weggeworfen und die Pralinen behalten. Ich habe mir nichts dabei gedacht, ich glaubte, sie seien von meinem Verehrer.«

»Wie heißt dieser Mann?«

»Clément Lefevre. Er besitzt eine Fabrik zur Produktion von Duft- und Aromastoffen. Wir waren einige Male essen. Ich habe zunächst gar nicht bemerkt, dass er sich für mich interessiert. Daher glaubte ich, der Kontakt sei rein geschäftlich. Erst als er mich eines Abends zum Abschied küssen wollte, erkannte ich, wie naiv ich gewesen war. Ich habe ihn abgewiesen und gesagt, dass das mit uns nichts wird, aber er gab nicht auf. Mal schickte er mir Blumen, dann wieder eine Einladung ins Theater. Und diesmal, so dachte ich, Pralinen.«

»Das heißt, er war gar nicht der Absender?«

»Jetzt, da ich von dem Gift weiß, kann ich es mir kaum vorstellen. Aber als ich die Sendung erhielt, dachte ich, sie kämen von ihm. Seine Hartnäckigkeit ärgerte mich, fast hätte ich die Pralinen weggeworfen, doch dann kam Hervés spontane Einladung zum Abendessen. Und da ich wusste, dass es auch seine Lieblingssorte war, *Amour de Rose* – ein Schokoladenkonfekt mit kandierten Rosenblättern –, habe ich sie ihm als Gastgeschenk mitgebracht.« Sie schüttelte um Worte ringend den Kopf. »Macht mich das automatisch zur Täterin? Ich konnte doch nicht ahnen …«

»Hast du der Polizei von Lefevre erzählt?«

»Ja. Sie wollen dem Hinweis nachgehen.« Anouk umfasste die Kaffeetasse, drehte sie langsam im Kreis. »Ich kann mir nicht vorstellen, dass er das getan hat«, wiederholte sie. »Ich meine, das Gift hineinmischen. Warum auch?«

»Was macht dich eigentlich so sicher, dass es dir gegolten hat?«

Anouk senkte den Blick, schien auf einmal umhüllt von düsterer Trauer. Doch sie antwortete nicht, zuckte nur mit den Schultern.

Pierre lehnte sich auf dem Stuhl zurück und verschränkte die Arme. Es wäre in der Tat ein eigenartiger Zufall, dass sich ausgerechnet die anonym zugeschickten Pralinen später als todbringend erwiesen. Wenn er der ermittelnde Beamte wäre, Clément Lefevre wäre der Erste auf seiner Liste. Obwohl es einen gewichtigen Punkt gab, der dafürsprach, dass das Gift nicht Anouk, sondern dem Archivar gegolten hatte: die historischen Dokumente, die nun verschwunden waren. Das Einzige, was ihn dabei störte, war die Tatsache, dass es sich nur schlecht vorausplanen ließ, wann Hervé die Pralinen aß und ob dabei das Archiv offen stand. Es sei denn, der Mörder oder die Mörderin kannte den Zugangscode. Was darauf hindeutete, dass Hervé Bousquet an jenem Morgen tatsächlich Besuch bekommen hatte.

Aminata wäre eine wichtige Zeugin. Möglicherweise hatte sie sogar Spuren von einem Besuch entdeckt, bevor sie den

Archivar fand. Dass sie selbst die Täterin war, glaubte er nicht, das Telefonat im *Chez Albert* war ihm noch gut im Gedächtnis. Sie hatte Angst gehabt, war hilflos gewesen und verzweifelt. Aber vielleicht war sie ja auch nur eine gute Schauspielerin.

»Du musst Aminata einbeziehen«, sagte er. »Vielleicht hat sie noch jemanden im Haus gesehen.«

Anouk lächelte matt. »Ich habe schon versucht, sie zu erreichen. Aber ihre Nummer ist nicht mehr gültig. Und ich habe keine Ahnung, wo sie wohnt. Leider kenne ich noch nicht einmal ihren Nachnamen.«

»Die Kollegen werden ihre Fingerabdrücke auf dem Telefon finden.«

»Werden sie nicht. Ich habe sie abgewischt.«

»Dann sind also nun deine drauf.«

»Ich weiß.«

Nachdenklich betrachtete Pierre Anouk, die die Lider senkte und jetzt wieder die Kaffeetasse umklammerte. Es fiel ihm schwer, sie einzuordnen. Ihre Schilderungen klangen plausibel. Bis auf einen Punkt.

»Du sagtest, du hast im ersten Moment an einen Herzinfarkt geglaubt und erst beim Betreten des Archivs gemerkt, dass es sich um einen Raubüberfall handeln könnte.« Pierre machte eine Pause. Er wollte ihre Reaktion sehen und wartete, bis sie den Blick hob. Jetzt tat sie es. »Wenn du von einem medizinischen Notfall ausgegangen bist, warum hast du Aminata dann gebeten, neben dem Krankenwagen auch die Polizei zu rufen?«

Sie starrte ihn an. Erst erschrocken, dann erschöpft.

»Intuition.«

»Wirklich?«

»Ja.«

Er glaubte ihr nicht. Irgendetwas hatte sie innerlich zusammenzucken lassen. Anouk schien bereits ein Verbrechen befürchtet zu haben, als der Anruf einging.

»Hatte Hervé Feinde?«

»Nein. Er war ein großartiger Mensch. Gutmütig und hilfsbereit.«

»Man wird versuchen nachzuweisen, dass du die Täterin bist. Gibt es irgendetwas, das dich belasten könnte?«

Sie schüttelte den Kopf.

»Du warst hier in der Nähe, bevor du Charlotte besucht hast.«

»Ja, in Oppède-le-Vieux.«

»Und was hast du da gemacht?«

»Ein …« Sie zögerte kurz. »Ich habe jemanden besucht. Einen alten Freund. Und da dachte ich … Es ist ja nicht einmal zwanzig Minuten von Sainte-Valérie entfernt.«

»Magst du erzählen, wer dieser Freund war?«

Anouk schüttelte heftig den Kopf. »Er hat nichts damit zu tun.«

»Na schön.« Pierre sah auf die Uhr, es war halb neun. Er sah ein, dass er so nicht weiterkam. »Du solltest jetzt zurückfahren.«

»Nach Grasse?«

Er nickte. »Die Ermittler werden dich weiter verhören wollen, um ihren Anfangsverdacht zu erhärten … oder um ihn auszuräumen. Wenn sie dich nicht antreffen, lieferst du ihnen einen Grund, dich wegen Fluchtgefahr festzusetzen. Du solltest dir auch unbedingt einen Anwalt nehmen. Kennst du einen?«

»Ja, *Maître* Hugo Monnier, ein enger Freund von Hervé. Er hat mir bereits auf den Anrufbeantworter gesprochen und seine Hilfe angeboten.«

»Dann ruf ihn am besten gleich zurück.«

»Na schön.« Anouk stand auf und strich sich die Bluse glatt.

»Ich werde ihn auf dem Rückweg anrufen und alles mit ihm besprechen.«

Pierre und Charlotte erhoben sich ebenfalls und begleiteten sie ins Freie, wo vereinzelte Regentropfen den Kies dunkler färbten.

Die beiden Frauen drückten sich fest. Dann setzte sich Anouk hinter das Lenkrad ihres Peugeots und steuerte ihn über die schmale Brücke, die den Bach überspannte, auf die Straße.

»Das war sicher die beste Lösung«, sagte Pierre, nachdem der Wagen hinter der Kurve verschwunden war.

»Ich hoffe, du behältst recht.«

Das hoffe ich auch, dachte er. Alles, worauf er sich stützen konnte, war Anouks Aussage. Doch während Charlotte ihrer Freundin vorbehaltlos vertraute, war er sich darin nicht ganz so sicher.

8

An Markttagen glich Sainte-Valérie einem großen Bienenkorb, in dem es unablässig summte. Die Parkplätze vor den Stadtmauern waren hoffnungslos überfüllt, und im Inneren schoben sich Touristen wie Einheimische durch die engen Gassen bis zur *Place du Village*, um sich an den unzähligen Marktständen mit frischem Obst und Gemüse, Oliven und *fougasse* einzudecken. Heute aber, da sich tiefschwarze Wolken über den Luberon schoben und kein Ende des Regens abzusehen war, waren die Stände ungewohnt einsehbar, die Gassen geradezu leer.

Wer seine Wocheneinkäufe machen wollte, der hastete, statt zu schlendern, es wurde weniger gefeilscht und nur kurz geplauscht, um die prall gefüllten Taschen rasch nach Hause zu schaffen. Als die Glocke der *Église Saint-Michel* elf schlug, bestimmten Touristen das Bild, die geradezu trotzig Schnappschüsse unter Regenschirmen machten oder sich in mit dem Stadtwappen von Sainte-Valérie bedruckte Regencapes hüllten, die es für einen Euro im Bürgermeisteramt zu erwerben gab.

Pierre zog den Reißverschluss seiner Jacke bis zum Hals. Charlotte und er hatten bis um halb zehn auf die Beamten aus Cavaillon warten müssen, und es hatte fast eine Stunde gedauert, bis ihre Aussagen, getrennt voneinander, aufgenommen waren.

Jetzt war es eigentlich zu spät, um Unregelmäßigkeiten bei den Ständen zu überprüfen und gegenüber Taschendieben Präsenz zu zeigen. Die ersten Händler begannen schon abzubauen, und selbst die Langfinger schienen lieber im Trockenen bleiben zu wollen. Doch er hatte es nicht eine Minute auf der Wache ausgehalten, er musste raus ins Freie und die wachsende Unruhe abschütteln, die ihn seit dem Morgen fest umklammert hielt.

Pierre liebte die Atmosphäre des Wochenmarktes. Während er von Stand zu Stand ging, den bekannten Gesichtern zunickte und sich von neuen Marktbetreibern die Lizenz zeigen ließ, blieb er immer wieder stehen, um die Auslagen zu betrachten. Wagenradgroße Käselaibe, Nougattorten, deren Stücke eine ganze Familie satt machen konnten. Bottiche mit den unterschiedlichsten Sorten Oliven und Kapern. Körbe mit exotischen Gewürzen – Safran, Kurkuma, Koriander, Kreuzkümmel –, die seit der Zeit der Kreuzritter Einzug in die provenzalische Küche gehalten hatten und deren sonnige Farben die Stimmung hoben.

Gerade scherzte er mit dem Schlachter aus Cavaillon, als er plötzlich einen kleinen, von einem riesigen Sonnenschirm überspannten Tisch entdeckte, den er hier noch nie gesehen hatte und der von Weitem aussah, als würde er gleich unter dem Weidekorb zusammenbrechen, der obendrauf platziert war. Pierre trat näher und glaubte, seinen Augen nicht zu trauen. Hinter dem Tischchen stand Didier Carbonne. Gerade griff der Uhrmacher in den Korb und hielt der alten Madame Duprais, die heute einen mit Mohnblumen bedruckten Regenmantel trug, ein Stück Käse vor die Nase. Woraufhin sie ihm einen schmachtenden Blick zuwarf.

Pierre schmunzelte. Er hatte sich schon des Öfteren gefragt, warum sie nicht längst ein Paar waren. Beide waren verwitwet und etwa im selben Alter. Im vergangenen Sommer war er sich sicher gewesen, dass es nur eine Frage der Zeit sei. Auf den *Feux de la Saint-Jean* hatten sie zur Farandole getanzt. Madame Duprais hatte Carbonnes Hemdkragen zurechtgerückt, und der Uhrmacher hatte sie beim Vornamen genannt, Rosalie. Aber es war nie etwas daraus geworden. Obwohl sie ab und zu für ihn kochte. Und sich die Haare aufwändig frisieren ließ, bevor er bei ihr vorbeisah.

»Alles selbst gemacht«, sagte Carbonne in diesem Augenblick, er hatte Pierre offenbar noch nicht bemerkt, »aus bester Ziegenmilch.«

Pierre ahnte, woher die Milch stammte. Nun erkannte er auch den in Zellophan verpackten, mit getrockneten Provencekräutern bestreuten Frischkäse. Es war derselbe, den Carbonne ihnen manchmal als kleinen Gruß vor die Tür legte. Und der, das musste er zugeben, wunderbar cremig und gleichzeitig würzig schmeckte. Er spähte in den Korb, der recht gut gefüllt war. Erstaunlich, dachte er, was eine kleine Ziege an Käse hervorbrachte, die nur einmal täglich gemolken wurde. Es sei denn, der Alte hatte noch mehr solche Abkommen.

Auch Madame Duprais hatte Pierre noch nicht kommen gesehen. Sie beugte sich noch ein Stück weiter vor, bis ihre Nase die Hand des Uhrmachers beinahe berührte, bevor sie den Kopf hob und ihn mit ihren Knopfaugen ansah.

»Das sieht gut aus«, sagte sie mit einem Gurren, und Pierre stellte sich vor, dass ihr Atem nach den Pfefferminzpastillen roch, die sie immer zu lutschen pflegte. »Hast du die Milch dafür aus dem Supermarkt?«

»Nein, selbst gemolken und garantiert bio.«

»Soweit ich weiß, besitzt du gar keine Ziegen. Oder hast du endlich den Krempel aus der Garage geschafft und dort einen Stall eingerichtet?«

»Das ist mein Geheimnis. Aber«, Carbonne reckte stolz die Brust, ihre Aufmerksamkeit schien ihm zu schmeicheln, »so viel kann ich verraten: Ich habe sie von der wohl hübschesten Dame des Dorfes.«

»Von der hübschesten Dame?« Madame Duprais richtete sich auf und griff sich in das frisch gesträhnte Haar. »Wer soll das denn sein?«

»Eine Ziegendame namens Cosima«, mischte sich Pierre nun ein. »Nicht wahr?«

Carbonne fuhr zusammen, dann fing er sich wieder und zwinkerte ihm schelmisch zu. »Ja, *mon ami*, aber warum so streng? Hat dir der letzte Käse etwa nicht geschmeckt?«

Das *mon ami* betonte er auffallend zugewandt, was Pierre nicht besonders beeindruckte. »Doch. Aber ich wusste nicht, dass du ihn hier auf dem Markt verkaufst.«

»Ah, keine Sorge, nur heute, der Platz ist unverhofft frei geworden. Laurent, der hier normalerweise seine Spülbürsten anbietet, ist krank geworden.« Carbonne fingerte etwas aus der Hosentasche, hielt ihm dann einen verknitterten Zettel entgegen, die Kopie einer auf Laurents Namen ausgestellten Standlizenz. »Du siehst, alles in Ordnung.«

»Nein, so geht das nicht. Du musst erst eine Lizenz für den Verkauf von Lebensmitteln einholen und dich dann wie alle anderen um einen eigenen Platz bewerben.«

»Wirklich?« Carbonne schob seine Mütze nach hinten und rieb sich den struppigen Bart. »Das wusste ich nicht.«

Natürlich wusste er das, er war ja nicht auf den Kopf gefallen, auch wenn er sich nun dumm stellte.

»Außerdem brauchst du eine Reisegewerbekarte«, erklärte Pierre, »die kannst du in der Präfektur von Avignon beantragen.«

»Wieso reisen? Ich bleibe doch hier.«

»So nennt man den Verkauf an beweglichen Marktständen.«

»Das ist ein Campingtisch, Pierre, kein Marktstand. Den kann man höchstens zusammenklappen, bewegen tue ich mich mit ihm, und für meine Beine habe ich in den vergangenen einundsiebzig Jahren noch nie ein Formular gebraucht.«

Vom benachbarten Gemüsestand drang ein unterdrücktes Lachen, doch als Pierre sich umwandte, war die Marktfrau intensiv damit beschäftigt, den Salat zu arrangieren.

»Keine Wortklaubereien, Didier, du weißt, was ich meine.« Pierre sah ihn mit strenger Miene an. Er hatte den alten Uhrmacher ins Herz geschlossen, was aber nicht bedeutete, dass er sich von ihm verschaukeln ließ. »Und dann der Käse … Was du privat machst, geht mich nichts an. Aber du kannst nicht einfach ohne eine Prüfung durch das Gesundheitsamt selbst gemachten Käse verkaufen. Ich will gar nicht wissen, wo du den geseiht hast.« Pierre verdrängte die Erinnerung an Carbonnes winzige Küche, die kaum größer war als eine Speisekammer. Womöglich hatte der Uhrmacher den Käse sogar in seiner liebevoll mit Lupen, Pinzetten, Schrauben und Uhrgehäusen bestückten Werkstatt hergestellt, in der auch der Kühlschrank stand. »Bau das ab, aber schnell.«

»Ach, komm schon, Pierre!« Carbonne zog die buschigen Brauen zusammen. »Der Markt ist so gut wie beendet. Lass mich wenigstens noch ein Stündchen hier stehen, dann erzähle ich dir auch, wer vergangenen November die anonyme Anzeige gegen Arnaud Rozier aufgegeben hat.«

»Wie bitte? Woher willst du das denn wissen?«

Carbonne machte eine kaum sichtbare Kopfbewegung in Richtung Madame Duprais, die sich neben die Gemüsefrau gestellt hatte und nun so tat, als würde sie sich brennend für den Spargel interessieren.

»Du meinst …«

»*Exactement.*« Der alte Uhrmacher grinste. »Sie hat es nur angedeutet, aber wenn ich mit ihr einen Kaffee trinken gehe, wird sie es mir sicher verraten.«

»Was genau hat sie angedeutet?«

»Das verrate ich dir erst, wenn du mich weiter meinen Käse

verkaufen lässt. Und nun husch!« Er machte eine wedelnde Handbewegung. »Du vergraulst mir ja meine Kunden.«

»Mein lieber Didier.« Pierre baute sich tadelnd vor ihm auf. Es fehlte gerade noch, dass er sich von dem Alten verscheuchen ließ! »Wenn du nicht sofort machst, was ich dir sage, dann hast du eine Anzeige am Hals, die deine heutigen Einnahmen um ein Mehrfaches übersteigt. Also los! Noch kann ich ein Auge zudrücken, aber sobald einer der anderen Händler dich meldet …«

Pierre brach ab. Ein Mann mit dunklem Regenschirm schob sich in sein Blickfeld: Maurice Marechal. Der Bürgermeister war vor einem Stand mit Backwaren stehen geblieben. Gerade griff er in eine Schale mit *croquantes* und biss ein Stück davon ab.

Marechal war gut aussehend, musste Pierre zugeben. Er trug einen Dreitagebart, der stets so aussah, als habe er ihn mit ruhiger Hand akribisch zurechtgestutzt. Die Frauen der Dorfgemeinschaft himmelten ihn an, selbst die Friseurin Madame Farigoule, die sicher fünfzehn Jahre älter war, ließ sich regelmäßig Termine geben. Sei es, um diese oder jene behördliche Angelegenheit zu besprechen oder – weil dem Herrn Bürgermeister das Thema Familie politisch sehr am Herzen lag – um ihre Unterstützung beim nächsten Kleiderbasar zuzusichern, aus dessen Erlös man Schulranzen für Kinder aus mittellosen Familien kaufte.

Zumindest hatte sie dies vergangene Woche einer der Marktfrauen erzählt, als Pierre zufällig in der Nähe war. Die Art, wie dabei ihre Wangen glühten, ließ ihn allerdings befürchten, dass sie vermutlich mehr anbot als nur ihre ehrenamtliche Hilfe. Als sie sich dann vorbeugte und tatsächlich flüsternd erzählte, was sie noch alles mit dem Bürgermeister anstellen würde, wenn er nicht so glücklich verheiratet wäre, hatte es ihn innerlich geschüttelt. Pierre hatte mehrere Tage gebraucht, um die unwillkürlich aufsteigenden Bilder wieder aus dem Kopf zu bekommen.

»Didier«, zischte er dem Uhrmacher zu. »An deiner Stelle würde ich mich jetzt lieber beeilen.«

»Aber …« Der Alte folgte seinem Blick und erblasste.

Jetzt hatte der Bürgermeister sie ebenfalls entdeckt. Mit raumgreifendem Schritt steuerte er geradewegs auf sie zu und blieb neugierig vor ihnen stehen.

»Bonjour, Messieurs. Ein furchtbares Wetter, nicht wahr? Es schlägt einem allmählich auf das Gemüt.« Er sah in Carbonnes Korb und verzog den Mund. »Nanu, seit wann verkaufen Sie Käse? Noch dazu ohne Kühlung?«

»Den habe ich nur hier abgestellt«, entgegnete Carbonne. Er wischte sich mit einem Taschentuch den Schweiß von der Oberlippe und warf Pierre einen hilfesuchenden Blick zu. »Er gehört meiner lieben Freundin Rosalie, ich habe ihn ihr geschenkt.« Er zeigte mit dem Taschentuch auf Madame Duprais, die sich vom Gemüsestand gelöst hatte und die Szene aufmerksam beobachtete.

Marechal hob die Brauen. »So viel Käse auf einmal? Sie machen sich wohl über mich lustig?«

»Aber nein!« Die Witwe griff nach dem Weidenkorb. »Ich kann das bestätigen. Ich liebe diesen Käse, ich könnte den ganzen Tag nichts anderes essen. Dagegen ist doch nichts einzuwenden, oder?«

Mit gerunzelter Stirn musterte Marechal den provisorischen Marktstand, trat dabei einen Schritt zur Seite, um den Tropfen auszuweichen, die durch den vollkommen durchnässten Stoff des Sonnenschirms sickerten, und schüttelte schließlich den Kopf.

»Und wem gehört dieses klatschnasse Monstrum?«

»Rosalie. Ihr Regenschirm ist kaputt.«

»Sie scherzen.«

Pierre räusperte sich. Carbonne redete sich gerade um Kopf und Kragen, er musste eingreifen.

»*Monsieur le maire*«, sagte er überschwänglich, »schön, dass ich Sie hier treffe. Ich wollte ohnehin noch einmal mit Ihnen über das kommende Wochenende sprechen.« Er nahm Marechal am Arm und drehte ihn ein Stück, sodass er Carbonne den Rücken zukehrte. »Was halten Sie davon, wenn wir am Nachmittag vor dem Bouleturnier auch die Kinder einen Wettbewerb austragen lassen?«

»Das ist eine hervorragende Idee! In den vergangenen Jahren sind die Familien viel zu kurz gekommen. Ich bin sehr dafür, das zu ändern, sie sind unsere Zukunft.« Marechal legte den Finger ans Kinn. »Es ist vielleicht ein wenig kurzfristig, aber vielleicht könnten wir auch einen Clown organisieren, der die wartenden Kinder unterhält. Und einen Stand mit Crêpes. Wie wäre es mit dem Anbieter aus Aix-en-Provence, den wir auf dem Mandelbaumfest hatten, den könnten Sie anfragen. Und Sie müssen sich um die Schanklizenzen kümmern, sicher wollen die Kleinen auch etwas trinken.«

Pierre unterdrückte ein Stöhnen, während er Carbonne mit einem Nicken Zeichen gab. Dieser verstand, faltete in Windeseile Klapptisch und Sonnenschirm zusammen und eilte, gefolgt von Madame Duprais, die den Weidenkorb trug, von dannen.

Und als Maurice Marechal seine Gedanken zu Ende gebracht hatte und sich wieder Carbonne zuwenden wollte, war bis auf die wippende Spitze des Sonnenschirms, die gerade in der *Rue Magot* verschwand, vom illegalen Käsestand des Uhrmachers nichts mehr zu sehen. Nur die Mütze, die er wohl in der Hektik hatte fallen lassen, lag auf dem schmutzig nassen Pflaster, schob sich mit jedem Windstoß ein Stück weiter in Richtung Gemüsestand. Doch erst als der Bürgermeister sich achselzuckend entfernt hatte, hob Pierre sie auf, um sie dem Uhrmacher bei Gelegenheit zurückzugeben.

9

Um kurz nach vier am Nachmittag klingelte das Telefon. Pierre hatte darum gebeten, nur im Notfall gestört zu werden, und hob ungehalten den Kopf, als das Läuten die Stille zerriss.

»Ein *Maître* Monnier möchte Sie sprechen«, gab Penelope durch, »er lässt sich leider nicht abwimmeln.«

»Monnier?« Pierre wollte partout kein Gesicht zu dem Namen einfallen. »Was will er denn?«

»Das hat er nicht gesagt. Angeblich ist er der Anwalt einer gemeinsamen Freundin, es scheint dringend zu sein.«

Pierre setzte sich kerzengerade auf. »Ich nehme den Anruf an.«

Maître Monniers Stimme war tief und wohlklingend. »Gut, dass ich Sie erreiche«, sagte er ohne Einleitung. »Gegen meine Mandantin, Anouk Debris, ist Haftbefehl erlassen worden. Die Polizei hat sie vor einer guten Stunde abgeholt, sie soll noch heute dem Haftrichter vorgeführt werden. Mademoiselle Debris hat mich gebeten, Sie darüber zu informieren.«

»*Putain!*« Er hatte es sich fast gedacht. »Was war der Haftgrund?«

»Drohende Fluchtgefahr. Offenbar waren die Beamten bereits am Morgen dort gewesen, um die Befragung fortzusetzen, und hatten sie nicht angetroffen. Die Angestellten wussten nicht, wo sie sich befand. Tja, das war dann wohl ausschlaggebend. Ich habe beantragt, dies nicht als Haftgrund zuzulassen … immerhin ist sie freiwillig zurückgekommen, und der Besuch einer Freundin ist nicht mit Flucht gleichzusetzen … aber ich fürchte, der Haftrichter wird das anders bewerten.«

Pierre fuhr sich mit der Hand durchs Haar. »Wie geht es ihr?«

»Sie ist schockiert. Wie die meisten Menschen, die zum ersten Mal verhaftet werden. Es macht etwas mit ihnen, *Monsieur le policier*, das wissen Sie sicher besser als ich. Eine traumatische Erfahrung, vor allem wenn man so sensibel ist wie Mademoiselle Debris.«

»Kann ich etwas tun?«

»Ich habe gehofft, dass Sie das fragen. Natürlich werde ich alles versuchen, was auf juristischem Wege möglich ist. Aber wenn wir Beweise für die Unschuld meiner Mandantin finden, etwas, das sie entlastet, würde es die Sache beschleunigen.«

Pierre schwieg. Regentropfen schlugen hart gegen die Scheibe in seinem Rücken, jemand fluchte quer über den Hinterhof, schimpfte auf das Wetter.

»Momentan«, sagte er endlich, »gibt es außer der angeblichen Flucht nur die Tatsache, dass sich ihre Fingerabdrücke auf der Pralinenschachtel befinden. Alleine der Umstand, dass sie diese nicht abgewischt hat, spricht doch für ihre Unschuld.«

»Dafür hat sie die Abdrücke einer wichtigen Zeugin entfernen wollen. Und sie wurde dabei ertappt, wie sie das Archiv durchsuchte.«

»Sie hat es auf fehlende Unterlagen überprüft. Ziemlich dürftig, um eine Untersuchungshaft zu rechtfertigen. Vor allem, da sie sich noch nie etwas zuschulden hat kommen lassen. Oder gibt es da etwa mehr, das man ihr vorwirft?«

»Das kann ich noch nicht endgültig sagen, ich habe Akteneinsicht eingefordert und hoffe, dass man sie mir rasch gewährt. Aber selbst wenn ich Mademoiselle Debris schnell herausbekommen sollte, brauche ich Ihre Unterstützung. Denn es ist davon auszugehen, dass ihr Leben in Gefahr ist.«

»Sie glauben auch, dass das Gift ihr gegolten hat?«

»Ich bin mir dessen sogar ziemlich sicher. Ende April hat es bereits einen Toten aus Monsieur Bousquets Umfeld gegeben. Einen Parfümeur, sein Name war Lucien Aubert.«

Pierre erinnerte sich vage an den Fall, die Presse hatte darüber berichtet. »Ich dachte, es sei ein tragischer Unfall gewesen.«

»Offiziell ja. Aber in Wahrheit … Hören Sie, ich möchte das nur ungern am Telefon besprechen. Könnten Sie nicht herkommen? Dann erzähle ich es Ihnen unter vier Augen.«

»Ich weiß Ihr Vertrauen in meine Fähigkeiten zu schätzen. Nur ist das Sache der Kriminalpolizei. Soweit ich weiß, ist ein gewisser *Commissaire* Thiebaud damit betraut.«

»Der meine Mandantin für schuldig hält und alles dafür tut, sie des Mordes zu überführen. Er hat sie mit Fragen bombardiert. Wie ihr Verhältnis zu dem Toten gewesen sei, ob sie in ihrem Beruf glücklich sei und ob sie die Sammlerszene kenne. Hätte ich ihr nicht geraten, auf keine der Fragen zu antworten, säße sie vermutlich längst in Haft.« Er lachte trocken. »Mademoiselle Debris hat mir erzählt, Sie hätten vor wenigen Jahren als *Commissaire* gearbeitet. Sie kennen also die Vorgänge und wissen, wie man einen Täter ausfindig macht und ihn überführt. Sie wären uns eine große Hilfe.«

»Es tut mir leid«, antwortete Pierre nach kurzem Nachdenken. Die Worte schmeichelten ihm, und er sehnte sich tatsächlich danach, die Rolle des Ermittlers, noch dazu die des Beschützers einer Unschuldigen, einzunehmen. Er verspürte das dringende Bedürfnis einzuschreiten. Anouk aus dieser furchtbaren Lage zu befreien. Doch ihm waren die Hände gebunden. »Ich würde Ihnen wirklich gerne helfen, aber ich bin nur noch ein einfacher Dorfpolizist. Ohne konkreten Auftrag seitens der Präfektur Alpes-Maritimes kann ich nichts ausrichten.«

»Ich hatte auch nicht daran gedacht, Sie als Polizeibeamten herzubitten, sondern als Privatmann. Glauben Sie mir, die Leute reden lieber mit Personen, die jemanden vor den Fängen der Justiz bewahren wollen, als mit Strafvollzugsbehörden.« Er schärfte die Stimme. »Monsieur Durand, ich kann nicht glauben, dass Sie diese Notlage so wenig berührt, dass Sie Formalitäten vorschieben. Immerhin geht es um die Existenz, um das Leben der besten Freundin Ihrer Lebensgefährtin! Da sollte es Ihre verdammte Pflicht, wenn nicht gar eine Selbstverständlichkeit sein, dem Hilferuf nachzukommen.«

Pierre wollte einwerfen, dass diesen Argumenten das Risiko einer fristlosen Kündigung wegen Verstoßes gegen die *règlements* gegenüberstehe. Dass er seinen Beruf – trotz Aktenbergen und sämtlichen Einschränkungen – zu sehr liebe, um ihn aufs Spiel zu setzen. Dennoch musste er sich eingestehen, dass *Maître* Monnier recht hatte. Charlotte würde sich ins Feuer stürzen, um ihre Freundin zu retten, und er saß da wie ein Eisblock und schwadronierte über die *règlements*.

Sein Blick streifte ein Foto auf dem Schreibtisch, auf dem Charlotte der Kamera entgegenlächelte. Eingewickelt in eine Wolldecke saß sie da, um sich vor dem eisigen Wind zu schützen, der ihr von der *Platja de Banyuls de la Marenda* entgegenwehte. Die Aufnahme war im vergangenen November entstanden, als sie für ein paar Tage nach Banyuls-sur-Mer gefahren waren. Nur wenige Minuten, nachdem er sie gefragt hatte, ob sie zu ihm ziehen wolle. Es war ein bewegender Moment gewesen, sehr intim. Für ihn, der sich so lange vor allzu großer Nähe gescheut hatte, war es ein Quantensprung gewesen.

Pierre beugte sich vor und strich über das Glas des Bilderrahmens. Auf einmal wusste er, dass er etwas tun musste, welche Konsequenzen es auch haben mochte. Für Charlotte.

»Monsieur Durand?«, drang Monniers Stimme in seine Gedanken. »Sind Sie noch dran?«

Wenige Augenblicke später hatte Pierre dem Anwalt seine Hilfe zugesichert. Er würde ein paar Tage frei nehmen und nach Grasse fahren. Monnier bedankte sich überschwänglich und meinte, er könne in Anouks Gästezimmer schlafen, sie habe ihm die Schlüssel überlassen und ihn gebeten, Pierre dies anzubieten.

»Wann können Sie hier sein?«, fragte er. »Gegen acht? Dann besorge ich uns was zum Abendessen.«

Pierre legte auf und ging sofort in den Vorraum, um Luc und Penelope davon in Kenntnis zu setzen.

»Natürlich musst du da hin«, sagte sein Assistent ohne Zögern, und Penelope nickte dazu.

»Selbstredend, das geht vor.«

»Bei den Vorbereitungen zum Bouleturnier wird Arnaud Rozier sicher helfen«, überlegte Pierre. »Er hat eigens dafür ein Komitee gegründet.«

»Hast du ein schlechtes Gewissen, weil du uns jetzt damit alleine lässt?« Luc grinste. »Keine Sorge, wir stehen längst mit ihm in Kontakt. Wir schaffen das mit links. Und bis zum Wochenende bist du ja wieder da, nicht wahr?«

»Natürlich. Drei Tage sollten vorerst reichen. Am Freitagabend, zum Eröffnungsspiel, bin ich zurück.«

10

Dasselbe sagte Pierre dem Bürgermeister, der ihn mit verbindlichem Lächeln empfing und auf einen der Besucherstühle dirigierte. Einen Freischwinger nach Art von Le Corbusier, der dem Raum etwas ungewohnt Modernes verlieh.

»Drei Tage?«, echote Marechal. »Das kommt aber plötzlich, hm?«

»Eine dringende Angelegenheit«, sagte Pierre und fügte, als er merkte, dass sein Gegenüber eine Erklärung erwartete, schnell hinzu: »Eine gute Freundin braucht meine Unterstützung.«

»Liegt eine schwere Krankheit vor? Ein drohender Todesfall?«

»Drohender Todesfall kommt der Sache sehr nahe.«

»Hätten Sie bitte die Freundlichkeit, konkreter zu werden?«

»Konkreter?« Pierre lächelte höflich. Er würde den Teufel tun und Marechal von seinem Vorhaben erzählen. Nicht einmal der alte Bürgermeister hätte ihn so einfach in einem fremden Zuständigkeitsbereich ermitteln lassen. »Das würde ich liebend gerne tun, *Monsieur le maire*, aber ich habe Verschwiegenheit gelobt. Woran Sie erkennen können, wie dringlich die Sache ist.«

Marechal nickte und lehnte sich zurück, er müsse erst einmal darüber nachdenken. Da es aussah, als würde dies ein wenig dauern, drückte Pierre den Rücken in die Stuhllehne und ließ den Blick durch den Raum schweifen. Er wirkte vollkommen anders als zuvor. Während Rozier ihn eher praktisch eingerichtet hatte, um seine Nähe zu den heimatverbundenen Wählern auszudrücken, zeigte sich Marechal als designbewusster Familienvater. Glänzende Lackregale, zwischen denen gerahmte Kinderzeichnungen hingen, ein marmorner Stiftehalter neben einem Familienfoto.

»Na schön«, sagte der Bürgermeister schließlich, »ich gebe Ihnen einen Tag. Danach konzentrieren Sie sich bitte wieder voll und ganz auf das Turnier.«

Perplex runzelte Pierre die Stirn. »Um die Sicherheitsvorkehrungen kümmert sich mein Assistent. Viel ist da nicht zu tun, es ist ja nur ein kleiner, unbedeutender Wettkampf unter den Bewohnern. Quasi selbst organisiert, kein offizielles Dorffest.«

»Unbedeutend?« Marechal schnalzte mit der Zunge. »Wie ich hörte, haben sich auch Mannschaften aus Gordes, Roussillon und Goult angemeldet. Und haben Sie Ihre wunderbare Idee etwa schon wieder vergessen? Eigentlich dachte ich, Sie wären hier, um mir Ihre Pläne vorzustellen. Stattdessen bitten Sie um freie Zeit.«

Oje, das Kinderturnier! Er hatte es tatsächlich vollkommen vergessen. Er wünschte, ihm wäre zur Rettung des Uhrmachers etwas Klügeres eingefallen. »Daran sehen Sie«, wiederholte Pierre gedehnt, »wie dringlich die Angelegenheit ist. Im Grunde war es ein dummer Vorschlag von mir, das ist viel zu kurzfristig. Wenn wir das Projekt aufs nächste Jahr verschieben, bleibt uns genügend Zeit, es in aller Ruhe vorzubereiten.«

»Oh nein.« Marechal sah ihn abschätzend an. »Sie glauben doch nicht, dass Sie damit durchkommen? Ich habe sehr wohl mitbekommen, was für ein Spiel Sie gespielt haben, als Sie Ihren Freund vor einer Strafe retten wollten. Noch dazu mit dem Vorschlag zur Unterstützung der Familien. Für wie blöd halten Sie mich eigentlich? Sie wussten ganz genau, dass Sie mit diesem Thema meine Aufmerksamkeit erregen.« Er lehnte sich zurück und verschränkte die Arme. »Nun denn, der Vorschlag ist gemacht. Und jetzt möchte ich, dass Sie ihn auch in die Tat umsetzen.«

Pierre spürte eine wilde Wut in sich aufsteigen und er hatte Mühe, sie im Zaun zu halten. Genau die Art, das Taktieren und die Lust an der Demütigung waren es, denen er sich in Paris nicht länger hatte stellen wollte. »Wenn es so offensichtlich war, warum haben Sie es dann nicht gleich gesagt?«

»Ich wollte wissen, wie weit Sie gehen.«

»Um mich hinterher zu bestrafen? Damit treffen Sie nicht mich, sondern eine Frau, die in größter Bedrängnis ist. Ich wäre nicht hier, wenn es nicht wichtig wäre. Wichtiger als dieses Kinderfest.«

»Was wichtig ist und was nicht«, entgegnete Marechal mit zu Schlitzen verengten Augen, »das entscheide immer noch ich. Es ist ohnehin zu spät, daran etwas zu ändern. Ich habe bereits meiner Frau davon erzählt. Sie ist gut vernetzt und hat die Idee in Windeseile verbreitet. Sie glauben ja nicht, wie gut der Vorschlag bei den Müttern angekommen ist. Den Kindern und Jugendlichen fällt nach den vielen regenreichen Wochen die Decke auf den Kopf, sie sehnen sich nach Aktivität. Meinen beiden geht es ebenso. Am liebsten würden sie den ganzen Tag vor dem Smartphone hängen. Und nun wollen Sie, dass ich Ihnen erzähle, die Veranstaltung finde gar nicht statt?«

Pierre hatte gut Lust, ihm genau das vorzuschlagen, aber er wusste sich zu beherrschen. »Die Organisation der Veranstaltung kann Arnaud Rozier mit seinem Komitee übernehmen. Damit dürfte nichts mehr dagegensprechen, mir drei freie Tage zu gewähren.«

Vielleicht hätte Pierre den ehemaligen Bürgermeister besser

unerwähnt gelassen. Kaum dass ihm der Name über die Lippen gekommen war, gefror Marechals Lächeln und blieb eisig, als er seine Ablehnung wiederholte.

»Einen Tag. Nicht mehr.« Er hob die Hand, als wolle er jeglichen Einwand vorsorglich abwehren. »Es bleibt dabei. Sie werden persönlich dafür sorgen, dass das Bouleturnier zum Familienfest wird. Wie Sie das anstellen, ist mir herzlich egal.«

Pierre sprang auf und verließ den Raum ohne Gruß. Es war sinnlos, weiter zu debattieren, es würde nur alles verschlimmern. Während er über den Flur zurück zur Empfangshalle eilte, fluchte er lautlos vor sich hin. Marechal hatte deutlich gemacht, dass Pierre sein Untergebener war. Das war bei Arnaud Rozier nicht anders gewesen, bei strittigen Themen kam am Ende immer die Machtfrage auf den Tisch, der Pierre sich letztlich zähneknirschend beugen musste. Aber bei Arnaud hatte man immer gewusst, woran man war. Seine Reaktionen waren vorhersehbar gewesen. Der neue Bürgermeister hingegen hatte sich als intrigant und berechnend erwiesen. Die Maske des beliebten, bei den Dorfbewohnern allseits geschätzten Mannes war gefallen und hatte Pierre einen Einblick gewährt, der ihn schaudern ließ.

Aber Marechal hatte sich geirrt, wenn er meinte, ihn damit beeindrucken zu können. Es würde ihn nicht davon abhalten, alles in seiner Macht Stehende zu tun, um Charlottes Freundin in dieser Notlage zur Seite zu stehen. Selbst wenn es länger als einen Tag dauern sollte.

»Monsieur Durand, geht es Ihnen nicht gut? Sie sehen fürchterlich blass aus.« Gisèle nahm ihre goldumrandete Brille ab und kam hinter dem Empfangstresen hervor. »Als hätten Sie ein Ungeheuer gesehen.«

»So kann man es auch nennen«, brummte er und lächelte unvermittelt. Vor ihm saß die Person, die ihm einen Teil seiner

Probleme abnehmen könnte. »Sagen Sie, hätten Sie Zeit und Lust, die Organisation eines Kinder-Bouleturniers zu übernehmen? Mit Clown, Crêpes und Getränkestand?«

»Jetzt zum Wochenende? Das ist aber sehr kurzfristig. War das die Idee des Bürgermeisters?«

»Dummerweise habe ich ihn selbst darauf gebracht. Aber ich habe keine Zeit dafür, ich muss dringend nach Grasse.«

»Nach Grasse! Oh, wie sehr ich Sie beneide. Waren Sie schon einmal dort?«

»Vor ein paar Jahren.«

Gisèle strahlte und fuhr mit einem Ausdruck höchster Verzückung fort: »Eine wunderschöne Stadt, nicht wahr? Dann kennen Sie sicher Frankreichs größte Blumenausstellung, die *ExpoRose*? Nein? Sie haben die Schau gerade verpasst, sie fand am vergangenen Wochenende statt. Tausende Rosen schmücken Brunnen, Plätze und Geschäfte, und auf der *Cours Honoré-Cresp* kann man die schönsten Züchtungen kaufen. Die Gassen und Straßen der Altstadt werden über unzählige Düsen mit Rosenduft besprüht, es wird getanzt und gesungen, ein wahres Fest der Düfte und der Lebensfreude. Besuchen Sie Freunde dort?«

»Ich habe jemandem meine Hilfe zugesagt, der in großen Schwierigkeiten steckt.«

»Oh! Das ist natürlich wichtiger als so ein Fest.« Sie lächelte nachsichtig. »Ich würde das gerne für Sie übernehmen, aber ich fürchte, es wird unserem Bürgermeister nicht gefallen. Seitdem Monsieur Rozier das Festkomitee gegründet hat, ist er schlechter Laune. Ich habe den Eindruck, er wäre gerne selbst auf die Idee gekommen. Und ich habe nicht vor, in den letzten Jahren vor meiner Pensionierung seinen Zorn auf mich zu lenken. Warum fragen Sie nicht Penelope Brunel? Sie ist eine so aufgeweckte junge Dame, sie wird Ihnen sicher gerne aus der Bredouille helfen.«

»Penelope? Sie können sich nicht vorstellen, wie viel Arbeit in der Wache auf sie wartet.«

»Nun kommen Sie schon. Das ist ein kleines Fest, das sich auch mit wenig Aufwand gestalten lässt. Einen Crêpes-Wagen möchte *Monsieur le maire*? Den Teig und die Ausgabe können genauso gut die Mütter organisieren, die kennen das doch schon von den Schulfesten. Oder Sie machen ein Picknick daraus, jeder bringt etwas mit. Das macht viel mehr Spaß, und für den Fall, dass es am Wochenende immer noch regnet, verlegen Sie das Ganze in den Gemeindesaal. Am Samstag liegt ohnehin nichts an, ich kann Ihnen gerne den großen Raum zur Verfügung stellen.«

»Danke, Sie sind ein Schatz.« Pierre beugte sich vor und drückte die Empfangsdame an sich. Mit einem Gruß wollte er sich wieder dem Ausgang zuwenden, als Gisèle ihn noch einmal zurückrief.

»Wollen Sie nicht lieber eines von unseren Regencapes mitnehmen? Wenn Sie so hinausgehen, sind Sie innerhalb kürzester Zeit klitschnass.«

Verblüfft sah Pierre zur breiten Eingangstür. »Es regnet schon wieder?«

»Regnen ist gar kein Ausdruck. Eine Rückkehr der Sintflut trifft es besser. Dem hält kein Schirm mehr stand.«

Pierre öffnete vorsichtig die Tür. Der Wind drückte eine Woge Wasser ins Innere, mitsamt abgerissenen Zweigen. Ein violettes Blütenblatt trieb hinein und blieb auf den Fliesen kleben wie ein totes Insekt.

Unwillkürlich musste er niesen.

»*À vos souhaits!*« Gisèle kam hinter dem Tresen hervor und hielt ihm ein Regencape und eine Packung Taschentücher entgegen. »Nicht dass Sie sich noch erkälten. Und nehmen Sie auch die Taschentücher, für alle Fälle. Na los, machen Sie schon, bevor Sie unseren Boden fluten.«

Pierre starrte in die Regenwand. Es war absurd. Er konnte sich nicht erinnern, je einen derart nassen Frühling erlebt zu haben. Skeptisch betrachtete er das dünne Plastikcape mit dem überdimensionierten Wappen von Sainte-Valérie, ehe er es seufzend überzog.

Er sah aus wie ein Schulkind auf dem Weg zum Karneval. Aber inzwischen war ihm selbst das egal.

11

Pierre war noch einmal in die Wache geeilt und hatte Penelope um Hilfe gebeten. Sie hatte nicht einen Moment gezögert.

»Ein Bouleturnier für Kinder? Aber gerne, ich liebe Kinder.«

»Großartig. Dem Bürgermeister ist es wichtig, dass es Crêpes gibt. Und Getränke.«

»Was möchte er denn? Säfte, Wasser oder Softdrinks?«

»Entscheiden Sie, ich gebe Ihnen da freie Hand.«

»Das organisiere ich schon.« Penelope lächelte. »Und so ein Crêpes-Teig ist ja schnell gemacht.«

»Dasselbe hat Gisèle auch gesagt.«

»Sehen Sie? Wir bekommen das schon hin. Fahren Sie lieber nach Grasse und retten eine unschuldige Seele vor dem Verderben.«

»Das klingt jetzt aber sehr dramatisch.«

Sie riss die Augen auf. »Entweder Sie sind ein Optimist, oder Sie haben die Dokumentation über die Zustände unserer Haftanstalten nicht gesehen. Es soll grauenvoll sein, vor allem für Frauen.«

An diese Worte dachte Pierre, als er das Cape auszog und die Tür zur *Épicerie* aufstieß. In der Küche stand ein kleiner Fernseher, der leise im Hintergrund lief. Eine Frau im knallbunten T-Shirt kündigte mit penetrant fröhlicher Stimme an, dass es am Wochenende endlich wieder wärmer werden sollte.

»Hast du eben die Nachrichten gesehen?« Charlotte wischte

sich die Hände an der Kochschürze ab und eilte Pierre entgegen, kaum dass er die Küche betreten hatte. Er konnte sehen, dass sie mit den Tränen kämpfte. »Sie haben Anouk gerade ins Untersuchungsgefängnis von Grasse gebracht. Sie sah elend aus!«

»Das kam im Fernsehen?«

»Ja, gerade eben. Die Reporter haben sie bis vor die Tür des *Maison d'Arrêt* verfolgt. Einfach nur grauenhaft. Kannst du ihr nicht irgendwie helfen?«

»Ich …« Pierre hielt inne.

In der Küche herrschte rege Betriebsamkeit. Jean räumte mit lautem Klappern Teller in die Spülmaschine, während hinter ihnen das gleichmäßige Klacken eines Messers zu hören war, mit dem Marianne Gemüse schnitt. Aus dem Verkaufsraum erklang die energische Stimme von Isabelle, die um eine weitere Portion Mangoldtarte bat, die Jean sogleich aus dem überdimensionierten Kühlschrank hervorholte.

Pierre faltete das tropfende Cape zusammen und zog Charlotte nach hinten in den Lagerraum, wo die Geräuschkulisse endlich verstummte.

»Anouks Anwalt hat mich vorhin angerufen. Er hat mich gebeten, nach Grasse zu kommen.« Pierre hatte eigentlich vorgehabt, ihr von dem anderen Toten zu erzählen, entschied sich aber dagegen, um sie nicht unnötig zu beunruhigen. »Ich soll ihm helfen, Beweise für Anouks Unschuld zu sammeln.«

»Und, fährst du?«

»Ich habe mir für morgen einen Tag frei genommen.«

Sie stieß einen erleichterten Seufzer aus. »Gott sei Dank! Wann willst du los?«

»Jetzt gleich. Kann ich mir deinen Wagen ausleihen?«

»Selbstverständlich.« Charlotte griff in ihre Handtasche, die am Haken hing, und zog den Autoschlüssel hervor.

»Und wie kommst du heute Abend nach Hause?«

»Ich werde jemanden aus dem Team bitten, mich vorbeizufahren. Notfalls gehe ich zu Fuß, es ist ja nicht so weit.«

Pierre nahm den Schlüssel entgegen und hielt ihr mit einem schiefen Lächeln das zusammengerollte Cape hin. »Nimm besser das hier. Ist zwar nicht hübsch, aber praktisch.«

Er zog Charlotte an sich. Eine Weile standen sie in enger Umarmung da, und er konnte das Pochen ihres Herzens an seinem Körper spüren. Dann gab er ihr einen zärtlichen Kuss und eilte aus dem schummerigen Lagerraum durch das Geschäft ins Freie und weiter durch den Regen zu Charlottes Berlingo, der unweit der *Épicerie* auf dem Anwohnerparkstreifen stand.

Hinter Fréjus hatte der Regen abrupt aufgehört. Das trübe Grau der Wolken war nun vom Orangeviolett der untergehenden Sonne durchzogen, die sich zwischen die Lücken drängte, als wolle sie kurz vor Anbruch der Nacht noch einmal Oberhand gewinnen. Die Mimosen waren längst verwelkt, der erblühende Oleander zeigte, dass es in dieser Gegend um wenige Grad wärmer gewesen war.

Pierre hatte, während er etwas Wäsche und einen Pullover in die kleine Reisetasche packte, den Anwalt darüber informiert, dass er gegen neun Uhr eintreffen würde und dass er das Angebot annahm, in Anouks Haus zu übernachten.

»Ich werde da sein«, hatte Monnier gesagt. »Mögen Sie Fisch?«

Pierre war es egal, was er mitbrachte, und seien es remouladengetränkte Fischsandwiches aus dem Supermarkt. Während er den Wagen durch die zunehmende Dunkelheit steuerte, kreisten seine Gedanken um die Frage, was er tun konnte, damit Anouk aus der Untersuchungshaft freikam. Würde ein

Tag ausreichen, um die Indizien, die zu der Festnahme geführt hatten, zu entkräften?

Stoisch folgte er den Anweisungen des Navigationsgerätes, das Grasse weiträumig aussparte und ihn immer weiter gen Osten dirigierte. An verwitterten Schienen vorbei, einem Kanal folgend, dessen Wasser, wie Pierre im Licht der Straßenlaternen erkennen konnte, lediglich von einer kniehohen Mauer davon abgehalten wurde, über die Ufer zu treten. Als das Navi ihn auf eine ansteigende Straße in Richtung Plascassier abbiegen ließ, dachte er schon, er habe eine falsche Eingabe gemacht, doch als er anhielt und die Adresse mit dem Straßenschild abglich, bemerkte er, dass das Fahrtziel nur noch wenige hundert Meter entfernt lag.

Der Weg wurde immer schmaler, Steinmauern und hohe Böschungen umgrenzten die Grundstücke. Dann sah er den Bungalow, den er bereits aus dem Fernsehen kannte. Das Holztor der Einfahrt stand weit offen, und Pierre lenkte den Berlingo auf einen befestigten Platz vor dem hell erleuchteten Haus.

»Ich dachte, Sie seien Polizist.«

Der Mann, der ihm mit breitem Grinsen entgegenkam, hatte weißgraues, kinnlanges Haar und trug einen beigen Anzug über dem T-Shirt, die nackten Füße in Herrenslippern. Darüber hinaus – Pierre versuchte, ihn nicht allzu neugierig anzustarren – eine schwarz umrandete, große runde Brille, die ihn eher wie einen Künstler aussehen ließ als wie einen Anwalt. Nun zeigte er mit einem Zwinkern an Pierre vorbei auf den Berlingo mit dem floralen Aufdruck und dem Schriftzug der *L'Épicerie provençale*.

»Der Wagen gehört meiner Lebensgefährtin«, gab Pierre zurück.

»Sie sind ein Glückspilz. Ich würde einiges dafür geben, wenn meine Frau kochen könnte, aber alles, was sie zustande bringt, sind Nudelgerichte.« Der Mann reichte Pierre die Hand und klopfte ihm mit der anderen auf die Schulter, als begrüße er einen alten Freund. »Ich bin Hugo Monnier. Haben Sie noch mehr Gepäck?« Er zeigte auf die kleine Reisetasche, die Pierre neben sich abgestellt hatte.

»Nein, das ist alles.«

Monnier nahm die Tasche und ging, bevor Pierre protestieren konnte, damit voran ins Haus. »Kommen Sie, ich zeige Ihnen Ihr Zimmer.«

Als Erstes fiel Pierre der Duft auf, der ihn am Eingang empfing und weiter durch den Flur begleitete. Es war ein dezenter Geruch. Rose, eindeutig, dazu etwas Pudriges und … Pierre hielt die Nase in die Luft und schnupperte … Pfirsich. Bilder stiegen in ihm auf, Erinnerungen an bunte Törtchen in der Auslage der *pâtisserie* in der *Rue Montorgueil*, aus der er sich als Kind jeden Samstagnachmittag eines hatte aussuchen dürfen. An den Geschmack der mit Rosenmarmelade gefüllten *puits d'amour*. An seinen ersten Kuss hinter der Rosenhecke im Garten der Nachbarstochter, an samtweiche, warme Haut. Augenblicklich entspannte er sich. Und schrak zusammen, als Monnier unvermittelt stehen blieb und eine Tür öffnete.

»Das ist Ihr Zimmer. Gleich daneben liegt das Gästebad.«

Er stellte die Reisetasche auf das Bett.

Der Raum war hell möbliert, kontrastiert von dunklen Lampenschirmen und einer Wand mit breiten Streifen in Schwarz und Weiß. Die Vorhänge waren in demselben blassen Rot gehalten wie die Kissen auf dem Bett. Und an den Wänden hingen gerahmte Fotodrucke mit Motiven aus den Fünfziger- und Sechzigerjahren.

Anouk hatte ein ähnlich gutes Händchen für Inneneinrichtungen wie Charlotte, stellte Pierre fest. Nur war das Ergebnis hier kühler, sachlicher, was in starkem Kontrast zu dem sinnlichen Duft des Eingangsbereiches stand.

»Kommen Sie, ich zeige Ihnen noch das restliche Haus.«

Auch das Wohnzimmer, in das Monnier ihn nun führte, strahlte eine kühle Eleganz aus. Schwarze Landhausmöbel, mit Orchideen bepflanzte, hüfthohe Vasen aus rauchgrauem Glas, ein marmorner Kamin. Über dem hellen Sofa ein Bild, das Anouk mit nackten Schultern zeigte, wie sie mit unergründlichem Lächeln an einer Zigarette zog.

Es war ein sehr intimes Foto, unvermittelt fühlte Pierre sich wie ein Eindringling. Abrupt wandte er den Blick ab und machte einen beherzten Schritt zu den bodentiefen Fenstern, lugte ins Dunkel der Nacht. »Liegt dort die Plantage?«

»Ja. Warten Sie, ich mache Licht.«

Eine Sekunde später flammten überall Strahler auf und beleuchteten einige Reihen eines schier unendlich wirkenden Feldes, dessen Ränder sich in der Dunkelheit verloren.

»Beeindruckend, nicht wahr? Sie hat alles modernisiert und die Rosenstöcke neu aufgesetzt, ohne die alten Wurzeln zu beschädigen. Mein alter Freund Hervé sagte immer …« Seine Stimme klang jetzt belegt. »Der Gute hatte ein Gespür für solcherlei Dinge … Er sagte, dass sie sehr talentiert sei und einer der großen Luxuskonzerne, die sie bislang über den Produzenten beliefert, ihr sicher bald einen Exklusivvertrag anbieten werde. Welcher, das wollte er nicht verraten. Aber neben Chanel haben ja, wenn ich das richtig überblicke, nur noch Dior und Givenchy hier investiert.«

»Soweit ich weiß, hatte sie sogar schon einen Termin«, begann Pierre, dann fiel ihm ein, dass es eigentlich ein Geheimnis bleiben sollte, und er biss sich auf die Lippen.

»Tatsächlich? Sehen Sie? Aber das dürfte sich ja nun zerschlagen haben. Selbst wenn sie unschuldig ist, wird diese

Sache an ihr haften bleiben. Wenn sie Pech hat, wird es sie um Jahre zurückwerfen.«

»Könnte das nicht auch ein Motiv sein?«, überlegte Pierre. »Ein Versuch der Konkurrenz, sie auszuschalten?«

Monnier schürzte die Lippen. »Es hat schon schlechtere Motive gegeben. Aber ich kenne mich in den Verflechtungen der Branche zu wenig aus, um Ihnen Namen nennen zu können. Sie sollten den Rosenbauern Jacques fragen, der während Mademoiselle Debris' Abwesenheit die Aufsicht über die Ernte übernommen hat.«

Pierre nickte. »Hat die Polizei ihn schon befragt?«

»Ja. Ihn und auch die Pflückerinnen. Die Ermittler haben jeden einzelnen Quadratzentimeter des Grundstückes durchsucht. Vor allem den Anbau, in dem die Geräte und der Dünger stehen. Sie haben gefragt, ob Mademoiselle Debris ein Pflanzenschutzmittel verwende, das Parathion enthält.«

»Parathion!«

Pierre erinnerte sich nur allzu gut an seine Ausbildung, an die lebhafte Präsentation des Rechtsmediziners, der die jungen Kommissarsanwärter damals über die fatale Wirkung dieses Giftes aufgeklärt hatte. Parathion erlangte in den sechziger Jahren traurige Berühmtheit als häufig verwendetes Mordmittel, das in reinem Zustand farb- und geruchlos und derart giftig war, dass bereits der Hautkontakt tödlich sein konnte. Eingenommen führte es innerhalb kürzester Zeit zu Krampfanfällen, Atemlähmung und Organversagen. Offenbar hatte man die Substanz in den Pralinen nachgewiesen. Ein furchtbarer Tod, schmerzhaft und unerbittlich.

»Sie kennen es?«

»Ja, es ist vor vielen Jahren verboten worden«, antwortete Pierre. »Ebenso die vergällte, nach Knoblauch riechende Variante, mit der man den Missbrauch verhindern wollte. Aber auf älteren landwirtschaftlichen Höfen, in Weingütern und Gartenbaubetrieben lagern oft noch Restbestände verbotener Mittel. Sicherlich auch die geruch- und geschmacklose Variante.«

»Demnach könnte der Täter oder die Täterin aus dem landwirtschaftlichen Umfeld stammen, vielleicht von einer anderen Rosenplantage.«

»Das wäre eine Möglichkeit.« Pierre nickte. »Sie haben am Telefon von einem weiteren Toten erzählt. Passt das auch in diese Theorie?«

»Das«, Monnier zeigte in Richtung Küche, »sollten wir besser bei Tisch besprechen. Ich habe fürchterlichen Hunger.«

12

Der Anwalt hatte im Ofen gegrillten *loup de mer* mitgebracht, den er in seinem Stammlokal gekauft hatte und der nur noch erwärmt werden musste. Dazu gab es gedünsteten Mangold.

Nach wenigen Minuten nahm er die Auflaufform wieder aus dem Backofen und wies mit einem Nicken auf den Esstisch, der bereits eingedeckt war.

»Sie scheinen sich im Haus gut auszukennen«, bemerkte Pierre mit Blick auf die mit Rotwein gefüllten Gläser.

»Ich hatte reichlich Zeit, um mich ein wenig umzusehen«, entgegnete der Anwalt und stellte die in einem Tomatensud schwimmenden Wolfsbarsche und das Gemüse in die Tischmitte, bevor er Platz nahm. »Aber wenn Sie es genauer wissen wollen: Meine Mandantin hat mir aufgetragen, alles zu tun, damit Sie sich hier wohl fühlen.«

»Auch die Weinvorräte zu plündern?«

Pierre warf einen Blick auf das Etikett. Ein *Château de Beaucastel* von 2015, der mindestens sechzig, siebzig Euro kostete, wenn nicht sogar mehr.

»Na, das sollte doch wohl selbstverständlich sein. Immerhin sind wir hier, um ihren Arsch zu retten.« Mit einem breiten Grinsen hob Monnier das Glas und prostete Pierre zu.

Sie tranken einen Schluck, das heißt, Monnier kaute eher, als dass er trank, bewegte dabei die Zunge und ließ sich mit einem wohligen Schmatzen in den Stuhl zurücksinken.

Pierre verzichtete auf das Ritual des ausgiebigen Kostens,

bei dem sämtliche Geschmacksnerven beeindruckt werden sollten, er hatte dem nie etwas abgewinnen können. Der Wein schmeckte ihm auch so, er war hervorragend, wenn man ihn ganz langsam den Gaumen hinabgleiten ließ. Verführerisch, mit beerigen Noten, einem Hauch von Pflaume, untermalt vom Aroma nach Bergamotte und Anis. Einen solchen Wein würde er jedoch eher zu Wild trinken, zu einem Rinderbraten oder zum Käse, nicht unbedingt zum Fisch.

Er schluckte und genoss den Nachhall von türkischem Kaffee und Nougat. Tatsächlich war es wohl einer der besten Weine, den er je getrunken hatte, und er nahm sich vor, Sommelier Martin Cazadieu zu fragen, ob er ihm ein paar Flaschen davon zu einem guten Preis beschaffen könne. Für besondere Anlässe, nicht für ein profanes Abendessen wie dieses. Vielleicht, wenn er Charlotte irgendwann einmal in ferner Zukunft …

»Sind Sie zum ersten Mal in Grasse?«, nahm Monnier das Gespräch wieder auf.

»Ich war vor Jahren schon mal in der Altstadt.«

»Das da oben ist ein komplett anderes Grasse, eine andere Welt. Man muss schon weit rausfahren, bis an den Rand des Gemeindegebietes, um die wahre Schönheit der Umgebung zu erleben. Sie werden es selbst sehen, morgen, bei Tageslicht. Von hier aus hat man einen großartigen Blick über die Ebene bis auf die Hügel, hinter denen das Meer beginnt.«

»Wohnen Sie auch hier?«

»Nein, in Mougins, etwa fünfzehn Minuten entfernt. Gleich neben meinem Stammlokal, was die beste Entscheidung meines Lebens war.« Der Anwalt griff nach dem Servierbesteck und tat Pierre einen Fisch und etwas Sauce auf den Teller, bevor er sich ebenfalls bediente. »Der *chef de cuisine* hat ihn in einer Mischung aus Öl, Schalotten, Tomatenmark und Zitronensaft mariniert«, erklärte er und begann, den Fisch zu zerteilen.

Pierre tat es ihm gleich, tunkte ein Stück in die nach Knoblauch duftende Sauce und hob die Gabel. Das Essen dampfte noch, also blies er vorsichtig darüber und überprüfte erst mit gespitzten Lippen die Temperatur. Als er sie für gut befunden hatte, schob er den Bissen in den Mund.

Der Wolfsbarsch schmeckte außergewöhnlich aromatisch und hatte einen rauchigen Beigeschmack. So als sei er auf höchster Stufe gegrillt worden.

Pierre griff noch einmal nach dem Weinglas und trank einen Schluck, woraufhin sich das Grillaroma angenehm intensivierte. Der Anwalt hatte recht gehabt, zum Fisch einen Rotwein zu wählen. Die Röststoffe verlangten nach einem kräftigen Begleiter, und der *Château de Beaucastel* sorgte mit seinen tragenden Tanninen und dem angenehm süßen Abgang für einen ganz besonderen Nachhall.

»Sensationell«, entfuhr es ihm.

»Nicht wahr?« Auch Monnier nahm sein Weinglas in die Hand. »So, und nun erzähle ich Ihnen, warum ich befürchte, dass das Gift für Mademoiselle Debris bestimmt war.« Er trank einen Schluck, dann noch einen. »Sicher bin ich mir natürlich nicht. Aber Hervé hatte da etwas angedeutet …«

»Legen Sie los.«

»Es war Ende April«, begann Monnier, »als Lucien Aubert, ein begnadeter Parfümeur, in der Nähe der Halbinsel Cap Ferrat ins Meer stürzte. Er war über Bord einer Sportjacht gegangen, einer Princess V62. Es heißt, sein Körper habe dem eiskalten Wasser nicht lange standhalten können. Seine Frau, auf die das Boot zugelassen ist, war ebenfalls an Bord, sie ist dem Anschlag nur knapp entgangen.«

»Ein Anschlag?« Pierre senkte die Gabel.

»Offiziell hieß es, es sei ein Unfall gewesen. Die Frau hatte sich eigenen Angaben zufolge plötzlich unwohl gefühlt und das Bewusstsein verloren. Man nimmt an, dass sie gegen den Gashebel gekippt ist und dabei eine Beschleunigung auslöste, die ihren Mann von der Badeplattform riss. Sie muss einen Schutzengel gehabt haben. Die Bucht von Cap Ferrat ist voller Boote, selbst im April. Fast hätte es einen Zusammenstoß gegeben. Der andere Bootsführer konnte nur mit Mühe eine Kollision verhindern. Sie sei gerade rechtzeitig erwacht, bevor das ans Ufer rasende Boot an den Klippen zerschellte. Als sie bemerkte, dass ihr Mann verschwunden war, setzte sie sofort einen Notruf ab. Da seine Frau nicht genau sagen konnte, wo er ins Wasser stürzte, war der Bereich viel zu groß, und man musste die Suche bei Einbruch der Dunkelheit abbrechen. Die Wassertemperatur betrug zu dem Zeitpunkt etwa zwölf Grad, da ist ein Überleben schon nach einer Stunde fraglich, obwohl es immer mal Ausnahmen gibt. Zum Zeitpunkt des Abbruches war der Vermisste bereits mehr als zehn Stunden im Meer.«

»Hat man die Leiche je gefunden?«

»Ja, zwanzig Kilometer vom Unfallort entfernt. Man hat sie auf Spuren einer Gewalteinwirkung untersucht, aber nichts gefunden. Der Tod war nicht durch Ertrinken eingetreten, sondern durch das eiskalte Wasser, das einen Kreislaufstillstand auslöste.«

»Hatte er Alkohol im Blut?«

»Nur minimal, im Gegensatz zu seiner Frau. Man hat ihr eine Blutprobe entnommen, um zu ergründen, woher die Bewusstlosigkeit kam, und um medizinische Ursachen auszuschließen. Einen Herzinfarkt oder einen Schlaganfall. Dabei konnte neben einem hohen Alkoholgehalt auch der Einsatz eines Beruhigungsmittels aus der Gruppe der Benzodiazepine nachgewiesen werden, das vermutlich einem Getränk beigemischt war. Eine explosive Kombination, die sie auch ohne

Zusammenstoß hätte umbringen können. Dass sie rechtzeitig erwacht ist, grenzt an ein Wunder.«

Pierre nickte. »Wie hat sie auf den Tod ihres Mannes reagiert?«

»Laut Bericht war sie, nachdem die Benommenheit nachließ, vollkommen aufgelöst, geradezu hysterisch. Sie wollte verhindern, dass man die Suche aufgab, und hat einige Fischer dafür bezahlt, die Aktion in der Nacht fortzusetzen.«

»Für mich klingt es eher so, als sei die Frau das Opfer gewesen und der Tod des Parfümeurs ein unglücklicher Zufall.«

»Hervé ...« Monnier stockte, schüttelte langsam den Kopf, war aus heiterem Himmel wieder traurig. »Ich kann es noch immer nicht glauben. Er war ein großartiger Kerl, ich kenne niemanden, der seinen Tod gewollt hätte! Hervé war sich ganz sicher, dass der Anschlag Lucien Aubert gegolten habe. Soweit ich verstanden habe, hing es mit einem entwendeten Duft zusammen. Er wollte sogar zur Polizei gehen.«

»Entwendet? Etwa aus seinem Archiv? Wann hat er den Diebstahl bemerkt?«

»Das muss Anfang Mai gewesen sein, kurz nach Monsieur Auberts Tod.«

»Hat er auch gesagt, wen er im Verdacht hatte?«

»Wir hatten nur wenig Zeit, er wollte es mir ein anderes Mal erklären. Aber er betonte mehrfach, dass er sich Sorgen um seine Nachbarin mache. Und heute, nach ihrer Festnahme, hat sie mir etwas erzählt, das mir bestätigte, dass er damit recht hatte.« Monnier sah Pierre ernst an. »Mademoiselle Debris hätte anstelle der Ehefrau an Bord sein sollen.«

»Wie bitte?« Pierre starrte ihn an. »Warum ...?«

»Meine Mandantin sagt, Lucien Aubert habe sie zu diesem Ausflug eingeladen, um ihr etwas zu zeigen. Er hat wohl nicht verraten, was es war, aber es war ihm wichtig, es auf dem Meer zu tun.«

»Und warum ist sie nicht mitgekommen?«

»Als sie zur verabredeten Zeit am Hafen ankam, war das Boot schon ausgelaufen.«

»Sie glauben also, der Anschlag hat ebenfalls Mademoiselle Debris gegolten?«

»Es wäre schon ein eigenartiger Zufall, oder etwa nicht?«

Pierre nickte. Doch es gab noch eine andere Möglichkeit, die er nicht aus dem Blick verlieren wollte.

»Nur mal angenommen«, sagte er nachdenklich, »es gäbe eine ganz natürliche Erklärung für den Bootsunfall. Zu viel Alkohol zum Beispiel oder die Einnahme von Medikamenten. Der Ehefrau war davon übel geworden oder sie war unglücklich gestürzt, woraufhin das Boot Fahrt aufnahm. Höchstwahrscheinlich würde sie das nicht zugeben, da sie in dem Fall den Tod ihres Mannes verschuldet hätte. Es würde darüber hinaus die Hysterie erklären, mit der sie die Suche fortsetzte.«

»Natürlich wäre das möglich, aber was sollte das bringen?«

»Es gibt etwas, das nicht in Ihre Theorie passt.«

»Und das wäre?«

»Die verschwundenen Dokumente aus Hervé Bousquets Archiv. Angenommen, der Tod des Parfümeurs war tatsächlich ein Unfall und die Pralinen wurden erst vergiftet, nachdem Mademoiselle Debris sie verschenkt hatte. Dann wäre nicht sie, sondern Hervé Bousquet das Ziel gewesen.«

»Sie meinen …?« Der Anwalt ließ die Gabel, mit der er gerade erst ein Stück Tomate aufgespießt hatte, wieder sinken. »Dann wäre das Vorgehen der Ermittler, die sich ausschließlich auf diesen Tatvorgang konzentrieren, Ihrer Meinung nach vollkommen korrekt.«

»Bis auf die Annahme, dass Mademoiselle Debris die Täterin ist. Es ist, wie erwähnt, nur eine weitere Möglichkeit. Wir dürfen nichts ausschließen, wenn wir den Mörder enttarnen wollen. Also: Wer hatte Zugang zu dem Haus des Archivars? Wer hätte die Pralinen in der Zeit zwischen dem Abendessen und dem nächsten Morgen präparieren können? Hatte Monsieur Bousquet vielleicht noch Besuch gehabt? Oder gibt es, abgesehen von der Haushaltshilfe, weitere Menschen, die im Besitz eines Schlüssels sind?«

»Lucien Aubert besitzt einen.«

»Ebenso wie Ihre Mandantin«, ergänzte Pierre. »Sie sagte, es sei für medizinische Notfälle.«

»Da hätte Monsieur Aubert allerdings wenig ausrichten können«, entgegnete Monnier. »Er war häufig in seinem Atelier in Èze Village, von dort sind es etwa fünfzig Minuten bis zu dem Anwesen. Bei schlechter Verkehrslage bis zu zwei Stunden. Hervé hatte ihn schon vor seinem Herzinfarkt als Erbverwalter eingesetzt. Der Inhalt des Archivs sollte im Falle seines Ablebens gegen einen bereits festgelegten Betrag in ein Museum überführt werden. Der Erlös wird in einen bereits bestehenden Stiftungsfonds fließen, den *Fonds de Dotation Roses de Grasse.* Er dient der Bewahrung des kulturellen Erbes der Region und soll die *Rose de Mai* vor der Verdrängung und dem Aussterben schützen. Hervé hat den Fonds schon zu Lebzeiten unterstützt, es war ihm ein Herzensanliegen.«

»Was ist mit dem Haus?«

»Das erhält der Erbverwalter.«

»Und nach Lucien Auberts Tod?« Pierre beugte sich vor. »Gibt es Verwandte?«

»Nein.« Monnier schluckte heftig, als kämpfe er mit den Tränen. Er griff nach der Weinflasche und füllte ihnen nach, trank, bevor er fortfuhr. »Es gibt niemanden, der nach französischem Erbrecht bedacht würde, keine noch so weit entfernte

Linie. Daher hat Hervé eine weitere Vertrauensperson eingesetzt, die er sehr schätzte.«

Pierre rieb sich die Stirn. Er ahnte, was nun kam. »Sie sprechen von Anouk Debris?«

Monnier nickte. »Der Vertrag wurde vergangene Woche aufgesetzt, er ist vor Hervés Tod notariell bestätigt worden.«

Anouk als Verwalterin eines wertvollen Archivs und Erbin eines Herrenhauses! Fassungslos sah Pierre sein Gegenüber an. Ein stärkeres Motiv gab es kaum. Es war ein weiteres Mosaiksteinchen in dem Bild, das die Ermittler um jeden Preis vervollständigen wollten. »Wusste sie davon?«

Monnier schüttelte den Kopf. »Hervé hatte vor, es ihr in den kommenden Tagen zu offenbaren, kam aber wohl nicht mehr dazu. Mademoiselle Debris war sehr überrascht, als ich es ihr heute Morgen erzählte.«

»Überrascht? Die beiden haben doch gemeinsam zu Abend gegessen. Anouk sagte, er habe sie danach durch das Archiv geführt, und sie wusste sehr genau, welche Dokumente fehlen. Glauben Sie wirklich, Hervé hätte das getan, ohne sie einzuweihen?«

»Tatsächlich?« Irritiert hob Monnier den Kopf. »Wenn das wahr ist, dann haben wir ein Problem.«

»So eine verdammte Scheiße!«

Unvermittelt hatte sich der Wind gedreht und blies ihnen scharf ins Gesicht. Der Haftbefehl war offensichtlich nicht aufgrund vager Beweise ausgestellt worden, sondern wegen eines handfesten Motivs. Anouk Debris, die sich so unschuldig gegeben hatte und erschüttert vom Tod des Archivars, war die Hauptverdächtige. Und Hervé Bousquet und Lucien Aubert, so schien es, waren ihre Opfer.

13

Bis kurz vor Mitternacht saßen sie zusammen und schoben die verbliebenen Möglichkeiten hin und her, bis Monnier seine Brille abnahm und sich erschöpft die Augen rieb.

Die Tatsache, dass Anouk womöglich auch am Tod des Parfümeurs schuld war, um so zur Verwalterin des Archivs aufzurücken, stand wie ein Berg im Raum und ließ sich nicht einfach zur Seite schieben.

Sie hatten versucht, sich auf Hinweise zu konzentrieren, die einen anderen Schluss zuließen als den, dass Anouk die Pralinen vergiftet hatte. Für ihre Unschuld sprach, dass niemand, der auch nur halbwegs bei Verstand war, seine Fingerabdrücke auf dem Tatwerkzeug beließ. Und dass sie von vornherein die Polizei zum Tatort hatte rufen lassen, den sie zu allem Überfluss anschließend auch noch betreten hatte.

»Warum hätte sie das tun sollen, wenn sie die Mörderin ist?«, schloss Monnier die Verteidigung seiner Mandantin und setzte die Brille wieder auf. »Und dann das Telefonat, bei dem Sie und Ihre Lebensgefährtin anwesend waren. Sie selbst können glaubhaft bezeugen, dass Mademoiselle Debris außer sich war vor Sorge. Das beweist doch, dass sie nicht ahnen konnte, dass Hervé am Gift der Pralinen stirbt.«

»Es könnte vielerlei bedeuten«, sagte Pierre. »Zum Beispiel, dass sie nicht damit gerechnet hat, dass Aminata bei ihr anruft, wenn sie den Toten findet. Und dass sie in dem Moment, da wir als Zeugen dabei waren, kopflos reagierte.«

»Wir sollten uns lieber auf die Dinge konzentrieren, die weniger spekulativ sind.«

»Wovon reden Sie? Bislang gibt es nichts, was nicht spekulativ ist.«

Monnier stöhnte auf. »Was ist mit Lucien Auberts Schlüssel? Wer auch immer den hat, hatte die Möglichkeit, das Gift in die Pralinen zu injizieren.«

»Und woher sollte der Schlüsselinhaber von den Pralinen wissen?«

»Er hat sie auf der Suche nach einem geeigneten Trägermaterial herumliegen sehen.« Monnier hob die Hände. »Lediglich eine weitere Spekulation, aber irgendwo müssen wir ja beginnen.«

Pierre fiel etwas ein. »Es gibt da noch einen Punkt, der das Ganze ad absurdum führt.«

»Und der wäre?«

»Vom Anruf der Haushälterin bis zum Eintreffen der Sanitäter und der Polizei war die Haustür unverschlossen. Es könnte genauso gut sein, dass Anouk oder Hervé Bousquet das Ziel des Mörders war und sich eine weitere Person den Zufall, dass das Archiv offen stand, zunutze gemacht hat.«

»Das ist ein guter Punkt«, nickte der Anwalt. »Eine unverhoffte Gelegenheit …«

Pierre dachte, dass dieser Gedanke wichtig war und dass er ihn festhalten sollte, bevor er ihm wieder entfloh. Er stand auf und holte sein Notizbuch aus der Jackentasche.

Als er es aufschlug, fiel sein Blick auf den Namen des Fabrikanten Clément Lefevre, den er sich im Zusammenhang mit den Pralinen notiert hatte. Anouks Verehrer. Der Name des Mannes, den er zu Beginn am dringlichsten hatte sprechen wollen, schien plötzlich blass, unwichtig.

Daher schlug er eine leere Seite auf, schrieb ganz links die Buchstaben ARCHIV und malte dahinter zwei Pfeile. Auf den ersten notierte er ZIEL, auf den darunter liegenden GELEGENHEIT.

»Nur mal angenommen«, überlegte Monnier mit Blick auf Pierres Entwurf, »diese Putzfrau, die ja ebenfalls über einen Schlüssel verfügt … wie heißt sie noch gleich, Aminata? Sie kommt also zur Arbeit und sieht den Toten. Er liegt vor dem offenen Archiv, das bis oben hin voll ist mit Dingen, die ihr ein sorgenfreies Leben versprechen. Wissen Sie, wie viel diese Dokumente Sammlern wert sind? Hunderttausende, wenn nicht noch mehr. So etwas weckt Begehrlichkeiten. Ebenso wie die Flakons mit den längst vergriffenen Düften oder seltenen Essenzen, die heutzutage nicht mehr hergestellt werden. Eines der Parfüms im Kristallflakon von Baccarat ist inzwischen mehr als zwei Millionen Euro wert. Aminata würde nie wieder putzen müssen. Und wissen Sie, was? Ich könnte es sogar verstehen. Sie schadet doch niemandem. Nach Hervés Tod sind es doch bloß noch ein paar leblose Archivalien, die darauf warten, begafft zu werden. Für Aminata dagegen sind sie das Tor zu einem neuen Leben.«

Pierre nickte. »Hat die Polizei bereits eine Übersicht, was alles fehlt? Was ist mit dem Duft, den der Archivar vermisst hat?«

»Ich habe gehört, dass sie einen Professor kommen lassen, der sich in diesen Dingen auskennt. Er wird in den nächsten Tagen mit der Sichtung beginnen.«

»Wann genau?«

»Ich werde versuchen, es in Erfahrung zu bringen. Ebenfalls, wo Aminata sich aufhält.«

»Wie wollen Sie das anstellen?«

»Lassen Sie mich mal machen. Ich habe da eine Idee …«

»In Ordnung.« Pierres Stift glitt wieder über das Papier. AMINATA schrieb er in Großbuchstaben hinter GELEGENHEIT und unterstrich den Namen dreimal.

»Und was werden Sie als Erstes tun?«, fragte Monnier.

»Madame Aubert einen Besuch abstatten. Es interessiert mich, warum sie anstelle von Anouk an Bord der Motorjacht war.«

»Sehr gut! Die Adresse habe ich irgendwo notiert.«

Monnier tippte etwas in sein Mobiltelefon, zog dann Pierres Notizbuch zu sich heran und schrieb sie mit kleinen Buchstaben an den Rand.

Pierre nahm das Heft wieder an sich und schlug es zu. »Außerdem will ich mit Ihrer Mandantin sprechen.«

Der Anwalt runzelte die Stirn. »Warum?«

»Ich muss wissen, was der Parfümeur ihr zeigen wollte. Und«, Pierre zögerte, aber in diesem Fall gab es nichts, was er ausschließen sollte, »wo sie war, bevor das Boot der Auberts in See stach.«

Monnier schwieg einen Moment und trank den letzten Schluck Wein, bevor er antwortete. »In Ordnung. Aber vergessen Sie bitte nicht, dass ich ihr Anwalt bin und es meine Aufgabe ist, sie zu verteidigen. Es widerstrebt mir, Mademoiselle Debris einer Situation auszuliefern, der sie am Ende vielleicht nicht gewachsen ist.«

»Ich dachte, Sie glauben ihr. Wovor haben Sie Angst?«

»Ich habe keine Angst«, entgegnete Monnier. Seine Augen waren schmaler geworden. »Sollten Sie dennoch etwas herausfinden, das ihr schadet, würden Sie es dann für sich behalten?«

»Nein«, gab Pierre zu. »Alles, was mich an diesem Fall interessiert, ist die Wahrheit. So unangenehm sie auch sein mag.«

»In dem Fall stünden wir auf zwei unterschiedlichen Positionen.«

»Möglich. Aber wenn Sie wollen, dass ich jeden Stein umdrehe, um Anouks Unschuld zu beweisen, werden Sie das Risiko eingehen müssen.«

14

Als Pierre wieder alleine war, verselbständigten sich seine Gedanken in der Stille des Hauses.

Monnier schien mehr zu wissen, als er zugab. Dass er befürchtete, Anouk könne bei der Befragung etwas erzählen, das sie in einem falschen Licht erscheinen ließ, war irritierend. Der Anwalt schien sie vor etwas beschützen zu wollen, ebenso wie Charlotte, wenn auch aus anderen Gründen.

Pierre stocherte mit der Gabel in dem längst erkalteten Fisch herum, der noch immer in der Auflaufform auf der Mitte des Tisches lag. Dann seufzte er und schob das Essen unangetastet von sich.

Anouk hatte ihnen nicht alles erzählt. Was, wenn sie eine Lügnerin war? Eine Frau, die sich die Wahrheit so hinbog, wie sie es brauchte? Vielleicht half er mit seiner Suche nach weiteren Motiven letztlich nur einer Täterin, die jemanden brauchte, dem sie die Schuld in die Schuhe schieben konnte. Denn da gab es noch einen Punkt, dem er bisher nicht genügend Aufmerksamkeit geschenkt hatte: Solange die Ermittler das Archiv nicht mit Hilfe des Sachverständigen überprüft hatten, war gar nicht sicher, ob tatsächlich ein Dokument aus dem Archiv entwendet worden war. Denn die Einzige, die das behauptete, war Anouk. Wollte sie so den Verdacht von sich ablenken?

Seine Gedanken wanderten noch einmal zum gestrigen Tag, als er sie zum ersten Mal getroffen hatte. Sie hatte mit Charlotte gescherzt, doch die Traurigkeit in ihren Augen war nicht zu übersehen gewesen. Etwas hatte sie bewogen, ihre Jugendfreundin nach Jahren der Funkstille aufzusuchen. Eine Herzensangelegenheit, hatte Charlotte erzählt. Anouk habe einen Freund in Oppède-le-Vieux besucht. Einen Freund, über den sie nichts preisgeben wollte und von dem sie behauptete, er habe nichts mit der Sache zu tun. Und doch war er wichtig genug, um sie mitten in der Rosenernte dreihundert Kilometer fahren zu lassen. Sie habe mit jemandem über das Treffen reden müssen, und nachdem Sainte-Valérie nicht weit entfernt lag …

Pierre fuhr auf.

Das war es! Es hatte ihn die ganze Zeit beschäftigt, unbewusst, dabei lag es von Anfang an offen vor ihm. Er hatte Anouks Bedürfnis, mit Charlotte alleine zu bleiben, erst bemerkt, als er die beiden Kopf an Kopf im *Chez Albert* sitzen sah, ins Gespräch vertieft.

Wieder stand ihm die Szene vor Augen. Anouk, die vorgebeugt dasaß und Charlotte einimpfte, ja nichts zu verraten.

Oppède-le-Vieux.

Sicher wusste Charlotte auch, wem der Besuch gegolten hatte. Am liebsten hätte er sie sofort angerufen, aber es war schon nach eins. Nachtschlafende Zeit.

Stattdessen beugte er sich noch einmal über sein Notizbuch und plante den nächsten Tag. Er wollte die Witwe des Parfümeurs aufsuchen, vielleicht auch den Fabrikanten Lefevre, dessen Annäherungen Anouk zurückgewiesen hatte. Den Rosenbauer Jacques nach Züchtern fragen, die möglicherweise in direkter Konkurrenz zu ihr standen. Und dann?

Pierre hielt inne und fuhr sich durchs Haar.

Langsam erhob er sich von seinem Platz und stellte sich ans Küchenfenster, das zur unbeleuchteten Straße hinausging. Minutenlang starrte er in die Dunkelheit.

Auf einmal war es ihm, als könne er sich von außen betrachten: ein einfacher Dorfpolizist, der vorgab, einer ihm im Grunde unbekannten Frau zu helfen, womöglich sogar der Täterin, und dabei Überlegungen anstellte, die weit über seine Befugnisse hinausschossen.

Er schüttelte den Kopf.

Es war also mal wieder so weit. Er war in altes Fahrwasser geraten, schleichend und ohne es zu bemerken, und nun durchdachte er den Fall, als sei es sein eigener.

Die Kollegen in der Ermittlungsbehörde in Grasse saßen sicher mit genau derselben Ernsthaftigkeit über den Akten und stellten ähnliche Überlegungen an. Im Gegensatz zu ihm waren sie im Besitz sämtlicher Informationen über Fingerabdrücke und Giftspuren. Sie konnten Zeugen und Verdächtige zu jeder Zeit verhören, wann immer es ihnen hilfreich erschien, während er selbst versuchte, zwischen Spekulationen und Bauchgefühl eine Linie zu finden.

Wollte er wirklich eine Beteiligte besuchen und sie befragen? Wollte er außerdienstliche Untersuchungen anstellen, die ihn am Rande der Illegalität balancieren ließen, obwohl es gewiss genügend Beamte gab, die den Fall bereits bearbeiteten? Für eine Person, der er – er konnte es nicht anders sagen – nicht hundertprozentig vertraute?

Es war absurd. Geradezu größenwahnsinnig.

Pierre blies die Backen auf und stieß die Luft aus. War er es gewohnt, dickschädelig, aber mit festem Willen durch seine Fälle zu marschieren, fand er sich auf einmal in einer Rolle wieder, in der er sich unwohl fühlte. Manipulierbar wie eine Marionette.

Während er zurück zum Tisch ging, einen Schluck Wasser trank und die Reste des Essens entsorgte, dachte er, dass er niemals hätte zustimmen dürfen. Aber er hatte sein Wort gegeben, und das würde er halten, Charlotte zuliebe. Morgen würde er einige Nachforschungen anstellen und es dann Monnier überlassen, die daraus gewonnenen Erkenntnisse für Anouks Verteidigung zu verwenden.

Ja, genau so würde er es tun. Morgen Abend würde er das Ganze hinter sich lassen und wieder nach Hause fahren, nach Sainte-Valérie, wo das ruhige, geordnete Leben auf ihn wartete, das er so sehr liebte.

Besänftigt von dieser Aussicht, ging er durch die Räume und löschte das Licht. Im Wohnzimmer fiel sein Blick auf eine Ansammlung von Bildern auf der Anrichte, deren Tischlampe er gerade ausschalten wollte. Typisch weiblich, dachte er, Fotosammlungen in hübsch verzierten silbernen Rahmen zu präsentieren. Fast alle Frauen, die er kannte, zeigten so – ob aufgestellt oder als Collage an der Wand – ihre Verbundenheit zu Personen, Vorlieben oder Vergangenem und offenbarten dem Betrachter damit mehr, als ihnen bewusst war. Bei Anouk waren es Bilder, auf denen sie glücklich wirkte. Ein Abendessen mit Hervé und einem ihm unbekannten Mann, sie selbst mit weit ausgebreiteten Armen inmitten eines Rosenfeldes, übers ganze Gesicht strahlend. Lachend mit Freundinnen, in der Hand ein Glas Sekt oder Champagner. Selfies vor dem Meer.

Charlotte hatte kaum Bilder aufgestellt, als sie bei ihm einzog. Einzig das Foto, das sie beide gemeinsam mit ihrer sichtlich stolzen Mutter bei der Eröffnung der *Épicerie* zeigte. Und auf dem Schreibtisch eine leicht vergilbte Aufnahme der Eltern vor ihrem Schreibwarenladen.

Pierre drückte auf den Schalter, als ihm eine Aufnahme auffiel, kurz bevor der Raum sich verdunkelte. Sofort knipste er das Licht wieder an. Das Bild stand in der hinteren Reihe, verschwand beinahe zwischen den anderen. Es zeigte Anouk als junges Mädchen, Schulter an Schulter mit einer Freundin. Pierre betrachtete es unsicher. War das etwa Charlotte?

Er nahm den Rahmen und hielt ihn ins Licht der Lampe. Tatsächlich. Beinahe hätte er sie nicht erkannt. Die beiden waren gerade mal dreizehn, vielleicht ein Jahr älter. Sie saßen auf einem Steg und ließen die Beine ins Wasser baumeln. Charlotte trug ein weites T-Shirt mit einem Pferdekopf darauf und wirkte sehr kindlich im Vergleich zu Anouk.

Erstaunlich, dachte er, während er zärtlich über das Foto strich. Hübsch hatte Charlotte schon damals ausgesehen, das Haar noch lockiger als heute. Aber ungewohnt scheu, den Kopf nach unten geneigt, den Blick schräg nach oben gerichtet hinter einer Haarsträhne. Anouk dagegen lachte jungenhaft frech in die Kamera, mit weit aufgerissenem Mund, der das Gesicht schon damals zu überstrahlen schien.

Pierre nahm auf dem Sofa Platz und stellte das Foto vor sich auf den Couchtisch. Betrachtete es lange. Charlotte, das konnte das T-Shirt nur schlecht verbergen, war damals recht pummelig gewesen. Sie hatte ihm nie davon erzählt.

Nur einmal hatte sie erwähnt, dass sie früher sehr unsicher gewesen sei und eine dicke Schutzmauer um sich errichtet habe. Und dass ihr Beruf eine Flamme in ihr entzündet habe, die sie so sehr stärkte, dass sie die Mauer irgendwann nicht mehr brauchte.

Pierre hatte sie erstaunt angesehen. Charlotte war für ihn eine selbstbewusste Frau, die wusste, was sie wollte, und der Gedanke, dass es jemals anders gewesen sein könnte, schien so abwegig, dass er ihn weit von sich geschoben hatte. Erst jetzt, als er das Foto betrachtete, ihren scheuen Blick, begriff er, was sie damit gemeint hatte. Charlotte, das war deutlich zu sehen, fühlte sich unwohl. Klein, unwichtig.

Konnte es sein, dass sie ihm keine Bilder von damals zeigte, weil es sie an eine Phase ihres Lebens erinnerte, die sie überwunden glaubte?

Tief berührt wählte er die Nummer ihres gemeinsamen Zuhauses. Er wollte Charlottes Stimme hören, auch wenn das Läuten des Telefons nicht bis ins Schlafzimmer im ersten Stock reichte, aber vielleicht war sie ja noch wach.

Der Anrufbeantworter schaltete sich ein, und Pierre atmete tief durch, bevor er losredete. »*Ma douce*, wahrscheinlich bist du längst im Bett, aber ich musste dich einfach …«

Es knackte in der Leitung.

»Pierre?« Charlotte klang verschlafen. Vermutlich hatte sie das Telefon auf den Nachttisch gelegt, für den Fall, dass er anrief.

»Ich wollte deine Stimme hören.«

»Mitten in der Nacht?«

»Weißt du«, sagte er, und während er weitersprach, dachte er, wie albern es klang, »ich habe ein Foto von dir vor mir stehen. Aus deiner Jugend.«

»Und deshalb rufst du an?« Ihre Stimme klang auf einmal hellwach. »Was ist drauf zu sehen?«

»Du und Anouk auf einem Steg, die Beine im Wasser. Du siehst bezaubernd aus.«

»Lügner.« Er hörte an der Art, wie sie das Wort aussprach, dass sie lächelte. »Es war der erste Sommer mit Anouk.«

»Wie habt ihr euch kennengelernt?«

»Hat das nicht Zeit bis morgen?«

»Nein. Bitte, Charlotte, mir geht so vieles im Kopf herum, und ich kann nur schlafen, wenn du mir die Fragen beantwortest, die mich daran hindern. Also, wie habt ihr euch kennengelernt?«

Sie gähnte laut. »Beim Eisessen. An der Promenade gab es einen Kiosk, den ich immer als Erstes angesteuert habe, kaum dass wir in Banyuls-sur-Mer ankamen. Normalerweise kaufte ich mir von den Münzen, die *Maman* mir in die Hand drückte, zwei Kugeln *pistache* und lief damit zurück zum Haus meiner Großeltern. Ich war froh, wenn ich mich wieder aus der Menge der Kinder löste, die den Stand regelmäßig belagerten. Ich hatte Angst, dass sie mich ansprechen und meinen Akzent erkennen könnten.«

»Du hattest einen Akzent?«

»Ja. Als ich noch klein war, sprach *Maman* oft mit mir Französisch, aber dann begann sie, im Geschäft meines Vaters zu arbeiten, damit sie das Haus abbezahlen konnten, und wenn wir uns abends sahen, war sie zu müde dafür. So kam es, dass mein Französisch von Jahr zu Jahr deutscher klang.« Sie lachte leise. »Es war mir gar nicht bewusst, erst als mich in den Ferien die heimischen Kinder auslachten, merkte ich, dass ich nicht so war wie sie. Das schmerzte, denn ich hatte mich bis dahin immer dazugezählt. Fortan war ich nur noch die ›Deutsche‹. Ich schämte mich, zog mich mehr und mehr zurück.«

Pierre rückte ein paar Sofakissen zurecht und lehnte sich an. Es war selten, dass Charlotte von ihrer Kindheit sprach, immer war er bei dem Thema an einer unsichtbaren Wand abgeprallt. Nun brach es aus ihr hervor, als habe die Tatsache, dass er sie aus dem Schlaf geholt hatte, sämtliche Schutzwälle niedergerissen.

»Und dann?«

»Dann kam Anouk. Sie war wie ein Anker für mich. Ein Fels in der Brandung. Ich habe lange nicht begriffen, dass eigentlich *ich* die Stabilere von uns beiden war, aber … Jedenfalls bin ich in jenem Sommer gestolpert, als mir einer der Jungen ein Bein stellte, und mein Eis fiel auf den Boden. Die anderen lachten, aber Anouk löste sich aus der Gruppe, kaufte mir von dem Geld des Jungen, den sie gehörig zusammenstauchte, ein neues und hielt es mir mit einem Lächeln hin. Seitdem waren wir unzertrennlich.«

»Hatte sie denn keine Angst, selbst ausgeschlossen zu werden?«

»Schon, aber sie hat es riskiert. Anouk fragte nicht nach den Konsequenzen, sie handelte aus dem Bauch heraus. Wenn sie jemanden ins Herz schloss, konnte sie zur Löwin werden.«

»Sie hat dich verteidigt«, stellte Pierre fest. »Hat sie von dir erwartet, für sie ebenfalls wie eine Löwin zu kämpfen?«

Es folgte eine kurze Pause, und gerade als er dachte, er sei mit der Frage zu weit gegangen, drang Charlottes Stimme durch den Hörer, weich und verletzlich.

»Anouk hat mir nie das Gefühl gegeben, dass ich ihr etwas schuldig bin, im Gegenteil. Sie hat mich so akzeptiert, wie ich bin. Mit all meinen Fehlern. Durch sie habe ich gelernt, dass es unmöglich ist, es jedem recht zu machen. Und dass es wichtig ist, sich auf die eigenen Stärken zu besinnen, statt sich den Vorstellungen anderer zu beugen, selbst jenen der eigenen Familie, sosehr man sie auch lieben mag.«

»Du sprichst von deinen Eltern?«

»Mein Vater wollte, dass ich es einmal besser habe als meine Mutter und er, die den ganzen Tag im Geschäft standen und bis spät in die Nacht über den Abrechnungen saßen, um über die Runden zu kommen. Nachdem das Haus abbezahlt war, arbeitete er dafür, mir das Studium zu finanzieren. Er hatte die Vorstellung, dass ich später mal in die Wirtschaft gehe. Einen Konzern führe. Er fand das enorm emanzipatorisch und war entsprechend enttäuscht, als ich mich für einen Beruf entschied, der einem überholten Rollenbild entsprach. Seine Tochter wollte in die Küche! Ich musste sehr dafür kämpfen, meine Träume zu realisieren. Er hat es nie verstanden, dass Kochen Erfüllung sein kann.«

Pierre dachte an die Eröffnung der *L'Épicerie provençale*, bei der er Charlottes Mutter kennengelernt hatte, eine lebenslustige, fröhliche Frau, die ihm auf Anhieb sympathisch war. »Sicher ist er inzwischen sehr stolz auf dich, ebenso wie deine Mutter.«

»Bestimmt.« Es klang nicht ganz überzeugt.

»Ich würde ihn gerne einmal kennenlernen.«

»Eines Tages vielleicht.« Sie seufzte. »Ich will nicht undankbar sein, ich hatte eine gute Kindheit. Anouk hingegen …«

»Du meintest vorhin, dir sei erst später aufgefallen, dass du die Stabilere von euch beiden warst.«

»Anouks Eltern hatten sich früh getrennt. Sie wuchs bei ihrer Mutter auf, die sie jedes Mal fortschickte, wenn sie einen neuen Partner hatte, damit sich die neue Liebe ungestört entfalten konnte. Also war sie häufig bei uns im Haus meiner Großeltern, gemeinsam mit meiner Mutter und meinem Vater, die sich während der großen Ferien immer ein paar Tage freinahmen, um nach Banyuls-sur-Mer zu kommen. Damals erfuhr Anouk, wie es ist, eine richtige Familie zu haben. Großeltern, die verwöhnten, eine Mutter, die zuhörte. Einen Vater, der beschützte. Gewissermaßen habe ich all das durch sie erst richtig schätzen gelernt. Meine Eltern arbeiteten zwar viel und waren nur selten anwesend, aber mit dem Herzen waren sie stets für mich da.«

»Und wenn du am Ende des Sommers nach Hause gefahren bist, war sie wieder alleine.«

»Ja, genau. Aber nur innerhalb ihrer Familie. Anouk hatte das Talent, Menschen um sich zu scharen und für sie zu begeistern. Natürlich war das oberflächlich. Erst jetzt ist mir klar geworden, wie sehr sich dieses nach außen so starke Mädchen danach sehnte, geliebt zu werden. Und dass sie selbst nichts mehr fürchtete, als abgewiesen zu werden.«

»Aber sie wusste, dass du sie niemals abweisen würdest.«

»Ja.«

»Diese Sache«, begann Pierre vorsichtig, denn er wollte die

vertraute Stimmung nicht zerstören, »über die ihr euch im *Chez Albert* unterhalten habt …«

»Ich … ich habe Anouk versprochen, nicht darüber zu reden.«

Pierre spürte, wie sie sich langsam verschloss, er musste behutsam vorgehen.

»Du kennst nicht zufällig den Namen des Mannes, den sie in Oppède-le-Vieux getroffen hat?«

»Sie hat ihn nicht erwähnt.« Ihre Stimme war jetzt ganz leise.

»Komm schon, Charlotte. Du wirst deiner Freundin nicht helfen, wenn du es mir verschweigst. Im Gegenteil. Was, wenn er der Täter ist? Ihr Anwalt glaubt, Anouk sei das Ziel des Mordanschlages gewesen. Und nicht nur einmal.«

»Es hat einen weiteren Versuch gegeben?«, fragte sie erschrocken.

»Deine Freundin war mit einem Parfümeur namens Lucien Aubert auf einer Motorjacht verabredet. Sie ist am Ende nicht mitgefahren, stattdessen war seine Ehefrau an Bord. Das Boot ist außer Kontrolle geraten, Aubert hat es nicht überlebt. Seine Frau ist nur knapp einer Kollision mit den Klippen entgangen.«

»Und du glaubst, der Mann hat etwas damit zu tun?« Charlottes Stimme zitterte.

»Hat Anouk einen Namen genannt?«

»Das habe ich dir doch schon gesagt: nein. Die beiden hatten eine Affäre, die abrupt zu Ende war, sie wollte ihn noch einmal sehen, um ihn endgültig loslassen zu können.«

»Ist das alles, was du weißt?«

»Du glaubst noch immer, dass sie es gewesen sein könnte, nicht wahr? Du sagst, du suchst nach dem Täter, aber es klingt, als hättest du sie im Verdacht.«

»Ich will vor allem verhindern, dass ihr etwas passiert! Aber ja, wenn du so willst … Anouk hat ein Motiv. Ein sehr starkes sogar. Bevor ich mir sicher bin, darf ich diese Möglichkeit nicht aus den Augen lassen.«

»Du bist keinen Deut besser als dieser *Commissaire*! Es geht um Mord, Pierre. Das ist keine Belanglosigkeit. Es gehört eine Menge Überwindung dazu, jemanden zu töten.«

»Das stimmt. Aber in beiden Fällen hat der Täter eine Methode angewendet, die ihn nicht direkt mit dem Tod konfrontiert. Es ist etwas anderes, jemandem Gift zuzuschicken oder eine narkotisierende Mischung einzuflößen, als jemandem ein Messer ins Herz zu rammen. Heute habe ich erfahren, dass Anouk das Haus von Hervé Bousquet erben wird. Sie hat es gewusst, und zwar noch vor seinem Tod, hat sie es dir erzählt?« Er hörte, wie Charlotte wütend die Luft ausstieß, und das Gefühl, dass Anouk unvermittelt zwischen ihnen stand, machte ihn wahnsinnig. »Sie hat uns belogen. Mich, dich, den Anwalt. Wie, verdammt noch mal, kannst du von mir verlangen, dass ich all das außen vor lasse? Ich bin Ermittler. Verstehst du mich denn so wenig?«

»Nein.« Es war nur ein Flüstern. »Nein, Pierre, ich verstehe dich sehr gut. Es tut mir leid. Ich bin ein wenig durcheinander. Das Ganze ist nicht leicht für mich. Wir sollten morgen weiterreden, es ist spät geworden.«

»Ist gut.«

»Wann bist du zurück?«

»So gegen acht, denke ich.«

»Holst du mich in der *Épicerie* ab?«

»Gerne.«

Sie wünschten sich eine gute Nacht, und Pierre erhob sich vom Sofa, um das letzte Licht zu löschen.

Ja, auch er verstand sie. Viel mehr, als sie dachte.

15

Pierre lief gerade durch einen dunklen, undurchdringlichen Tannenwald, als laute Frauenstimmen in seinen Traum drangen. Ein Rufen und Schwatzen, das immer näher kam und dessen Ursprung er nicht auszumachen vermochte, bis er merkte, dass die Geräusche sehr real waren, und es ihn aus dem Schlaf riss.

Das Gästezimmer war in ein surreales Dämmerlicht getaucht, im Blassrot der zugezogenen Vorhänge. Leises Vogelgezwitscher drang an sein Ohr. Pierre richtete sich auf und rieb sich die Augen. Sein Smartphone zeigte fünf Uhr fünfundvierzig. Er hatte den Wecker auf sechs gestellt, weil er aufstehen wollte, bevor die Pflückerinnen kamen, doch deren Arbeitstag begann offenbar früher als gedacht.

Rasch verließ er das Bett und zog sich ein T-Shirt über, stieg in die Jeans. Dann ging er zum Fenster und lugte durch die Vorhänge.

Über dem Feld schimmerte sanftes Sonnenlicht, das ohne die Färbung des Stoffes milchig war, pastellgelb. Vor den Rosenbüschen standen mehrere Frauen, in ein erregtes Gespräch vertieft, während sie sich Schürzen mit weiten Taschen umbanden und breitkrempige Hüte aufsetzten. Eine von ihnen mahnte zur Ruhe. Dabei zeigte sie in Richtung des Gästezimmers und hielt sich verschämt kichernd die Hand vor den Mund, als sie Pierre am Fenster erblickte.

Er schrak zurück und fuhr sich mit beiden Händen durchs

Haar. Dann eilte er in das angrenzende Gästebad und machte sich frisch, bevor er auf den Hof trat.

Die Pflückerinnen, die sich inzwischen über das Feld verteilt hatten, standen sich paarweise gegenüber und hielten den Blick auf die Rosenbüsche gerichtet, während sie einen Blütenkopf nach dem anderen umfassten, in einer beherzten Drehung abstreiften und in den Beuteltaschen ihrer Schürzen verschwinden ließen. Ihre Bewegungen hatten etwas Meditatives, eine bezaubernde Atmosphäre lag über der Szenerie, beinahe magisch.

Im Morgenlicht sah das Feld ganz anders aus, als Pierre es sich vorgestellt hatte. Kein undurchdringliches Blütenmeer, sondern an einem Hang gelegene, terrassierte Bahnen dichter Büsche, aus denen hellrosa Rosenköpfe ragten, die einen schweren Duft verströmten. Pierre schloss die Augen und atmete ihn ein.

»Nach einem Regen riechen sie besonders intensiv«, ertönte eine Männerstimme hinter ihm. »Das Wasser löst die Moleküle und setzt sie für die Nase wahrnehmbar in der Luft wieder frei.«

Pierre fuhr herum und blickte in ein Paar lachende Augen, die zwischen den vielen Fältchen beinahe verschwanden.

»Sie müssen Jacques sein.«

»Zu Ihren Diensten.« Der Rosenbauer zog seine Mütze vom Kopf und nickte ihm freundlich zu.

Pierre schätzte ihn auf Anfang sechzig. Jacques war einen halben Kopf kleiner als er, hatte erstaunlich volles graues Haar und trug eine dunkle Strickjacke über einem blau karierten Hemd. In der Hand hielt er dieselbe Schürze wie die Frauen.

»Sie sind sicher der Polizist aus Sainte-Valérie.«

»Ja. Ich heiße Pierre. Pierre Durand.« Er deutete mit einem Nicken in Richtung der Pflückerinnen. »Ein schönes Bild, so friedlich. Es sieht aus, als gehe ihnen die Arbeit ganz leicht von der Hand.«

»Das tut sie auch. Probieren Sie es ruhig selbst. Die reifen Knospen werden mit einer raschen Handbewegung abgeknipst. Sehen Sie, so.« Jacques schob den Kopf einer Rose behutsam zwischen Zeige- und Mittelfinger, legte den Daumen auf die kugelförmige, dicht mit Blättern gefüllte Blüte und kippte sie mit einer leichten Drehbewegung zur Seite, dass es knackte. »Mit etwas Übung klingt das ›Klicken‹ wie ein Ton, und während man eine nach der anderen erntet, entsteht eine Melodie.« Er lächelte. »Jetzt Sie. Sehen Sie, dort, seitlich an dem Busch ist eine erntereife Blüte.«

Pierre tat es ihm gleich, schaffte es im zweiten Anlauf, die Knospe vom Stängel zu lösen, drehte sie zwischen den Fingern und betastete erst die samtige Blütenhaut, dann den moosigen Flaum an Kelch und Knospe. Schließlich hob er sie an die Nase, inhalierte den Duft.

»Und, was riechen Sie?«, fragte Jacques, und seine dunklen Augen funkelten.

Pierre senkte die Nase noch ein Stück tiefer. Es roch nach aufgeschnittenen Früchten, nach einem Abendspaziergang durch den Kiefernwald, nach klebriger Zuckerwatte, die der Verkäufer auf dem Jahrmarkt geduldig auf hölzerne Stäbe drehte. Er hob den Kopf. Erstaunlich, dachte er, während er überlegte, welche Begriffe diese Bilder am besten einfingen. Bisher hatte er geglaubt, eine Rose rieche nach Blume.

»Aprikosengetränkte Zuckerwatte«, antwortete er endlich. »Und«, er dachte nach, suchte nach einer passenden Beschreibung, »flüssiges Harz.«

»Sehr gut! Der Duft einer solchen Rose besteht aus gut dreihundertfünfzig Duftmolekülen, er ist enorm komplex. Die meisten Menschen, die ich frage, riechen nur das, was sie sehen.

Sie dagegen spüren weiter.« Jacques lachte, dann wurde er wieder ernst. »Mademoiselle Debris hat gehofft, dass Sie kommen würden. Sie hält große Stücke auf Sie und sagte, dass Sie der einzige Mensch seien, der ihr helfen könne.«

»Sie hat einen guten Anwalt.«

»Natürlich. Aber Anwälte vertreten das Recht, nicht die Wahrheit. Für die sind Sie zuständig.« Er lächelte breit. »Ich kann Ihnen gar nicht sagen, wie sehr es mich erleichtert, dass Sie es einrichten konnten. Haben Sie die Dokumentation über den Zustand unserer Untersuchungsgefängnisse gesehen? Jede Stunde, die Mademoiselle Debris in diesem Rattenloch verbringt, ist eine zu viel.«

»Ich …« Pierre stockte. Jacques war ihm auf Anhieb sympathisch. Er brachte es nicht übers Herz, dem Mann zu sagen, dass er bereits am Abend wieder abreisen wolle. Stattdessen nickte er ihm freundlich zu. »Ich tue alles, was in meiner Macht steht.« Es war eine Lüge, die die Sache nicht besser machte. »Wie lange kennen Sie Mademoiselle Debris denn schon?«

»Seit sie die Felder gekauft hat, das war vor etwa acht Jahren. Ich war schon beim Vorbesitzer angestellt, sie hat mich übernommen.« Jacques faltete die Schürze auseinander und band sie sich um. »Wenn Sie erlauben, mache ich während unseres Gespräches mit der Arbeit weiter. Pro Tag und Pflücker müssen sechs bis acht Kilo geerntet werden, damit die erforderliche Menge zusammenkommt, und das Zeitfenster, in dem wir gute Erträge erhalten, ist klein. In diesem Moment tragen die Blütenblätter noch die Frische der Nacht und gleichzeitig das Licht der ersten Sonnenstrahlen. Der Anteil der Duftöle ist derzeit am höchsten, danach nimmt er kontinuierlich ab.«

»Natürlich.« Pierre folgte dem Mann, der nun konzentriert durch die Rosenbüsche strich, mit fließenden Bewegungen eine offen stehende Blüte nach der anderen abknipste und in der Beuteltasche vor seinem Bauch verschwinden ließ.

»Wir alle machen uns große Sorgen um Mademoiselle Debris«, sagte er unvermittelt, »auch die Pflückerinnen, die seit Jahren hier arbeiten.«

»Sie mögen sie gerne, nicht wahr?«

Er nickte, ohne aufzusehen. »Mademoiselle Debris ist ein ganz besonderer Mensch. Eigenwillig und zäh. Und mit einer außerordentlichen Sensibilität für das Wesen der Pflanzen.« Jacques strich mit einer behutsamen Geste über die Blütenköpfe. »Bevor sie hierherkam, waren die Rosen anfällig und der Ertrag wurde immer geringer. Ich hatte darauf gedrängt, die Stöcke auszutauschen, aber die ehemaligen Pächter waren schon alt. Als sie ins Seniorenheim in der *Rue Jeanne Jugan* zogen, entschloss sich Monsieur Bousquet, die Plantage zu verkaufen.«

»Diese Felder haben ihm gehört?«

»Ja. Seine Mutter hatte sie bewirtschaftet, sie hat auch das Haus bauen lassen, in der Hoffnung, er würde später darin wohnen und in ihrer Nähe bleiben. Der Wunsch erfüllte sich nicht, und so wurde die Plantage drei Jahrzehnte lang verpachtet. Als Monsieur Bousquet das Grundstück dann zum Verkauf anbot, kamen die Investoren aus der Baubranche. In der Nähe liegt ein Golfplatz, einer von dreien rund um Grasse, ein Eldorado für Wohlhabende. Man hat ihm eine Menge Geld geboten, aber er gab die Hoffnung nicht auf, jemanden zu finden, der die Felder weiter bestellt.«

»Und dann kam Anouk.«

Jacques hob den Kopf und sah in Richtung des Hauses. »Ich kann mich noch genau an den Tag erinnern, als Mademoiselle Debris auf die Plantage kam. Sie fuhr einen alten, klapprigen Jeep und sah viel zu jung aus für die Größe der

Aufgabe, aber sie hatte Biss. Ihr Angebot lag weit unter dem Wert, doch sie versprach Monsieur Bousquet, die Traditionen aufrechtzuerhalten und die Felder zu erneuern. Sie erzählte von einer Kreuzung, mit der sie die Erträge steigern wollte, um der Plantage zur alten Pracht zu verhelfen. In den vergangenen Jahren habe sie an der Züchtung einer *Rose de Mai* gearbeitet, die sowohl widerstandsfähig ist als auch intensiv duftet, was nahezu unmöglich ist. Das liegt an den Genen. Je stärker der Duft, desto höher die Anfälligkeit.« Er lachte leise. »Da kam also eine Fremde, die ihr Studium als Gartenbauingenieurin gerade beendet hatte, und bot allen Ernstes ihre gesamten Ersparnisse für den Traum, eine Rose zu erschaffen, die beides vereint. Die meisten hätten sie ausgelacht, nicht ernst genommen. Eine neue Sorte zu züchten kostet viel Zeit und Engagement. Schon bei normalen Züchtungen ist die Wahrscheinlichkeit hoch, dass man scheitert und dass die ersten Pflanzen die Selektion nicht überstehen.«

»Doch sie hat Monsieur Bousquet überzeugt.«

»So ist es. Mademoiselle Debris erhielt den Zuschlag. Sie hat ihr Versprechen gehalten, trotz etlicher Rückschläge. Inzwischen gehören ihre Rosen zu den kostbarsten, die Grasse zu bieten hat. Und ausgerechnet jetzt, da sie in den exklusiven Kreis der Besten aufgenommen werden soll, passiert dieser Mord.«

»Sie sprechen vom Termin mit dem Chefparfümeur des Luxuslabels?«

»Ach, Sie wissen davon?« Jacques sah ihn stirnrunzelnd an. »Ja, man wollte ihr einen Exklusivvertrag anbieten, mit dem sich die großen Konzerne Kontingente der besten Qualitäten vor dem Zugriff anderer sichern. Aber kaum hatten sich die ersten Kameras vor dem Haus positioniert, kam die Absage. Angeblich, weil man eine günstigere Alternative gefunden hatte. Die reinen Rosenöle gehören zu den exklusivsten Düften der Welt. Das hat natürlich seinen Preis, den nur noch wenige Häuser zu zahlen bereit sind. Aber uns allen war klar, dass das nicht der wahre Grund war, sondern dass man sich um den eigenen Ruf sorgte.« Er schnalzte mit der Zunge. »Die Medien haben sich sofort auf Mademoiselle Debris eingeschossen, froh, überhaupt etwas zu haben, von dem sie berichten konnten. Eine Frau, die sie durchs Dorf jagen konnten.« Er machte eine abwertende Handbewegung. »Früher hat man einem Delinquenten wenigstens die Möglichkeit gegeben, sich zu erklären. Heute ist das Urteil der Leute bereits gefällt, sobald die Nachricht raus ist.«

Die Loyalität, mit der Jacques sich hinter seine Chefin stellte, beeindruckte Pierre. Er dachte an das Pflanzengift, mit dem Hervé Bousquet ermordet worden war. »Sie sagten, Mademoiselle sei Gartenbauingenieurin?«

»Ja. Sie hat in d'Angers studiert. Der *Agrocampus Ouest* hat einen hervorragenden Ruf, er ist eines der größten Zentren für Wissenschaft und Forschung im Bereich Landwirtschaft und Gartenbau.«

»Dass das Studium auch Seminare in Chemie beinhaltet, hat die Ermittler sicher besonders interessiert.«

»Sie sagen es. Die haben hier alles auf den Kopf gestellt, um Spuren des Giftes zu finden, das Monsieur Bousquet getötet hat. Sie haben Proben genommen, und der Leiter der Truppe, *Commissaire* Thiebaud, meinte am Ende, er werde wiederkommen, wenn sie nichts finden, und notfalls auch das ganze Feld umgraben.« Er schürzte die Lippen. »Es sieht schlecht aus für Mademoiselle Debris, nicht wahr?«

»Ich fürchte, ja. Aber noch ist nichts entschieden, ich stehe ganz am Anfang. Momentan versuche ich, mir ein Bild von der Lage zu machen.«

»Und womit wollen Sie beginnen?«

Pierre erinnerte sich, dass Monnier ihn das Gleiche gefragt hatte. »Bei Ihnen.« Er lächelte dem Rosenbauern aufmunternd zu. »Erzählen Sie mir von Monsieur Bousquet.«

16

»Monsieur Bousquet war ein sehr intelligenter Mann«, begann Jacques, »und einer der belesensten Menschen, die ich kenne. Die reinen Rosenöle hier aus der Region waren sein Fachgebiet, er konnte selbst die allerfeinsten Nuancen wahrnehmen und sofort sagen, aus welchem Jahr sie stammen. Er war regelrecht besessen, wenn es darum ging, seine Sammlung zu ergänzen. Für alte Flakons aus Grasse reiste er kilometerweit. Auf Auktionen kaufte er kostbarste Originalformeln aus der Feder der hiesigen Parfümeure. Von Trotobas Honoré beispielsweise, der Mitte des neunzehnten Jahrhunderts hier gelebt hat, oder von Henri Muraour.«

»Und wie war er als Mensch?«

»Vielleicht kennen Sie ja die Geschichten aus den sechziger Jahren, als er sich in der Filmszene herumgetrieben hat. Als junger Mann hat er das Leben aus vollen Zügen genossen, es gab kaum eine Premierenfeier, keine Jachtparty, auf der er nicht unter den Gästen war. Mit den Jahren wurde er ruhiger und zog sich, nachdem er das Haus mit dem Archiv geerbt hatte, ganz zurück. Von Zeit zu Zeit lud er selbst zum Dîner ein, und die Menschen kamen gerne zu ihm. Er interessierte sich für die Geschichten der Gäste, ihre Erlebnisse und Emotionen. Das driftete manchmal ins Philosophische ab oder ins Politische. Er liebte den Dialog, ebenso konträre Meinungen, was heutzutage nicht mehr selbstverständlich ist. Auch ich war manchmal dabei, und ich muss sagen, es war immer bereichernd.« Jacques wandte sich nach rechts, zu einer Wand aus Zypressen und Pinien, hinter der ein quittengelbes Haus zu sehen war.

»Ist das dort drüben das Anwesen?«

»Ja.«

Pierre blickte hinüber zum Grundstück des Archivars, das man von hier aus einsehen konnte. »Sie waren doch auch gestern dort, zur vermuteten Todeszeit. Haben Sie jemanden bemerkt, der das Haus betreten hat?«

»Das haben mich die Ermittler auch schon gefragt. Aber ich habe nicht darauf geachtet. Die Rosenernte ist eine meditative Arbeit, man ist in einer Art Tunnel, ganz auf das Tun konzentriert. Den Pflückerinnen ist es ebenso ergangen, sie haben mir gesagt, dass ihnen nichts aufgefallen ist.«

»Was ist mit der Haushaltshilfe, Aminata? Sie ist eine wichtige Zeugin.«

»Dann hat sie also die Leiche gefunden.« Jacques schüttelte den Kopf. »Ich höre ihren Namen zum ersten Mal. Ich weiß, dass Monsieur Bousquet jemanden beschäftigt hat, es ist wohl dieselbe Person, die auch hier sauber macht, aber sie kommt erst, wenn wir schon weg sind.« Er seufzte. »Wissen Sie, was seltsam ist? Dass man einfach so seiner Arbeit nachgeht und es nicht bemerkt, wenn nur hundert Meter von einem entfernt ein Mensch sein Leben aushaucht. Ich dachte immer, man hält inne und spürt etwas. Ein Vibrieren oder einen plötzlichen Lufthauch, der das Gesicht streift. Aber da war nichts.«

Er schluckte heftig. Dann wandte er sich um und begann wieder, die Büsche nach weit geöffneten Rosenblüten abzusuchen. Pierre folgte ihm langsam. Sah zu, wie der ältere Mann den knochigen Rücken immer wieder hinabbeugte und die Beuteltasche mit flinken Bewegungen füllte. Wie er sie in regelmäßigen Abständen in große Jutebeutel leerte, die an den Beetenden bereitstanden.

»Die Gäste, was waren das für Menschen?«

»Die meisten arbeiteten in der Branche. Monsieur Bousquet war es wichtig, sich regelmäßig auszutauschen. Er brachte die unterschiedlichsten Leute zusammen, aus allen Bereichen der Duftherstellung. Fabrikanten und Laboranten, Pflücker und Parfümeure. Menschen, die sich eigentlich nicht ausstehen konnten und am Ende Arm in Arm das Haus verließen. Er sagte immer, dass wir diese Zeiten nur überstehen, wenn wir zusammenhalten. Er hatte recht, das sahen alle ein.«

»Hat es bei diesen Treffen denn nie Streit gegeben?«

»Doch, doch, natürlich. Aber der Ton blieb sachlich, und es ging nie über eine anregende Debatte hinaus. Sie werden es nicht glauben, Monsieur, aber die Menschen hier in der Gegend halten wirklich zusammen. Familien, die sich über Generationen hinweg bekämpften, haben sich in Verbänden zusammengeschlossen, um für den Erhalt des Standortes einzustehen. Es ist ihr erklärtes Ziel, den Schwund der *Rosa centifolia* aufzuhalten. Es geht um die Existenz der gesamten Region.«

Das klang dramatisch. Bislang hatte Pierre angenommen, der Region rund um Grasse, der Welthauptstadt des Parfüms, gehe es gut. »Das müssen Sie mir genauer erklären.«

Der Rosenbauer wandte den Kopf und blickte in die Ferne, den Hang hinab ins Tal. »Als ich ein Kind war«, erzählte Jacques, »gab es an den Hängen und Tälern unterhalb von Grasse Blumenfelder, so weit das Auge reichte. Sie lagen in einem Korridor zwischen Meer und Bergen, der für die Blumen ideale Bedingungen bedeutet. Zusammen mit dem milden Klima sorgte die Lage für eine gleichbleibend hohe Qualität. Veilchen und Rosen, Heliotrop, Tuberosen, Orangenbäumchen und Jasminsträucher, wohin man auch sah. Und jetzt? Schauen Sie es sich an.«

Pierre folgte seinem Blick, sah über die im sanften Wind

wippenden Rosenbüsche hinweg zu den Dächern der die Ebene besiedelnden Häuser, hinter denen sich dicht bebaute Hügel erhoben.

»Es wurde zu Bauland.«

»*Exactement!* Von ursprünglich fünftausend Rosenfeldern existieren heute noch etwa dreißig. Aber es ist nicht nur die Bebauung, die uns zu schaffen macht, auch die Branche hat sich gewandelt. Grasse, das früher fünfundneunzig Prozent der natürlichen Duft- und Aromastoffe in alle Welt lieferte, hat seine Vormachtstellung längst verloren. Inzwischen erwirtschaften die Unternehmen nur noch acht Prozent.«

Pierre nickte. Er kannte das aus vielen Gesprächen. Die Schattenseiten der Globalisierung trafen meist die Landwirtschaft. »Die Rosenöle aus Grasse haben Konkurrenz bekommen. Billigkonkurrenz.«

»So ist es. Die Damaszenerrose aus Bulgarien erfreut sich großer Beliebtheit. Dann das Rosenöl aus Marokko. Nichts ist mehr unersetzlich, das gilt für alle Blumen hier aus der Region. Die Qualität unseres Jasmins ist unvergleichlich, aber das Kilo des *absolue* kostet bis zu achtzigtausend Euro. Das kann sich kaum noch jemand leisten. Viele weichen auf das Nildelta aus, wo man kaum mehr als ein Zwanzigstel für einen Duft zahlt, den nur Profis von dem aus Grasse zu unterscheiden vermögen. Ich frage Sie: Wie viele Käufer sind Ihrer Meinung nach bereit, für eine Illusion zu zahlen?«

»Acht Prozent sind trotz aller Einbußen immer noch viel. Wenn statt fünftausend nur noch dreißig Plantagen übrig sind, haben die Bauern mehr zu tun als je zuvor.«

»Das betrifft leider nur den Anteil an den natürlichen Stoffen. Die größte Konkurrenz ist nicht das Ausland, sondern die Chemie. Achtundneunzig Prozent der Düfte werden inzwischen synthetisch hergestellt. Von den verbleibenden zwei Prozent des weltweiten Umsatzes stammen also gerade mal acht von unseren Feldern.«

»Acht Prozent von zwei …« Pierre rechnete nach. »Das sind ja bloß null Komma eins sechs Prozent der Duft- und Aromastoffe weltweit.« Das war wirklich erschreckend.

»Den stabilsten Umsatz machen jene Plantagenbauern, die exklusiv für die großen Parfümhäuser produzieren«, fuhr Jacques fort. »Joseph Mul beispielsweise, der bekannteste. Er arbeitet seit Jahrzehnten für Chanel und besitzt inzwischen mehr als zwanzig Hektar Fläche für Mairose, Jasmin, Tuberose, Rosengeranie und Iris, davon sieben Hektar alleine für die Rose. Seine Ernte macht die Hälfte der Gesamternte in Grasse aus. Das bedeutet, dass die übrigen Züchter mit gerade mal null Komma null acht Prozent am Weltmarkt beteiligt sind. Von ursprünglich fünfundneunzig! Wenn nichts dagegen getan wird, stirbt bald die gesamte Branche aus.«

»Ich kann mir gut vorstellen, dass sich die übrigen Landwirte um den frei gewordenen Exklusivauftrag reißen.«

»Das stimmt, aber nur wenige sind dafür geeignet.« Jacques rieb sich das Kinn. »Es gibt eine Rosenplantage bei Pégomas, das *Mas d'Estelle*. Die Besitzerin, Estelle Gregoire, hat sich ebenfalls um den Auftrag bemüht. Gut möglich, dass man mit ihr einen Vertrag schließt.«

»Können Sie sich vorstellen, dass Madame Gregoire dazu fähig ist, Mademoiselle Debris vergiftete Pralinen zuzuschicken?«

»Vergiftete …« Jacques erblasste. »Wie kommen Sie denn darauf?«

»Die Pralinen gingen ursprünglich an ihre Adresse. Der Kampf um einen lukrativen Vertrag wäre doch ein veritables Motiv.«

Der Mann schüttelte den Kopf. »Die Dame ist noch vom

alten Schlag, sie ist nicht gerade zimperlich. Aber jemanden töten? Das kann ich mir nicht vorstellen.«

»Ich möchte mich trotzdem mit ihr unterhalten«, erwiderte Pierre. Er holte sein Notizbuch hervor und schrieb den Namen auf, ebenso die Adresse, die Jacques ihm diktierte.

»Ich gebe Ihnen auch meine Telefonnummer. Wenn Sie meine Unterstützung brauchen, egal wobei …« Der Rosenbauer legte Pierre eine Hand auf den Arm. »Ich würde alles tun, wenn es nur hilft, Mademoiselle Debris aus ihrer Notlage zu befreien.«

17

Pierre ging zurück ins Haus und machte sich einen Kaffee. Er trank einen ersten Schluck und dachte über das eben Gehörte nach.

Der Besuch der Rosenplantage von Estelle Gregoire stand ganz weit oben auf seiner Liste, nur war sie sicher ebenfalls mit der Ernte beschäftigt. Es war unwahrscheinlich, dass sie sich Zeit für eine Unterhaltung nahm, er würde es am Nachmittag versuchen.

Vorher wollte er bei Lucien Auberts Witwe vorbeifahren, die laut dem, was Monnier an den Rand seines Notizbuches geschrieben hatte, Carole hieß. Sie lebte nicht an der Küste, wo der Parfümeur sein Atelier hatte, sondern in Valbonne, etwa zehn Minuten von Anouks Plantage entfernt.

Pierre sah auf die Uhr. Es war erst halb acht, viel zu früh für einen Besuch, der ohnehin etwas heikel war. Er wollte daher die Zeit nutzen, um mehr über sie und ihren Mann herauszufinden. Und über seinen Tod, den die Polizei längst als Bootsunglück zu den Akten gelegt hat.

Während er sich einen zweiten Kaffee machte, ging ein Anruf ein. Es war der ehemalige Bürgermeister von Sainte-Valérie, Arnaud Rozier.

»Guten Morgen, Arnaud. Du bist ja ganz schön früh auf.«

»Reine Gewohnheit«, brummte der. »Ich habe eben auf dem Weg zum Bäcker Marechal getroffen. Was hast du dir nur dabei gedacht?«

»Wovon redest du?«

»Na, von dem Kinderboule. Die Kleinen sollen auf unserer Bahn spielen, noch vor dem Turnier? Kannst du dir vorstellen, wie die danach aussieht? Als hätte ein Bagger darauf ein Tänzchen gewagt! Was meinst du, wie lange es gedauert hat, die vielen Schlaglöcher auszugleichen, die der Regen hineingespült hat, und die Steine zu entfernen. Wenn die Kinder fertig sind, kann höchstens noch eine Planierraupe den Platz retten!«

»Nun mal langsam. Wer sagt denn, dass die Kinder auf eurer Bahn spielen sollen?«

»Marechal. Er meinte, es sei dein Vorschlag gewesen.«

»Das ist Unsinn. Ich habe ihm gesagt, sie sollen auf der *Place du Village* antreten.«

»Na schön. Aber warum das Ganze? Du weißt genau, wie sehr uns die Gören schon bei den normalen Partien auf die Nerven gehen. Wolltest dich bei dem neuen Bürgermeister wohl einschleimen, was?«

Pierre stöhnte auf. »Es war ein Versehen, es ist mir so herausgerutscht. Eigentlich wollte ich bloß Didier aus der Patsche helfen, ich habe gar nicht damit gerechnet, dass Marechal den Vorschlag ernst nimmt.«

»Wieso aus der Patsche helfen?«, fragte Rozier lauernd. »Was hat er denn getan?«

»Das soll er dir besser selbst erzählen. Und keine Sorge. Ich habe Penelope gebeten, sich um das Kinderturnier zu kümmern, sie hat das im Griff.«

»Penelope Brunel?« Er stöhnte auf. »Die ist doch selber noch ein halbes Kind!«

»Lass sie mal machen, Arnaud. Ach, was mir noch einfällt: Du solltest dich mal mit Didier unterhalten. Er meinte, Madame Duprais habe eine Ahnung, wer im vergangenen November die anonyme Anzeige gegen dich lanciert hat.«

»Wirklich?« Rozier klang auf einmal sehr munter. »Danke für den Hinweis. Das werde ich umgehend tun.«

Pierre beendete das Gespräch.

Nur einen Moment später klingelte das Telefon erneut.

»Was denn noch?«

»Monsieur Durand, alles in Ordnung?« Es war *Maître* Monnier.

»Oh, entschuldigen Sie bitte, ich dachte … Was gibt es denn?«

»Ich habe eine Adresse von Aminata. Fragen Sie bitte nicht, woher, ich musste Stein und Bein schwören, es niemandem zu verraten.«

»Sie putzt bei einem Ihrer Kollegen«, vermutete Pierre.

»*Touché!* Können Sie etwa hellsehen? Nun denn, sie wohnt im Zentrum von Grasse, in der *Traverse Sainte Marthe*. Die Hausnummer habe ich nicht, aber schräg gegenüber der Gasse gibt es einen Gemüsehändler. Der müsste sie kennen.«

»Sehr gut.« Pierre notierte sich die Adresse. »Haben Sie eine Beschreibung von der Frau?«

»Ach je, ich habe ganz vergessen, danach zu fragen. Aber das hole ich gleich nach. Und noch etwas: Sie können Mademoiselle Debris besuchen. Wir treffen uns um Viertel vor elf vor dem *Maison d'Arrêt* in Grasse.«

»Perfekt.« Pierre erhob sich von seinem Stuhl. Er musste sich beeilen, wenn er vorher noch mit Aminata und Auberts Witwe sprechen wollte. Auf einmal war die Zeit knapp geworden. »Könnten Sie in der Zwischenzeit Informationen über Lucien Aubert zusammentragen? Arbeitsstätten, Aktivitäten, Vorlieben, einfach alles.«

»Ich habe gleich einen Termin mit einem schwierigen Klienten. Aber wenn es sehr wichtig ist, schiebe ich es irgendwie dazwischen.«

»Danke!«

»Dafür müssen Sie mir aber auch einen Gefallen tun: Mademoiselle Debris hat mich gebeten, ihr etwas Kleidung, Nachtzeug und Dessous mitzubringen. Und weiche Handtücher. Sie hat nicht mit einem längeren Aufenthalt gerechnet und zu wenig eingepackt. Ich schaffe das zeitlich nicht, und da Sie ohnehin gerade vor Ort sind …«

»Dessous?«

»Sie glauben gar nicht, wie sehr ich Sie um diese Aufgabe beneide.« Damit legte Monnier auf.

Mit einem Seufzen stellte Pierre die Kaffeetasse in die Spüle und machte sich auf die Suche nach Anouks Schlafzimmer.

Er fand es gleich neben dem Gästezimmer. Es hatte denselben schönen Blick auf das Rosenfeld, das nun, da die Sonne wieder hinter den Wolken verschwunden war, an Farbe verloren zu haben schien.

Auch dieses Zimmer war geschmackvoll eingerichtet. Ein breites Bett mit gepolstertem Kopfteil, gegenüber ein weißer Schlafzimmerschrank mit silberfarbenen Griffen, den Pierre nun öffnete.

Ein schwacher Duft strömte ihm entgegen, es war derselbe holzig-warme und doch so kantige, den er bei der ersten Begegnung an Anouk gerochen hatte. Silberne Pailletten funkelten im Schein der Schrankleuchte. Daneben ein schwarzes Kleid mit einem Rock aus Federn, das Anouk auf einem der Partybilder auf der Anrichte im Wohnzimmer trug. Dazu viele schlichte, einfarbige Kleider und einige dezent gemusterte für den Alltag. Aber nichts, was in einem Untersuchungsgefängnis angemessen war.

Pierre schloss die Schranktür und öffnete die nächste. Hier fand er Pullover. Er wählte einige aus, die bequem aussahen, und legte sie auf das Bett. Dazu zwei Jeans, eine in Blau und eine dunkelgraue.

Die Dessous befanden sich in einer breiten Schublade unterhalb der Blusen. Er betrachtete sie mit einigem Abstand, feinste Spitze und Seidenstoffe, bevor er sich einen Ruck gab und einfach ein paar herausgriff. Monnier hatte gut reden. Er würde sicher jedes einzelne Teil in die Höhe halten und es auf das Genaueste begutachten. Pierre hingegen kam es wie ein Eingriff in Anouks Privatsphäre vor. Eine unzulässige Grenzüberschreitung, viel zu intim.

Er packte alles in eine Sporttasche und legte einen Jerseypyjama obenauf, bevor er ins angrenzende Bad ging. Der Raum war mit hellgrauem Marmor ausgestattet und wirkte zusammen mit dem schwarzen Waschtisch elegant, geradezu männlich. Der Bau des Bungalows hatte Bousquets Familie sicher eine Menge Geld gekostet. Pierre dachte, dass dem Archivar bei dem Gedanken an die Planierraupe, die hier hätte zu Werke gehen sollen, das Herz geblutet haben musste.

Neugierig, welches Parfüm Anouk wohl trug, besah er die Flakons auf der Ablage. Sie waren wunderschön, richtige Glaskunstwerke. *L'Air du Temps* von Nina Ricci, ein Eau de Parfüm von Chloé mit einem hübschen Band um den Hals, *Daisy* von Marc Jacobs.

Pierre hob eines nach dem anderen an und roch am Zerstäuber. Es waren dezente, blumige Düfte, seifig frisch und irgendwie verspielt. Aber keines ähnelte dem Parfüm, das Anouk neulich getragen hatte.

Ein weiterer Flakon erregte seine Aufmerksamkeit, er war aufwändig gestaltet, mit eingeprägten Blumen und Girlanden und einem kunstvollen Verschluss. Pierre hielt seine Nase an den Zerstäuber. Als sie keine Rückmeldung gab, sprühte er einen Stoß in die Luft, der stärker war als erwartet und ihn in einen Duftnebel hüllte. Zitronig-würzig roch es, fast krautig, was sich rasch abschwächte. Stattdessen kam unterschwellig etwas Neues hinzu. Erst eine Andeutung von Puder, dann etwas Holziges, Rauchiges, das er nur als sentimental beschreiben konnte, mit einem dunklen Hauch von Vanille.

Es war ganz offensichtlich der Duft, den Anouk neulich getragen hatte. Er legte sich über seine Kleidung, auf die Haut und auf sein Gemüt und löste ein Gefühl der Bedrückung aus.

Hier stand er nun, im Bad einer femininen, lebensfrohen Frau, die aus eigener Kraft etwas Wundervolles erschaffen hatte, und suchte nach Handtüchern für ihren Gefängnisaufenthalt!

Abrupt wandte er sich um und fand sie in einem schmalen Schrank mit Drahtgitter vor den Auslässen. Mit zwei Tüchern für die Hände und einem Duschhandtuch verließ er das Bad.

Sie ist keine Mörderin, schoss es ihm durch den Kopf. Er konnte nicht sagen, woher diese Gewissheit herrührte, aber er war sich auf einmal ganz sicher. Dass Anouk Dinge verschwieg, musste einen anderen Grund haben. Nur welchen?

18

Als Pierre sich über die D4 der Altstadt von Grasse näherte, trieb ein Windstoß ein abgerissenes Plakat über die Straße. Ein Überbleibsel der *ExpoRose*, die laut Gisèle am vergangenen Wochenende stattgefunden hatte. In der Hoffnung, Spuren dieses einzigartigen Blumenfestes zu sehen, reckte Pierre bei der Suche nach einem Parkplatz den Kopf und versuchte, einen Blick auf üppige Rosendekorationen zu erhaschen, auf bunt geschmückte Brunnen.

An den Laternenmasten der Hauptstraßen hingen dicht bepflanzte Blumenampeln, an einer Hauswand rankten violett blühende Glyzinen. Und überall Schilder mit Hinweisen auf die großen Parfümmuseen, die ihre Pforten für Besucher öffneten und einen Blick hinter die Kulissen versprachen. Allen voran die Alteingesessenen, die sich in einem Atemzug aussprechen ließen, als seien sie miteinander verwandt: Molinard, Fragonard, Galimard.

Doch die einzige Erinnerung an das zurückliegende Rosenfest entdeckte er auf den Rasenflächen vor der *Sous-Préfecture*. Prächtige Beete mit Rosenbüschen in Pink und Rot vor der im Wind träge flatternden Tricolore. Hier fand er auch einen Parkplatz.

Auf seinem Smartphone suchte er nach der *Traverse Sainte Marthe*, in der laut Monnier die Haushaltshilfe Aminata wohnen sollte, und marschierte los.

Nach wenigen Minuten hatte er die *Place du Cours Honoré-*

Cresp erreicht, an deren südlicher Seite sich eine Aussichtsplattform befand. Pierre lehnte sich gegen die Balustrade und sah in die Ferne. Links die terrassierte Altstadt mit der alten Parfümfabrik von Fragonard, dahinter ein mittelalterlich wirkender Turm und die Kathedrale *Notre-Dame-du-Puy*. Rechts die bewaldeten Ausläufer des Esterel-Gebirges und am Horizont, hinter den Dächern von Cannes, das Meer. Ein schmaler Streifen in der Farbe regenverhangener Wolken.

Pierres Blick fiel auf das dazwischenliegende Tal und das dichte Häusermeer, aus dem vereinzelt Palmen und Zypressen aufragten, dazwischen türkisblau schimmernde Pools. Von hier oben war der fruchtbare Korridor, von dem Jacques erzählt hatte, nicht einmal mehr zu erahnen. Das ehemals bunt bewachsene Tal war zur Betonlandschaft verkommen, die sich über Hügel und Wiesen ergoss. Durchschnitten von kurvenreichen Straßen, durch die sich eng an eng fahrende Autos, Laster und Busse schoben.

Eigenartig, dass er das bei seinem Besuch vor ein paar Jahren gar nicht wahrgenommen hatte. Er hatte sich vielmehr, wie alle anderen Touristen auch, von der Historie beeindrucken lassen, die wie ein immerwährender Glanz über Grasse lag. Es war ihm ganz natürlich erschienen, dass das Umland so dicht bebaut war, wenige Kilometer vor der Côte d'Azur. Dass dafür innerhalb weniger Jahrzehnte gut fünftausend Rosenfelder hatten weichen müssen, war ihm nicht bewusst gewesen.

Innerlich aufgewühlt wandte Pierre sich um und folgte dem Weg weiter in Richtung Altstadt. Die Treppe des Aussichtsplateaus hinunter, den gelb und orange getünchten Häusern entgegen. Die Stadt schien dem frappierenden Bedeutungsverlust mit Trotz begegnen zu wollen und präsentierte sich den Besuchern mit Pomp als Welthauptstadt des Parfüms. Ein völlig überdimensioniertes Blumenbanner an der Wand der zur

Fabrik gehörenden Parfümboutique feierte das Jahr der *verveine*, kunstvolle Plakate lockten die Besucher links der Gassen in das *Musée International de la Parfümerie*, dessen goldgelbe Wände in der Sonne schimmerten, kontrastiert von himmelblauen Fensterläden.

Seine innere Unruhe nahm zu, drohte in einem Anfall schlechter Laune zu gipfeln.

Beim Anblick des *Café des Musées* fiel ihm auf, dass er ja noch gar nicht gefrühstückt hatte. Aus Erfahrung wusste er, dass er unleidlich wurde, wenn sein Zuckerspiegel zu niedrig war. Er sollte sich vor dem Gespräch mit Aminata einen weiteren Kaffee holen und ein Croissant, um seinen Magen zu beruhigen und damit sein Gemüt.

Das Café war noch geschlossen, also tauchte Pierre unterhalb der Düsen, die die Besucher im Sommer mit duftendem Sprühnebel erfrischten, in die Gassen ein. Eine Kirchturmuhr schlug neun. Einige Läden hatten die Rollläden heruntergelassen, andere präsentierten ihre Ware in den noch dunklen Auslagen. Auch hier wurde das Thema der Stadt durchdekliniert. Im Schaufenster einer Buchhandlung standen Werke über die Kunst der Parfümherstellung, ein Einrichtungsgeschäft stellte Flakons und Duftkerzen aus. Pierre sah Dekorationen mit Seifen, Lavendelkissen und Rosenmarmeladen, außerdem Parfümerien, die Kurse in der Kunst der Parfümherstellung anboten. Eine Stadt wie ein einziges Museum.

Schließlich blieb Pierre vor einer Bäckerei stehen, die sich *Le Croissant Rose* nannte und vor der sich bereits eine kleine Schlange gebildet hatte. Es duftete nach frisch Gebackenem, ansonsten war da nur der Geruch einer ganz normalen Stadt. Wenn man Artikel über Grasse las, bekam man den Eindruck, als tauche man in ein Universum der Düfte ein, als waberten der frisch destillierte Lavendel oder der Duft von Rosen, Jasmin und Iris unentwegt durch die Straßen. Ein Journalist, so erinnerte er sich, schrieb gar von einem geballten Angriff auf sein Geruchsorgan und wähnte bei jedem kleinen Windhauch einen Parfümduft aus den Seitengassen auf sich zuströmen. Entweder der Verfasser hatte zu viel von dem Sprühnebel von Fragonard ins Gesicht bekommen oder seine Fantasie war mit ihm durchgegangen.

Pierre stellte sich ans Ende der Schlange und lauschte den Worten eines Reiseleiters, der wenige Meter von ihm entfernt eine Gruppe Touristen um sich scharte.

»Ursprünglich war Grasse eine Stadt der Gerber«, erzählte der Mann gerade mit lauter Stimme. »Als im sechzehnten Jahrhundert in Italien parfümierte Handschuhe in Mode kamen, übernahmen die hiesigen Handwerker die Idee, um die unangenehmen Gerüche des Leders zu überdecken. Dafür verwendeten sie die Düfte der in der Umgebung wachsenden Blumen. Bald belieferten sie den Adel und den Königshof in Paris. Sie pflanzten immer mehr Blumen an und übten sich in der Kunst der Destillation. Das war die Geburtsstunde der Parfümindustrie.«

Endlich war Pierre an der Reihe. Er kaufte sich ein *pain au chocolat* und einen Kaffee zum Mitnehmen. Gierig nahm er einen großen Bissen, kaute das klebrig süße Gebäck langsam und intensiv und spülte es nach einem tiefen Stoßseufzer mit einem Schluck aus dem Becher herunter. Wieder und wieder biss er hinein und verschlang das Schokoladencroissant in weniger als einer Minute. Dann folgte er mit deutlich gehobener Stimmung der *Rue Marcel Journet* in Richtung der angegebenen Adresse.

Die *Traverse Sainte Marthe* lag im hinteren Teil der Altstadt, und je weiter er ihr entgegenging, desto mehr offenbarte sich der Verfall der Stadt. Frisch verputzte Fassaden in

Orange und Gelb, die an anderer Stelle bereits wieder bröckelten. Notdürftig verspachtelte Risse, Schmutz und Schimmel, der sich durch die Mauern fraß, nicht nur abseits der touristischen Wege. Die ganze Stadt atmete das Bemühen, den Verfall zu verhindern.

Arnaud Rozier hatte ihm im vergangenen Jahr erzählt, dass Generationen von Bürgermeistern es versäumt hatten, sich um die Sanierung der ehemaligen Patrizierhäuser zu kümmern. Und dass der jetzige Amtsinhaber alles in seiner Macht Stehende tat, um dies trotz klammer Gemeindekasse aufzuholen. Doch je weiter Pierre durch die mittelalterlichen Gassen ging, desto stärker wurde sein Gefühl, dass es ein Wettlauf gegen die Zeit war, ein Kampf mit ungewissem Ausgang.

Als er in die *Rue Vieille Boucherie* bog, verschärfte sich der Eindruck. Hier war offenbar noch gar nichts unternommen worden, um den Verfall zu stoppen. Eisenträger stützten Abrissflächen zwischen den Gebäuden, die sich wie Zahnlücken in einem faulen Gebiss ausnahmen. Aus einem Fenster drang der Geruch nach orientalischen Kräutern, aus einem anderen kam lautes Schreien in einer Sprache, die er nicht verstand.

Die *Traverse Sainte Marthe* war eine enge Gasse, die treppenförmig zwischen einer Häuserschlucht anstieg. Auf den Stufen saßen zwei junge Männer mit dichtem schwarzem Haar und rauchten.

»Ich bin auf der Suche nach einer Frau namens Aminata«, sagte Pierre. »Kennen Sie sie zufällig?«

Der Ältere der beiden schüttelte den Kopf.

»Sie stammt aus Afrika«, fügte er hinzu.

»*Non!*«

Der Blick war feindselig.

Pierre wandte sich um und ging weiter zur Ecke, an der der Gemüsehändler gerade Kisten mit Obst und Gemüse auf grüne Metallregale wuchtete, die an der Hauswand lehnten. Von irgendwoher plärrte Popmusik mit orientalischen Klängen.

»Entschuldigen Sie bitte, wohnt hier in der Nähe eine junge Frau afrikanischer Herkunft? Sie heißt Aminata.«

Der Gemüsehändler hob eine weitere Kiste an und schob sie auf die Ablage, bevor er den Kopf langsam drehte. Sein Haar war kurz geschoren und fast weiß, die Haut war am Haaransatz mit dunklen Flecken übersät.

»Sind Sie Polizist?«

»Ich bin hier, weil eine gute Bekannte in der Klemme steckt.«

»Und da soll diese … Aminata … ihr helfen?«

»Allerdings. Meine Bekannte hat ihr nämlich auch geholfen. Eine Hand wäscht die andere.«

Der Mann schlurfte wortlos in den Laden. »Apropos waschen«, kam es aus dem Inneren. »Sie riechen wie eine verdammte Schwuchtel.«

Überrascht hob Pierre den Arm. Tatsächlich. Obwohl er seine Jacke übergezogen hatte, war Anouks Duft deutlich zu erkennen. Er hatte inzwischen eine warme Ledernote angenommen, vermischt mit etwas Herb-Süßlichem, das man nur als animalisch bezeichnen konnte. »*Merde!*«, flüsterte er und rieb die Haut mit einem von Gisèles Taschentüchern, das er in der Jacke fand.

»Bonjour, Mourad«, ertönte es hinter Pierre. Ein rundlicher Mann mit Bürstenhaarschnitt trat vor das dunkle Loch des Ladeneingangs und winkte hinein. »Hast du Orangen da?«

Aus dem Laden drang ein Brummen.

Pierre trat hinzu. Er musste anders vorgehen, wenn er Erfolg haben wollte. »Können Sie mir vielleicht helfen? Eine Freundin von mir steckt in Schwierigkeiten, die Polizei will ihr was anhängen. Sie glaubt, dass Aminata ihr weiterhelfen kann.« Er zeigte in Richtung der *Traverse.* »Sie soll dort drüben wohnen, aber ich weiß nicht, in welchem Haus.«

»Aminata? Das ist ein westafrikanischer Name.« Der Mann schüttelte bedauernd den Kopf. »Die wohnt nicht mehr hier.«

»Sie kennen sie?«

»Vom Sehen, ja. Aber wir sind uns aus dem Weg gegangen.« Er hob schnuppernd die Nase. »Das riecht ja wie hunderttausend Hurensöhne. Sind Sie das?« Er grinste breit.

»Ein Malheur«, wehrte Pierre ab. »Was ist nun mit Aminata?«

»Sie gehört zu einer Gruppe von etwa fünf Afrikanern, Frauen und Männern, auch ein Mädchen war dabei. Die haben in einer der leerstehenden Wohnungen gelebt, die einsturzgefährdet waren. Es ist besser, dass sie wieder weg sind. Wer weiß, was sonst noch alles passiert wäre. Sie haben sicher von den Einstürzen gehört?«

»Nein.«

»Vor drei Jahren fing es an. Es gab drei Zusammenbrüche in einem Monat. Das eine Haus wurde gerade im Auftrag der Stadt renoviert, kurz danach erwischte es ein anderes in der *Rue Mougins-Roquefort.* Die Gebäude hier stützen sich gegenseitig, bricht eines zusammen, folgen weitere nach wie bei einem Kartenhaus. Es ist ein Wunder, dass es bislang keine Opfer gegeben hat. Aber nun, bei dem vielen Regen …« Er wiegte den Kopf. »Man sagt, die Ursache neben seismografischen Verschiebungen sei vor allem die Feuchtigkeit. Es ist nur eine Frage der Zeit, bis das nächste dran ist. Ich für meinen Teil warte nur noch darauf, dass ich genug Geld zusammengespart habe, dann bin ich fort. So wie all die anderen, die aus der Stadt rausgezogen sind.«

Der Gemüsehändler schob sich in den Eingang, in der Hand eine Steige Orangen. Seine Brauen waren zusammengezogen, sodass auf der Stirn eine steile Falte erschien.

»Lass dich nicht einwickeln, Khaled.«

»Warum so unhöflich, der Mann hat ganz nett gefragt.«

»Weil gestern schon die Polizei hier war und durch die Gassen gestürmt ist, als gelte es, einen Schwerverbrecher festzunehmen. Hier läuft irgendwas, und ich will nicht, dass man uns mit reinzieht.«

»Ist schon gut« Pierre holte sein Notizbuch hervor und riss eine Seite heraus, schrieb darauf seine Mobilnummer. »Sollte einer von Ihnen Aminata sehen, sagen Sie ihr bitte, dass Anouk in Schwierigkeiten steckt und ihre Hilfe braucht.« Er reichte dem Rundlichen den Zettel und fügte, als dieser die Hände hektisch hinter dem Rücken verschränkte, hinzu: »Na los, nehmen Sie schon. Überlassen Sie es ihr zu entscheiden.«

»*Bien.*« Der Mann schob eine Hand vor, griff nach dem Blatt und steckte es zusammengeknüllt in die Hosentasche. Dann folgte er dem Gemüsehändler ins Ladeninnere, um die Orangen zu bezahlen.

19

Als Pierre Grasse hinter sich ließ, schien die Sonne. Immer wieder lugte sie zwischen gemächlich vorbeiziehenden Wolkenfeldern hindurch, sodass er das Seitenfenster herunterließ und sich vom lauwarmen Fahrtwind das Haar zerzausen ließ.

Er atmete tief durch und schüttelte die Befangenheit ab, das Gefühl der Machtlosigkeit, das ihn auf dem Rückweg zum Auto befallen hatte. Die Armut des alten Grasse, das sich hinter der Fassade ehemaliger Pracht zu verbergen suchte, war bedrückend. Wäre er ein Zauberer, er würde einen Geldregen herbeiwünschen, der sich über die Altstadt und deren Bewohner ergoss. Bis auf Mourad, den konnte er nicht leiden.

Aber er war kein Zauberer. Das war die Realität, eine, der er auch in Paris immer wieder begegnet war, sobald er das bourgeoise Zentrum verließ. Und der er womöglich nur entfloh, wenn er sich in die Idylle des Luberon zurückzog, wo die Welt noch so war, wie er sie liebte.

Wenige Kilometer vor Valbonne klingelte sein Telefon.

»Hier ist Penelope. Ich wollte Ihnen nur sagen, dass alles läuft.«

Ihre fröhliche Stimme riss ihn aus den trüben Gedanken. »Wirklich? Was konnten Sie erreichen?«

»Die Frau unseres ehemaligen Bürgermeisters hat sich bereit erklärt, den Teig anzurühren und die Crêpes gegen eine Spende für den Schulverein in Coustellet zu verkaufen. Dazu gibt es mehrere *carafes d'eau* zur freien Verfügung. Alles andere können die Eltern im Krämerladen von Oudard kaufen. Ich meine, das soll ja keine kommerzielle Veranstaltung werden, sondern ein fröhliches Fest.«

»Nanette Rozier? Sind Sie sicher, dass das eine gute Idee ist?«

Sie lachte. »Keine Sorge, ich weiß, dass Marechal und Rozier sich nicht ausstehen können. Aber wir können doch nicht zulassen, dass deren Unstimmigkeiten unser Dorfleben beeinträchtigen, nicht wahr?«

Eine erfrischende Einstellung, dachte Pierre. »Sehr gut gemacht. Und was ist mit dem Clown?«

»Den macht Luc, er weiß es nur noch nicht«, entfuhr es ihr kichernd, woraufhin ein empörter Ausruf erklang. »Kann ich sonst noch etwas tun?«

»Ja. Sie und Luc könnten mir bei der Suche nach einer Frau helfen. Sie heißt Aminata und hat bis vor wenigen Tagen in der *Traverse Sainte Marthe* in Grasse gewohnt. Ich habe keine Ahnung, wie sie aussieht, ich weiß nur, dass sie möglicherweise aus Westafrika stammt und ohne Erlaubnis als Haushaltshilfe gearbeitet hat.«

»Jawoll, Chef!«

Pierre schmunzelte. Das war Lucs Stimme gewesen, er hatte offenbar mitgehört.

»Hast du noch mehr Informationen?«, fügte sein Assistent hinzu. »Von der Sorte gibt es doch Hunderttausende.«

»Nein, das ist vorläufig alles.«

»Was wollen wir von der Frau?«

»Sie ist eine wichtige Zeugin.«

»Na, dann können wir das wohl gleich abhaken.«

»Luc!«

»Ich meine ja nur. Solche Leute sind nicht gerade scharf darauf, sich mit der Polizei zu unterhalten.«

Pierre vernahm ein Geräusch, dann ein leises »Hey, was soll das?«, danach war wieder Penelopes Stimme zu hören.

»Wir finden schon einen Weg. Und Sie melden sich bei uns, sobald Sie Näheres zu der Zeugin wissen.«

Kurz vor Valbonne wurden die Bebauungen wieder dünner und die Natur üppiger, wenngleich meist eingehegt von Maschendraht, Steinmauern und Eisenzäunen. Kiefern und Zypressen wechselten sich ab mit Palmen, Agaven und Schilf. Vorgärten mit gelben und violett blühenden Büschen säumten die Straße.

Als Pierre das Ortsschild passierte, rief Monnier an.

»Ich habe die gewünschten Informationen über Lucien Aubert.«

»Schießen Sie los.«

»Er hat ein Interview gegeben, in dem er auch über seinen Werdegang redete. Demnach hat er ein abgeschlossenes Chemiestudium. Im Anschluss folgte eine Ausbildung an der ISIPCA, dem *Institut supérieur international du parfum, de la cosmétique et de l'aromatique alimentaire* in Versailles.«

»Versailles? Ist dort nicht auch die *Osmothèque*, die dem Archiv von Hervé Bousquet ähnelt?«

»Ja, das gehört alles zusammen. Die Hochschule ist eine der renommiertesten Ausbildungsstätten der Lebensmittel-, Kosmetik- und Parfümindustrie. Nur wenige erhalten einen Platz im Masterstudiengang *fine fragrance*. Lucien Aubert war einer von ihnen, insgesamt hat er mehr als zehn Jahre in seine Ausbildung gesteckt. Am Ende gehörte er zu dem kleinen Kreis von etwa dreihundert Parfümeuren weltweit.«

»So wenige gibt es nur?«

»Hervé meinte einmal, es gebe sogar fünfhundert, da manche keine klassische Ausbildung durchlaufen. Aber mehr sind es nicht. Der Beruf ist extrem anspruchsvoll. Eine professionelle ›Nase‹ muss drei- bis viertausend Duftstoffe unterscheiden können.«

»So eine lange Ausbildung ist sicher teuer«, überlegte Pierre. »Stammt Aubert aus einer wohlhabenden Familie?«

»Ganz im Gegenteil. Seine Eltern konnten von ihrer Arbeit kaum leben. So hat er es zumindest in dem Interview beschrieben. Er wollte der Armut entfliehen, ein ganz Großer werden.«

»Dann hat er nebenher gearbeitet, um das Studium zu finanzieren?«

»Nein. Ich vermute, dass seine Frau ihn schon früh unterstützt hat. Sie ist diejenige mit der wohlhabenden Familie. Ein ehemaliges *enfant terrible*, wenn Sie wissen, was ich meine. Sie hat gegen ihre konservativen Eltern rebelliert und ein wildes Partyleben geführt, Jetset, Luxusshoppingreisen, Champagnerbäder und so. Drogen waren wohl auch im Spiel, aber sie hat sich irgendwann wieder gefangen. Sie malt jetzt, nennt sich Künstlerin und verdient damit sogar eine Menge Geld. Er war Mitte zwanzig, als sie sich kennenlernten, sie ist zwölf Jahre älter als er. Lucien Aubert ist ihr zweiter Ehemann.«

»Hat er sie des Geldes wegen geheiratet?«

»Das könnte man meinen, nicht wahr? Knackiger Jungspund schnappt sich Luxusweib.« Monnier lachte anzüglich. »Vielleicht war es ja doch wahre Liebe. Carole Aubert hat bei der Hochzeit ihren Namen abgelegt, das will schon was heißen. Bei ihrem ersten Ehemann hat sie es nicht getan.«

»Sie haben erzählt, dass Lucien Aubert ein Atelier in Èze Village hatte. Hat sie ihm das auch gekauft?«

»Gute Frage. Er hätte es sich auf jeden Fall leisten können, denn nach seiner Ausbildung hat ihn sofort eine Firma aus Grasse angeworben, die ihn in kürzester Zeit zum Chefparfümeur machte.«

»Wie heißt diese Firma?«

»Sie werden es nicht glauben.« Er legte eine Kunstpause ein, bevor er fortfuhr. »Der Name der Firma ist *Syntesse*, und der Inhaber heißt Clément Lefevre.«

»Der Produzent der Rosenöle?«

»Er ist weit mehr als das. Lefevre ist Inhaber eines kleinen Imperiums, das nicht nur für die Lebensmittel- und die Kosmetikindustrie arbeitet, sondern auch Duftmarketing anbietet, um Hotels mit speziell konzipierten Raumdüften auszustatten, Autos mit Neuwagengerüchen oder Discount-Bäckereiketten mit dem Duft nach frisch gebackenem Brot.«

»Also gibt es eine Verbindung zwischen Anouk, Lefevre und dem Parfümeur«, murmelte Pierre. Das erschien ihm bedeutsam. Er musste nur ergründen, wie alles zusammenhing. Er warf einen Blick auf die Uhr am Armaturenbrett. Es war zehn Minuten vor zehn. Er hatte nicht mehr viel Zeit, um es herauszufinden.

20

Carole Aubert wohnte am Rand von Valbonne. War die *Avenue de Pierrefeu* zu Beginn noch recht unscheinbar, so bot sich einem, sobald man den öffentlichen Parkplatz hinter sich gelassen hatte, eine vollkommen andere Welt dar. Luxuriöse Appartements mit säulengetragenen Eingängen schmiegten sich an den Hang, ihnen gegenüber abgeschirmte Grundstücke mit dicht wucherndem Kirschlorbeer.

An der angegebenen Adresse war nichts als ein kunstvoll gestaltetes Eisentor, hinter dem eine Privatstraße einen Hang hinab und um die Kurve führte. Pierre reckte sich und versuchte einen Blick durch die Buschreihen zu erhaschen, konnte aber außer einem großzügigen Rasenstück und einem zypressenumrandeten Pool nichts erkennen.

Mit beiden Händen strich er sich übers Haar und stellte sich vor die Kamera, die oberhalb des Klingelschilds angebracht war, dann drückte er den Knopf.

Es dauerte einen Augenblick, bevor eine tiefe Frauenstimme erklang. »Ja bitte?«

»Mein Name ist Pierre Durand. Sind Sie Madame Aubert?«

»Sie ist nicht anwesend«, kam es kühl aus dem Lautsprecher. »Worum geht es?«

»Das möchte ich gerne mit ihr persönlich besprechen.«

»Sind Sie von der Presse?«

»Nein. Es ist …« Er überlegte. »Ich interessiere mich für ihre Kunst.«

»Ah!« Die Stimme wurde sofort freundlicher. »Dann sind Sie hier falsch. Die Galerie liegt in der Altstadt von Valbonne, in der *Rue de la Fontaine*, kurz vor der *Place des Arcades*. Madame Aubert ist vor einer halben Stunde losgefahren, Sie müssten sie dort antreffen.«

Die mittelalterlichen Gassen der Altstadt von Valbonne waren in Form von Planquadraten angeordnet und zogen sich akkurat von Norden nach Süden sowie von Westen nach Osten, gruppierten sich schachbrettartig um einen lebendigen Platz mit Cafés und Restaurants. Reihen gepflegter Steinhäuser, einige davon mit Geschäften, die ihre Kunden mit bunt bemalten Schildern, großen Pflanzenkübeln und frisch gestrichenen Fensterläden begrüßten.

Valbonne war ein Beispiel für den gelungenen Erhalt alter Bausubstanz. Pierre musste zugeben, dass es an manchen Stellen fast schon kitschig wirkte.

Aber der Ort hatte etwas Lebendiges, die Anmutung von Stolz und, trotz sanierter Fassaden, eine Authentizität, die ihn überraschte.

Die Galerie war leicht zu finden. Sie lag direkt bei dem Brunnen, der der Straße ihren Namen gab. Pierre nahm es als glücklichen Wink des Schicksals. Er krempelte die Ärmel seiner Jacke hoch und wusch die Arme unter dem fließenden Wasser, in der Hoffnung, Anouks Duft würde so verschwinden, als sein Mobiltelefon erneut klingelte. Hektisch wischte Pierre die nassen Hände an der Hose ab und sah auf das Display. Der Anruf war anonym.

»Ja bitte?«

»Monsieur Durand?«

»Ja. Mit wem spreche ich?«

»Khaled. Sie haben nach Aminata gesucht.«

Pierre hob den Kopf. Es war der freundliche Kunde des Gemüsehändlers. »Sie wissen, wo sie steckt?«

»Ich weiß nur, dass sie nach Nizza gegangen ist. Sie hat doch nichts verbrochen, oder?«

»Nein. Was wissen Sie noch?«

»Nichts weiter. Nur Nizza. Diese Frau, die verhaftet wurde …«

»Man will ihr einen Mord anhängen. Dabei sollte sie selbst das Opfer sein.«

Schweigen am anderen Ende der Leitung. Dann platzte es aus Khaled heraus: »Aminata ist keine von denen.«

»Was meinen Sie damit?«

»Sie ist keine Verbrecherin. Sie hat eine zwölfjährige Tochter. Sie ist mit ihr aus Guinea geflohen, weil man die Kleine an einen alten Mann verheiraten wollte.« Er machte eine kurze Pause. »Ich weiß, dass viele meiner Freunde das für normal halten, Teil einer alten Tradition. Aber ich lebe schon zu lange in diesem Land, als dass ich dem noch zustimmen kann. Dort, wo Aminata herkommt, werden die Frauen vor der Hochzeit beschnitten. Sie wollte nicht, dass man ihre Tochter verstümmelt. Alles hängt davon ab, dass ihr hier Zuflucht gewährt wird. Aber sie traut sich nicht, den Antrag zu stellen, aus Angst vor einer Ablehnung. Die beiden haben ein gutes Leben verdient.«

»Mademoiselle Debris ebenfalls.«

»Ich weiß. Aminata war schockiert über die Verhaftung. Sie hat viel geweint. Sie will ganz sicher nicht, dass man Mademoiselle Debris verurteilt.«

»Wo finde ich sie?«

»Das kann ich Ihnen nicht sagen. Aber vielleicht hilft es Ihnen weiter, dass sie Freunde hat, die im Stadtteil Le Ray wohnen. Das ist alles. Viel Glück!«

»Ich danke Ihnen von Herzen.«

Pierre legte auf. Er blickte über die Steinmauern hinweg

zum Himmel, wo sich die Sonne hinter den Wolken hervorschob. Dann rief er in der Wache an und gab weiter, was er soeben erfahren hatte.

»Le Ray?«, stöhnte Penelope, die auf Lautsprecher gestellt hatte. »Haben Sie ein Bild von der Frau, eine Beschreibung?«

»Leider nein.«

»Wissen Sie, wie viele Menschen da wohnen? Aber ich werde mal in der Community rumfragen.«

»Wo wollen Sie rumfragen?«

»In der Community«, antwortete nun Luc. »Wusstest du, dass Penelope eine Cosplayerin ist?«

»Was ist das?«

»Cosplayer verkleiden sich auf Conventions wie ihre Lieblings-Animefigur oder wie die aus einem Manga. Penelope ist Lucy.«

Sein Assistent klang furchtbar stolz, aber Pierre hatte nicht die leiseste Ahnung, wovon er sprach.

»Lass gut sein, Luc«, drang jetzt wieder Penelopes Stimme durch den Hörer. »Ich werde Aminatas Aufenthaltsort herausfinden. Monsieur Durand, Sie können sich auf mich verlassen.«

Eine Außentreppe mit schmiedeeisernem Geländer führte zu den Räumen der Galerie. Sobald Pierre die Schwelle übertrat, erklang ein Glöckchen, und er blieb stehen.

Auf einem Tischchen neben dem Eingang verströmte ein Strauß weißer Lilien einen intensiv süßlichen Geruch. Daneben stand ein schwarz gerahmtes Foto mit einer quer über das Glas verlaufenden Binde, das einen schlanken jungen Mann zeigte, mit leicht auseinanderstehenden Augen und dunklem, modisch geschnittenem Haar. Sein Blick war intensiv, auffordernd, interessiert. Es ging eine Tiefe davon aus, die für manche sehr anziehend gewesen sein musste.

»Bonjour, Monsieur. Womit kann ich Ihnen helfen?«

Die Frau, die den Raum betreten hatte, in schwarzer Hose und mit blassrosa Kaschmirpullover, war groß und hager, das kinnlange dunkle Haar von hellbraunen Strähnen nuanciert, was ihm einen Glanz gab, als komme sie direkt aus dem Urlaub unter südlicher Sonne. Ihr Gesicht war auf natürliche Art von feinen Fältchen durchzogen, sie lächelte freundlich, aber distanziert.

»Ich …« Pierre hielt inne. Während der Fahrt hatte er sich einen Grund für die Befragung zurechtlegen wollen, aber die Telefonate hatten ihn abgelenkt. Als er nun vor der Witwe stand, die beide Arme um den Körper schlang, als ob sie friere, da dachte er, dass die direkte Frage nach dem Bootsunglück zu große Wunden schlagen würde. Am besten, er würde erst einmal mit ihr ins Gespräch kommen. »Ich wollte mir Ihre Werke ansehen. Sie sind Madame Aubert, die Künstlerin, nicht wahr?«

Sie nickte.

Er zeigte auf ein Bild aus Papierschnitzeln. »Ist das von Ihnen?«

»Nein. Wir stellen hier auch andere Künstler aus. Die Collage stammt von Mariam Forget. Woran haben Sie denn gedacht?«

»An etwas fürs Wohnzimmer. Etwas … Eindrückliches.« Es war albern, so zu tun, als interessiere er sich für Kunst. Er hatte keine Ahnung davon, konnte zwischen Kitsch und Meisterwerk nicht unterscheiden. Charlotte wäre sicher etwas Kluges eingefallen, sie hätte Madame Aubert mit ihrem natürlichen Charme sofort in ein Gespräch verwickelt. Er hingegen kam sich furchtbar hölzern vor, wie der berühmte Elefant im Porzellanladen. Um eine Antwort ringend, deutete er auf ein überdimensioniertes Bild einer Iris, das über und über mit Goldglanz bestäubt war, und fügte hinzu: »So wie das hier, vielleicht mit weniger Glanz. Und nicht ganz so groß.«

Ihrem Seufzen entnahm er, dass er wohl etwas Unpassendes gesagt hatte. »Na schön, kommen Sie bitte mit.«

Madame Aubert ging in den Nebenraum, aus dem sie gekommen war. Sie schwebte, statt dass sie ging, den Kopf hoch erhoben, als seien die Jahre vor dem Unglück leicht gewesen, als habe das Leben sie auf Händen getragen.

Pierre folgte ihr. Der Raum, in dem sie nun standen, war schmal und ging in einen weiteren über, in dem er jemanden telefonieren hörte.

»Hier sehen Sie weitere Werke zum Thema.« Sie stellte sich vor eine hell getünchte Steinwand, über die sich mehrere Blumenbilder verteilten. Es gab kräftigere in Smaragdgrün und Pink, auf denen Bouquets abgebildet waren. Daneben miteinander verschlungene Lilienköpfe in sämtlichen Farben des Regenbogens, die aussahen, als tauchten sie gerade in einen veralgten See.

Pierre versuchte, interessiert zu wirken, und las die zugehörigen Beschreibungen – *tristesse en rouge*, *le vent d' innocence*, *sensualité en noir* –, alles Acryl und Öl auf Leinwand, während er sich das Hirn zermarterte, wie er das Gespräch auf ihren Mann lenken sollte.

»Ist es das, was Sie suchen?«, fragte Madame Aubert.

»Ja, vor allem die Rosen dort. Sie lieben Blumen, nicht wahr?«

»Offensichtlich.«

»Gibt es einen Grund, warum Sie Blumen ins Zentrum Ihres Schaffens stellen?« Es war eine dumme Frage, und Pierre registrierte, wie sein Gegenüber sich verspannte.

»Es ist nur die aktuelle Serie. Natürlich gab es in den vergangenen Jahren auch andere Themen. Menschen, Emotionen, Naturschauspiele … Sie haben überhaupt keine Ahnung von meiner Arbeit, nicht wahr?« Madame Aubert verzog den

Mund, und als sie fortfuhr, war ihr Tonfall eisig. »Sie sind nicht wegen meiner Bilder gekommen. Was wollen Sie von mir?«

»Sie haben recht, es tut mir leid.«

»Verschwinden Sie. Schreiben Sie über meine Kunst, was Sie wollen, aber belästigen Sie mich nicht länger wegen Luciens Tod.«

»Sie irren, ich bin nicht von der Presse. Eine Freundin ist in großen Schwierigkeiten, und ich will ihr helfen.«

Carole Auberts Augen wurden schmal. »Sie reden von Anouk Debris, nicht wahr?«

»Ja.«

»Und was wollen Sie dann von mir?«

»Ich hatte gehofft, Sie könnten mir ein paar Fragen beantworten. Kennen Sie Mademoiselle Debris?«

»Nicht persönlich.«

»Ihr Mann hat … Verzeihen Sie bitte.« Pierre rieb sich verlegen über die Stirn. »Ich sollte besser zuerst mein Beileid ausdrücken.«

»Danke.« Sie rang nach Luft. »Es … ist nicht leicht. Er fehlt mir.«

»Das kann ich gut verstehen.« Madame Aubert war gefasst, noch immer hielt sie die Arme um den Körper geschlungen. Pierre nahm einen neuen Anlauf. »Mademoiselle Debris wird des Mordes an Hervé Bousquet beschuldigt.«

»Ja, ich habe davon gehört.«

»Es besteht aber der Verdacht, dass das Gift nicht dem Archivar galt, sondern ihr.«

Die Witwe erstarrte, ihre Mundwinkel zuckten. Einen Augenblick später löste sie sich aus der Reglosigkeit und ließ die Hände sinken. »Wie kommen Sie darauf?«

Das Glöckchen erklang, dann waren Schritte zu hören. Ein

älteres Ehepaar betrat den Raum und postierte sich vor den versinkenden Lilien.

»Madame«, er senkte die Stimme, »können wir das irgendwo in Ruhe besprechen?«

Carole Aubert nickte und rief einen Namen über die Schulter, woraufhin ein junges Mädchen erschien und sich um die Interessenten kümmerte.

Ohne ein Wort ging die Witwe voran, öffnete eine Absperrung und stieg über eine Wendeltreppe ins obere Stockwerk. Dort führte sie Pierre in einen lichtdurchfluteten Wohnraum, der ihr offenbar gleichzeitig als Atelier diente. Zwischen barocken Möbeln lagen Bilder, sie lehnten an Wänden und standen auf Staffeleien. Eine davon war vor dem Fenster aufgestellt, vom Tageslicht beleuchtet. Das Bild zeigte eine Meeresszene bei Nacht, von Störfeuern unterbrochen, von denen man nicht sagen konnte, ob sie von den Gewitterwolken kamen, die über dem bewegten Wasser schwebten, oder ob es ein abstraktes Element darstellte, gleich einem Gefühl. Grelle weiße und violette Strahlen durchzuckten die Szenerie, verstörend wie ein einziger Schrei.

Unschlüssig blieb Pierre im Raum stehen, während Madame Aubert sich auf eine Chaiselongue setzte und die Beine schräg anzog, als stehe sie einem unsichtbaren Maler Modell.

»Sind das alles Ihre Bilder?«

»Ja. Seit Luciens Tod male ich täglich. Es hilft, den Schmerz zu verarbeiten.« Sie strich sich mit beiden Händen über die Stirn und weiter über das Haar. »Sie sagten, das Gift sei für Anouk Debris bestimmt gewesen? Wie kommen Sie darauf?«

»Die Pralinen hat man ihr zugeschickt«, antwortete er, noch immer stehend. Sein Blick glitt wieder zu dem Bild am Fenster, es war bedrückend, es kostete ihn Kraft, sich davon ab- und ihr zuzuwenden.

»Aber in den Nachrichten hieß es, es sei ein Raubüberfall gewesen. Ich verstehe nicht, warum jemand Mademoiselle Debris vergiftete Pralinen schicken sollte, wenn das Ziel Hervés Archiv war.«

»Das ist eines der Rätsel, die die ermittelnden Beamten lösen müssen. Meine Aufgabe ist es, Mademoiselle Debris zu entlasten. Eine weitere Theorie besagt, die Pralinen seien erst im Haus des Archivars vergiftet worden. Ihr Mann besaß einen Schlüssel. Wissen Sie, wo er jetzt ist?«

»Nein. Lucien hat derlei Alltäglichkeiten so gut wie nie erwähnt.«

»Haben Sie eine Idee, wo er den Schlüssel verwahrt haben könnte?«

»In seinem Atelier vielleicht. Aber das liegt in Èze Village. Ich habe es seit seinem Tod erst einmal betreten. Es hat mich derart aus der Bahn geworfen, dass ich es nicht ertragen würde, es noch ein weiteres Mal zu tun. Sie werden verstehen, dass ich dabei keinen Schlüssel im Blick hatte.«

»Natürlich, Madame. Wenn Sie erlauben … Ich würde gerne mehr über den Tag wissen, an dem das Unglück geschah.« Er beobachtete ihre Reaktion und fuhr, als sie stumm nickte, fort. »War es geplant, dass Sie Ihren Mann auf der Bootstour begleiten?«

»Nein. Es war eine spontane Idee.« Sie sah ihn misstrauisch an. »Warum fragen Sie?«

»Weil …« Es nützte nichts, er musste es aussprechen. »Weil Mademoiselle Debris ursprünglich mitfahren wollte.«

»Warum? Was hatte sie vor?«

»Sie sagte, Ihr Mann wollte ihr etwas Wichtiges zeigen, draußen auf dem Meer. Können Sie sich vorstellen, was das gewesen war?«

»Sie meinen tatsächlich …« Madame Aubert lachte auf. »Sie

irren, wenn Sie glauben, Lucien habe sie mitnehmen wollen. Hat sie das erzählt? Ja? Sie lügt, sie will bloß von ihrer Schuld ablenken. Haben Sie schon einmal daran gedacht, dass es Ihre Bekannte gewesen sein könnte, die meinen Mann umbrachte und mich beinahe dazu?« Ihre Stimme kippte, sie zitterte, als sie weitersprach. »Um eine Position zu erlangen, die nicht nur mit einem Haus vergütet war, sondern auch Renommee versprach?«

»Sie sprechen von der Leitung des Archivs?«

»Ja. Ich habe es nur vermutet, aber jetzt, da Sie hier sind und meinem Mann einen gemeinsamen Bootsausflug andichten wollen, sehe ich meine schlimmsten Befürchtungen bestätigt.« Madame Aubert presste eine Hand auf den Brustkorb, dann stieß sie die Luft aus. »Sie fragen sich, wer hinter den Morden steckt? Ha! Mein Mann hat mir von Mademoiselle Debris erzählt. Er meinte, sie würde sich bei Hervé einschmeicheln und versuchen, ihn zu verdrängen. Sie habe es auf den Posten der Verwalterin abgesehen. Nein, er hätte sie ganz sicher nicht mit auf das Boot genommen, eher hätte er es eigenhändig versenkt!« Ihre Stimme brach, und als sie wieder ansetzte, war sie dunkel vor Wut. »Wissen Sie, was ich glaube, wie alles geschehen ist? Ihr armes, angeblich unschuldiges Opfer hat nicht nur die Pralinen vergiftet, sondern auch den Champagner mit dem Betäubungsmittel versetzt. Wie sie es getan hat … keine Ahnung. Ich weiß nur, dass ich aus der Flasche getrunken habe und dass ich mich heute frage, ob es nicht besser gewesen wäre, wenn ich mitsamt dem Boot an den Klippen zerschellt wäre!«

21

Pierre wusste nicht, ob er bleiben oder besser gehen sollte. Am liebsten hätte er sich neben sie gesetzt und den Arm um ihre Schultern gelegt, sie getröstet. Aber Carole Auberts gesamte Haltung drückte Abwehr aus, Starre umgab sie wie ein unsichtbarer Kokon. Also stellte er sich ans Fenster und wartete, bis das laute Schluchzen hinter ihm langsam verebbte.

Mit wachsender Unruhe sah er auf die rosé gekalkte Steinfassade des gegenüberliegenden Hauses und fragte sich, warum sie ihn nicht einfach hinauswarf. So etwas tat man doch normalerweise in einer solchen Situation. Einer Situation, in der jemand wegen der Verteidigung einer Frau herkam, die man für die Mörderin des eigenen Mannes hält. Aber sie tat es nicht. Irgendetwas schien sie davon abzuhalten, und er wandte sich ihr wieder zu, um herauszufinden, was es war.

»Es tut mir sehr leid«, sagte er.

Madame Aubert begann wieder zu weinen, klemmte die zusammengepressten Handflächen zwischen die Knie und sah furchtbar zerbrechlich aus, wie ein aus dem Nest gestürzter Vogel.

»Das glaube ich Ihnen sogar«, presste sie hervor. »Sie können ja nichts dafür.« Sie griff in die Hosentasche und angelte nach einem Tuch, tupfte damit Augen und Nase ab, die sich dabei stark rötete. »Lucien war meine große Liebe. Ein wundervoller Mann mit einem weiten Herz.«

Er setzte sich neben sie auf die Chaiselongue, und diesmal ließ sie es zu. »Erzählen Sie mir von ihm.«

Carole Aubert sah ihn erstaunt an, dann legte sie den Kopf auf die Lehne und begann, den Blick zur Decke gerichtet, zu reden.

»Lucien war ein sensibler, feinfühliger Mann. Er war in der Lage, Düfte in jeder Faser seines Körpers als Emotionen zu spüren und sie ihnen zuzuordnen. Er konnte sogar die Farben eines Unternehmens in Düfte bannen, sodass die Kunden beim Betreten des Geschäftes automatisch eine emotionale Bindung eingingen. Er war ein Revolutionär, ein Künstler, der sich nicht einfangen lassen wollte. Weil er nach seinem Bauchgefühl handelte, nicht nach irgendwelchen Vorgaben von Marketingexperten oder Auftraggebern.«

»War *Syntesse* so ein Auftraggeber?«

»*Syntesse!*« Sie spie den Namen aus. »Clément Lefevre war der Zuhälter, der ihm die Auftraggeber hinschob, damit er deren Bedürfnisse befriedigte.« Sie tupfte sich noch einmal über die Nase.

»Das klingt sehr verbittert.«

»Es ist die Realität. Wissen Sie, wie es bei der Planung eines Duftes zugeht?«

»Nein.«

»Viele glauben, die Herstellung eines Duftes sei ein großer kreativer Moment. Aber die meisten Parfüms werden für den Massenmarkt konzipiert. Longseller, wie es sie früher gab, sind selten geworden. Es sind nicht mehr die großen Modehäuser oder Juweliere, die einen neuen Duft beauftragen. Heute will jeder ein Parfüm herausgeben: Modefirmen des mittleren Segments, Schauspieler, Musiker, It-Girls, ja, sogar Zeitschriften. Der Markt ist eng und schnelllebig geworden, nichts hält länger als wenige Saisons.« Sie machte eine abweisende Handbewegung. »Die meisten Auftraggeber wollen sowieso nur billige Kopien von Parfüms, die gerade erfolgreich sind. Sobald es einen neuen Impuls, eine neue Richtung gibt, stürzt sich die gesamte Branche auf den Trend. Die Parfümeure werden darauf angesetzt, als gelte es, ein Rudel Jagdhunde auf den Fuchs loszulassen.«

Pierre schmunzelte bei dem Bild, das sich unweigerlich auftat. »Wie darf ich mir das genau vorstellen?«

»Der Parfümeur erhält ein Briefing, in dem der Auftraggeber das olfaktorische Profil und die zu erzeugende Stimmung beschreibt und das Budget festlegt.«

»Das klingt eher nach einem Job in der Werbung.«

»Sie sagen es. In der Tat landet dort auch der größte Teil des Etats. Ohne Marketing kein Erfolg, das ist ein ehernes Gesetz. Die Parfümindustrie lebt von Emotionen, die man in aufwändigen Filmchen und über Fotostrecken transportiert, um Kaufimpulse auszulösen. Die Parfümeure hingegen sind oft nur noch Teil eines ausgeklügelten Konzeptes. Es wird geschraubt und gefeilt, bis der Duft den Erwartungen des Auftraggebers entspricht, wobei am Ende oft eine Person den Daumen hebt oder senkt, die mehr Ahnung vom Marketing hat als von der Komposition eines Duftes.« Carole Aubert tupfte sich mit dem Taschentuch wieder die Nase ab, die nun weniger gerötet war. »Vierzig Parfüms hat Lucien pro Jahr auf diese Weise erschaffen, manchmal auch mehr. Für ihn war das unerträglich. Er kam oft frustriert und wütend nach Hause und schloss sich in seinem Zimmer ein, weil er all das nicht mehr ertrug.«

»Warum hat er sich das angetan? Als einer der dreihundert Nasen weltweit hätte er sich die Firma doch sicher aussuchen können.«

»Das habe ich nie verstanden. Ich hätte Lucien bei einem der wenigen großen Häuser unterbringen können, die sich noch den Luxus eines eigenen Parfümeurs leisten, und zwar gleich nach seiner Ausbildung. Ich habe gute Kontakte zur Firmenleitung von Hermès, die hätten jemanden wie ihn mit Handkuss genommen. Vielleicht wäre er inzwischen sogar Chefparfümeur geworden, 2015 gab es auf dem Posten einen Wechsel. Dort hätte er alle Freiheiten gehabt. Sie hätten ihm die Zeit gelassen, ein Parfüm innerhalb von zwei Jahren zu kreieren, niemand hätte seiner Kreativität Grenzen gesetzt. Es wäre das Leben gewesen, von dem er immer geträumt hat. Aber Lucien wollte meine Hilfe nicht, er musste es ja unbedingt alleine schaffen, er hatte so einen furchtbaren Dickkopf.«

»Er war offenbar ein stolzer Mann.«

»Stolz und gleichzeitig zu bequem, um sich um eine gute Anstellung zu kümmern. Es hätte ja auch einer der großen Konzerne sein können. Bei IFF hatten die Parfümeure drei Jahre Zeit und fünftausend Versuche, um *La Vie Est Belle* zu kreieren. Ein millionenschwerer Auftrag von Lancôme, so etwas bekommen nur die großen Konzerne. Lucien aber hat das erstbeste Angebot angenommen und seine Karriere stattdessen damit begonnen, Toilettenpapier zu beduften oder das Deodorant einer Drogeriekette.« Sie verdrehte die Augen. »Letztendlich hat er sich dann doch von *Syntesse* befreit. Mit einem großen Knall, ohne jede Vorwarnung.«

»Er ist gegangen?« Pierre sah sie erstaunt an. Das hatte Monnier gar nicht erwähnt. »Wann war das?«

»Ende März.«

Also wenige Wochen vor seinem Tod. Das war wichtig. »Gab es Streit?«

»So kann man es auch nennen. Wäre ich nicht dazugekommen, sie hätten sich wohl die Köpfe blutig geschlagen.«

»Was ist passiert?«

»Das kann ich Ihnen gar nicht so genau sagen. Ich wollte meinen Mann von der Arbeit abholen, wir waren zum Essen verabredet. Da sah ich, wie Lefevre den Sicherheitsdienst holen ließ, um Lucien aus seinen Räumen zu entfernen. Es kam zu einem Handgemenge, bei dem mein Mann Lefevre ein blaues Auge geschlagen hat. Lucien erzählte mir später, er habe Lefevre lediglich um mehr Freiheit gebeten, um die Möglichkeit, nebenher auch selbständig zu arbeiten, woraufhin das Gespräch eskalierte und Lefevre ihn hinauswarf. Nicht einmal seine Sachen durfte er mitnehmen, da ist er durchgedreht. Lucien ist in seinen Arbeitsraum gerannt und hat sich eingeschlossen, woraufhin Lefevre den Sicherheitsdienst holte. Den Rest kennen Sie.«

»Die Situation ist wegen der Frage nach mehr Freiheit eskaliert?«

Sie nickte. »Es muss sich lange in ihm aufgestaut haben, und dann ist er explodiert.«

Pierre sah sie direkt an, doch sie hielt seinem Blick stand.

Irgendetwas stimmte nicht an ihrer Darstellung. Etwas war vorgefallen, das für den Fall von Bedeutung sein mochte. Entweder Carole Aubert wusste nichts davon oder sie wollte es nicht erzählen.

»Was hat Ihr Mann in den Wochen nach seinem Rauswurf getan?«

»Er hat sich in seinem Atelier in Èze Village verkrochen. Er sagte, er wolle sich nun endlich von allem Mainstream befreien. Sein eigenes Werk erschaffen, eines, das die Welt bewegen würde.« Sie lächelte wehmütig. »Ich habe ihn mehrere Tage nicht gesehen. Er konnte unausstehlich werden, wenn man ihn störte. Sobald er eine Idee hatte, brauchte er seine absolute Ruhe. Als er zurückkam, war er wie ausgewechselt. Ich konnte ihm seine Euphorie schon ansehen, als er nur den Fuß auf die Schwelle setzte.«

Pierre, dessen Herz ein wenig schneller klopfte, beugte sich vor. »Woran hat er gearbeitet?«

»An einer Hommage an das Meer.« Sie sprang auf. »Wollen Sie es mal riechen? Ich trage es immer bei mir.«

Carole Aubert lief aus dem Raum, federnd wie ein junges Mädchen, und kam wenige Augenblicke später mit einem schmucklosen Flakon wieder. Andachtsvoll hob sie ihn an und sprühte in die Luft, fächerte ihm mit der Hand den Duft entgegen.

»Erstaunlich«, sagte er, als er einen leichten Geruch wahrnahm, bei dem sofort Bilder vom Meer in ihm aufstiegen, während sich ein Gefühl von Wärme und Freiheit ausbreitete, das ihn euphorisierte.

»Nicht wahr? Andere Düfte entfalten sich erst langsam. Die Kopfnote ist der Einstieg, der allzu leicht verfliegt. Die Herznote der Trommelwirbel zur Basisnote, die das große, lang haftende Finale bringt. Eine Ouvertüre, die für Lucien nur unnötiges Beiwerk war. Deren Zementierung als Säule des Parfüms war für ihn eine Zwangsjacke. Beim *Hommage au Bleu* erfahren Sie den Duft von der ersten Sekunde an. Ob in der Luft, auf einem Papierstreifen oder auf der Haut. Es ist das Gefühl des Meeresduftes, den Sie niemals so riechen werden. Nur spüren.« Sie lachte. »Oder haben Sie jemals das Meer gerochen?«

»Natürlich.«

»Und?«

Pierre versuchte sich daran zu erinnern, wie das Meer für ihn duftete. Eigentlich nach gar nichts, wie er sich eingestehen musste. Manchmal, in der Nähe eines Hafens, ein wenig brackig, nach einem zu oft benutzten Wischmopp. Das aber, was er eben gerochen hatte, war anders. Frisch und zugleich euphorisierend.

Er schüttelte den Kopf. Neugierig starrte er das Fläschchen an. »Hat er es bereits produzieren lassen?«

»Dazu ist es nicht mehr gekommen.« Carole Aubert zuckte

mit den Schultern. »Ich würde ihm so gerne diesen letzten Traum erfüllen. Den Weg für ihn zu Ende gehen.«

»Was hindert Sie daran?«

»Es gibt keine Formel.«

»Wie bitte?«

»Ich sagte es Ihnen doch, es gibt keine. Ich war im Atelier, um danach zu suchen. Luciens Arbeiten, seine Ideen und Testreihen sind allesamt in Ordnern abgeheftet. Aber die Unterlagen für das *Hommage au Bleu* sind nicht mehr da.«

»Sind Sie sicher?« Pierre spürte, wie sich sein Puls beschleunigte. Eine weitere Formel war verschwunden, das konnte kein Zufall sein!

»Absolut. Kein Zweifel. Ich habe alles durchsucht.«

»Haben Sie das der Polizei gemeldet?«

»Ja, aber es gibt keinerlei Spuren eines Einbruchs.«

Sie sagte es ruhig, geradezu schicksalsergeben, es machte ihn fassungslos.

»Hat man auch seinen Computer untersucht?«

»Den Computer?« Carole Aubert lächelte matt. »Da kennen Sie meinen Mann schlecht. Lucien war zwar modern, aber der digitalen Technik misstraute er, da war er Realist. Nein, er hat immer alles schriftlich fixiert und in Aktenordnern aufbewahrt.« Sie schloss die Hand fest um den Flakon. »Alles, was ich habe, ist diese eine Flasche.«

»Wer könnte ein Interesse daran haben?«

»Das habe ich mich auch gefragt.« Ihr Blick flackerte. »Vielleicht hat Ihre kleine, ach so unschuldige Mademoiselle Debris Lucien im Atelier besucht und ihm nicht nur eine präparierte Champagnerflasche mitgebracht, sondern auch die Formel gestohlen.«

»Das ist eine ernste Anschuldigung, mit so etwas sollten Sie vorsichtig sein.«

»Hat sie Ihnen etwa auch den Kopf verdreht?« Madame Aubert stieß ein kurzes Lachen aus. »Als Sie vorhin den Laden betreten haben, war ich irritiert. Sie tragen einen Duft, den ich irgendwoher kenne. Eine Basisnote aus Ambra, Leder, Vanille und Rosenholz. Ein Duft, der mich sofort an Lucien erinnert hat, obwohl er niemals selbst einen trug. Es ist auch kein Parfüm, an dem er vor seinem Tod arbeitete, dafür ist es zu komplex. Zuerst wusste ich nicht, woran das liegt. Und ich habe gehofft, dass Sie nicht gehen, bevor ich es herausgefunden habe.«

»Und nun wissen Sie es?«

Sie nickte. »Es ist *Jicky* von Guerlain, nicht wahr? Ein Klassiker aus dem Jahr 1889, es zeichnet den Beginn der emotionalen Parfümkunst. Der Duft verbindet sich sofort mit Haut und Kleidung und haftet ewig, um die zehn Stunden. Ich habe das Parfüm vor Luciens Tod oft an ihm gerochen, und nun, da Sie ebenfalls danach riechen, weiß ich, woher es stammt.« Sie schluckte. »Ich gebe Ihnen einen guten Rat, Monsieur: Seien Sie wachsam. Anouk Debris ist nicht so unschuldig und rein, wie Sie denken. Die Polizei hat im Atelier meines Mannes fremde Fingerabdrücke gefunden. Ich bin mir sicher, sie stammen von ihr. Wahrscheinlich hat sie den Champagner mitgebracht und darauf gehofft, dass er ihn gleich vor Ort trinkt. Es würde mich nicht wundern, wenn sie ihn auf dem Gewissen hat.«

Pierre starrte sie an. Die Zerbrechlichkeit, die Madame Aubert zu Beginn zur Schau gestellt hatte, die um den Körper geschlungenen Arme, die mädchenhafte Pose waren verschwunden. Etwas Energisches war an ihre Stelle getreten, Kampfeswillen.

»Sie irren, Mademoiselle Debris hat nichts damit zu tun.«

»Wir werden sehen. Ich habe vor, einen Anwalt einzuschalten und eine zivilrechtliche Klage prüfen zu lassen. Wenn diese Frau etwas mit dem Tod meines Mannes zu tun hat, dann werde ich nicht ruhen, bis sie die Strafe erhält, die sie verdient.«

22

Pierre trat auf die Straße. Die Sonne hatte inzwischen an Kraft gewonnen, aber noch immer war die Luft frisch und kühl. Er sah sich um, bemerkte eine Bewegung hinter dem vergitterten Fenster der Galerie und bog nach links, in Richtung des Parkplatzes. Erst als er außer Sicht war, blieb er stehen und sah auf seine Armbanduhr.

»Fünf vor elf«, flüsterte er, ohne dass diese Zahl zu ihm durchdrang.

Er ärgerte sich, dass er das Parfüm am Morgen hatte ausprobieren wollen. Damit hatte er Anouk nur noch mehr hineingeritten. Immerhin wusste er nun, dass ihre Verbindung zu Lucien enger gewesen war, als sie zugegeben hatte. Nur: Wie eng war sie wirklich?

Er schüttelte sich.

Unvermittelt war etwas Unangenehmes von Carole Aubert ausgegangen. Ein unversöhnlicher Hass, als sie von Anouk sprach. Die Abneigung war mit Händen zu greifen gewesen, sie quoll aus jedem Wort, mit dem sie die Konkurrentin bedachte.

Offenbar glaubte sie, dass Anouk in dem Bestreben, ihren Mann von der Position im Archiv zu verdrängen, vor nichts zurückschreckte. Dass sie ihre Erotik einsetzte, um ans Ziel zu kommen.

Lucien Aubert hat in den Tagen vor seinem Tod nach Anouks Parfüm gerochen …

Es würde auch erklären, warum Carole Aubert sich spontan

dazu entschieden hatte, selbst mit ihrem Mann aufs Meer hinauszufahren. Sie musste von der Verabredung der beiden erfahren haben und war dem wohl zuvorgekommen.

Hatte *sie* Anouk die Pralinen geschickt, um sich für den Tod an ihrem Mann zu rächen? Es wäre plausibel. Der Hass auf eine andere, die das so sicher geglaubte Leben zerstörte, der Wunsch, die Verführerin und zugleich Täterin zu vernichten, wären zwei starke Motive für einen Mord.

Letzten Endes hatte ihn das Gespräch ein großes Stück weitergebracht, denn es hatte einen weiteren Verdächtigen in die vordere Reihe befördert, den er bislang nicht allzu ernst genommen hatte: Clément Lefevre.

Während er über den Parkplatz zu Charlottes Berlingo ging, überlegte Pierre, wie er es anstellen könnte, ein Gespräch mit dem Fabrikanten zu bekommen. Ohne triftigen Grund ließ man ihn sicher nicht zu dem Mann vor, aber er hatte eine Idee, wer ihm dabei helfen könnte.

Kaum, dass er im Auto saß, wählte er Jacques' Nummer.

»Wann fahren Sie die Rosenblütenernte zu *Syntesse*?«

»Gegen halb eins. Die Temperaturen sind heute ideal, wir können bis zum Mittag arbeiten, um die Fehlmengen der vergangenen Tage aufzuholen. Es sei denn, es beginnt wieder zu regnen.«

Pierre warf einen Blick in den Himmel. Er war königsblau, durchsetzt von sich aufbauschenden Wattewölkchen. Nichts deutete an, dass sich dies innerhalb so kurzer Zeit ändern sollte.

»Das passt gut. Ich würde Sie nämlich gerne zur Fabrik begleiten.«

»Nanu? Was haben Sie vor?«

»Ich möchte mit Monsieur Lefevre sprechen. Meinen Sie, Sie könnten ein gutes Wort für mich einlegen?«

»Bestimmt. Wir kennen uns gut, lange bevor er die Fabrik

von seinem Großvater übernommen hat. Er wird mir die Bitte sicher nicht abschlagen. Glauben Sie denn, er hat etwas mit der Sache zu tun?«

»Gut möglich. Er soll sich mit Lucien Aubert gestritten haben.«

»Ja, davon habe ich gehört. Die Arbeiter erzählen sich, dass es zu einem Handgemenge gekommen ist.«

»Und was erzählt man sich sonst noch?«

»Dass Monsieur Lefevre danach sämtliche Schlösser hat austauschen lassen.«

Er hatte offenbar Angst gehabt, dass Lucien Aubert sich Zugriff verschaffen würde. Bloß worauf? Pierre startete den Motor und lenkte den Wagen vorsichtig mit einer Hand vom Parkplatz, während er das Telefon zwischen Kopf und Schulter presste. »Abgesehen von dem Material, mit denen die Parfümeure dort arbeiteten … was könnte Lefevre mit dieser Aktion schützen wollen?«

»Eigentlich ist alles dort von einem gewissen Wert. In erster Linie das neue Labor, das ist hochmodern und hat Millionen verschlungen. Die Chemiker dort tun nichts anderes, als nach neuen Molekülen zu suchen, die für einen synthetischen Duft taugen. Monsieur Lefevre hat uns Zulieferern damals bei der Einweihung einen Einblick gewährt, um uns die Scheu vor den modernen Herstellungsmethoden zu nehmen. Es war wirklich beeindruckend, aber auch ein wenig unheimlich.«

»Was meinen Sie damit?«

»Nun ja, sie versuchen, die Natur zu kopieren oder zu perfektionieren. Ein Patschuliöl beispielsweise riecht ohne den Beiklang von Räucherstäbchen und Kampfer wärmer und holziger, also trennen sie die entsprechenden Moleküle einfach ab.«

Pierre runzelte die Stirn. Das war ihm zu abstrakt. »Abtrennen? Wie muss ich mir das vorstellen?«

»Man hat es uns so erklärt, dass man den Duft mit Hilfe der Gaschromatografie analysiert und ihn in seine Einzelbestandteile zerlegt. Wer die einzelnen Moleküle kennt, kann sie neu kombinieren oder die Düfte synthetisch nachbauen. Man kann quasi alle Gerüche, die das Universum bereithält, kopieren, und das gar nicht mal so schlecht.« Er machte eine kurze Pause. »Bis auf die Rose.«

»Warum gerade sie nicht?«

»Ihr Duft ist zu komplex.« Seine Stimme klang nun, als würde er lächeln. »Die Rose hat über fünfhundert Moleküle, davon an die dreihundertfünfzig duftende. Natürlich gibt es Shampoos und Seifen, die angeblich ein Aroma nach Rose verströmen, aber das synthetische riecht niemals so exklusiv wie das Original. Lefevre hat uns seinen Rosenduft gezeigt, er musste selbst zugeben, dass er nicht an die Qualität unserer Blüten herankommt. Die Rose ist eben einzigartig, unkopierbar, vor allem die *Rose de Mai* aus Grasse.«

»Also forschen sie dort an der Vervollkommnung?«

»Davon gehe ich aus. Der Erste, dem das gelingt, wird Weltmarktführer. Aber das wäre auch das Ende für unsere Branche.«

Ein Gedanke ließ Pierre den Atem anhalten. Er musste sich stark konzentrieren, damit er ihn nicht wieder verlor. Also fuhr er den Wagen auf den Seitenstreifen und machte den Motor aus.

»Die Forschung an diesen Molekülen ist sicher unglaublich teuer.«

»Sie geht in die Millionen.«

»Angenommen, Lefevre steht kurz davor, diesen synthetischen Rosenduft zu perfektionieren. Könnte Aubert versucht haben, die Formel dafür zu entwenden?«

»Sie stellen sich das zu leicht vor. Abgesehen davon, dass so ein Duft sofort patentiert wird, ist es unmöglich, ihn einfach so nachzubauen. Die Herstellung ist enorm aufwändig, das geht nicht ohne entsprechende Geräte.« Er lachte. »Ich weiß, worauf Sie hinauswollen, aber das Ganze ist eine Nummer zu groß für einen einzelnen Parfümeur. Düfte nachbauen, mit Hilfe bereits im Handel erhältlicher Moleküle, das kann er. Aber nicht ein neues Molekül anhand einer Formel herstellen. So etwas können nur Chemiefabriken leisten oder große Firmen mit eigenen Forschungslaboren wie *Syntesse*.«

»Und wenn er die Formel an die Konkurrenz verkaufen will?«

»Dann lehnen die das ab. Bis die den Duft nachgebaut haben, ist das Patent längst aktiv.«

Pierre überlegte. Er durfte jetzt nicht lockerlassen. Etwas an diesem Vorfall in der Fabrik war wichtig, das spürte er. »Wenn ich Sie richtig verstanden habe, dann sind Moleküle also die kleinsten Bestandteile eines Duftes?«

»Genau.«

»Und der Duft dieser Moleküle wirkt direkt, ohne Umwege, richtig?«

»Sie haben es erfasst.«

So wie beim *Hommage au Bleu*! Pierre spürte, wie sich sein Puls beschleunigte. Hatte Lefevres plötzliches Sicherheitsbedürfnis etwas mit Auberts Parfüm zu tun?

»Interessant«, fuhr Jacques fort, »dass Sie das fragen. Ich habe mich bei einem Abendessen bei Monsieur Bousquet lange mit Monsieur Aubert über das Thema unterhalten.«

Pierre horchte auf. »Was hat er erzählt?«

»Er war begeistert von den unendlichen Möglichkeiten, die die moderne Chemie der Parfümindustrie bietet. Mit einem einzigen Molekül könne man sogar Gerüche abbilden, deren Duft sich auf natürliche Weise nicht einfangen lässt. Helional für Regen, Cis-3-Hexanol für frisch geschnittenes Gras. Butansäurepentylester, bei dem man ohne Umwege eine Birne assoziiert. Und das Beste daran sei, dass die so erzeugten Gerüche ungefiltert ins limbische System dringen und dieselben Bilder und Emotionen erzeugen, als seien sie real.«

»Auch bei einem Meeresduft?«

»Bestimmt. Denken Sie nur an die vielen Raumsprays und Hotellobbybeduftungen entlang der Côte d'Azur. Da ist sicher auch ein Molekül dabei, das nach Meer und Sonne riecht und dafür sorgt, dass sich die gestressten Gäste augenblicklich erholen.« Er schnaubte. »Ganz im Ernst, Monsieur Durand, mir macht so etwas Angst. Ich gebe mir wirklich äußerste Mühe, all diese Prozesse zu verstehen, um den Anschluss an die Moderne nicht zu verlieren. Aber es ist nicht mehr meine Welt. Wo bleibt die Achtung vor der Natur? Stattdessen basteln Chemiker im Labor an der Schöpfung, und der Mensch lässt sich mit künstlich erzeugten Emotionen an der Nase herumführen. Banken riechen nach Tradition und Verantwortlichkeit, Kunstlederschuhe nach Leder. Und in Kaufhäusern werden Düfte eingesetzt, die den Kunden in dem künstlich erzeugten Wohlgefühl das Geld aus der Tasche ziehen! All das passiert unterschwellig, ohne dass es uns bewusst ist. Ich meine, wie soll man sich denn heutzutage noch sicher sein, dass eine Emotion nicht fremdgesteuert ist? Es ist nur noch eine Frage der Zeit, bis wir Menschen attraktiv finden, die wir besser ablehnen sollten. Süskinds Grenouille müsste inzwischen gar keine junge Frau mehr töten, um an den Duft zu kommen, sondern ihr nur noch ein Gaschronometer überstülpen, um ihn einzufangen und nachzubauen. So weit sind wir schon gekommen!«

»Ich kann Sie gut verstehen«, sagte Pierre, dem das Gespräch allmählich auf die Stimmung schlug. »Mit der ursprünglichen Idee eines Parfüms hat das nur noch wenig zu tun.«

»Sie sagen es. Aber wir werden die Entwicklung nicht anhalten können. Leider.« Jacques seufzte. »Ich muss jetzt weitermachen, die Zeit rennt mir davon …« Er stockte. »Warten Sie, auf Hervé Bousquets Grundstück tut sich gerade was. Ein Wagen der *police nationale*, dahinter ein dunkler Renault.«

»Was ist denn da los?«

»Moment, ich sehe schnell nach.« Pierre hörte Schritte, ein Rascheln, dann wieder Jacques' Stimme. »Da steigt ein Mann aus. Er lässt einige Metallkoffer ins Haus tragen.«

»Wie sieht er aus?«

»Dunkle Frisur mit Pony, graue Brille, Flanellhose und Hemd mit Weste. Er hat einen jungen Mann dabei, ja, sie sind zu zweit.«

Das konnte der Professor sein, von dem Monnier gesprochen hatte. Er hatte offenbar einen Assistenten mitgenommen und würde nun mit der Arbeit beginnen und das Archiv auf fehlende Inhalte untersuchen.

»Halten Sie mich auf dem Laufenden«, bat Pierre. »Wir sehen uns um halb eins.«

Er hatte gerade aufgelegt, als ein neuer Anruf einging.

»Hier Monnier. Ich stehe vor dem *Maison d'Arrêt* und warte. Es ist zehn nach elf, wo bleiben Sie denn?«

»Bin sofort da!«

Verdammt, er hatte die Zeit vollkommen vergessen. Pierre startete den Motor und gab Gas. Während er durch die Landschaft in Richtung Grasse fuhr und sich auf das bevorstehende Gespräch mit Anouk vorbereitete, dachte er, dass er nun doch gerne einen Duft hätte, der andere im Handeln beeinflusste. Einen ganz speziellen für Ermittler wie ihn. Einen, der Menschen offener reden ließe, der vielleicht sogar genügend Vertrauen weckte, um die Wahrheit auszusprechen. Auch wenn sie manchmal schmerzte.

23

Monnier wartete bereits auf dem Parkplatz. Er hatte einen hellgrau karierten Anzug mit modisch kurzer Hose an, unter dem Arm eine edle Ledermappe, und sah aus, als sei er gerade auf dem Weg zu einer Fashion Show.

»Wo bleiben Sie denn? Es ist schon zwanzig nach elf!«, rief er, während er Pierre entgegenlief. »Die Besuchszeit hat längst begonnen, und wir müssen noch durch die Kontrolle. Haben Sie wenigstens die Sachen für Mademoiselle Debris dabei?«

»Natürlich«, murrte Pierre und holte Anouks Sporttasche aus dem Kofferraum. Dann zog er den Reißverschluss seiner Jacke bis oben hin zu, um keine weitere Bemerkung wegen Anouks Parfüm zu riskieren. »Jetzt nur keine Hektik.«

Sie eilten auf den mintblauen Eingang zu, der sich mühte, von der Trostlosigkeit des Komplexes abzulenken. Betongraue Mauern, mit Stacheldraht gesichert, engmaschige Gitter und Wachtürme.

»Ich habe heute Morgen mit der Untersuchungsrichterin gesprochen«, berichtete Monnier im Gehen. »Sie hat mir Akteneinsicht gewährt.«

»Jetzt schon?«

»Wir kennen uns seit Jahren, da geht so etwas schon mal schneller als üblich.«

»Und was steht drin?«

»Dass die Fingerabdrücke auf der Pralinenschachtel das geringste Problem sind.« Inzwischen waren sie vor der schmalen Eingangstür seitlich des Portals angekommen. Monnier drehte den Kopf und winkte durch das vergitterte Fenster. »Mademoiselle Debris wurde dabei erwischt, wie sie in den Akten des Archivs stöberte«, sagte er und betätigte den Knopf der Gegensprechanlage.

»Das ist nichts Neues. Sie hat sich bloß umgesehen.«

»Nach Aussage der Beamten hat sie Dokumente herausgenommen und durchgeblättert. So als habe sie etwas Bestimmtes gesucht.«

Pierre runzelte die Stirn. Das klang allerdings anders, als Anouk es erzählt hatte.

»Zudem«, fuhr Monnier fort, »hat man ihre Fingerabdrücke auf einigen historischen Dokumenten gefunden, unter anderem auf der Originalformel für Kölnisch Wasser.« Er hob die Hände. »Ja, ich weiß, Mademoiselle Debris hat mir schon erzählt, dass sie die Niederschrift bei einem Rundgang durch das Archiv anfassen durfte. Aber das heißt nicht, dass die Untersuchungsrichterin ihrer Aussage glauben wird. Es gibt schließlich noch mehr Details, die den Verdacht gegen sie erhärten. Ihre Kollegen haben doch tatsächlich begonnen, den Unfalltod des Parfümeurs neu aufzurollen.«

»Dann wissen die Ermittler inzwischen um die Verbindung der beiden Fälle?«

»Ja. Sie werden nicht glauben, wie sie darauf gekommen sind.« Aus der Anlage brummte es, und Monnier stemmte sich gegen die Tür, hielt auf der Schwelle kurz inne. »Die Spurensicherung hat Mademoiselle Debris' Fingerabdrücke im Atelier des ertrunkenen Parfümeurs gefunden, woraufhin sie sämtliche Kameras des Jachthafens von Saint-Jean-Cap-Ferrat ausgewertet haben. Es wird schwierig zu erklären, warum sie sich just zu dem Zeitpunkt, als die Unglücksjacht auslief, dort aufhielt.«

»Sie war mit dem Parfümeur verabredet.«

»So ist es. Aber das erzählen Sie mal der Untersuchungsrichterin. Ich habe mir die belastende Sequenz angesehen. Mademoiselle Debris kommt vom Parkplatz, sie ist hochgradig nervös, streicht sich permanent eine Strähne hinters Ohr. Auf Höhe der Geschäfte und Restaurants wird sie langsamer und tut, als betrachte sie die Schaufenster, dreht sich dabei jedoch immer wieder zu den Anlegestegen um, wo auch die Jacht liegt. Schließlich setzt sie sich in eines der Cafés und bleibt zwei Stunden dort, bevor sie zahlt und wieder in Richtung Parkplatz verschwindet.«

»Haben Sie sie schon gefragt, warum sie das getan hat?«

»Ich hatte noch keine Gelegenheit. Aber offenbar geht der Ermittlungsleiter *Commissaire* Thiebaud davon aus, dass es die Verabredung nie gegeben hat und dass Mademoiselle Debris nur vor Ort war, um sich zu vergewissern, dass ihr Plan mit dem Betäubungsmittel aufgeht. Thiebaud ist ein ganz Korrekter, wenn der sich was in den Kopf gesetzt hat, muss man schon heftige Geschütze auffahren, um ihn vom Gegenteil zu überzeugen. Er ist übrigens ebenfalls gut mit der Untersuchungsrichterin bekannt.«

Pierre stieß die Luft aus. »Wenn dieser angeblich so korrekte *Commissaire* das mit dem Betäubungsmittel geschluckt hat, wird ihm das nicht viel nützen. Es taugt nicht als Tatwaffe, das ist viel zu ungenau. Die Sportjacht hätte ohne Konsequenz auf dem Meer umherdümpeln können, bis die Wirkung nachlässt.« Pierre schüttelte den Kopf. »Es muss einen anderen Grund geben, warum dieses Mittel in den Champagner geraten ist.«

»Champagner?«

»Madame Aubert erwähnte, dass sie Champagner getrunken hätten.«

»Von dem sie laut Alkoholpegel das meiste intus hatte«, feixte

Monnier. »Von einer Flasche steht nichts im Bericht. Aber das muss nichts heißen, die kann mit über Bord gegangen sein.«

Damit betrat er den Empfangsraum und begrüßte den wachhabenden Beamten mit Handschlag.

»*Maître* Monnier, was machen Sie denn hier?«, fragte der Mann mit einem Zwinkern. »Befürchten Sie etwa, dass Ihre Mandantin sich verplappert?«

»Nein.« Monnier setzte ein vielsagendes Grinsen auf. »Ich wollte mir den Blick auf die Dessous nicht entgehen lassen.«

»Ah, dann zeigen Sie mal her, was Sie Hübsches dabeihaben.«

Mit einem genervten Schnalzen in Richtung des Anwalts stellte Pierre die Tasche auf dem Tisch ab. Der Beamte schob die Ärmel zurück, wobei sich eine riesige tätowierte Seeschlange zeigte, und streifte ein Paar Handschuhe über. Dann begann er, die Tasche zu durchsuchen.

»Oh, là, là!«, sagte er und hob einen himbeerroten Spitzentanga mit zwei Fingern in die Luft. »Was für eine Verschwendung!«

»Ist gut jetzt«, brummte Pierre. Früher hatte er in solchen Situationen mitgelacht und gefeixt. Aber seit er Charlotte kannte, war er in diesem Punkt empfindlich geworden.

Die Anmeldung dauerte weniger als zehn Minuten. Was daran liegen mochte, dass Monnier nicht nur die Untersuchungsrichterin gut kannte, sondern auch den wachhabenden Beamten. Scherze flogen hin und her, während sie die Papiere ausfüllten und die Mobiltelefone in farbenfroh bemalten Schließfächern verwahrten.

»Was ist los mit Ihnen?«, fragte Monnier. Er zupfte an Pierres Jacke. »Ist Ihnen etwa kalt?«

»Ein sich anbahnender Schnupfen«, brummte Pierre und trat einen Schritt zurück.

»Messieurs«, sagte der Beamte, als endlich alle Formalitäten erledigt waren, »wenn Sie mir bitte folgen würden?«

Er führte sie durch die Sicherheitstür und weiter in einen breiten, endlos wirkenden Gang. Mit jedem ihrer Schritte quietschte und knarzte es, nur nicht bei dem Beamten, dessen Schnürschuhe dem Linoleum keinen Ton entlockten.

Pierre brachte den Anwalt rasch auf den neuesten Stand, erzählte von dem Gespräch mit Jacques und von dem Besuch bei Lucien Auberts Witwe.

»Sie geht davon aus, dass Anouk Debris die Formel aus dem Atelier entwendet hat. Sie hat daher vor, eine Nebenklage anzustrengen.«

»Auch das noch!« Monnier verdrehte die Augen.

Doch bevor er weiterreden konnte, blieb der Beamte stehen, schloss eine Tür auf und geleitete sie in einen kleinen Raum mit blassvioletten Wänden. In der Mitte stand ein Tisch mit einer Box Papiertaschentücher.

»Bitte warten Sie hier«, sagte er. »Mademoiselle Debris wird in wenigen Augenblicken bei Ihnen sein.«

Anouk trug eine elegante Hose und einen Kaschmirpullover, was an diesem Ort völlig fehl am Platz wirkte. Ihr Gesicht war fahl. Der Blick matt und hoffnungslos.

»Behandeln sie dich gut?«, fragte Pierre, erschrocken über ihr Aussehen.

»Die Bettdecke in meiner Zelle riecht zumindest nicht nach Urin«, sagte sie leise. »Aber die anderen Frauen ziehen mich auf, sie mobben mich und stoßen mich, wenn die Zellen für den Freigang geöffnet werden. Für sie bin ich ein Luxuspüppchen, ein Feindbild. Und dann der Gang über den Hof … Du solltest mal hören, was die Männer einem alles aus den Fenstern zurufen. Es ist so entwürdigend.« Sie strich sich mit fahrigen Bewegungen durchs Haar, dann entdeckte sie die Tasche, die Pierre vor sich abgestellt hatte. »Hast du was Neutrales eingepackt? Etwas Unauffälliges?«

»Ja.« Er errötete, was ihn ärgerte. »Bis auf die Unterwäsche. Ich habe einfach in den Schrank gegriffen, tut mir leid.«

»Wir sollten beginnen, bevor die Besuchszeit um ist«, unterbrach Monnier. Er rückte seine große, dunkel umrandete Brille zurecht und holte eine Mappe aus seiner Tasche. »Ich hatte vor knapp einer Stunde Akteneinsicht. Die Beamten haben ihre Ermittlungen auf den Unfalltod von Lucien Aubert ausgeweitet und dabei Indizien zusammengetragen, die Ihre Beteiligung oder Täterschaft vermuten lassen.«

»Wie bitte?« Anouk setzte sich gerade auf.

»Ich sage nur, wie es ist. Ich werde Ihnen jetzt einige Fragen stellen, die vielleicht unangenehm sein könnten. Aber je mehr ich über die Hintergründe weiß, desto besser kann ich die Verteidigungsstrategie darauf ausrichten. Sind Sie dazu bereit?«

»Natürlich.«

Der Anwalt nahm einen Schreibblock aus der Mappe und einen Stift. »Sie sagten, dass Sie am sechsundzwanzigsten April, also an dem Tag, als Lucien Aubert ins Meer stürzte, mit ihm verabredet waren. Ist das richtig?«

»Ja. Aber dann hat er kurzfristig abgesagt.«

»Hat er Sie angerufen?«

»Nein. Lucien hat mir eine Nachricht geschickt, dass wir das Treffen verschieben müssen. Seine Frau ist extrem eifersüchtig.«

»Eifersüchtig auf geschäftliche Unterredungen?«

»Auf alles, was weiblich ist und seine Zeit beansprucht. Carole ist eine Person, die anderen Frauen grundsätzlich ablehnend gegenübersteht.«

»Sie sagte«, mischte Pierre sich in das Gespräch ein, »sie kenne dich nicht persönlich …«

»Das stimmt. Aber sie hat sich über mich erkundigt. Lucien erzählte, er habe am Browserverlauf ihres gemeinsamen Computers gesehen, dass sie alle Seiten besucht hat, auf denen über mich und meine Arbeit berichtet wird. Über Stunden! Sie war wie besessen davon, ihren Mann von anderen Frauen fernzuhalten. Ich vermute, sie hat geahnt, dass er sich mit mir treffen möchte, und ihn angefleht, ihn begleiten zu dürfen.«

Monnier sah von seinen Notizen auf. »Sie haben also eine Absage von ihm erhalten. Schildern Sie uns bitte, was genau geschehen ist.«

»Ich war bereits auf dem Weg, als die Nachricht eintraf, aber ich war gerade auf der Autobahn, daher habe ich sie erst gelesen, nachdem ich auf dem Parkplatz am Hafen angekommen war.« Sie schluckte, in ihren Augen standen Tränen. »In der Nacht habe ich geträumt, ich wäre seitlich rangefahren und hätte die Nachricht gelesen.«

»Was hätte es am Verlauf geändert?«

»Ich weiß es nicht. In dem Traum rufe ich Lucien zurück und bitte ihn, mich trotzdem mitzunehmen. Vielleicht hätte ich ihn beschützen können?«

Pierre beugte sich überrascht nach vorne. »Vor seiner Frau?«

Anouk hob die Schultern. »Vielleicht.«

»Glaubst du, sie hat ihn ins Meer gestoßen?«

»Ist das denn so abwegig?«

»Um das Boot kurz darauf gegen die Klippen zu steuern?«, fragte Monnier.

»Nur mal angenommen«, überlegte Pierre, »Carole Aubert, die an dem Tag nachweislich zu viel getrunken hat, hätte sich mit Lucien gestritten und dabei in die Steuerung gegriffen. Bei dem folgenden Handgemenge rutscht er von Bord, und es gelingt ihr in letzter Minute, die Kollision mit den Klippen abzuwenden. Um die Tat zu verschleiern, wirft sie Tabletten ein und fingiert damit eine Bewusstlosigkeit, aus der sie in letzter Minute erwacht ist. Als sie erfährt, dass ihr Mann umgekommen ist, gibt sie Anouk die Schuld an dem Streit und schickt ihr aus Rache die vergifteten Pralinen.«

Monnier wiegte den Kopf. »Klingt gut, aber Ihre Theorie hat eine Schwachstelle. Woher hat sie die Benzodiazepine, die im Übrigen verschreibungspflichtig sind, so schnell hergezaubert?«

»Sie könnte welche dabeigehabt haben. Carole Aubert hat in jungen Jahren Drogen genommen, viele ehemalige Abhängige leiden unter Angststörungen und Panikattacken.«

»Dann hätte sie die Tabletten schon vorher nehmen müssen, damit die Wirkung rechtzeitig eintritt«, gab Monnier zu bedenken. »All das setzt geordnetes Handeln voraus. Dagegen steht die Hysterie, mit der sie die Suche nach ihrem Mann begleitete. Der Polizeibericht schildert diese als glaubwürdig.«

»Es gibt noch etwas, das gegen deine Theorie spricht«, unterbrach Anouk. »Die Pralinen sind zwei Tage vor Luciens Tod angekommen.«

»Sehen Sie?«, winkte Monnier ab. »Wenden wir uns lieber wieder den Tatsachen zu. Wo waren wir noch mal stehen geblieben? Ach ja, bei Ihrer Ankunft am Hafen von Saint-Jean-Cap-Ferrat.« Er nickte Anouk aufmunternd zu. »Wie haben Sie sich gefühlt, nachdem Sie Luciens Nachricht gelesen hatten?«

»Es hat mich überrascht, ich war wütend. Ich fragte mich, warum er sich nicht gegen seine Frau durchsetzt. Stattdessen lässt er mich einfach stehen.«

Monnier lehnte sich vor. »Vielleicht hatte er Angst vor einer Szene.«

»Natürlich hatte er das. Er hat sich oft beschwert, wie schwierig sie sei. Mal Kätzchen, mal Monster.«

»Warum hat er sich dann nicht von ihr getrennt? Wegen des Geldes?«

»Die Beziehung war toxisch.« Sie hob die Schultern. »Er hat es versucht. Mehr als einmal. Aber er kam nicht von ihr los.«

»Existiert sie noch?«, meldete Pierre sich wieder zu Wort. »Ich meine, die Nachricht.«

Anouk schlug die Augen nieder. »Nein. Ich habe sie gelöscht.«

»*Merde!*« Monnier schnalzte mit der Zunge. »Sie wäre nützlich gewesen.«

»Vielleicht gibt es ja noch das Gegenstück?«, fragte Pierre.

»Sicher nicht.« Anouk hob den Blick. »Lucien war wie besessen davon, sämtliche privaten Nachrichten, die seine Frau gegen ihn aufbringen könnten, sofort zu entfernen.«

»Dann muss ich mir eine andere Strategie überlegen.« Monnier verschränkte die Arme vor der Brust. »Die Beamten haben eine Videoaufnahme von der Promenade am Hafen von Saint-Jean-Cap-Ferrat sichergestellt, auf der zu sehen ist, wie Sie an der Ladenzeile entlanggehen und sich dann in ein Café setzen. Sie haben dort über zwei Stunden gewartet. Worauf?«

»Ich wollte ihn zur Rede stellen.«

»Weil er eine geschäftliche Verabredung abgesagt hat?« Monnier legte den Kopf schräg. »Für die Staatsanwaltschaft wird es klingen, als seien Sie persönlich gekränkt.« Er hob die Hände. »Wie gesagt, ich gebe nur das wieder, was die Gegenseite in einem Verfahren anmerken würde. Sie werden die Vermutung äußern, Lucien Aubert und Sie seien ein Paar gewesen.«

»Nur weil wir uns ab und zu getroffen haben?« Sie schüttelte vehement den Kopf. »Ich verstehe nicht, was das mit dem Bootsunglück zu tun hat.«

»Man wird versuchen, Ihnen ein persönliches Interesse an seinem Tod zu unterstellen. Das Vortäuschen von Zuneigung, um an wichtige Unterlagen heranzukommen. Man hat Ihre Fingerabdrücke in seinem Atelier gefunden. Madame Aubert behauptet, Sie hätten eine seiner Formeln stehlen wollen.«

»Das ist eine Lüge!« Anouk schüttelte den Kopf und sah sie beide entgeistert an.

»Ich glaube Ihnen, aber für die Beamten ist es dasselbe Muster wie bei Hervé Bousquet. Eine enge Freundschaft, die Vertrauen schafft und schließlich den Tod bringt.«

»Nein! Verdammt noch mal, nein!«

»Anouk«, sagte Pierre, »wir sind auf deiner Seite. Aber wir müssen wissen, wie es dazu gekommen ist, um sämtlichen Vorwürfen zu begegnen.«

»Lucien und ich hatten seit einiger Zeit beruflich miteinander zu tun.« Ihr Brustkorb hob und senkte sich, und als sie weitersprach, klang ihre Stimme wieder fest. »Bei *Syntesse* arbeiten sie seit Jahren an der Perfektionierung eines synthetischen Rosenduftes, und Lucien war begeistert vom Duft der alten Öle, die in Hervés Archiv lagern. Er dachte, die alten Sorten besäßen vielleicht noch weitere unentdeckte Moleküle, die sich im Labor isolieren ließen. Ich erzählte ihm von meiner Arbeit an einer neuen Züchtung, die der historischen *Rose des Peintres* nachempfunden ist, einer Variante der *Rosa centifolia Major*. Sie trägt den typischen Zentifolienduft. So, wie er vor hundertfünfzig Jahren war.«

»Der Duft hat sich verändert?«

»Schleichend, aber für Parfümeure deutlich wahrnehmbar. Wer die alten Rosenöle aus Hervés Archiv mit den aktuellen vergleicht, wird feststellen, dass der Duft im Lauf der Jahrzehnte als Folge der Erderwärmung schwächer geworden ist.«

Monnier hob die Brauen. »Blumenduft ändert sich mit den Temperaturen?«

»Ja. Der Klimawandel macht den Pflanzen zu schaffen. Das

Wetter wird unberechenbarer. Mal ist es zu warm, in diesem Jahr war es zu nass. Wir mussten die Ernte um eine ganze Woche nach hinten verschieben, weil die Blüten sich langsamer entfalteten. Das hat natürlich auch Auswirkungen auf die empfindlichen Moleküle. Die Parfümbranche ist darauf angewiesen, Jahr für Jahr dieselbe Qualität anzubieten. Aber es wird immer schwieriger, den Duft stabil zu halten.«

Pierre horchte auf. »Und Lucien Aubert war an dieser neuen Züchtung interessiert?«

»Ja. Die ersten Stöcke sollten im Mai blühen. Die ersten Gentests waren vielversprechend und …«

»Und was«, fragte Monnier, »hatte das mit dem Termin auf dem Meer zu tun? Was wollte Lucien Aubert Ihnen dort zeigen?«

»Ich weiß es nicht.«

Der Anwalt beugte sich vor. »Wirklich nicht?«

Anouk verschränkte die Arme und schüttelte stumm den Kopf. Pierre dachte unvermittelt, dass sie etwas zu verbergen suchte.

»Gab es«, fragte er und beobachtete sie dabei sehr aufmerksam, »einen Zusammenhang mit dem *Hommage au Bleu*?«

Anouk zuckte zusammen. »Du weißt davon?«

»Ja, die Witwe hat es mir gezeigt.«

»Carole …« Sie stieß die Luft aus. »Hat sie es also doch in die Hände bekommen!«

»Was meinst du damit?«

»Lucien wollte es vor ihr verheimlichen. Ich wusste nicht, dass sie nun damit hausieren geht.« Anouk lächelte gequält. »Seit er nicht mehr bei *Syntesse* arbeitete, war er förmlich aufgeblüht. Dieser Duft sollte sein Lebenswerk werden. Er hätte nie gewollt, dass Carole es …« Sie brach ab, mit bebenden Lippen. Eine Träne rollte die Wange hinab, energisch wischte sie sie mit dem Handrücken fort.

Pierre dachte, dass es nicht danach klang, als sei das Verhältnis der beiden rein geschäftlich gewesen. Andererseits gab es diesen Mann in Oppède-le-Vieux, der ihr das Herz gebrochen hatte und auf den er sie dringend ansprechen musste. Er schob die Papiertücherbox näher an sie heran und wartete, bis sie ein Tuch entnommen und sich die Augen getrocknet hatte.

»Anouk …«

»Noch einmal zurück zum Motiv«, unterbrach Monnier. »Einen Tag vor Hervés Tod waren Sie bei ihm zum Abendessen eingeladen. Hat er da mit Ihnen über die Testamentsänderung gesprochen?«

Anouk schwieg lange, dann nickte sie. »Ja.«

»Aber als ich Ihnen erzählte, dass Hervé Sie als Verwalterin eingesetzt hat, taten Sie so, als wüssten Sie nichts davon.«

»Ich hatte Angst«, flüsterte sie. »Ich wusste nicht, wie ich reagieren sollte. Erst Lucien, dann Hervé. Und plötzlich steht die Polizei im Archiv, als ich mich darin umsehe. Ich kann eins und eins zusammenzählen. Natürlich sieht es so aus, als hätte ich ein Motiv.«

»Mir hätten Sie doch nichts vorspielen müssen. Ich bin Ihr Anwalt.« Er beugte sich vor und ergriff ihre Hand. »Mir können Sie vertrauen.«

Anouk zog die Hand zurück. »Woher hätte ich das wissen sollen? Ich kannte Sie ja kaum.«

Monnier presste die Lippen aufeinander. »Hervé war mein bester Freund«, stieß er dann aus. »Das hätte doch eigentlich ausreichen sollen, oder etwa nicht?« Er sah auf die Uhr, warf Pierre einen Blick zu. »Wir haben noch genau drei Minuten. Gibt es noch etwas, das Sie wissen wollen?«

»Ja.« Pierre hatte Mühe, sich zu konzentrieren. Die kurze Szene zwischen den beiden hatte ein Unbehagen in ihm ausgelöst, das er nicht zuordnen konnte. Vertrauen. Dieses Gefühl durchzog den gesamten Fall. Wer sagte eigentlich, dass man Monnier vertrauen konnte? Er beschloss, die Frage im Hinterkopf zu behalten und beizeiten nach einer Antwort zu suchen. Jetzt aber galt es, die verbliebene Zeit mit Anouk zu nutzen. »Ich würde gerne wissen, wer ein Interesse daran haben könnte, dir zu schaden.«

Sie putzte sich noch einmal die Nase. »Keine Ahnung«, flüsterte sie hinter dem vorgehaltenen Taschentuch. Dann sah sie zu Monnier, die Augen rotgerändert. »Wann komme ich hier raus? Bitte sagen Sie mir, wann ich hier rauskomme!«

»Das hängt ganz davon ab, wie gut unsere Argumente sind«, antwortete der Anwalt. »Wer würde Sie für den Fall, dass Ihnen etwas zustoßen sollte, beerben? Gibt es einen letzten Willen?«

Sie nickte. »Die Plantage würde an jemanden verkauft, der sich dazu verpflichtet, sie für eine gewisse Zeit mit meinen Mitarbeitern weiterzuführen.«

»Und die Verkaufssumme?«

»Die ginge an den *Fonds de Dotation Roses de Grasse.*«

»So wie bei Hervé«, bemerkte der Anwalt und ließ sich mit einem Schnaufen im Stuhl nach hinten sinken. »Das darf doch nicht wahr sein!«

Pierre sah ihn neugierig an. »Was ist denn los?«

»Wissen Sie, wer diese Stiftung ins Leben gerufen hat?«

»Sie werden es mir sicher gleich erzählen.«

»Estelle Gregoire.«

24

Hinter ihnen fiel die Tür krachend ins Schloss. Pierre sog die frische Luft in die Lunge, als könnte sie das Unbehagen vertreiben, das ihn noch immer fest umklammert hielt.

Es gab noch immer zu viele Antworten auf eine einzige Frage. Dazu viel zu viele verdächtige Personen. Anouk, die das Haus erben würde, Carole Aubert, deren Eifersucht auf die vermeintliche Konkurrentin groß war. Der Fabrikant Clément Lefevre, der den Stachel der Zurückweisung nicht ertrug und vielleicht ebenfalls ein Interesse an Lucien Auberts Arbeit hatte, auch wenn Letzteres noch zu klären war. Dazu kam, und zwar viel stärker als zuvor, die Rosenzüchterin Estelle Gregoire, die nun nicht nur ihre Chancen auf den exklusiven Vertrag mit dem Luxuslabel erhöhen konnte, sondern auch den Spendeneingang ihrer Stiftung.

Und der Anwalt?

Pierre betrachtete Monnier, der neben ihm über den Parkplatz ging, die Gesichtszüge angespannt.

Anouk vertraute ihrem Verteidiger noch immer nicht vollends, das war ihm während des Gesprächs klar geworden. Pierre hatte das Gefühl, dass sie die Wahrheit zurechtbog und Dinge ausließ, um Monnier nicht alles zu erzählen. Nur warum? Weil es Täterinnen so machten?

»Verdammt!«, stieß er aus, ihm war etwas eingefallen. Es gab noch mehr verdächtige Personen. »Ich habe vergessen, Anouk nach Aminatas Aussehen zu fragen. Und nach dem Mann, den sie in Oppède-le-Vieux besucht hat.« Verärgert kickte er einen Stein fort, der über den Asphalt auf dem Parkplatz schlitterte und vor einem Autoreifen liegen blieb.

»Oppède-le-Vieux? Den Namen höre ich zum ersten Mal. Worum geht es da?«

»Es …« Pierre zögerte. Anouk hatte es dem Anwalt gegenüber offensichtlich nicht erwähnt. »Um einen Freund, aber das ist sicher nicht so wichtig.«

»Alles ist wichtig.«

»Richtig. Was war das eigentlich eben zwischen Ihnen beiden?«

»Wovon reden Sie?«

»Jetzt tun Sie doch nicht so! Anouk Debris hat sehr deutlich gemacht, wie wenig sie Ihnen vertraut. Ist etwas vorgefallen, von dem ich nichts weiß?«

»Nein, wie kommen Sie darauf?«

»Vielleicht ist es die Tatsache, dass Sie sie angerufen haben, noch bevor man sie des Mordes verdächtigt hat. Das ist doch seltsam, oder etwa nicht? Es sei denn, Sie hätten bereits damit gerechnet.«

Monnier nickte und blinzelte in den grau verhangenen Himmel. »Wir sollten das an einem Ort besprechen, wo wir nicht ganz so nass werden«, sagte er. »Was halten Sie von einem Essen? Ich kenne ein gutes Restaurant südlich von Grasse, keine Viertelstunde von hier entfernt.«

Erst jetzt bemerkte Pierre den feinen Nieselregen, der sich auf sein Gesicht legte und den Asphalt allmählich dunkler färbte. Erschrocken warf er einen Blick auf die Uhr. Zehn nach zwölf. Jacques hatte gesagt, dass er die Ernte bei Regen vorzeitig abbrechen würde.

Er schaltete das Telefon ein und sah, dass der Rosenbauer versucht hatte, ihn anzurufen.

»Ich muss noch einmal zur Plantage. Können wir uns später treffen?«

»Natürlich, dann fahre ich in die Kanzlei. Halb zwei im *La Bastide Saint Antoine*?«

»Gerne. Wo ist das?«

»Sie kennen das Lokal nicht? Ich dachte, Sie seien ein Gourmet.« Monnier lächelte schief. »Das ist das Restaurant von Sternekoch Jacques Chibois. Es liegt in einer wunderschönen Anlage, und man hat dort einen sensationellen Panoramablick. Und das Essen erst! Sie werden es lieben.«

Er presste Zeigefinger und Daumen aneinander und küsste sie mit vor Wonne rollenden Augen. Pierre wunderte sich, wie schnell Monnier es verstand, die angespannte Stimmung abzuschütteln, die sich zwischen ihnen aufgebaut hatte.

»Wir sehen uns«, sagte er knapp, bevor Monnier zu einer weiteren Ode an das Restaurant ansetzen konnte, und eilte zum Auto.

Als Pierre zwanzig Minuten später die Rosenplantage erreichte, war das seitliche Tor zum Feld weit geöffnet. Er stellte Charlottes Berlingo vor dem Bungalow ab und eilte zum Lagerhaus. Vor der halb aufgeschobenen Tür parkte ein weißer Transporter, dessen Ladefläche mit großen Jutesäcken gefüllt war. Erleichtert, dass er nicht zu spät kam, betrat Pierre die Halle. Der Duft abertausender Rosenköpfe tränkte die Luft, war hier drinnen geradezu betörend süß. Die Pflückerinnen hoben mit den Händen einige letzte Blütenblätter vom Boden in einen Jutesack, bevor Jacques ihn verschnürte.

»Da sind Sie ja endlich!«, rief er Pierre im Vorbeigehen zu, das Gesicht gerötet, und hievte den Sack auf die Ladefläche. Mit Schwung schloss er das Heck und zeigte mit einer Kopfbewegung auf die Beifahrertür. »Clément Lefevre erwartet Sie um eins. Er meinte, es sei ihm eine Ehre, Mademoiselle Debris in diesen schweren Zeiten beizustehen. Nun kommen Sie schon!«

Pierre hatte den Schlüssel von Charlottes Berlingo schon in der Hand, schob ihn nach kurzem Zögern aber zurück in seine Hosentasche. »Könnten Sie mich nach dem Termin im *La Bastide Saint Antoine* absetzen?«

»Natürlich. Und wie kommen Sie von dort wieder weg?«

»Monnier wird mich sicher mitnehmen.« Damit schwang Pierre sich neben den Rosenbauer auf den Beifahrersitz.

»Haben Sie das hier schon gelesen?« Jacques warf ihm eine Zeitung zu, die zusammengefaltet auf der Mittelkonsole gelegen hatte, dann startete er den Motor.

Auf der Titelseite prangte ein Porträt von Anouk. Es war jenes mit dem lasziven Blick, das sie – derart plakativ zur Schau gestellt – wie einen männermordenden Vamp aussehen ließ. Daneben ein Foto von Hervé Bousquet.

Die Rosenmörderin, stand in dicken Lettern darüber. Und darunter: *Handelte Anouk Debris aus Geldgier?*

Im Artikel wurde ein namenloser Informant zitiert, der davon ausging, der berühmte Archivar habe sie in seinem Testament begünstigt.

Die Beschuldigte behauptet offenbar, die vergifteten Pralinen seien für sie bestimmt gewesen. Hat Hervé Bousquet die kriminelle Energie der Rosenzüchterin unterschätzt?

»Gütiger Himmel!«, stieß Pierre aus und warf die Zeitung auf die Rückbank. »Woher haben die das mit den Pralinen?«

Jacques zuckte die Schultern. »Sie glauben gar nicht, welche Details gerade an die Oberfläche kommen. Und das hier ist nur ein Artikel von vielen. In einem anderen Blatt wird ein Rosenkrieg zwischen den Plantagenbesitzerinnen heraufbeschworen. Irgendjemand will herausgefunden haben, dass der

Luxuskonzern sein Interesse an Mademoiselle Debris' Plantage zurückgezogen und sich für Madame Gregoire entschieden hat.«

Mit einem Stöhnen lehnte Pierre den Kopf gegen die Nackenstütze. Hatte er sich bislang auf der Suche nach dem Mörder alleine gewähnt, waren in Wahrheit ein halbes Dutzend investigativer Journalisten unterwegs, die eine Story witterten, mit der sich die Leserschaft tagelang in den Bann ziehen ließ, wenn sie nur genügend neue Details ausgruben.

»Jacques, was ist Ihre Meinung zu dem Ganzen? Was glauben Sie, was mit Hervé Bousquet passiert ist?«

Der Rosenbauer warf ihm einen raschen Seitenblick zu. »Wollen Sie es wirklich wissen?«

»Selbstverständlich.«

»Ich gehe davon aus, dass Sie eng mit *Maître* Monnier zusammenarbeiten, und ich will gewiss nichts in Gang bringen. Aber ich mag ihn nicht. Er rauscht durch das Haus und über das Grundstück, als gehöre beides ihm.«

»Er behauptet, er sei ein enger Freund des Archivars gewesen. Haben Sie ihn schon einmal bei einem der Abendessen getroffen?«

»Ja, aber ich hatte nicht den Eindruck, dass Monsieur Bousquet sich ihm gegenüber besonders vertraut gab. Ich kann mich natürlich auch irren, ich habe ja nicht weiter darauf geachtet.«

Jacques hatte genau das ausgesprochen, was Pierre befürchtet hatte. Am liebsten hätte er es weit von sich geschoben, da es die Angelegenheit ungemein verkomplizierte. Monnier war Anouks Rettungsanker, denn bis ein neuer Anwalt gefunden wäre, der sich erst einmal einarbeiten müsste, verginge viel zu viel Zeit. Doch er sah ein, dass Monniers Verhalten ihn ebenfalls zu sehr irritierte, um darüber hinwegzusehen.

Hatte der Verteidiger das Mandat nur übernommen, um

Akteneinsicht zu erhalten und damit an nützliche Informationen zu gelangen?

Pierre entschied sich, die Frage für das gemeinsame Mittagessen aufzuheben und sich stattdessen auf das bevorstehende Gespräch mit dem Fabrikanten vorzubereiten. Während der Lieferwagen vom Grundstück rumpelte, nahm er sein Mobiltelefon aus der Jackentasche. Er öffnete die Website von *Syntesse* und überflog die Unternehmensdaten, dann klickte er auf den Imagefilm und startete die Wiedergabe.

Eine ätherische Melodie erklang, untermalt von sanften Rhythmen, die an einen Herzschlag erinnerten. Man sah Blumenfelder in feenhafter Atmosphäre kurz vor Tagesanbruch. Knospen, die sich mit den ersten Sonnenstrahlen entfalteten, bis schlanke Hände sie ernteten. Rosenblüten, die zu einem Flötentremolo aus Säcken rieselten und zu einem rosafarbenen Meer anwuchsen. Ein Meer, das sich nach der Überblendung in eine goldgelbe Flüssigkeit im Inneren eines Edelstahltanks verwandelte, in der einzelne Blüten trieben, als würden sie sich räkeln. Nach einer weiteren Überblendung tropfte die Flüssigkeit als fertiges *absolue* in Kristallflaschen, in die eine attraktive Parfümeurin Papierstreifen mit dem Firmensignet schob, um mit sichtlichem Entzücken daran zu riechen.

Syntesse sei ein Traditionsunternehmen, verlautete es aus dem Off, das seit zwei Jahrhunderten Pflanzenprodukte zu hochwertigen Aromen und Düften weiterverarbeite und neben traditionellen alchemistischen Prozessen auch auf moderne Technologien setze.

Ein Forscherteam war zu sehen, das an der Entwicklung synthetischer Stoffe arbeitete, welche, wie der Sprecher mit euphorischer Stimme verkündete, neben der Nachbildung natürlicher Substanzen auch aus neuartigen Gerüchen beständen, die in der Natur nicht vorkamen. Dies lasse den Kunden die höchstmögliche Freiheit in der Entwicklung ihrer Produkte.

Das Video endete mit einem Crescendo, und Pierre klickte weiter, bis er ein Bild von Clément Lefevre fand. Ein adrett gekleideter Mann mit dunklem Kurzhaarschnitt und randloser Brille, der mit freundlicher Zurückhaltung in die Kamera schaute.

»Gleich sind wir in Plan-de-Grasse«, sagte Jacques in diesem Moment, und Pierre hob den Kopf. »Hier befinden sich die meisten der weiterverarbeitenden Fabriken.«

»So weit außerhalb?« Pierre sah sich um. Sie fuhren durch ein Gewerbegebiet inmitten der Ebene. Grasse war lediglich eine Ansammlung von erhöht liegenden Häusern, mit bloßem Auge kaum noch auszumachen.

»In der Altstadt gibt es nur noch die Ateliers und Verkaufsräume der kleinen Parfümerien, die sich neu etablieren wollen. Die letzte produzierende Fabrik war die von *Jean Niel* in der *Rue Tracastel*, aber die haben technisch aufgerüstet und sind inzwischen auch hier unten.«

Pierre dachte an seinen morgendlichen Spaziergang durch Grasse. »Und die Fabrik von Fragonard?«

Jacques warf ihm einen kurzen Seitenblick zu. »Die Traditionsfirmen, die Sie dort noch sehen, gehören inzwischen allesamt zur Tourismusbranche. Sie leben den alten Traum der Parfümhauptstadt und sind damit erfolgreicher als manch anderes Unternehmen aus Grasse.«

Pierre nickte, das hatte er sich schon fast gedacht. Interessiert schaute er aus dem Fenster. Supermärkte, ein Baumarkt, ein Gartencenter, Automobilhändler, Baustoffe – und plötzlich, er konnte es kaum glauben, ein winziges Rosenfeld, das inmitten der Bebauung ein wenig verloren wirkte. Gegenüber ein großes Fabrikgelände, dann noch eines und schließlich, wenige hundert Meter weiter, ein letztes, an dessen Hauptgebäude mit großen, silbern glänzenden Buchstaben der Schriftzug von *Syntesse* hing.

Jacques steuerte den Transporter durch eine Schranke, die sich wie von Zauberhand öffnete, und parkte auf der Rückseite einer flachen Halle. Sofort öffnete sich ein Rolltor, einige Männer kamen auf den Hof gelaufen und halfen dabei, den Wagen zu entladen.

Auch Pierre schulterte einen Sack und folgte Jacques in die weiß gekalkte Fabrikhalle, die wie eine zu groß geratene Garage wirkte. Dann half er mit, die Säcke auf den sauber gekehrten Betonboden zu leeren. Weitere Männer kamen hinzu und schaufelten die Blüten in graue Plastikkisten, die einzeln gewogen wurden.

Wenige Minuten später fuhren sie die Kisten auf einem Rollwagen in den angrenzenden Raum, in dem Edelstahltanks standen, an deren Deckel Taue gebunden waren.

»Die Blüten werden sofort verarbeitet«, erklärte Jacques, der neben ihn getreten war. »Je schneller, desto besser wird das Endprodukt. Kommen Sie, ich zeige es Ihnen.«

Pierre folgte ihm in den Raum, in dem es augenblicklich wärmer wurde. Ein Arbeiter in weißer Kleidung schüttete gerade den Inhalt zweier Plastikkisten in einen Tank und harkte die Blüten glatt. Er wartete, bis ein zweiter Mann ein rundes Gitter darauf legte, und wiederholte das Prozedere.

»Die insgesamt fünf Schichten werden gleich bei fünfundvierzig Grad erwärmt«, erklärte Jacques. »Die Gitter sorgen für den nötigen Abstand, damit das Lösungsmittel gut zirkulieren kann. Dabei geben die Blütenblätter ihre Duftmoleküle ab. Diese Methode ist sehr ergiebig. Bei der Destillation benötigt man drei Tonnen Rosen, um einen Liter Öl zu erzeugen, mit der Extraktion nur etwa fünfhundert Kilo für dieselbe Menge *absolue*. Dabei erreicht man auch die größeren Moleküle, was den Duft intensiver und ursprünglicher macht.«

Ein metallenes Scheppern ließ Pierre herumfahren. Weiter hinten öffnete jemand einen anderen Tank mit dem Seilzug, weiße Schwaden stiegen auf und zogen durch den Raum. Dem aufgezogenen Deckel folgten die Gitter, miteinander verbunden wie eine Etagere, auf der gelbbraune Blätter lagen. Pierre reckte die Nase in die Luft, es war ein Geruch nach Artischocke und Apfel, der sich rasch im Raum verteilte.

»Das riecht aber nicht nach Rose«, bemerkte er.

»Der Duft steckt im Tank. Das Lösungsmittel wird nun vierundzwanzig Stunden in Destillatoren abgedampft. Danach erhält man das stark duftende, wachsartige *concrète*. Es wird mit Alkohol erwärmt, dessen flüchtige Stoffe bei einem weiteren Destillationsprozess verfliegen. Am Ende steht das *absolue*, die reine Essenz.«

»Das klingt kompliziert.«

»Finden Sie? Da kennen Sie die *enfleurage* noch nicht. Dafür werden die Blüten zwischen mit Fett bestrichene Glasplatten gelegt und über Monate hinweg erneuert, bis zu sechsunddreißig Mal, bevor man das vom Blütenduft durchdrungene Fett mit Alkohol ausspült. Daraus entsteht das kostbarste Öl, das Sie je bekommen werden.«

Pierre zeigte sich beeindruckt. Dann hob er den Arm und sah auf seine Uhr. »Oha, Zeit für den nächsten Termin. Bis später.«

25

Clément Lefevres Büro lag in einem modernen Komplex abseits der Produktionshalle. Die Dame, die Pierre in Empfang genommen hatte, führte ihn an verglasten Laboren und Konferenzzimmern vorbei, bis sie schließlich vor einer uneinsehbaren Tür stehen blieb und ihn nach kurzem Klopfen einließ.

Der Raum war etwa halb so groß wie die Halle, in der sie die Blüten abgeladen hatten, und wurde von einem riesigen Schreibtisch mit glänzend lackierter Holzplatte dominiert. Er war leergeräumt, bis auf wenige Flakons und ein Glas mit Papierstreifen, und stand vor der Fensterfront, hinter der sich in einiger Entfernung die Silhouette von Grasse erhob. Links des Schreibtisches stand eine Sofagarnitur mit türkisblauem Samtbezug vor einer mit Bildern plakatierten Wand, was dem Raum den Charakter eines Wohnlofts verlieh. Oder eines Fotostudios.

Lefevre erhob sich von seinem Stuhl hinter dem Schreibtisch und kam ihm mit sorgenvoll gerunzelter Stirn entgegen. Er war kleiner als erwartet, trug ein weißes Hemd mit geöffnetem Kragen, darüber ein stahlblaues Sakko, das seine schmalen Schultern aufpolsterte. Was innerhalb dieses beeindruckenden Ambientes wirkte, als kämpfe er darum, den Raum auszufüllen.

»Bonjour, Monsieur Durand«, sagte er mit knarzender Stimme und reichte Pierre die Hand. »Ich habe nur wenig Zeit, und es gibt auch kaum etwas zu erzählen. Trotzdem wollte ich Ihre Bitte nicht ausschlagen. Mademoiselle Debris' Schicksal liegt mir am Herzen, und da will ich alles tun, um ihr zu helfen.«

Sein Händedruck war kräftig und kühl.

»Das ist sehr freundlich«, sagte Pierre.

»Wollen Sie vielleicht Ihre Jacke ausziehen?«

Pierre schüttelte den Kopf, murmelte etwas von einer sich anbahnenden Erkältung und zeigte auf die Wand hinter der Sitzgruppe, auf denen sich Fotografien von Blumenfeldern, Blütenblättern und Gräsern mit Werbung für Parfüms abwechselten. Einige davon erkannte er sogar wieder. Dazu Plakate mit Joghurtsorten, einer Automarke, Wasch- und Reinigungsmitteln.

»Sind das alles Ihre Kunden?«

»Kunden und Lieferanten. Wir verstehen uns als Bindeglied zwischen den Rohstoffproduzenten und der Industrie. Es gibt kaum einen Naturstoff, ein Blatt oder Samenkorn, auch keine Blüte, Schale oder Rinde hier aus der Region, die wir nicht extrahiert oder destilliert und an die unterschiedlichsten Kunden der Kosmetik- und Parfümindustrie verkauft haben. Oder als Aromastoffe an die Lebensmittelindustrie.«

Pierre trat näher und betrachtete ein nachcoloriertes Foto, das das Zentrum der Wand bildete und etwas größer war als die modernen Bilder. Es zeigte einen Mann mit Hut und Schnauzbart, der neben einer Gruppe Pflückerinnen vor einem Fabrikgebäude posierte. Darunter der Schriftzug: *Lefevre & Cie., gegründet 1890*.

»Ist das Ihr Urgroßvater?«

»Mein Ururgroßvater, Eugène Lefevre. Er hat verfügt, dass der Konzern niemals aus der Hand der Familie gegeben werden darf, und alle Generationen haben sich daran gehalten.«

»Aber die Firma heißt jetzt *Syntesse* …«

»Das ist bloß der Name. Ein Symbol für den Aufbruch in die Moderne. Man muss mit der Zeit gehen, um nicht zwischen all den Giganten wie *International Flavour & Fragrances*, *Givaudan*, *Symrise* oder *Firmenich* unterzugehen.«

»Das klingt bedrohlich.«

»Nur wenn man sich der Herausforderung nicht stellt. Bleibt man zu traditionell, wird man geschluckt, so ist es nun mal. Ende der fünfziger Jahre haben die großen Chemie- und Pharmakonzerne damit begonnen, sich in sämtliche Familienunternehmen einzukaufen oder sie gleich ganz zu übernehmen. Inzwischen sind einundfünfzig Traditionsfirmen, allesamt seit Generationen familiengeführt, komplett ausradiert. Ein-und-fünf-zig! Alles, was davon übriggeblieben ist, das ist der Name von Grasse in einem internationalen Portfolio.« Lefevre reckte den Kopf, seine Wangen hatten an Farbe gewonnen. »Wir sind neben unseren Mitbewerbern *Jean Niel* oder *Mane* aus dem nahen Bar-sur-Loup die wenigen Verbliebenen, die es sich zutrauen, sich der Entwicklung zu stellen und in den Fortschritt zu investieren. Und natürlich *Robertet*, das einzige alteingesessene Unternehmen aus Grasse, das zu den Global Players gehört. Der Rest wird früher oder später untergehen.«

»Das klingt ziemlich fatalistisch.«

Er lächelte matt. »Was meinen Sie, wie oft ich das zu hören bekomme. Wer von Blumenfeldern, Parfüms und Düften hört, der denkt automatisch an sinnliche Szenen und Opulenz, so als sei in all den Jahren die Zeit stehen geblieben. Das ist nicht mehr als ein Festhalten an liebgewonnenen Erinnerungen, nichts als Nostalgie. So als würde man ausschließlich Schallplatten hören und die Augen davor verschließen, dass die Normalität längst aus digitalen Playlists besteht, die über jedes Smartphone abrufbar sind. Die meisten Unternehmen haben sich darauf eingestellt, aber es gibt sie noch, die Ewiggestrigen.« Er hob die Schultern. »Nun denn, ich will Sie nicht mit Unternehmensgeschichten langweilen. Sie sind hergekommen, um mit mir über Anouk Debris zu sprechen. Wollen wir uns setzen?« Er bot Pierre einen Platz auf der Sofagarnitur an und setzte sich ihm gegenüber. »Wie kann ich ihr helfen?«

»Indem Sie mir alles über Ihr Verhältnis zu Anouk erzählen.«

»Dazu hat mich ein gewisser *Commissaire* Thiebaud gestern ebenfalls befragt.« Lefevre entfuhr ein kurzes Lachen. »Mein Verhältnis zu Anouk ist das eines abgewiesenen Verehrers. Hat sie es Ihnen nicht gesagt? Aber ich bin weit davon entfernt, die Zurückweisung persönlich zu nehmen oder ihr die Kränkung mit vergifteten Pralinen heimzuzahlen. Stattdessen habe ich mich damit abgefunden und schenke meiner Frau wieder mehr Aufmerksamkeit, was meine private Situation deutlich entspannt.«

Commissaire Thiebaud. Zum ersten Mal also kreuzten sich ihre Ermittlungen.

»Sie sind verheiratet?«

»Seit über zwanzig Jahren. Mit einer Frau, die so nett ist, so zu tun, als würde sie von meinem unerfüllten Sehnen nichts bemerken.«

»Was wollte der *Commissaire* noch von Ihnen wissen?«

»Wie das Verhältnis zwischen Anouk Debris und Lucien Aubert war. Jemand hat wohl behauptet, dass die beiden in Konkurrenz zueinander standen.«

Pierre nickte. Carole Aubert hatte ihre Theorie sicher auch gegenüber der Polizei geäußert. »Und was haben Sie geantwortet?«

»Ich habe gesagt, wie es ist: dass ich die beiden nur selten zusammen gesehen habe, auf unseren Betriebsfeiern zum Beispiel, zu denen wir auch die Lieferanten einladen, und dass sie sich gut verstanden. Sie begegneten sich mit … wie soll ich sagen … wohlwollendem Respekt.« Er strich sich über die Stirn. »Und dann hat *Commissaire* Thiebaud noch etwas Interessantes gefragt: Er wollte wissen, ob Lucien die Kündigung provoziert habe und wie lange er dem Unternehmen normalerweise verpflichtet gewesen wäre.«

»Und?«

»Der Vertrag sah ein ganzes Jahr vor. Und eine Sperrklausel für zwei weitere Jahre, die es ihm verbot, bei Konkurrenzfirmen tätig zu werden oder in direkten Wettbewerb zu uns zu treten.«

Pierre musste lächeln. Der *Commissaire* war schlau. Wenn der Parfümeur tatsächlich vorgehabt hatte, sein *Hommage au Bleu* zu verkaufen, dann hätte es bei einer ordentlichen Kündigung insgesamt drei Jahre gedauert, bevor er damit auf den Markt gehen konnte. Bei einer fristlosen Kündigung seitens seines Arbeitgebers hingegen wurde das Wettbewerbsverbot in dem Moment unwirksam, in dem der Parfümeur innerhalb eines Monats schriftlich erklärte, dass er sich nicht an die Vereinbarung gebunden sehe.

»Dann sind Sie auch der Meinung, dass Aubert die Kündigung provoziert hat?«

»Natürlich wäre das eine mögliche Erklärung, und tatsächlich habe ich von Lucien ein Schreiben erhalten, in dem er der Sperrklausel widerspricht. Aber es würde mich wundern, wenn er den Streit alleine deshalb gesucht hätte. Der Konflikt schwelte ja bereits seit vielen Monaten.« Lefevre wandte den Kopf und fixierte einen Punkt hinter Pierre. »Lucien war extrem launenhaft. Heute euphorisch und morgen tief betrübt. Man wusste nie, was einen erwartete, wenn man sein Büro betrat. Wahrscheinlich war seine Sensibilität, dieses kompromisslose Eintauchen in noch so banale Gefühle, der Grund für seine Genialität.«

Pierre wandte den Blick, er wollte wissen, was Lefevre mit angestrengter Miene betrachtete. Der Fabrikant sah in Richtung der Fotowand, doch Pierre konnte nicht ausmachen, welches der Bilder seine Aufmerksamkeit erregte.

»Lucien war der beste Parfümeur, den wir je hatten«, fuhr Lefevre fort. »Er beherrschte die Kunst, jegliche Emotionen, die unsere Kunden mit ihren Produkten verbanden, in Düften auszudrücken. Er war nie zufrieden, bevor das Ergebnis seinen hohen Ansprüchen genügte. Er hätte einer der ganz Großen werden können, wären da nicht diese dunklen Phasen gewesen, die ihn ohne Vorankündigung überkamen. Fatalerweise schlug sich das immer auf seine Arbeit nieder. Wenn dann Kundenaufträge eingingen, bei denen eine leichte blumige Atmosphäre gewünscht war, mussten wir die Umsetzung notgedrungen anderen Parfümeuren unseres Hauses überlassen. Manchmal sogar mitten im Schaffungsprozess.«

»Laut seiner Frau war er sehr unglücklich, weil er nicht die Freiheit besaß, sich kreativ auszudrücken.«

»Das hat sie gesagt?« Lefevre sah Pierre erstaunt an. »Wie viel Freiheit hätten wir ihm denn noch geben sollen? In solchen Situationen blieb uns ja kaum etwas anderes übrig, als ihn einfach machen zu lassen. Wir haben etliche dunkle, melancholische Parfüms im Sortiment, mit bitteren, teerigen oder rauchigen Noten. Er liebte Isobutyl-Quinoline, das den Duft alten Leders nachbildet. Dazu Birkenteeröl oder Lapsang Souchong – ein Schwarztee, der mehrfach über Fichtenholz geräuchert wird und dadurch einen starken Rauchgeschmack entwickelt. Lauter knorrige Düfte, bei denen man sich am liebsten in eine Urzeithöhle verkriechen möchte, bis die Sonne wieder scheint. Lucien meinte, wir sollten mutiger sein, mehr Nischen bedienen, nicht immer nur den Mainstream.« Er lachte. »Aber den Duft von Depressionen will doch niemand haben, auch wenn es momentan *en vogue* ist, jene Rebellen zu hofieren, die absurde Düfte erschaffen. Solche, die nach Teer, Stahl oder

Abgasen riechen. Nur weil sie sich selbst an der Schönheit der Harmonie stören. Oder weil es avantgardistisch ist, Anti-Düfte zu kreieren. Das taugt höchstens als Marketinggag. Oder würden Sie sich freiwillig etwas auf die Haut sprühen, das nach gammeligem Hinterhof riecht?«

»Nein.« Pierre verzog den Mund.

»Dennoch«, sagte Lefevre nach einer kurzen Pause, »habe ich Luciens Feingeist geschätzt, seinen Blick in die Tiefe. Er war ein Besessener, immer auf der Suche nach dem perfekten Duft. Und dabei bediente er sich sämtlicher Stoffe, derer er habhaft werden konnte. Sein Ziel war es, das Innerste der Menschen anzusprechen. Genau das hat er mehr als einmal erreicht. So jemanden muss man hegen, habe ich gedacht, und ihn, so oft es ging, machen lassen.«

»Am Ende haben Sie ihn doch entlassen. Warum?«

Lefevre richtete den Blick wieder auf die Fotowand. »Es ging um den Auftrag eines Autoherstellers. Die neue Sportlinie sollte einen Duft erhalten, der an das Meer erinnert, an die Freiheit, den Rausch des Augenblicks. Den Marketingleuten, die nach Grasse gekommen waren, schwebte ein Werbespot vor, in dem ein Mann an der *Grande Corniche* zwischen Menton und Nizza entlangfährt und sich den Seewind um die Nase wehen lässt. Es ging ihnen vor allem darum, das Gefühl der Grenzenlosigkeit heraufzubeschwören, des Glückes, das dieser Augenblick birgt. Selbst wenn die Kunden am Ende bloß durch staubige Städte fahren.«

»Ein leichter Duft also?«

»Ja. Wir hatten schon Sorge, dass dieser Fokus Lucien überforderte, aber er war begeistert von dem Auftrag und bettelte geradezu darum, ihn umsetzen zu dürfen. Noch während des Briefings hatte er einige Ingredienzen niedergeschrieben, mit denen er arbeiten wollte. Die ersten Mischungen, die er im

Labor anfertigen ließ, waren sensationell. Der Kunde, der den Entstehungsprozess eng begleitete, war bereits nach wenigen Wochen zufrieden, doch Lucien hörte nicht auf, den Duft weiter zu perfektionieren. Er ließ sich nicht davon abbringen, er wollte es partout zu Ende führen. Aber das konnte ich nicht zulassen.«

»Warum nicht?«

»Wissen Sie, was solche Versuchsreihen die Firma jährlich kosten? Warum hätte ich ihn an etwas weiterfeilen lassen sollen, das bereits beendet war? Irgendwann muss doch mal Schluss sein. Zumal bereits die nächsten Aufträge warteten.«

»Das ist einzusehen.«

»Ja, für Sie und jeden anderen normalen Menschen. Lucien dagegen ist ausgerastet. Er schloss sich in seinem Arbeitsraum ein und begann zu randalieren. Der Sicherheitsdienst konnte ihn nur mit Mühe daran hindern, die gesamte Einrichtung zu zertrümmern.«

Pierre sog die Luft ein. »Er hat randaliert, weil Sie ihm sagten, dass er mit einem anderen Projekt beginnen solle? Bei allem Respekt, Monsieur Lefevre, aber das nehme ich Ihnen nicht ab.« Mit zusammengezogenen Brauen sah er den Fabrikanten an. »Ich weiß, dass es zwischen Ihnen und Lucien Aubert zu Handgreiflichkeiten gekommen ist. Was genau ist an jenem Tag geschehen?«

Lefevre wirkte plötzlich eingesunken, sein Teint war fahl. »Ich habe festgestellt, dass er die letzten Versuchsreihen nicht mehr computergesteuert gemacht hat, sondern per Hand.« Er sah auf und hielt Pierres Blick stand. »Normalerweise stellt ein Parfümeur die Formel aus seinem Duftgedächtnis zusammen und gibt die Rezeptur in das Programm ein, woraufhin der Roboter die Zutaten im Labor zusammenmischt. Die Laborassistenten ergänzen die Mixtur dann nur noch mit einigen kostbaren Essenzen, die wir nicht über die Schläuche laufen lassen, und bringen das Ergebnis zur Überprüfung zurück zum Parfümeur. Das Ganze wird so lange angepasst, bis er zufrieden ist.«

»Der gesamte Prozess geschieht aus dem Gedächtnis?«

»Vorwiegend, ja. Sie müssen es sich vorstellen wie die Entwicklung eines Kochrezepts. Dem Laien erschließt sich das Bild nicht beim Überfliegen der Zutaten, sondern erst, wenn sich der endgültige Geschmack auf der Zunge entwickelt. Exzellente Köche dagegen haben bereits beim Lesen eine Vorstellung davon, wie das Gericht schmecken soll.«

»Und Sie glauben, Lucien Aubert habe den Duft ohne die Hilfe des Labors weiterentwickelt?«

»Ich bin mir dessen sogar sicher.« Lefevre nickte heftig. »Nachdem ich Lucien untersagt hatte, weiter an dem Duft zu feilen, gab es von einem Tag auf den anderen keine Laboraufträge mehr. Eine Assistentin meldete es mir, und ich vermutete, dass er begonnen hatte, mit herkömmlichen Methoden zu mischen, an seinem Platz. Ohne den Roboter, ohne Dokumentation. Das ist ein Tabubruch, alles hier geschieht unter meiner Kontrolle. Also ging ich eines Tages unangemeldet in seinen Arbeitsraum und erwischte ihn dabei, wie er einen Teststreifen in eine Flasche tauchen wollte.«

»Woher wussten Sie, dass er nicht an einem der neuen Aufträge arbeitete?«

»Lucien war ein schlechter Schauspieler. Er ließ den Streifen fallen und verschloss die Flasche hektisch. Ich bedrängte ihn, mir zu sagen, was das für ein Duft sei, an dem er gerade arbeite. Ich wusste, dass es etwas Besonderes war.«

»Vielleicht ein Pheromon?«

»Eher nicht.« Der Fabrikant lachte bedauernd. »Der Mensch ist das einzige Säugetier, dessen Riechschleimhaut lediglich fünf von etwa hundertfünfzig Rezeptoren für Sexualhormone besitzt. Um die mit einem Geruch zu aktivieren, müsste man die Evolution umkehren. Nein, es war etwas weit Bedeutsameres. Plötzlich erinnerte ich mich daran, dass Lucien in den Tagen zuvor anders gewesen war als sonst, glücklich, geradezu euphorisch. So kannte ich ihn nicht, und ich fragte mich, ob es an dem neuen Duft lag.«

»Sie haben ihm gedroht«, vermutete Pierre.

»Ja, ich gebe es zu. Aber was blieb mir anderes übrig? Alles, was hier in unseren Laboren geschieht, gehört der Firma. Falls er da ein Parfüm kreiert hatte, das die Menschen glücklich macht, vielleicht sogar Depressive wieder aufrichtet, dann wäre die Formel dafür von unermesslichem Wert. Diesen Wert, der auf der Expertise und auf den Materialien von *Syntesse* basiert, kann nicht irgendein Parfümeur für sich beanspruchen.«

»Sie glauben, der Duft greife in psychische Prozesse ein?«

»Was meinen Sie, wie oft es vorkommt, dass ein Pharmakonzern während der Forschung nach einer Wirksubstanz unerwartet ein neues Duftmolekül kreiert? Umgekehrt genauso. Dass Gerüche nicht nur Kaufentscheidungen beeinflussen, sondern auch Stimmungen, ist längst erwiesen. Die harmonisierende, aufhellende Wirkung der Rose ist unumstritten. Aber wussten Sie, dass die Aromen des Jasmins oder der Gardenie jedes Schlafmittel ersetzen, mehr noch als der Baldrian? Tests haben ergeben, dass der Geruch der Gardenie sogar verschreibungspflichtige Barbiturate ersetzt. Düfte haben mehr Macht über menschliche Emotionen, als gemeinhin bekannt ist. Sehen Sie selbst.«

Er erhob sich und ging zu seinem Schreibtisch. Nachdem er sich vergewissert hatte, dass Pierre ihm gefolgt war, griff er nach einem ebenso unscheinbaren Fläschchen, wie es Carole Aubert in den Händen gehalten hatte. Pierre beugte sich gespannt vor.

»Bei *Syntesse* setzen wir gerne Sandelholz ein. Es steht auf unserer Liste der positiv konnotierten Emotionen. Wann immer ein Kunde die Idee zu einem Duft hat, der Glücksgefühle auslösen soll, ist Sandelholz mit großer Wahrscheinlichkeit dabei.« Lefevre nahm das Fläschchen, entkorkte es und tunkte einen Duftstreifen hinein, den er Pierre hinhielt. »Was empfinden Sie bei dem Geruch?«

»Behaglichkeit, Sinnlichkeit, Wärme.«

»So geht es den meisten Menschen. Er ist, wie gesagt, positiv besetzt. Das ist wertvoll. Als Parfümeur hat man manchmal Probleme, einen Duft zu finden, der einer großen Käuferschicht gefällt. Jeder hat andere Assoziationen. Der eine liebt Lilien, weil es in dem Entree eines luxuriösen Hotels danach duftete, der andere kann den Geruch nicht ertragen, weil die ungeliebte Tante sie gerne im Salon stehen hat. Das geschieht automatisch. Innerhalb von Bruchteilen einer Sekunde erhält der Riechende eine emotionale Rückmeldung, die letztlich für oder gegen einen Kauf spricht. Die Nase gehört zu unseren empfindlichsten Sinnesorganen. Wir können sie nicht täuschen.«

»Und Sie vermuten, dass Lucien Aubert an einem Duft gearbeitet hat, der Stimmungen positiv beeinflusst?«

»Ich glaube sogar, dass es alles, was er bisher erschaffen hat, bei Weitem übertraf.«

»Und um das herauszufinden, sind Sie handgreiflich geworden?«

»Ja.« Lefevre lächelte matt. »Carole Aubert hat es Ihnen erzählt, nicht wahr? Sie ist dazugekommen, als der Sicherheitsdienst die Tür aufbrach. Ich wollte wissen, warum er mir das antut, und als er mich statt einer Antwort aus seinem Arbeitszimmer stieß und sich einschloss, bin ich ausgerastet.« Er ließ die Hände sinken. »Lucien hat mich hintergangen. Mich, seinen Förderer. Nach all den Freiheiten, die ich ihm gewährt hatte, war das der Dank!«

Pierre sah aus dem Fenster, über die Palmenwipfel hinweg auf die Silhouette von Grasse. Das *Hommage au Bleu* war ganz offensichtlich der Schlüssel zu dem Fall. Der letzte Auftrag schien hierfür die Grundlage gelegt zu haben.

»Könnte ich den Duft des Autoherstellers bitte mal riechen?«

Lefevre nickte und nahm ein weiteres Fläschchen vom Schreibtisch, das sich von den anderen allein durch die Aufschrift unterschied. Er hob den Deckel an und tauchte einen Papierstreifen hinein. Mit einer federnden Handbewegung führte er ihn an die Nase und hielt ihn dann Pierre hin. »Hier, bitte.«

Pierre hob den Streifen an. Er roch holzig, nach Limone und besaß eine angenehme Wärme. Dazu eine Frische, die er auch beim *Hommage au Bleu* gerochen hatte. Aber dieser Duft hier war komplexer, und Pierre fühlte sich unwillkürlich an die Zeit seiner Ausbildung erinnert, an laue Sommernächte, an eine Tour mit dem Motorrad. »Es erinnert mich an ein Parfüm, das ich früher einmal getragen habe.«

»Das liegt an einem Molekül namens Calone 1951, das in den achtziger Jahren Bestandteil vieler Parfüms war. Es hat eine ähnliche Struktur wie der alizyklische C11-Kohlenwasserstoff Ectocarpen, der von Braunalgen ausgeschieden wird und daher unwillkürlich eine Assoziation von Seebrise hervorruft.« Lefevre verschloss die Flasche und stellte sie auf dem Tisch ab. Er schien sich inzwischen gefangen zu haben. »Ihren Fragen entnehme ich, dass Luciens letzter Duft in diesem Fall entscheidend ist. Aber ich verstehe nicht, was das mit Anouks Verhaftung zu tun hat.«

»Ihr wird unterstellt, dass sie die Formel für einen Duft entwendet hat, an dem Lucien Aubert unmittelbar vor seinem Tod gearbeitet hat.« Pierre wartete auf eine Reaktion, doch Lefevres Miene blieb unbewegt, also fuhr er fort: »Wenn ich beweisen kann, dass sich besagte Formel hier in diesen Räumen befindet, dann ist Anouk in dem Punkt entlastet.«

Der Fabrikant starrte ihn an, dann nickte er. »Kommen Sie, ich will Ihnen etwas zeigen.«

26

Das Erste, was Pierre sah, als sie Auberts ehemaligen Arbeitsraum betraten, waren die vielen Flaschen. Grüne, braune und durchsichtige, in denen sich verschiedenfarbige Flüssigkeiten befanden. Alle ordentlich beschriftet, standen sie in Glasregalen, die den Arbeitsplatz im Halbkreis umschlossen und bequem im Sitzen zu erreichen waren.

»Ich habe dieses Zimmer seither nicht mehr betreten«, erklärte Lefevre, und seine Stimme klang heiser.

Pierre blickte sich um. Ein Stuhl mit Rollen stand quer im Raum, ein weiterer war umgekippt. Auf einem Regal lag ein Stapel loser Papiere, die jemand offenbar hektisch zusammengeschoben hatte.

Er zeigte auf die Flaschenreihen. »Was ist das?«

»Das ist Luciens Duftorgel. Sehen Sie selbst. Überall Fläschchen, kein beschriebener Block, keine Formel, keine Rezeptur.«

»Und die Papiere dort hinten?«

»Das sind Ausdrucke von bereits existierenden Düften. Wenn es eine neue Formel gab, dann speicherte er sie hier.« Er tippte sich gegen die Stirn und wies dann auf eine Ansammlung Glasscherben, die in einigem Abstand auf einem Tablett lagen. »Die hier waren über den ganzen Boden verstreut. Lucien hat sie vom Tisch gefegt, als die Sicherheitsleute den Raum stürmten. Ich habe die Scherben mit Hilfe eines Gaschromatografen analysieren lassen, um herauszufinden, mit welchen Substanzen er zuletzt gearbeitet hat.«

»Und was ist dabei herausgekommen?«

»Es war nichts wirklich Weltbewegendes dabei. Die *Rosa centifolia*, unsere Mairose. Ambroxan, die synthetische Entsprechung von Ambra. Zitronenbasilikum aus dem Nildelta, das wir als natürlichen Ersatz für Zitronenverbene verwenden.«

Es klopfte an der Tür, und eine Frau in weißem Kittel steckte den Kopf herein. »Monsieur Lefevre, könnten Sie bitte kurz kommen?«

»Was ist denn so dringend?«

»Die IFRA hat eine neue Liste rausgebracht. Es betrifft unter anderem ein Parfüm, das kurz davor ist, produziert zu werden.«

»Verdammt!« Er ging zur Tür und rief Pierre, bevor er der Frau auf den Gang folgte, über die Schulter zu: »Ich bin sofort wieder bei Ihnen.«

Unschlüssig schaute Pierre sich um. Nachdem er sich vergewissert hatte, dass niemand ihn beobachten konnte, ging er zum Regal und betrachtete das obenauf liegende Blatt des Papierstapels. Was er darauf sah, erinnerte ihn an den Chemieunterricht. Unzählige gezeichnete Waben, mit Strichen verbunden, hier und dort von einzelnen Buchstaben flankiert.

Er zog ein Taschentuch aus der Jacke und wickelte es um Daumen und Zeigefinger, hob damit das Blatt an, dann ein weiteres. Es handelte sich um Computerausdrucke, keines davon war mit handschriftlichen Notizen versehen. In dem Regal gab es eine Schublade, vorsichtig zog er sie auf, fand darin aber nur Büroklammern und Stifte und schob sie leise wieder zu.

Schwer atmend sah er sich um, während er auf jedes Geräusch lauschte, das aus den umliegenden Büros drang. An einem Haken an der Tür entdeckte er einen weiß-blau gestreiften Schal, scheinbar achtlos über einen Kittel geworfen. Ob er Lucien gehörte?

Mit wenigen Schritten war er dort, näherte sich schnuppernd

dem Stoff, konnte jedoch keinen Duft erkennen. Dann besah er den Kittel, griff in eine der beiden Taschen und erstarrte, als er darin einen schmalen Gegenstand bemerkte. Ein Schlüssel!

Im Flur waren Schritte zu hören. Ohne nachzudenken, zog Pierre den Schlüssel aus der Kitteltasche und verbarg ihn in seiner Jacke. Rasch zog er das Taschentuch von den Fingern und hielt es sich, gerade als die Frau den Raum betrat, vors Gesicht und tat, als putze er sich die Nase.

»Monsieur Lefevre hat mich gebeten, Ihnen Gesellschaft zu leisten, bis er wieder da ist«, sagte sie.

»Sehr freundlich von ihm. Gibt es Probleme?«

Die Mitarbeiterin lächelte höflich. »Sie glauben gar nicht, wie sehr uns die Mühlen der Bürokratie beschäftigen.«

»Sie haben von einer Liste gesprochen.«

»Eine Aufstellung sämtlicher Duftöle, die allergen wirken und daher nicht zu verwenden sind.« Die Frau zuckte die Schultern. »Die immer strengeren Auflagen der IFRA nehmen langsam hysterische Ausmaße an. Minze, Zitrusfrüchte, Wacholder, Lavendel, Eichenmoos … Selbst die Rose steht drauf, sie darf nur dann in größeren Mengen verwendet werden, wenn man zuvor das Molekül Methyl-Eugenol entfernt hat.«

»Die Rose?«

»Sie haben ganz richtig gehört. Vieles auf dieser Liste basiert auf Einzelfallmeldungen, oft braucht es bloß einen Verdacht, und schon bekommt eine Substanz eine Mengenbeschränkung oder wird ganz ausgeschlossen. Es sei denn, man legt dem Parfüm einen Beipackzettel mit Warnhinweisen bei, aber bei einer Deklarationspflicht ab einem Anteil von null Komma null null eins Prozent wäre die Liste endlos lang.«

»Und warum lässt man das zu?«

»Weil das zu jenen unumkehrbaren Prozessen gehört«, sagte Lefevre, der gerade den Raum betrat, »die uns dazu zwingen, uns jährlich neu zu erfinden. Ursprünglich diente es den Hautärzten, einen besseren Überblick über die allergenen Stoffe zu bekommen, aber es hat sich verselbständigt. Inzwischen ist es Bestandteil der EU-Verordnung. Die Damen und Herren in Brüssel in ihrem Regulierungswahn behaupten allen Ernstes, es sei zum Schutz der Verbraucher. Dass man dafür etliche alte Parfüms reformulieren, also neu zusammensetzen muss, die niemals jemandem geschadet haben, ist denen egal. Bald wird es kaum noch natürliche Bestandteile in Parfüms geben.«

Pierre dachte an das Gespräch mit Jacques, der den schwindenden Anteil natürlicher Substanzen bedauert hatte. »Dann ist also diese Liste schuld am Anstieg synthetischer Stoffe?«

»Nicht nur. Synthetische Stoffe sind billiger. Ein Parfüm mit einem hohen Anteil an natürlichen Ölen kostet schnell mal über zweihundert Euro. Vor allem ist es aber eine Frage der Nachhaltigkeit. Unsere Ressourcen werden langsam knapp. Sandelholz beispielsweise war über Jahrhunderte hinweg derart begehrt, dass es nahezu ausgerottet ist.«

Er nickte der Frau zu, die noch immer bei ihnen stand. »Sie können jetzt gehen, Madame Rutard. Danke, dass Sie sich um meinen Gast gekümmert haben.«

»Sehr gerne.«

»Die ätherischen Öle des Sandelholzes«, fuhr er dann fort, »befinden sich im Kernholz der ausgewachsenen Pflanze. Das heißt, man muss den Baum fällen, um an die kostbaren Duftstoffe zu kommen. Hat man erst einmal den Bestand dezimiert, dauert es mehr als dreißig Jahre, bis ein neuer verwertbarer Baum herangewachsen ist, bei manchen Sorten sogar doppelt so lange. Inzwischen gibt es immerhin eine nachhaltige Bewirtschaftung in Neukaledonien, sie wird von einer Firma aus Grasse gefördert und verhilft der dortigen Bevölkerung bei der Stärkung ihrer Kultur und Rechte. Parfüm- und Aromaproduzenten engagieren sich überall auf der Welt. Sie zahlen den Bauern mehr Geld und versorgen sie mit modernen Technologien und Expertise. Im Gegenzug erhalten sie die gesamte Ernte. Natürlich reicht das alles nicht, um den weltweiten Bedarf zu decken.«

»Dann war das Öl, an dem Sie mich vorhin haben riechen lassen ...«

»Synthetisch. Natürlich wäre es illusorisch zu glauben, dass wir die Natur exakt imitieren können. Trotzdem hat Ihr limbisches System sofort reagiert, als sei der Duft natürlichen Ursprungs gewesen.« Lefevre lächelte. »In Ihren Ohren mag das nach Teufelszeug klingen. Aber das ist es nicht. *Chanel No. 5* wäre ohne die Synthese der Aldehyde niemals ein solcher Erfolg geworden. Wussten Sie, dass es bereits im ausgehenden neunzehnten Jahrhundert möglich war, synthetische Bestandteile mit natürlichen Essenzen zu kombinieren? *Jicky* von Guerlain war der erste Duft mit synthetisch erzeugter Vanille, eine Revolution der Duftgeschichte! Es war auch das erste Parfüm, das darauf ausgerichtet war, große Emotionen auszulösen, die Magie der Erotik. Manche glauben sogar, dass die Aktivierung der Emotionen nur in der Kombination mit bestimmten Molekülen möglich sei.«

Jicky – jener Duft, den auch Anouk getragen hatte ...

»Könnte es sein, dass das, was Lucien Aubert vor Ihnen verbergen wollte ...« Pierre überlegte kurz, er musste sich konzentrieren. Hatte Hervé dem Anwalt nicht von einem Duft erzählt, den er vermisste? »Glauben Sie, dass Ihr Parfümeur eine neue Substanz entdeckt hatte, einen neuen Duft, den er hier zu synthetisieren versuchte?«

»Eine unbekannte Substanz in der Provence? Unmöglich. Sämtliche Rohstoffe sind längst katalogisiert. Es gibt kaum noch unentdeckte Düfte, und wenn, dann sucht man sie in den abgelegensten Gebieten dieser Welt. Die großen Rohstoffunternehmen schicken Forscher in die Urwälder, nach Madagaskar, Papua-Neuguinea und an den Amazonas. Sie schweben mit lenkbaren Ein-Mann-Luftschiffen dahin, um den Duft von Früchten und Blüten einzufangen, die in fünfzig Metern Höhe oberhalb des Blätterdachs von steinalten Bäumen wachsen. Ihr Ziel ist es, diesen zu analysieren und später zu Hause synthetisch nachzubauen, ohne dass sie eine einzige dieser Pflanzen abreißen müssen. Sogar den Wasserfällen und Bächen versuchen sie ihren ureigenen Geruch zu entreißen. Es gibt kaum einen Ort, an dem die globalen Konzerne nicht nach neuen Rohstoffen suchen, die das Potenzial haben, den Markt zu revolutionieren.«

»Wie kann man denn einen Duft von etwas entnehmen, das sich nicht extrahieren lässt?«

»Das geht mit Hilfe des Headspace-Verfahrens. Man fängt den Geruch mit großen Glaskolben auf und saugt die Duftmoleküle in ein Adsorptionsröhrchen, wo sie dann mit Hilfe eines Lösungsmittels konserviert werden.«

Pierre rieb sich das Kinn. Er versuchte sich an den flüchtigen Duft des *Hommage au Bleu* zu erinnern, der dem Parfüm jene emotionale Nuance hinzugefügt hatte, die sich mit Worten nur schwer beschreiben ließ. »Angenommen, Lucien Aubert hätte tatsächlich etwas ganz Neues gefunden und synthetisch nachgebaut. Wie viel wäre es wert?«

»Im Gegensatz zu Parfümkompositionen lassen sich chemische Einzelbestandteile patentrechtlich schützen. Die Entdeckung eines neuen Duftes, den es so noch nie gab, hätte sicher einen Wert, der im zweistelligen Millionenbereich läge, wenn nicht sogar um einiges höher.«

Pierre hatte genug gehört. Während des Gesprächs hatte sich ein gegenseitiges Wohlwollen zwischen ihnen beiden entwickelt, eine Art Schulterschluss, was die Tatsache, dass der Fabrikant der Täter sein könnte, vollkommen in den Hintergrund drängte. Er musste das Tempo ändern, wenn er etwas erreichen wollte.

»Wo waren Sie am sechsundzwanzigsten April, als das Boot der Auberts in See stach?«

Lefevre lachte überrascht auf. »Sie fragen doch nicht allen Ernstes nach meinem Alibi?«

»Doch, das tue ich.«

»Halten Sie mich für so abgebrüht?«

»Ich will nur nichts ausschließen.« Pierre verschränkte die Arme. »Wenn ich Sie recht verstanden habe, wehren Sie sich dagegen, von übermächtigen, global agierenden Firmen verschlungen zu werden, und ringen mit der verbliebenen Konkurrenz im heiß umkämpften Milliardenmarkt um einen bescheidenen Platz im Schatten. Und in genau dieser Situation stellt einer Ihrer begabtesten Parfümeure etwas her, das womöglich das Potenzial hätte, Ihre Firma ins Sonnenlicht zu katapultieren. Doch statt ihn mit einer Klage zur Herausgabe seiner Entdeckung zu zwingen, setzen Sie ihn vor die Tür.«

»Selbst wenn ich das gewollt hätte. Das undokumentierte Ergebnis einer kreativen Arbeit lässt sich nicht einklagen.«

»So ist es. Die einzige Möglichkeit, daran zu kommen, bestand darin, ihn beschatten zu lassen. Auberts Witwe behauptete, jemand habe die Formel aus dem Atelier in Èze Village entwendet. Ich kenne niemanden, der ein größeres Interesse daran gehabt hätte als Sie.«

»Sie sind ja verrückt. Fragen Sie doch Ihren Kollegen vom Kommissariat in Grasse. Sie werden keine Spuren von mir finden.«

»Weil Sie schlau waren und womöglich jemanden geschickt haben, der professionell vorgeht. Im Gegensatz zu Anouk Debris. Wussten Sie, dass die beiden sich treffen? Was hat es mit Ihnen gemacht? Welche Bilder hatten Sie im Kopf, als Sie davon erfuhren? Wie viel Wut im Bauch?«

Lefevre keuchte, es klang, als habe er sich verschluckt. »Sie haben nichts, aber auch gar nichts verstanden!«, schrie er. »Ich habe Anouk geliebt. Und es gibt nur einen Grund, warum ich Ihnen hier Rede und Antwort stehe: weil ich will, dass sie aus dieser Hölle freikommt!«

Er ballte die Fäuste und machte einen Schritt auf ihn zu. Helle Aufregung loderte in seinen Augen, sodass Pierre sich in Stellung brachte und auf den drohenden Angriff vorbereitete. Stattdessen streckte Lefevre mit einem Fluchen die Hände wieder aus und ging zur Tür, riss sie weit auf.

»Ich möchte, dass Sie verschwinden, und zwar auf der Stelle! Ich will Sie hier nie wieder sehen. Und wenn ich Sie noch einmal auf dem Gelände erwische, dann verklage ich Sie wegen Hausfriedensbruch.«

27

Jacques wartete im Transporter. In der Hand ein Sandwich, dessen Reste er gerade genüsslich verspeiste. Wohl eines mit *poulet rôti*, wie Pierre beim Einsteigen anhand des würzigen Geruches vermutete, der ihm augenblicklich das Wasser im Mund zusammenlaufen ließ. Und tatsächlich lag auf der rückwärtigen Ablage eine zusammengeknüllte Papiertüte mit dem Bild eines fröhlich singenden Hahns.

»Waren Sie erfolgreich?«, fragte der Rosenbauer und leckte mit weit herausgestreckter Zunge einen Klecks Remouladensauce vom Mundwinkel.

»Wie man es nimmt«, antwortete Pierre knapp und sah zum Eingang des Bürokomplexes hinüber, aus dem gerade zwei breitschultrige Männer mit grimmigen Mienen traten und sich im Laufschritt auf den Lieferwagen zubewegten. »Besser, Sie geben jetzt Gas!«

»Oh«, sagte Jacques nur und startete mit einer Hand den Motor, während er mit der anderen nach der Papiertüte angelte. »Haben Sie was angestellt?«

Er schob den Rest des Sandwiches in die Tüte und trat auf das Pedal, woraufhin der Wagen mit einem Satz in Richtung Schranke fuhr, die sich langsam senkte. Äußerlich völlig unbeeindruckt erhöhte Jacques das Tempo und schoss mit quietschenden Reifen auf die Straße, gerade rechtzeitig, bevor die Schranke auf den Schlagbaum traf.

»Ich habe ihm gesagt, dass ich ihn für den Mörder

halte. Hoffentlich bekommen Sie wegen mir jetzt keine Probleme.«

»Und wenn schon. Die beiden Schränke bellen nur, sie beißen nicht. Ist er es denn? Also der Mörder?«

»Keine Ahnung. Aber er hat ein gewichtiges Motiv.« Pierre blickte in den Seitenspiegel und sah, wie die beiden Männer auf die Straße liefen und die Fäuste schüttelten.

Er hatte Lefevres Reaktionen sehen wollen, testen, ob er sich verriet. Aber selbst in der Eskalation hatte dieser vor allem an Anouk gedacht. War die Verbindung der beiden doch tiefer als angenommen? Waren sie am Ende vielleicht sogar Komplizen?

Pierre lehnte den Kopf gegen das kühle Seitenfenster. Dieser Fall bot eindeutig zu viele Möglichkeiten, er musste sich konzentrieren, wenn er sich nicht verzetteln wollte.

Nach knapp zehn Minuten Fahrt bog der Transporter in eine Auffahrt, an deren Ende ein gelb gestrichenes *maison de maître* stand. Der Eingang des Herrenhauses war dicht mit Bougainvillea behängt, deren magentafarbene Blüten sich zögerlich entfalteten.

»Danke fürs Mitnehmen«, sagte Pierre und öffnete die Wagentür. »Sehen wir uns später noch?«

»Für heute ist Feierabend. Erst morgen wieder, in aller Früh.«

»Dann wünsche ich Ihnen alles Gute. Ich fahre heute Abend noch zurück.«

»Heute?« Jacques runzelte die Stirn. »Sie machen sich auf den Rückweg, obwohl Mademoiselle Debris für *Commissaire* Thiebaud bereits als Täterin feststeht?«

»Ich werde in Sainte-Valérie gebraucht.« Der Rosenbauer hatte vollkommen recht, es war absurd, jetzt zurückzufahren. »Ich komme wieder, sobald ich kann. Versprochen.«

»Das hoffe ich.« Jacques setzte ein Lächeln auf, das kläglich misslang. Dann wendete er, kaum dass Pierre ausgestiegen war, und brauste davon.

Er hatte enttäuscht gewirkt, zutiefst besorgt, das war offensichtlich, und Pierre konnte es ihm nicht verdenken. Während Anouk um ihr Leben fürchten musste, beugte er sich dem Machtwort seines Bürgermeisters, aus Angst vor den Konsequenzen. Eine jämmerliche Gestalt war er, unmännlich, verweichlicht. Damit muss Schluss sein!, sagte er sich. Gleich morgen würde er in Marechals Büro marschieren und ihn vor die Wahl stellen. Entweder er ließ ihn die Sache zu Ende bringen oder er konnte sich einen neuen *Chef de police* suchen.

Mit hocherhobenem Kopf betrat er das gut besuchte Restaurant, wo ihm ein junger Mann dienstbeflissen entgegeneilte. Nachdem Pierre die Verabredung mit *Maître* Monnier erwähnt hatte, begleitete der Mann ihn auf die Terrasse, wo ein Kellner ein paar letzte Regentropfen von den Glastischen wischte. Rechter Hand, hinter einigen großen, mit Orangenbäumchen bepflanzten Kübeln saß am einzigen eingedeckten Tisch der Anwalt.

»Sie scheinen ein ausgeprägtes Faible dafür zu haben, zu spät zu kommen«, sagte Monnier und erhob sich zur Begrüßung. Es war ihm nicht anzumerken, ob er verärgert war. »Ich habe uns einen Tisch im Freien geben lassen. Es ist vielleicht noch ein wenig frisch, aber da die Sonne wieder rauskommt, sollten wir die Gelegenheit nutzen, *n'est-ce pas*?«

»Natürlich, gerne«, erwiderte Pierre, während er Platz nahm.

»Ich habe mir erlaubt, uns einen *Sauvignon des Poëte* zu bestellen.« Der Anwalt zeigte auf die beiden Gläser, in denen bereits blassgoldener Wein schimmerte. »Ich hoffe, er ist noch kalt genug. Lassen Sie uns anstoßen.« Er hob sein Glas. »Auf die Wahrheit!«

»*Santé!*«

Pierre tat es ihm gleich, hob das Glas erst an die Nase und dann zum Mund. Das Aroma des Weins erinnerte ihn an einen Apfel, fruchtig und mit milder Säure. Auf der Zunge dann der Geschmack von Litschis mit einer erfrischenden Zitrusnote.

»Sehr schön!«, entfuhr es ihm. »Unser Sommelier Martin Cazadieu würde jetzt sagen: ein Wein, der in Lebensfreude gebadet hat.«

»Ein kluger Mann, dieser Cazadieu.«

Pierre trank noch einen Schluck und merkte, wie er sich allmählich entspannte. Augenblicklich ließ er sich von der besonderen Atmosphäre des Ortes gefangen nehmen. Monnier hatte recht, es wäre eine Schande gewesen, drinnen zu sitzen. Der Anblick, der sich ihnen darbot, war atemberaubend. Hinter der akkurat geschnittenen Hecke, die das Rasenkarree begrenzte, sah man über das ganze Tal, das viel grüner wirkte als von der Aussichtsplattform in Grasse. Der Ausblick war umrahmt von einem üppigen Garten mit weißem Flieder, um dessen Blüten Schmetterlinge tanzten, von orangefarbenen Klettertrompeten und hochgewachsenen Zypressen. Und etwas abseits, zwischen grünem Blattwerk, schimmerte das silbrige Laub von Olivenbäumen.

»In dem Garten wachsen sämtliche Pflanzen des Mittelmeerraumes«, bemerkte Monnier, der seinem Blick gefolgt war. »Wenn Sie wollen, machen wir vor dem Essen einen kleinen Spaziergang.«

»Ein andermal vielleicht. Die Zeit wird allmählich knapp.«

»Für eine gute Mahlzeit sollte immer genügend Raum sein.« Monnier winkte dem Kellner und ignorierte die ihm hingestreckte Speisekarte. »Monsieur Durand und ich nehmen das Menü, nicht wahr?« Er warf Pierre einen kurzen Blick zu, und als dieser etwas entgegnen wollte, sagte er schnell: »Keine Widerrede, ich lade Sie ein. Bringen Sie uns bitte *les œufs de caille pochés* auf weißem Spargel und danach den *rouget aux courgettes*, zum Nachtisch den traditionellen *baba*.« Er lehnte sich zurück, sichtlich zufrieden mit seiner Wahl. »Sie werden begeistert sein, die Küche ist außergewöhnlich.«

»Danke, für mich nur die Vorspeise«, entgegnete Pierre bestimmt. »Wie gesagt, ich habe nur wenig Zeit.« Er ignorierte Monniers Protest und schlug sein Notizbuch auf. »Wie lange kannten Sie Monsieur Bousquet eigentlich schon?«

Der Anwalt zeigte sich erstaunt. »Wird das jetzt eine Befragung?«

»Wenn Sie es so nennen wollen.«

»Ich dachte, wir besprechen das weitere Vorgehen. Sie haben einen Ort erwähnt, Oppède-le-Vieux, der offenbar im Leben meiner Mandantin eine Rolle spielt.«

»Später. Oder haben Sie unsere Unterhaltung vergessen, die wir beim Essen fortsetzen wollten?«

»Nein, nein, ich erinnere mich. Und ich frage mich, woher Ihr unerwartetes Misstrauen kommt. Aber gut, mir soll es recht sein, ich habe nichts zu verbergen.« Monnier lehnte sich im Stuhl zurück. »Hervé und ich haben uns kennengelernt, als sein Vater noch das Archiv leitete. Damals war ihm das Partyleben der Côte d'Azur wichtiger als das Ordnen historischer Pretiosen. Wir beide liebten es zu genießen. Gutes Essen, exquisite Weine, hübsche Frauen. Wir hatten dieselbe Wellenlänge.«

»Hat sich das mit Übernahme des Archivs verändert?«

»Wie kommen Sie darauf?«

»Weil Ihre Verbundenheit für die Gäste bei dem Abendessen offenbar nicht sichtbar war.«

»Für wen genau? Hat die Person Ihnen auch erzählt, dass sich die Themen, die wir an jenen Abenden besprochen haben, fast ausschließlich um Dinge drehten, zu denen ich nur wenig beitragen konnte? Manch einer mag die Abende amüsant gefunden haben oder gar eloquent. Ich dagegen hatte zugegebenermaßen von Mal zu Mal mehr Probleme, den Gesprächen zu folgen, weshalb ich irgendwann dazu überging, mich nur noch dann mit Hervé zu treffen, wenn niemand aus der Parfümbranche dabei war.« Er schob seine Brille zurecht und sah Pierre fest an. »Hervé hat gehasst, dass sich die Welt, die er kannte und liebte, zu verändern begann. Und je schneller sie sich drehte, desto stärker klammerte er sich an das, was er in seinem Archiv aufbewahrte. Die alten Düfte und Formeln waren sein Heiligtum. Das Vermächtnis einer mehr und mehr in Vergessenheit geratenen Welt. Aber die Welt hat sich schon immer weitergedreht, sie hält nicht inne, nur weil es dem einen oder anderen zu schnell geht. Die Kunst dabei ist doch, sich dem Wandel geräuschlos anzupassen.«

»War es dann nicht ein Risiko, die Verwaltung der Sammlung ausgerechnet Lucien Aubert zu übertragen, der Düfte sogar auf einzelne Moleküle herunterbrach?«

»Wirklich? Das kann ich nicht beurteilen. Aber ich weiß, dass Hervé seine Expertise und seine Kreativität sehr schätzte. Ebenso seinen unbändigen Willen und die Sturheit, mit der er sich auch gegen Widerstände durchsetzte. Lucien Aubert war ein Besessener, genauso wie Hervé. Dieser Parfümeur, dessen war er sich sicher, würde sein Vermächtnis mit Zähnen und Klauen gegen die Vereinnahmung durch Investoren oder Politiker verteidigen.«

Der Kellner kam, stellte Öl und einen Korb auf den Tisch und begann, die verschiedenen Sorten Brot zu erklären. Pierre lehnte sich zurück und spürte, wie die Sonnenstrahlen sein Gesicht wärmten. Er wartete, bis der Kellner gegangen war, dann setzte er sich wieder auf.

»Wissen Sie, was mich noch verwundert? Dass er Lucien

Aubert, dem seine kreative Entfaltung so wichtig war, offenbar zutraute, sich das Korsett eines Archivverwalters überzuziehen.«

»Ich glaube, Sie verwechseln da etwas.« Monnier goss etwas Öl auf seinen Brotteller, würzte es mit Salz und Pfeffer und tunkte ein Stück Weißbrot hinein. »Ein testamentarisch eingesetzter Verwalter ist lediglich das Kontrollorgan, das den Ablauf überwacht. Die Überführung an das Museum, die Auszahlung an die Stiftung, all das übernimmt die Stadt. Und nach Abschluss der Aufgabe ist er wieder frei. Das gilt auch für Mademoiselle Debris.«

»Was passiert eigentlich, wenn sie verurteilt würde?«, fragte Pierre und tat, als interessiere ihn das Brot mehr als die Antwort. »Wer übernimmt dann ihre Position?«

»Ich nicht«, winkte der Anwalt ab. »Ich ahne, was Sie denken, aber da liegen Sie falsch. Ich kenne zwar die Details der Verfügung nicht, doch ich gehe davon aus, dass der Notar einen neuen Verwalter bestimmt.«

»Und das Haus?«

»Das fiele dann wohl an die Stiftung.«

»Und damit an Estelle Gregoire.«

»So ist es.«

Pierre nickte. Er musste unbedingt mit der Rosenzüchterin sprechen, gleich nach dem Essen. Aber noch stand auch der Anwalt auf der Liste der Verdächtigen, selbst wenn es kein erkennbares Motiv gab. Er sah Monnier direkt an.

»Warum haben Sie Anouk Debris Ihre Hilfe angeboten, noch bevor klar war, dass man sie des Mordes verdächtigt?«

Monnier trank einen Schluck Weißwein und drehte das Glas zwischen den Fingern. »Weil Hervé mich darum gebeten hat. ›Sollte mir je etwas zustoßen‹, sagte er einst zu mir, ›dann versprich mir, auf Anouk aufzupassen und ihr zur Seite zu stehen, was immer auch geschieht‹.« Er sah auf. »Genau das werde ich tun. Hervé war mein bester Freund, ob Sie es glauben oder nicht. Und was immer er damit gemeint hat, ich werde ihm den Wunsch erfüllen, bis der Mörder gefunden ist. Mit Ihrer Hilfe oder ohne.«

28

Monnier war offensichtlich gekränkt von Pierres Misstrauen, und so beschränkte sich die weitere Unterhaltung auf das Notwendigste.

Den Spargel aßen sie schweigend. Er passte, wie Pierre feststellte, hervorragend zu dem pochierten Wachtelei, dessen Dotter bei der ersten Berührung sanft zerfloss. Eine Vermengung der einzelnen Texturen, knackig und weich, fein gewürzt mit einer blumigen Vinaigrette. Ein köstlicher Frühlingsgruß, der mit der fruchtigen Säure des Weißweins hervorragend harmonierte.

Nachdem Pierre den letzten Bissen – trotzig darum bemüht, sich das Essen nicht verderben zu lassen – in den Mund geschoben hatte und mit einem zufriedenen Brummen aufsah, bemerkte er, dass der Anwalt sein Mobiltelefon hervorgeholt hatte und eifrig mit gerunzelter Stirn auf dem Display herumtippte.

»Etwas Wichtiges?«

»Ein Mandant braucht meine Hilfe. Ein Termin, der sich leider nicht verschieben lässt.« Er sah auf die Uhr. »Ich muss los. Darf ich Sie alleine lassen?«

»Natürlich.«

Monnier erhob sich. »Ach, ehe ich es vergesse. Mein Kollege hat mir eine Beschreibung von Aminata mitgegeben. Sie ist etwa Mitte zwanzig, von schlanker Statur und hat eng geflochtenes, meist zusammengebundenes schwarzes Haar.«

Er hob die Hand zum Gruß und eilte, ohne eine Antwort abzuwarten, über die Terrasse und den Weg seitlich am Haus entlang in Richtung Parkplatz.

Erst nachdem er bereits verschwunden war, fiel Pierre ein, dass der Berlingo ja noch auf Anouks Plantage stand und er Monnier hatte bitten wollen, ihn bei Madame Gregoire abzusetzen. Aber er war zu stolz, nun aufzuspringen und dem Anwalt hinterherzulaufen. Stattdessen rief er nach dem Kellner.

»Zahlen bitte.«

»Sie wollen schon gehen?« Der Mann sah ihn mit zusammengezogenen Brauen an.

»Ja, und könnten Sie mir bitte ein Taxi rufen?«

»Was ist mit dem Fisch von *Monsieur le Maître*? Er ist jeden Moment fertig, es wäre schade, wenn wir ihn wegwerfen müssten.«

»Den …« Pierre hielt inne. »Den nehme ich.«

Er lehnte sich wieder zurück und schloss die Augen. Ihm brummte der Schädel, und er rieb sich heftig die Stirn, um das leichte Pochen zu vertreiben, das sich von den Schläfen her ausbreitete.

Der Fall war komplex geworden, und er ging noch einmal die einzelnen Gespräche durch, versuchte sich an einer Zusammenfassung, was ihm zunehmend schwerfiel. Die vielen Informationen, die er am heutigen Tag zusammengetragen hatte, schwirrten in seinem Kopf umher wie ein Schwarm Gewitterfliegen und schlugen ihm auf den Magen. Er fühlte sich, als habe er einen Elefanten verschluckt, unzerteilt.

Er dachte an das Gespräch mit Lefevre und die Liste, die den Parfümeuren zum Schutz der Verbraucher verbot, natürliche Substanzen einzusetzen. Es war notwendig, um Allergien zu vermeiden, das sah er ein. Aber wo war die Grenze? Wer bestimmte, was erlaubt war und was nicht?

Würde die Menschheit in zehn Jahren statt der frisch gefangenen Rotbarben ein nach Fisch schmeckendes Ersatzprodukt essen, weil die Belastung aus Mikroplastik und Schadstoffen so groß geworden war, dass Meeresfrüchte auf irgendeiner Verbotsliste landeten?

Eine heftige Sehnsucht stieg in ihm auf. Nach Sainte-Valérie, den gepflasterten Gassen und dem dörflichen Flair. Nach Charlotte und ihren kulinarischen Leckerbissen, deren Zutaten sie von regionalen Erzeugern kaufte. Nach dem renovierten Bauernhaus und den beiden Ziegen Cosima und Lilou. Nach dem einfachen, wohltuenden idyllischen Leben.

Ja, er konnte gut nachempfinden, warum Hervé Bousquet sich mit seiner Sammlung an das Alte klammerte. Auch ihm drehte sich die Welt manchmal zu schnell und veränderte sich, nicht nur zum Guten.

Der heutige Tag hatte ihn einiger Illusionen beraubt. Hatte er gestern noch gedacht, er würde in ein Paradies fahren voll Blumen und Düfte, fand er stattdessen nur noch Reste von dem vor, was die Parfümindustrie einst ausgemacht hatte. Statt bunter Felder eine Betonwüste. Und statt heilsamer Wohlgerüche aus der Natur überall Künstliches, das darauf abzielte, die Menschen in ihrem Konsumverhalten zu beeinflussen.

Dazwischen Personen, die versuchten zu retten, was noch zu retten war. Anouk, die eine Rosensorte züchtete, die den Duft der alten Zeit barg und zugleich den klimatischen Verhältnissen trotzte. Grasse selbst, das seinen Besuchern mit Plakaten, Museen und Festen einen Ruhm vorgaukelte, der längst zur Kulisse verkommen war. Selbst der Fabrikant Clément Lefevre, der sich der Synthese von Aromen und Düften verschrieben hatte, um nicht den Anschluss zu verlieren, hielt an der Vorgabe seines Ururgroßvaters fest, der das Unternehmen für alle Zeit in Familienhand sehen wollte.

Lucien Aubert, der offenbar einen Duft kreiert hatte, der den Menschen ein Glücksgefühl zurückgeben sollte, das sie vor lauter selbst Erschaffenem verloren hatten.

Plötzlich wünschte sich Pierre, er könnte die Zeit anhalten oder gar ein Stückchen zurückdrehen. Wären die Menschen, wäre er selbst achtsamer gewesen, mit dem Wissen, wie sehr das eigene Handeln die Zukunft bestimmte? Wahrscheinlich nicht. Es lag im Wesen des Menschen, dass er solche Dinge verdrängte und erst begriff, wenn es beinahe zu spät war.

Stumm schüttelte er den Kopf. So weit war es also schon gekommen. Er, gerade erst Mitte vierzig, sehnte sich nach der guten alten Zeit!

Er seufzte und lehnte sich tiefer in die Polster, spürte, wie seine Gedanken immer weiter abdrifteten und ihm schließlich entglitten. Bis er nichts weiter sah als ein großes, dunkles Nichts.

»Monsieur?«

Pierre schrak auf. Vor ihm stand der Kellner und lächelte ihn an.

»Die *rouget aux courgettes.*«

»Danke. Machen Sie mir bitte die Rechnung fertig. Und ich brauche ein Taxi.« Er warf einen Blick auf die Uhr, Viertel vor drei und damit höchste Zeit, dass er loskam. »In fünfzehn Minuten.«

29

Die Rosenfelder von Madame Gregoire lagen in einer Nebenstraße außerhalb von Pégomas. Noch wenige Minuten zuvor, als sie ein dichtes Wohngebiet durchquerten, dachte Pierre, sie hätten sich verfahren. Erst als das Taxi in einen unmittelbar auftauchenden Feldweg bog und ihm einige hundert Meter folgte, waren die Reihen der Rosenbüsche zu sehen.

»Das macht dann neunzehn Euro«, sagte der Fahrer, nachdem er den Wagen zum Stehen gebracht hatte.

Stirnrunzelnd zückte Pierre sein Portemonnaie und sah sich um. Die Gegend war weitgehend unbewohnt, nur ein paar Schuppen und eine stillgelegte Fabrik.

»Wie komme ich von hier mit dem Bus zum *Chemin de la Rouree*?«

»Sie wollen zum *Chemin de la Rouree*?« Der Fahrer gab die Adresse in sein Navi ein, dann lächelte er und entblößte eine Reihe Zahnlücken. »Das ist weit außerhalb von Grasse. Sie brauchen mindestens zwei Stunden.«

»Sind Sie sicher?«

»Nein, es sind wahrscheinlich sogar drei.« Er zeigte in Richtung des Ortskerns. »Sehen Sie, von hier bis zur Haltestelle sind es bestimmt dreißig Minuten Fußmarsch. Von dort nehmen Sie die Linie sechzehn in Richtung Grasse.« Er warf einen Blick auf die Uhr. »Den Bus um fünfzehn Uhr fünfunddreißig werden Sie nicht schaffen. Der nächste geht um zwanzig vor sieben, er braucht etwa eine Stunde bis zur Haltestelle *La*

More. Von dort sind es sicher weitere fünfunddreißig Minuten zu Fuß, wenn nicht noch länger.«

Pierre stieß die Luft aus. »Also gut. Wie viel kostet es, wenn Sie einen Moment auf mich warten und mich dann dorthin bringen?«

Der Fahrer stellte den Motor ab und rieb sich das Kinn. »Hören Sie, ich bin der Letzte, der die Notlage meiner Fahrgäste ausnutzt, ich mache Ihnen einen guten Preis, einverstanden? Geben Sie mir einen Fünfziger, dann kommen wir ins Geschäft.«

»Fünfzig Euro?«, rief Pierre aus. »Und das soll ein guter Preis sein?«

»Ich muss den ganzen Weg zurückfahren, das ist nur fair.« Der Mann zuckte die Schultern und drehte den Zündschlüssel um. »Machen Sie doch, was Sie wollen.«

»Schon gut«, brummte Pierre und öffnete die Wagentür. »Fünfzig. Aber das Geld bekommen Sie erst, wenn wir angekommen sind.«

Das Grundstück war von einem hohen Drahtgeflechtzaun umgeben, unterbrochen von einer eingefassten Pforte, die, wie Pierre feststellte, fest verschlossen war. Auf einem Porzellanschild stand der Name des Anwesens, umrandet von einer Rosenranke. Eine Klingel fand er nicht.

Ungeduldig spähte er auf den Hof. Vor dem Lagerhaus standen Metallregale mit Rosenstöcken, von deren Blättern Wasser tropfte. Aber es war niemand zu sehen, der sie goss. Er ging ein Stück am Zaun entlang. In der Ferne sah er eine Frau, die durch die Reihen lief und die Büsche inspizierte.

»Hallo? Hören Sie mich?«, rief er, doch sie reagierte nicht.

Pierre ging zurück zur Pforte, als er eine Bewegung hinter den Metallregalen registrierte.

»Entschuldigen Sie bitte!«

Eine ältere Dame mit voluminös hochgestecktem Haar, das Pierre an eine Mütze erinnerte oder an den altmodischen Kaffeewärmer seiner Großmutter, schob den Kopf hinter dem Regal hervor. »Ja?«

»Sind Sie Madame Gregoire?«

Die Frau rührte sich nicht. »Was wollen Sie?«

»Mit Ihnen sprechen.«

»Ich habe zu tun. Kommen Sie nächsten Mittwoch vorbei, um neun. Da machen wir eine Führung über die Anlage. Aber melden Sie sich an, sonst kommen Sie nicht rein.«

Ihr Kopf verschwand wieder, bis auf den Haarturm, der bei jeder Bewegung wippte.

»Es ist aber sehr dringend«, rief er, nun etwas lauter.

»Dringend ist meine Arbeit auch«, kam es vom Metallregal.

Pierre überlegte kurz. Jacques hatte Madame Gregoire als stur bezeichnet, sie würde auf seine Bitte sicher nicht ohne Nachdruck reagieren, also hob er, ohne zu zögern, seinen Dienstausweis in die Höhe.

»Mein Name ist Pierre Durand, *Chef de police municipale*. Es geht um eine Befragung im Zuge einer Ermittlung. Dauert auch nicht lange.«

Madame Gregoires Kopf lugte wieder hervor, dann folgte der Körper. Sichtlich überrascht wischte sie die Hände an ihrer Hose ab und kam zum Tor.

»*Police municipale*?«, fragte sie mit bedeutungsvollem Stirnrunzeln, nachdem sie einen Blick auf den Dienstausweis geworfen hatte. »Seit wann dürfen die denn ermitteln?«

Rasch steckte Pierre den Ausweis ein. »Erweiterte Kooperation«, sagte er und hoffte, dass sie nicht nachfragte.

»Woher soll ich wissen, dass Sie nicht von der Presse sind, hm? So ein Ausweis ist schnell gefälscht, ich kenne mich nicht gut genug aus, um den Unterschied zu erkennen. Außerdem arbeiten Polizeibeamte für gewöhnlich nicht in Zivil, und sie kommen schon gar nicht mit dem Taxi.«

»Ich kann Ihnen versichern, Madame …«

»Tatsächlich? So schnell, wie Sie das Ding wieder eingesteckt haben, bevor ich es näher betrachten konnte. Ich sehe zwar nicht mehr ganz so frisch aus, aber mein Gehirn funktioniert noch hervorragend!« Sie stemmte die Hände in die Hüften. »Ich habe es so was von satt. Seit Tagen taucht ihr hier auf und schnüffelt herum. Gehört der Kollege, der bei der Plantagenführung war, auch zu Ihrem Blatt?«

»Nein, ich bin kein …« Pierre stockte. »Was hat er denn getan?«

»Der Kerl hat mich allen Ernstes vor der gesamten Gruppe gefragt, ob ich der Grund dafür sei, dass Mademoiselle Debris im Gefängnis sitzt.« Sie schüttelte den Kopf und wies mit einer energischen Geste in Richtung Taxi. »Was seid ihr nur für Menschen! Verschwinden Sie und lassen Sie mich meine Arbeit machen.« Damit wandte sie sich zum Gehen.

»Warten Sie.« Pierre entschloss sich, die Wahrheit zu sagen. »Sie haben vollkommen recht. Ich bin zwar kein Journalist, und der Ausweis ist auch nicht gefälscht, aber ich bin nicht in die Ermittlungen eingebunden. Ich bin ein Polizist aus Sainte-Valérie.«

Madame Gregoire blieb stehen und wandte sich um. »Sainte-Valérie liegt im Luberon.«

»Das ist richtig.« Er holte den Dienstausweis wieder hervor und hielt ihn ihr hin. »Sehen Sie selbst, hier steht es. Mademoiselle Debris ist eine gute Freundin meiner Lebensgefährtin, und der wahre Grund, warum ich hier bin, ist, dass ich ihr helfen möchte.«

»Na so was. Ein Polizist, der versucht, eine in Haft sitzende Freundin zu entlasten …« Mit zögernden Schritten kam sie zurück und betrachtete die Karte eingehend, dann hob sie den Kopf. »Und da kommen Sie ausgerechnet zu mir? Haben Sie denn keine Zeitung gelesen? Wissen Sie denn nicht, dass ich angeblich ihre ärgste Feindin bin?«

»Ich weiß nur«, antwortete Pierre ruhig, »dass Sie beide um den Exklusivvertrag mit einer Luxusfirma konkurrieren. Dass Sie Anouk Debris' Plantage kaufen wollten. Und dass Sie als Stiftungsleiterin von Hervé Bousquets Tod profitieren.«

Verblüfft legte Madame Gregoire den Kopf schief. »Wenn Sie schon so gut informiert sind, was wollen Sie denn noch von mir?«

»Ich will die Wahrheit wissen.«

»Pah. Die Wahrheit ist so langweilig, dass sie niemanden interessiert.«

»Und die wäre?«

»Dass ein tödlicher Rosenkrieg, wie man ihn uns für eine reißerische Schlagzeile unterschieben will, letztlich nur uns selbst schaden würde. Natürlich herrscht zwischen uns Konkurrenz. Aber nachdem die Jugend sich nicht mehr für die Landwirtschaft interessiert, müssen wir zusammenhalten. Das Geschäft ist hart geworden. Einige Fabrikbesitzer versuchen, uns erst ein Jahr nach der Ernte zu bezahlen, dann die Schädlinge, die klimatischen Veränderungen …«

»Sie haben eine Stiftung für den Erhalt der Rose gegründet.«

Madame Gregoire nickte. »Die Blumen haben keine Lobby, und wenn wir uns nicht um sie kümmern, wer dann?« Mit einer ausladenden Geste zeigte sie über das eingezäunte Grundstück und zu den Dächern der entfernt liegenden Häuser. »Früher gab es hier Orangenhaine und Tuberosen, Narzissen und Hyazinthen. Wilder und echter Jasmin, Veilchen, Geranien und Rosen, so weit das Auge reichte. Ich habe es selbst noch erlebt. Als mein Vater die Plantage von meinem Großvater übernahm, hat man in dieser Region noch jährlich dreitausend Tonnen Rosenblüten geerntet. Jetzt sind es gerade mal zweihundert. Unsere Felder werden an den Rand von Kleinstädten gedrängt. Und wenn wir nicht aufpassen, dann sind sie bald alle verschwunden.«

»Das hat Jacques auch erzählt.«

»Sehen Sie?« Sie lächelte bitter. »Letztlich sitzen wir alle im selben Boot. Hinter den Kulissen agieren wir geschlossen, kämpfen Schulter an Schulter für unsere Rechte. Ebenso wie die *Association des Fleurs d'Exception du Pays de Grasse*, die sich ausdrücklich dafür einsetzt, auch externe Landwirte anzusiedeln, bevor uns das Personal Jahr für Jahr wegstirbt. Wir alle haben nur ein einziges Ziel: nicht unterzugehen.«

»Und warum haben Sie dann versucht, Anouk Debris' Grundstück zu kaufen?«

»Ach«, sie winkte ab, »das ist viele Jahre her. Ich wollte meinen Betrieb absichern. Es gibt kaum noch Möglichkeiten, um an geeignete Flächen zu kommen. Die Blumenplantage war 2009 von der Vernichtung bedroht. Damals hätten sie uns in Pégomas beinahe eine Müllhalde vor die Nase gesetzt. Das müssen Sie sich mal vorstellen, eine stinkende Müllhalde inmitten duftender Felder! Nur mit Hilfe von Chanel, der bei einem hiesigen Mitbewerber die Exklusivrechte besitzt, konnten wir das Desaster abwenden. Der Luxuskonzern bezieht die Rohstoffe für sein *No. 5* seit fast hundert Jahren aus dieser Gegend. Jede Dreißig-Milliliter-Flasche enthält das Aroma von tausend Jasminblüten und zwölf Mairosen. Sie können sich sicher vorstellen, wie aufgebracht sie waren.«

»Sie konnten das Schlimmste also abwenden?«

»Ja, aber nur auf Druck des Konzerns. Wir alleine wären den Politikern egal gewesen. Sie treten das kulturelle Erbe der Region, für die sie sich einsetzen sollten, mit Füßen. Der

Grund und Boden ist knapp und teuer, Bauprojekte gehen vor. Vor zwei Jahren wollten die hohen Herren ein Viadukt der geplanten Schnellzugstrecke zwischen Marseille und Nizza quer über das Vallée de la Siagne verlaufen lassen, in dem zwölf Hektar Rosen- und Jasminfelder von einzigartiger Qualität liegen. Auch dieses Mal ist Chanel uns zur Seite gesprungen. Der Konzern hat angedroht, sich aus Grasse zurückzuziehen, wenn die Pläne umgesetzt werden. Das wäre das Ende gewesen. Für den Duft ebenso wie für die Tradition des Blumenanbaus.«

»Die Politik hat sich also ein zweites Mal gebeugt.«

»Ja, aber dieses Mal wäre die Nummer selbst für Chanel fast zu groß gewesen. Es handelt sich um ein Milliardenprojekt, um die Verbindung von Marseille und Nizza innerhalb einer Stunde, was für den Tourismus ein Segen wäre. Chanel hat sogar angeboten, die Bewerbung der Stadt Grasse um die Aufnahme in die UNESCO-Liste des Weltkulturerbes zu unterstützen. Es gab ein enormes Medienecho, aber die Verantwortlichen blieben stur. Erst als der Luxuskonzern seine Bemühungen auf die Stadt Cannes verlagerte, dessen Bürgermeister sich kooperativ zeigte, änderte sich die Sachlage. Nun wird es wohl eine alternative Strecke geben. Mit einem Bahnhof in Cannes-La Bocca, weit entfernt von den Feldern.«

»Wie ich gelesen habe, ist die Aufnahme in die Liste des Weltkulturerbes trotzdem gescheitert.«

Madame Gregoire nickte. »Die Anzahl der wirklich schützenswerten Orte ist verschwindend klein geworden. Derzeit bemüht man sich um die Aufnahme der Parfümkunst als immaterielles Kulturerbe und damit um die Anerkennung unserer Tradition. Das wäre immerhin etwas.« Sie sah ihn ernst an. »Sie werden verstehen, dass wir uns nicht darauf verlassen können, dass Chanel uns auch beim nächsten Mal aus der Bredouille hilft. Wenn die Anwaltskosten den Nutzen für den Konzern übersteigen, wird auch er seine Produktion nach Bulgarien auslagern.«

»Darum also die Stiftung.«

»So ist es. Wir tun alles, um die Menschen für das Thema zu sensibilisieren. Inzwischen gibt es weitreichende Zusammenschlüsse auf politischer Ebene. Die Stadtgemeinde des *Pays de Grasse* will Flächen für den Anbau von Parfümpflanzen reservieren, der Anfang ist gemacht. Darüber sollen die Reporter mal schreiben, stattdessen denken sie sich diese fürchterliche Seifenoper aus.« Ihre Augen schimmerten. »Der Mord an Hervé hat mich zutiefst schockiert. Er war einer der großen Bewahrer, und ich kann ihm nicht genug dafür danken, dass er den Erlös der Übergabe unserer Stiftung gespendet hat.«

»Wussten Sie, dass auch Mademoiselle Debris die Stiftung im Fall ihres Todes bedacht hätte?«

Ihr Gesicht zeigte Erstaunen, dann schüttelte sie mit zögerlichem Lächeln den Kopf. »Ist das wirklich wahr?«

»Ja.« Pierre lächelte ebenfalls. Madame Gregoires Emotionen waren echt. Diese Frau war keine Mörderin, nur ein Idiot könnte das annehmen.

»Ich habe es immer gewusst. Sie mag eine Zugereiste sein, aber sie ist eine von uns.« Jetzt strahlte sie übers ganze Gesicht. »Es gibt zu viele, die auf ausweglos scheinende Situationen mit Frustration oder dem Ruf nach Revolution reagieren. Aber solange es noch Menschen gibt, die sich mit dem Verstand und einem offenen Herzen für eine lebenswerte Zukunft einsetzen, besteht Hoffnung. Umso mehr, wenn diejenigen am Leben bleiben.« Noch ein Kopfschütteln. »Nein«, sagte sie fest, »ein Rosenkrieg würde wahrlich niemandem nützen.«

30

Pierre stellte seine Reisetasche im Flur vor der Haustür ab und ging noch einmal durch die Räume des Bungalows, prüfte gewissenhaft, ob alle Fenster verschlossen waren. Hier gab es nichts mehr für ihn zu tun. Auf dem Rückweg würde er sich Gedanken über das weitere Vorgehen machen müssen. Ohne eine klare Strategie ergab es keinen Sinn, noch einmal herzukommen. Er hatte alles getan, was in seiner Macht stand: mit sämtlichen für den Fall relevanten Personen gesprochen, unzählige Informationen zusammengetragen, um die beiden Taten zu beleuchten, und doch hatte er das Gefühl, mit leeren Händen zu gehen.

Er hob den Arm, seine Uhr zeigte fünf. Wenn auf der A8 kein Stau war, würde er es rechtzeitig schaffen, um Charlotte in der *Épicerie* abzuholen.

Noch einmal ging er zu der Kommode und nahm das Bild von ihr und Anouk in die Hand, strich zärtlich über den Rahmen. Als er es zurückstellte, bemerkte er etwas, das seinen Pulsschlag beschleunigte. Ganz am Rand stand ein Foto, das seiner Aufmerksamkeit am Vorabend entgangen war.

Es war ein Selfie von Anouk mit einer dunkelhäutigen Frau. Die Köpfe eng beieinander, im Hintergrund das gerade erst ergrünende Rosenfeld.

Monnier hatte gesagt, die Gesuchte sei Mitte zwanzig, von schlanker Statur und habe eng geflochtenes, zusammengebundenes schwarzes Haar. Die Beschreibung entsprach genau dem

Aussehen der jungen Frau, die ihm auf dem Bild entgegenstrahlte.

»Aminata!«, rief er aus, und er ärgerte sich, dass er nicht gleich daran gedacht hatte, hier nachzusehen. Zu seiner Verteidigung sagte er sich, dass es nicht unbedingt üblich war, Selfies mit der Haushaltshilfe zu machen und diese zwischen Fotos mit den engsten Freunden aufzustellen.

Es sei denn, man hatte die Person ins Herz geschlossen.

Pierre nahm das Bild in die Hand. Auch Anouk strahlte. Was hatte Charlotte noch mal gesagt? Ihre Freundin sei die loyalste Person, die sie kenne? Sie hatte Aminata wie eine Löwin verteidigt. Ebenso wie damals Charlotte.

Pierre machte ein Foto und speicherte es in der Cloud. Dann wählte er die Nummer der Wache.

»Hallo, Chef«, sagte eine weibliche Stimme.

Pierre schmunzelte. Penelope hatte offenbar anhand der Nummer auf dem Display erkannt, wer anrief. Er öffnete die Glastür und trat hinaus ins Freie. Ein letzter Blick, bevor er ging.

»Wie weit sind Sie mit der Suche nach Aminata?«

»Das ist nicht gerade einfach. Ich habe jemanden aus der Community ausfindig gemacht, die in dem Viertel wohnt, aber dort laufen haufenweise afrikanische Frauen mit jugendlichen Töchtern herum.«

»Meinen Sie, dass ein Foto helfen könnte?«

»Soll das eine Frage sein? Natürlich! Haben Sie denn eines?«

»Allerdings. Ich habe es gerade auf dem Server abgelegt.«

Er beendete das Gespräch und hielt einen Moment inne, beeindruckt von dem Anblick des vor ihm liegenden Feldes.

Die Rosenbüsche schimmerten im milchigen Abendlicht, als wären sie mit goldenem Puder bestäubt. Die Blüten hatten sich geschlossen, der betörende Duft vom Morgen war verflogen. Und dennoch lag über allem ein besonderer Zauber, der ihn tief im Inneren anrührte.

Wie friedlich es war, geradezu feenhaft. Nichts ließ erahnen, was für ein Unglück sich hier, gerade mal hundert Meter entfernt, ereignet hatte.

In Gedanken versunken schob Pierre das Telefon zurück in die Tasche und hob den Kopf, als er ein metallisches Geräusch vernahm.

Überrascht fasste Pierre hinein. Der Schlüssel! Er hatte ihn vollkommen vergessen. Ob er ins Schloss von Hervé Bousquets Herrenhaus passte? Selbst wenn, was hatte er dort verloren? Die Spurensicherung hatte die Räume längst untersucht, bestimmt war noch der Professor vor Ort, um den Bestand nach Fehlmengen abzusuchen. Dass er den Schlüssel eingesteckt hatte, war einem Reflex zu verdanken. Was, wenn er zu *Syntesse* gehörte und man ihn dort schon vermisste?

Auf einmal bemerkte er ein Licht, das zwischen den Sträuchern hindurchschimmerte. Es war noch nicht dunkel genug, um es deutlich zu erkennen, aber es reichte, um Pierres Neugier zu wecken. Er trat hinaus und überquerte das Feld, eilte bis zu der Baumreihe, die den Übergang zum Grundstück des Archivars markierte. Das Licht drang aus einem rückwärtigen Zimmer des Herrenhauses. Pierre erkannte zwei Männer, die gestikulierend an der Terrassentür standen und in den Garten schauten. Der Abstand war zu groß, als dass er ihre Gesichter sehen konnte. Doch anhand der Silhouette glaubte Pierre, dass es sich bei dem Größeren um *Commissaire* Thiebaud handelte.

Nun sahen sie zu ihm herüber, und der große Mann zeigte mit dem Finger in Richtung des Rosenfeldes.

Sofort verbarg Pierre sich hinter einem der Bäume. Sie schienen ihn nicht bemerkt zu haben und wandten sich ab, bis nur noch ihre Rücken zu sehen waren. Ohne zu überlegen, schob

Pierre sich durch die Wand aus Zypressen und Pinien. Gebückt und mit dem Blick auf das Haus, lief er durch den Garten, an einem Teich vorbei bis zu der geschwungenen Treppe, die sich zur Terrasse hin verjüngte, hinter deren Glastür die beiden Männer noch immer standen.

Schwer atmend presste sich Pierre an die Steinmauer, die die Treppe unterhalb der Terrasse stützte. Als alles ruhig blieb, schlich er sich hinter dem Vorsprung hervor und hielt nach einem geöffneten Fenster Ausschau, durch das er das Gespräch hätte belauschen können, als jemand die Terrassentür aufriss und zwei Männer heraustraten.

Mit erhöhtem Puls fuhr Pierre zurück und versuchte, seinen Atem zu mäßigen, während er in dunkler Erwartung auf jedes Geräusch lauschte. Doch nichts geschah, offenbar hatten sie seine Anwesenheit auch diesmal nicht bemerkt.

Eine sonore Stimme war zu hören, die klang, als stamme sie von einem Auktionator, der gerade seine Schätze präsentierte.

»… einige wirklich seltene Exponate. Sogar ein Lavendelöl aus dem beginnenden 17. Jahrhundert, als die Bauern gerade erst dazu übergingen, Pflanzen statt Schnaps für die *Gantiers-Parfumeurs* zu destillieren. Das Öl ist gut erhalten, man kann das Aroma der Pflanze noch deutlich erkennen.«

Ein Klacken war zu hören, dann ein Knistern. Mit dem Geräusch des Ausatmens drang der Geruch nach Zigarettenrauch zu Pierre.

»Das ist wirklich rätselhaft«, ertönte nun eine andere, energischere Stimme, von der Pierre annahm, dass sie *Commissaire* Thiebaud gehörte. »Wenn ich Sie richtig verstanden habe, war der Archivar ein sehr akribischer Mann, der einen vorbildlichen Katalog sämtlicher Exponate erstellt hat. Und trotzdem konnten Sie nichts finden, das fehlt?«

»So ist es. Wir haben uns beim Abgleich an den Bestand

gehalten, der zehn Tage vor der Ermordung des Archivars aktualisiert worden war. Die angeblich vermisste Akte lag auf Monsieur Bousquets Schreibtisch im hinteren Teil des Archivs. Offenbar hatte er kurz vor seinem Tod daran gearbeitet.«

»Eine Formel?«

»Nein. Es handelt sich um ein Verzeichnis von Duftölen und Parfüms, die in den vergangenen zwei Jahren eingetroffen waren. Daneben lag eine Notiz, der Archivar hatte sich einige Dinge herausgeschrieben, unter anderem den Namen eines Rosenduftes, der sich jedoch noch im Kühlregal befindet. Wir konnten allerdings nicht überprüfen, ob der Inhalt dem Original entsprach.«

Jemand blies Luft aus, eine Rauchwolke schob sich über die Außentreppe und zog, sich langsam auflösend, an Pierre vorbei in Richtung des Teiches.

»Verdammt, die Kollegen waren zu schnell. Diese jungen Kerle haben keine Nerven mehr. Hätten sie nur ein bisschen länger gewartet, dann wären wir jetzt schlauer.«

»Sie glauben noch immer, dass Mademoiselle Debris die Täterin ist?«

»Ich weiß es, *Monsieur le professeur*, mir fehlt nur noch der entscheidende Beweis.«

Einen Moment herrschte Stille, ab und an zog eine Rauchschwade über die Treppe zum Garten, dann hörte Pierre ein leises Husten.

»Ich denke, wir sollten für heute Schluss machen«, sagte *Commissaire* Thiebaud. »Sind Sie so weit fertig?«

»Ja. Wenn Sie wollen, dass wir noch tiefer in die Materie einsteigen, brauche ich mehr Zeit. Ich würde mich sehr gerne weiter damit beschäftigen. Es lohnt sich, die Archivalien näher zu betrachten.«

»Für die Polizeibehörde ist der Abgleich des Inhaltes vollkommen ausreichend. Mehr war uns sowieso nicht gestattet. Der Bestand soll an ein Museum gehen, das wohl darauf gedrungen hat, dass wir darüber hinausgehende Untersuchungen unterlassen.«

»Na schön. Meinen Bericht mache ich noch heute Abend fertig. Morgen früh geht es mit dem ersten Flieger zurück nach Paris.«

»Paris … eine wundervolle Stadt. Ich war lange nicht mehr dort. Sagen Sie, gibt es den *Salon de Thé le Valentin* eigentlich noch?«

Allmählich wurden die Stimmen leiser. Dann schlug eine Tür zu, und es war still.

31

Pierre wartete einige Minuten und lauschte den Geräuschen, die aus dem Haus drangen. Erst als er sicher war, dass sich dort niemand mehr aufhielt, umrundete er das Gebäude und spähte nach vorne.

Der Platz vor dem Haus war leer, das Tor verschlossen. Mit pochendem Herzen sah er sich um und eilte dann die Stufen zu dem säulengetragenen Eingang hinauf, fingerte mit zittrigen Händen den Schlüssel hervor.

Verdammt, er war zu lange raus, früher war er solchen Situationen mit Kaltschnäuzigkeit begegnet. Aber er war älter geworden, weicher. Was, wenn das eine Falle war? Wenn sie nur darauf warteten, bis er sich am Code für das Archiv versuchte, und dann aus irgendwelchen Ecken gesprungen kamen, um ihn zu verhaften?

Egal, er musste es riskieren.

Er rief sich zur Raison und konzentrierte sich ganz auf sein Vorhaben. Langsam schob er den Schlüssel ins Schloss. Er passte!

Hastig umwickelte Pierre die Finger mit einem Taschentuch, zog die Tür auf und schloss sie hinter sich wieder ab.

Nun stand er in einer Halle, deren Boden schachbrettartig ausgelegt war. Hatte Pierre einen muffigen Geruch erwartet, wie man es aus alten Herrenhäusern kannte, so war die Luft vom Duft der Rosenblüten erfüllt, die er in mehreren Schälchen entdeckte.

Mit klopfendem Herz hielt er nach dem Eingang zum Archiv Ausschau. Von der Halle gingen vier Räume ab, eine Treppe führte ins obere Stockwerk. Die Tür zum Archiv lag am Ende einer versteckt liegenden Treppe, die ins Souterrain führte. Oberhalb des Zahlendisplays gleich neben der Tür leuchtete rot der Knopf einer Alarmanlage. Kurz überlegte Pierre umzukehren, es war vollkommener Unsinn, sich wegen einer solchen Sache in Gefahr zu bringen! Dann siegte die Neugier.

Alles, was er sehen wollte, waren Bousquets Aufzeichnungen. Er spürte, dass sie wichtig waren. Er wollte lediglich einen Blick darauf werfen, einen einzigen kurzen Blick!

Das Taschentuch rutschte ab, als Pierre den Finger hob, er fing es im Fallen auf und wickelte es sich erneut um. Was hatte Anouk noch mal gesagt? Der drittletzte Sonntag? Der späteste Tag, an dem Bousquet den Code verstellt haben konnte, war der 13. Mai. Das gesuchte Datum war demzufolge der 22. April. War der Code vierstellig? Oder hatte der Archivar die Jahreszahl hinzugenommen?

Was, wenn der *Commissaire* veranlasst hatte, den Code aus Sicherheitsgründen zu verändern?

Pierre warf einen Blick nach hinten. Wenn er den Alarm auslöste, müsste er das Haus durch den vorderen Eingang wieder verlassen und ihn fest verschließen. Er müsste alles so hinterlassen, als wäre die Meldung einem Kurzschluss geschuldet. Das Gebäude lag abgelegen, sicher blieb ihm genügend Zeit, über das Grundstück zum Bungalow zu laufen, um den Schlüssel verschwinden zu lassen und dann den erschrockenen Nachbarn zu mimen.

Er hob den Finger. Zwei, zwei, null, vier.

»Jetzt.«

Es klackte. Das rote Licht ging aus.

»Geschafft.«

Pierre stieß die Tür auf und trat ein.

Die Räume waren niedriger als erwartet. In dem schummerigen Licht, das aus einem kleinen, vergitterten Fenster drang, erkannte er das Dokumentenarchiv mit den Regalen, das er in der Reportage gesehen hatte. Ein Zimmer weiter standen die temperierten Schränke mit den Duftölen.

Die Luft war hier merklich kühler als im ersten Raum. Pierre trat an die Glasfronten und betrachtete die vielen schmalen Schubladenfächer, auf deren Inhalt Etiketten verwiesen.

Rosa centifolia, Rosa alba, Rosa mascima …

Die Datumsangaben machten ihn demütig. Hier lagerten Duftöle, deren Ernte weit vor der Geburt seiner Ururgroßeltern stattgefunden hatte.

Er riss sich los und eilte weiter. Die Räume gingen ineinander über, schienen den Mittelpunkt des Hauses zu umkreisen, bis er schließlich in einer Kammer, die unterhalb der Haustür liegen musste, den Schreibtisch fand.

Der Professor hatte den Tisch offenbar so verlassen, wie er ihn vorgefunden hatte. Ein Heft lag aufgeschlagen da, die Seiten mit Tabellen gefüllt.

Pierre schaltete die Taschenlampe seines Mobiltelefons ein und beugte sich über die Einträge.

Ein Verzeichnis der seit dem vergangenen Jahr eingetroffenen Öle, versehen mit dem Datum der Ernte, daneben Namen, vermutlich die Besitzer der Plantagen, von deren Feldern die Blumen stammten. Darunter befanden sich auch Rosenöle von Anouk, ebenso welche von Estelle Gregoire. Dazu vereinzelte Zeilen mit Parfümnamen und Notizen zu den Inhaltsstoffen auf Latein. Obwohl er über Grundkenntnisse der lateinischen Sprache verfügte, fiel es ihm schwer, sich zurechtzufinden, zumal Hervés Schrift unleserlich war.

»*Rose intense, Sync., aequori*«, flüsterte er stockend.

Pierre wandte sich den Notizen des Archivars zu. Ein Zettel, dicht beschrieben. Sein Blick fiel auf einen Namen, er stutzte, und auf einmal ahnte er den Zusammenhang.

Dann meinte er, ein Geräusch zu hören. Hatten sie ihm doch eine Falle gestellt? Er schaltete die Taschenlampe aus und versuchte, den Ursprung des Geräusches auszumachen. Es kam von draußen. Pierre lief zu dem vergitterten Fenster und stellte sich auf die Zehenspitzen, um hinauszusehen. Das Tor glitt auf, und der Scheinwerfer eines Wagens beleuchtete den Vorplatz. Reifen knirschten auf dem Sand.

»Verdammt!«

Hastig machte Pierre einige Fotos von den Einträgen und den Notizen des Archivars. Sein Puls raste, während er durch die einzelnen Räume zurück zur Treppe eilte. Mit taschentuchumwickelten Fingern stieß er die Tür des Archivs zu, verriegelte sie und aktivierte den Alarm.

Jemand machte sich an der Haustür zu schaffen, Pierre sah sich in der Halle um und öffnete eine Tür, die, wie er feststellte, zu dem Salon gehörte, der zum Garten hinausging.

Rasch schlüpfte er hinein. Mit angehaltenem Atem presste er sich gegen die Wand und lauschte den Stimmen.

»Nein, hier ist er nicht«, sagte jemand. »Ich dachte, ich hätte ihn an das Treppengeländer gehängt.«

»Sicher ist er noch im Salon.«

Pierre stöhnte auf, nun sah er auch den Schal, den jemand achtlos über einen Sessel geworfen hatte. Die Schritte kamen näher. Hastig scannte er den Raum: ein viel zu schmales Sofa, eine Anrichte an der Wand. Er entdeckte kein Möbelstück, hinter dem er sich verbergen könnte. Wenn sie ihn hier fanden, war das Spiel vorbei.

Darauf bedacht, keine Geräusche zu machen, hastete er zur Terrassentür. Das Taschentuch fiel erneut herunter, er steckte es ein und legte den Riegel mit bloßen Händen um. Von außen zog er die Tür wieder zu, in der Hoffnung, der Wind würde sie nicht aufstoßen. Stürzte dann die Treppe hinab in den Garten und kauerte sich hinter das Schilf, das den Teich umrahmte. Der Boden war uneben, breitbeinig ging er in die Hocke. Sicher würde er in dieser unbequemen Position nicht allzu lange ausharren müssen.

Der Raum erhellte sich. Pierre sah, wie *Commissaire* Thiebaud und ein weiterer Beamter eintraten, als ein Windstoß die Terrassentür sanft aufdrückte. Kurz darauf tauchten die beiden im Türrahmen auf.

»Ich könnte schwören, dass ich sie verriegelt habe.«

»Ich frage mich, wo du immer mit dem Kopf bist.«

Pierres Oberschenkel brannten, und er spürte, wie er das Gleichgewicht verlor. Unwillkürlich trat er einen Schritt zurück.

»Wer ist da?«

Das helle Licht einer Stablampe flammte auf, schwenkte suchend über das Gelände. Kurzentschlossen warf Pierre den Schlüssel ins brackige Wasser und zog sein Telefon hervor. Er hielt seine Jacke mit einer Hand schützend über das Display, während er mit der anderen die letzten Fotos in die verschlüsselte Cloud der Polizeiwache von Sainte-Valérie kopierte und dann vom Handy löschte. Erst danach erhob er sich und trat den heraneilenden Beamten entgegen.

»Ach, Sie sind es nur. Da bin ich aber erleichtert«, sagte er.

»Was machen Sie hier?«

Der Lichtkegel kam näher und erhellte seine Gestalt. Pierre hob schützend den Arm vor die Augen und versuchte, den Mann zu erkennen, der die Lampe auf ihn gerichtet hielt.

»Keine Sorge«, sagte Pierre mit einem Lachen. »Ich bin ein Kollege. Ich bin zu Gast bei der Nachbarin, Anouk Debris, und war gerade auf dem Feld, als ich Licht im Haus bemerkte. Da wollte ich nachschauen, was das zu bedeuten hat.«

»Auf einem fremden Grundstück? Wissen Sie denn nicht, dass hier ein Polizeieinsatz stattfindet?«

»Natürlich. Aber ich habe die Wagen vorhin wegfahren sehen, und das hat mich stutzig gemacht. Hatten Sie etwas vergessen?«

»Ja.« *Commissaire* Thiebaud trat hinzu. »Ein Kollege also. Können Sie sich ausweisen?«

»Natürlich, wenn Sie den Strahler wegdrehen.« Das Licht wanderte von seinem Gesicht in Richtung Boden, und er holte, äußerlich ruhig, den Dienstausweis aus der Jacke, während sein Herz heftig gegen die Brust hämmerte.

Mit gerunzelter Stirn nahm der *Commissaire* den Ausweis entgegen. »Pierre Durand, *Chef de police municipale* aus Sainte-Valérie. Irgendwoher kenne ich den Namen.«

»Das ist doch einer der Zeugen«, rief der andere aus. »Und das Auto, das ich vorhin überprüft habe, gehört der anderen Zeugin, Charlotte Berg.«

»Ist die auch hier?«

Pierre schüttelte den Kopf.

Thiebaud gab ihm den Dienstausweis zurück. »Darf mein Kollege Sie kurz untersuchen, oder bestehen Sie auf dem offiziellen Prozedere?«

»Bitte!« Pierre hob die Arme und ließ sich abklopfen. »Das Telefon auch?«

»Sie wissen, dass Sie das nicht müssen, oder?«

»Ich habe nichts zu verbergen.«

Der *Commissaire* nickte. »Na schön. Sie können jetzt gehen. Hier haben Sie nichts verloren.«

Wortlos wandte Pierre sich um und schritt mit aufrechter Haltung über das Grundstück zu der Wand aus Zypressen und Pinien und dann weiter bis zum Rosenfeld. Erst als er außer Sichtweite war, blieb er stehen und atmete tief durch.

Konnte es sein, dass er sich so sehr geirrt hatte? War es möglich, dass der Schlüssel zu diesem Fall nicht beim *Hommage au Bleu* lag, sondern beim Duft einer Rose?

Die Luft war feucht und kühl. Die Abenddämmerung wechselte das Licht, versprach mit ihren violettroten Schwaden einen weiteren Sonnentag. Morgen früh würden die Pflückerinnen und Jacques ihre Arbeit aufnehmen, darauf hoffend, dass Anouk Debris bald wieder bei ihnen war.

Pierre ging zurück ins Haus und verriegelte die Glastür. Dann schulterte er seine Reisetasche, schob Anouks Schlüssel, der auf der Konsole im Flur lag, in die Jackentasche und zog die Tür hinter sich zu.

Er würde morgen noch einmal herkommen. Aber vorher würde er Clément Lefevre einen zweiten Besuch abstatten.

32

Die Portiersloge an der Einfahrt zum Firmengelände war unbesetzt. Pierre ließ den Berlingo am Straßenrand stehen und passierte die Schranke zu Fuß. Eilte weiter zum Bürokomplex, aus dem ihn Lefevre nur wenige Stunden zuvor verjagt hatte.

An der Tür gab es keine Klingel. Während Pierre einen Schritt zurücktrat und überlegte, wie er hineinkommen sollte, stürmte eine Gruppe schwatzender Frauen und Männer die Treppe herunter und verließ das Gebäude. Pierre sah ihnen nach, wie sie in Richtung der Firmenparkplätze verschwanden und sich gegenseitig einen schönen Feierabend wünschten. Dann sprang er vor und hielt die Tür auf, bevor sie zuschlug.

Seine Ahnung hatte sich bestätigt. Er hatte in der Wache angerufen und seine Mitarbeiter gebeten, ihm die Gründungsdaten der Firma *Lefevre & Cie* herauszusuchen. Luc war in einer Abhandlung über die Historie der Unternehmen in Grasse fündig geworden und hatte Pierre über die Details informiert, noch bevor er Plan-du-Grasse erreicht hatte.

»Der Firmengründer war ein Parfümeur namens Eugène Lefevre«, referierte er. »Das Unternehmen wurde 1890 eingetragen, Firmensitz war die Parfümerie des Gründers im Zentrum von Grasse. Kurz danach mietete er eine Fabrik in der *Rue de l'Oratoire* an. Sein Kompagnon war der Besitzer eines mehrere Hektar großen landwirtschaftlichen Anwesens, der sich auf den Anbau von Parfümpflanzen spezialisiert hatte. Der Mann leitete nebenher eine landwirtschaftliche Schule, die junge Bauern und Züchter in die Kunst des Parfümpflanzenanbaus unterwies.«

»Lass mich raten«, sagte Pierre. »Dieser Mann war Henri Bousquet.«

»Sag bloß, du kannst hellsehen?«

»Ich wünschte, es wäre so.«

Lefevres Büro lag im zweiten Stock. Pierre schob sein Mobiltelefon in die Jackentasche und trat ein, ohne anzuklopfen. Er fand den Fabrikanten am Schreibtisch sitzend vor, über ein Schriftstück gebeugt.

»Schönen Feierabend, Minette«, sagte dieser, ohne aufzusehen, »ich mache auch gleich Schluss.« Erst als Pierre direkt vor ihm stand, hob er den Blick. »Sie?« Er fuhr auf. »Habe ich Ihnen nicht gesagt, dass Sie dieses Gebäude nie wieder betreten sollen?«

Pierre registrierte, wie Lefevres Hand zum Telefon wanderte und dann zurückzuckte.

»Ich nehme an, Ihr Sicherheitsdienst ist längst ausgeflogen. Aber keine Sorge, ich will nur, dass Sie mir eine Frage beantworten.«

Lefevre nickte, er war bleich geworden und ließ sich wieder auf den Stuhl sinken.

»Sagen Sie mir, wen bezeichnet das *Compagnie* in *Lefevre & Cie*?«

»Ich weiß nicht, wovon Sie reden.«

»Tatsächlich? Es ist Teil Ihrer Firmengeschichte. Ihr Ururgroßvater Eugène hat diese Firma nicht alleine gegründet. Sie haben bei Ihrer rührseligen Geschichte vergessen zu erzählen, dass er einen Kompagnon namens Henri Bousquet hatte, den Urgroßvater von Hervé.«

»Warum hätte ich das tun sollen?«, fragte Lefevre. »Es hat

nichts zu bedeuten. Mein Ururgroßvater war der Hauptgeldgeber, und Bousquet hat seinen Anteil nur wenige Jahre nach der Gründung verkauft. Sind Sie im Ernst zurückgekommen, um mir das vorzuwerfen?«

»Ich will Ihnen erzählen, warum ich hier bin«, sagte Pierre ruhig. »Auf einer Eingangsnotiz des Archivs vom 8. Februar steht ein Duft mit dem Namen *Rose Intense*. Als Herstellungsjahr wird 1891 angegeben und statt der üblichen Inhaltsbezeichnungen das Kürzel Synth. Der Hersteller des Duftes ist eine Firma namens *Bousquet & Lefevre*.«

»Ein gemeinsam kreierter Duft. Das ist noch lange kein Grund, hier einfach so hereinzuplatzen.«

»Es ist mehr als ein gemeinsamer Duft. Das ›Synth.‹ steht für Synthese, richtig? Ich habe heute erfahren, dass es noch nicht gelungen ist, ein Rosenöl synthetisch so nachzubilden, dass es dieselbe Qualität besitzt wie echtes Öl. Könnte es sein, dass es diesen beiden Menschen gelungen ist, und zwar lange bevor sich Chemiker mit den kompliziertesten technischen Verfahren daranmachten, einen Duftstoff zu entwickeln, der das Gesuchte bereits enthält?«

»Sie sind gut informiert.« Lefevre nickte in übertriebener Anerkennung. »Tatsächlich hat sich mein Ururgroßvater damals von einem neuen Parfüm beeindrucken lassen, dem die Damen der Pariser Gesellschaft zu der Zeit verfallen waren. Es war erstmals mit einem synthetischen Stoff versetzt, von dem man glaubte, dass er in der Lage sei, eine emotionale Reaktion hervorzurufen.«

Anouks Duft … »Sie sprechen von *Jicky*, dem ersten Parfüm, das Vanillin enthielt.«

»Ein Vanillin«, verbesserte Lefevre, »dessen Effekt man durch die Verlängerung der Seitenkette um ein C-Atom verstärkt hatte.« Sein Gesicht wurde weich. »Die Wirkung des

Duftes galt als geradezu magisch. Und weil es eine so unerhörte Neuerung war, machten Eugène und sein Kompagnon sich daran, ein synthetisches Pendant der Rose herzustellen.«

»Es muss Sie doch in den Fingern gejuckt haben herauszufinden, ob dieser Rosenduft die Lösung Ihrer Probleme enthält.«

Lefevre runzelte die Stirn, und das Weiche aus seinen Zügen verschwand. »Ich weiß wirklich nicht, worauf Sie hinauswollen.«

Pierre schnalzte unwirsch mit der Zunge. »Hervé Bousquet vermisste einen Duft. Zu der Zeit besaß nur eine Person einen Schlüssel zum Archiv: Lucien Aubert. Kann es nicht so gewesen sein, dass Sie ihn damit beauftragt haben, das *Rose Intense* aus dem Archiv zu entwenden? Oder hat es Aubert selbst dort zufällig entdeckt? War es das, was Sie ihm vor seiner Entlassung entreißen wollten?« Pierre wartete auf eine Reaktion, und als Lefevre ihn nur schweigend anstarrte, fuhr er fort: »Sie wollten, dass er diesen synthetischen Rosenduft dem Labor übergab, damit Ihre Chemiker ihn analysieren konnten. Aber er hat ihn behalten und begonnen, selbst damit zu experimentieren, war es so?«

»Nein. Sie irren sich. Und Sie haben keinerlei Beweise für Ihre Behauptungen.«

»Aber jede Menge Indizien. Hervé Bousquet hat seinem Freund Hugo Monnier erzählt, dass er einen Zusammenhang zwischen Lucien Auberts Tod und dem verschwundenen Duft sah. Er wollte zur Polizei gehen und Strafanzeige stellen, doch dann starb auch er.«

Der Fabrikant riss die Augen auf, dann fing er an zu lachen. »Sie gehen mir langsam auf die Nerven, aber so richtig! Dieser Duft ist nur halb so wertvoll, wie Sie behaupten. Es ist nichts weiter als Citronellol, ein synthetischer Duftstoff, dessen Formel der Amerikaner Francis D. Dodge bereits zwei Jahre zuvor, im Jahr 1889, der Öffentlichkeit vorgestellt hatte. In unserem Labortresor lagern zwei Fläschchen davon, sie sind seit Generationen in unserem Besitz.«

»Haben Sie einen Beweis für Ihre Behauptung?«, fragte Pierre verblüfft.

»Wenn Sie wollen, zeige ich es Ihnen. Nur damit Sie endlich Ruhe geben!«

Erst als Pierre wieder im Wagen saß und die Tür verriegelt hatte, zog er sein Mobiltelefon hervor und hob es ans Ohr.

»Und, hast du es?«

»Klar und deutlich«, sagte Luc. »Mann, was für ein Arsch. Glaubst du wirklich, dass er die beiden umgebracht hat?«

»Es sieht nicht danach aus.«

»Und was machen wir jetzt mit der Aufnahme?«

»Die kannst du löschen, sie ist wertlos.« Pierre stieß einen verärgerten Laut aus. Die Spur war ins Leere gelaufen. Nun stand er wieder mit leeren Händen da. »So, Schluss für heute. Ich komme jetzt erst einmal wieder nach Sainte-Valérie. Morgen machen wir weiter.«

Pierre sah auf die Uhr. Es war sieben, er würde es nicht rechtzeitig schaffen. Er musste Charlotte anrufen, damit sie nicht auf ihn wartete.

Er legte auf und wählte ihre Mobilnummer. Sie nahm sofort ab.

»Pierre, wo bist du?«

»Ich fahre jetzt los«, sagte er, »es kann zehn werden.«

»Wie geht es Anouk?«

»Den Umständen entsprechend.«

»Konntest du denn etwas erreichen?«

»Ich denke, schon. Morgen wissen wir mehr.«

Pierre hatte sich bemüht, zuversichtlich zu klingen, er brachte es nicht übers Herz, ihr zu sagen, dass er bisher nichts in der Hand hatte, das Anouks Freilassung ermöglichte. Und dass, wenn es ihm denn gelänge, die Probleme womöglich erst begannen.

»Lass dir ruhig Zeit. Die Sache geht vor, und ich habe genug zu tun«, sagte sie munter. »Ich warte im Laden auf dich.«

33

Im hinteren Teil der *Épicerie* schien noch Licht. Auf sein Klopfen hin kam Charlotte zur Tür, ihre Wangen waren gerötet, und sie warf jemandem ein Lachen über die Schulter zu, bevor sie ihm öffnete.

»Wie schön, du kommst gerade richtig«, begrüßte sie ihn.

Pierre sah an ihr vorbei zu dem Sommelier, der beim Tresen stand und sich über die dunkle Löwenmähne strich. Pierre verspürte einen leichten Stich angesichts der Verbundenheit, in die er hineinzuplatzen glaubte. Wüsste er nicht, dass Martin Cazadieu dem weiblichen Geschlecht nichts abgewinnen konnte, er hätte ihn scharf angesehen und Charlotte an sich gezogen, um die Besitzverhältnisse noch einmal deutlich zu machen.

So aber wäre eine derartige Demonstration eher peinlich. Außerdem mochte er den zu Dramatik neigenden Sommelier, den er ebenso wie Charlotte bei jenem Mordfall kennengelernt hatte, in dem der Täter nach Rezepten mordete, die aus Charlottes Kochschule stammten.

Er trat ein, gab Charlotte einen Kuss und nickte Cazadieu, der ihm mit freudig ausgebreiteten Armen entgegenkam, freundlich zu.

»Pierre, mein Lieber«, rief der Sommelier aus, »wir haben gerade von dir gesprochen.«

»Wieso? Ist irgendetwas vorgefallen?«

Charlotte schüttelte mit einem Lächeln den Kopf. »Martin

ist auf der Suche nach einem Weinberg. Er will sich einen lang gehegten Traum erfüllen.«

»Schön. Und was hat das mit mir zu tun?« Ihm fielen die Lider zu.

»Charlotte«, sagte Cazadieu, der ihm nun überschwänglich die Hand schüttelte, »hat erzählt, dass zu deinem Grundstück auch ein ehemaliger Weinberg gehört. Das ist eine fantastische Lage, es wäre ein Jammer, den brachliegen zu lassen. Ich würde ihn mir gerne mal ansehen und ein paar Bodenproben nehmen. Natürlich nur, wenn du Interesse daran hast, ihn zu verpachten.«

»Das wäre doch eine tolle Sache, findest du nicht?«, meinte Charlotte. »Du hast ihn sowieso nie genutzt.«

Pierre musste zugeben, dass er den Weinberg seit dem Kauf des alten Bauernhauses nicht ein einziges Mal betreten hatte. Er lag abseits des Hofes, hinter dem Birkenwäldchen, und war schon damals so verwildert gewesen, dass er ihn gar nicht mehr wahrnahm. »Lasst uns das bitte ein andermal besprechen. Ich hatte einen anstrengenden Tag und sehne mich nach meinem Bett.«

Die lange Fahrt hatte ihm die letzte Kraft geraubt. Kurz vor Coustellet hatte er die bleierne Müdigkeit nicht länger ignorieren können. Er hatte zu zwinkern begonnen und das Fenster geöffnet, um die kühle Nachtluft ins Innere zu lassen. Und als auch das nichts half, fuhr er rechts ran und stieg aus. Hügel und Felder waren von dem dunklen Nachthimmel umfangen, an dem Millionen Sterne funkelten.

Nur noch neun Kilometer bis Sainte-Valérie, aber er schaffte nicht einmal mehr hundert Meter, ohne Gefahr zu laufen, augenblicklich einzuschlafen.

Pierre stemmte die Hände in die Hüften und atmete tief durch. Das Standlicht beleuchtete mehrere Reihen sich entfaltender Blätter, ohne dass er erkennen konnte, ob daraus einmal Melonen oder Kürbisse werden sollten. Weiter hinten lag ein Weinberg. Knorrige Stämme reckten sich in den Himmel, von frischem Grün bedeckt.

Dankbarkeit erfüllte ihn. In diesem Augenblick befand er sich inmitten des Calavon-Tals zwischen Luberon und Monts de Vaucluse, das ähnlich fruchtbar war wie die Täler bei Grasse. Nur gab es hier statt immer dichter werdender Bebauung vorwiegend Landwirtschaft. Man hatte rechtzeitig eingegriffen und den Bereich zum regionalen Naturpark erklärt, er war zudem Teil des Biosphärenreservats Luberon-Lure mit strengen behördlichen Auflagen, sodass manch ein Besitzer, dessen Haus außerhalb der ausgewiesenen Bebauungsflächen lag, nicht einmal den heiß ersehnten Pool ausbaggern durfte.

Du hast es gut getroffen, hatte er gedacht, als er sich wieder hinters Lenkrad setzte. Um keinen Preis der Welt wollte er mit den Bewohnern rund um Grasse tauschen.

»Pierre, du schläfst ja schon im Stehen! Sag, hast du noch Hunger?«

Er riss die Augen auf. Charlottes Fröhlichkeit wirkte aufgesetzt, er sah ihr an, dass sie besorgt war.

»Wie ein Bär.«

»Dann packe ich uns etwas ein.« Sie betrachtete ihn, als wolle sie bis auf den Grund seiner Seele schauen. »Ich glaube, es ist besser, wenn ich nach Hause fahre.«

»Wie du meinst«, sagte er widerstandslos, inzwischen käme er nicht einmal mehr drei Meter weit.

»Alles in Ordnung?«

»Ich bin nur müde, lass uns jetzt gehen.«

Charlotte holte eine prall gepackte Kühltasche hinter dem Tresen hervor und nickte Cazadieu zu, der sich vor der *Épicerie* mit einer stürmischen Umarmung verabschiedete und seiner Wege ging.

»Du verschweigst mir etwas, nicht wahr?«, fragte Charlotte leise, während sie das Gitter vor dem Schaufenster herunterzog und verriegelte. »Muss Anouk länger in Untersuchungshaft bleiben?«

»Solange wir den Täter nicht haben, wird *Commissaire* Thiebaud dafür sorgen, dass sie nicht gehen darf.«

»Und du hast alles versucht, um ihn zu finden?«

»Himmel, ja! Was denkst du denn?«

»Entschuldige bitte.«

Charlottes Gesicht wirkte fahl im Schein der Straßenlaterne. Schweigend gingen sie zum Parkstreifen, wo der Berlingo stand. Die Pfützen, die gestern noch knöchelhoch auf dem Pflaster gestanden hatten, waren getrocknet. Fröhlicher Lärm schallte durch die Nacht, ein Grüppchen junger Frauen bog in die *Rue du Pontis* ein, in der Hand eine Flasche Crémant, die sie lachend kreisen ließen.

»Keine Bange, ich bleibe dran«, sagte Pierre, als sie wieder alleine waren. »Ich werde mir einen weiteren Tag frei nehmen. Egal, was Marechal dazu sagt.«

»Dann fährst du morgen also zurück nach Grasse?«

»Ja.«

Charlotte legte die Hand auf den Griff und öffnete die Wagentür. »Und wenn Marechal dir nicht freigibt?«

»Wenn der Herr Bürgermeister wirklich meint, so ein dummes Fest sei wichtiger als ein Menschenleben, dann soll er mir den Buckel runterrutschen.«

»Gut so.«

Mit einer energischen Handbewegung startete Charlotte den Motor und lenkte den Berlingo durch die engen Gassen zum Stadttor hinaus.

Pierre lehnte sich zurück, den Blick auf den funkelnden Sternenhimmel gerichtet. Er konnte ihre Sorge verstehen, er dachte daran, wie verzweifelt Anouk gewesen war, als er sie im *Maison d'Arrêt* besucht hatte. Ganz unvermittelt war wieder das Gefühl präsent, das ihn nach dem Besuch beschlichen hatte: dass Anouk ihm etwas verheimlichte.

»Wenn ich nur wüsste, wer dieser Mann in Oppède-le-Vieux ist.«

»Du meinst ihren Liebhaber?«

»Ja. Das Ganze kommt mir eigenartig vor. In all den Gesprächen, die ich im Laufe des Tages geführt habe, war der Kerl nicht ein Mal Thema. Als sei er ein Geist.«

»Sie hat ihn vor allen verheimlicht.«

»Was, wenn es diesen Liebhaber gar nicht gibt? Wenn Oppède-le-Vieux nur ein Vorwand war, um dich zu besuchen?«

»Aber warum?«

»Keine Ahnung. Vielleicht hat sie uns als Zeugen gebraucht.«

»Wegen des Anrufes von Aminata? Das ist doch verrückt!«

»Nein, ist es nicht. Anouk weiß, dass sie sich auf deine Loyalität verlassen kann. Sie wollte unbedingt mit dir essen gehen. Und als ich eintraf, hat sie mich gebeten, Platz zu nehmen. Obwohl ich ganz offensichtlich ungelegen kam.«

Charlotte schüttelte den Kopf. »Sie war in Oppède-le-Vieux, ganz sicher. Anouk würde mich nicht anlügen.«

»Was hat sie dir im Restaurant erzählt? Sie hat dich schwören lassen, nichts zu sagen …«

Charlotte seufzte. Der Wagen rollte durch die Dunkelheit, und Pierre konnte nur ahnen, dass sie mit sich rang.

»Na schön.« Sie seufzte erneut, dieses Mal tiefer. »Dieser Kerl hat etwas von ihr gefordert, das sie nicht mit ihrem Gewissen vereinbaren konnte. Sie wollte meinen Rat hören.«

Pierre hielt den Atem an. Am liebsten hätte er mit der flachen Hand auf das Armaturenbrett geschlagen und Charlotte gefragt, warum zum Teufel sie ihm das nicht früher erzählt habe, aber dann würde sie womöglich gar nichts mehr sagen. Also riss er sich zusammen und atmete langsam aus, bis er sicher war, dass seine Stimme den Ärger nicht verriet.

»Und, was hast du ihr empfohlen?«

»Dass sie auf ihren Bauch hören solle. Und dass keine Liebe der Welt groß genug sei, um etwas zu tun, das einem widerstrebt. Oder jemandem schadet. Dass es keine echte Liebe sei, wenn der andere so etwas verlangt.«

»Was hat er denn von ihr verlangt?«

Charlotte schwieg, während sie den Berlingo auf die Zypressenallee lenkte und weiter über die Brücke zum Haus. Der Kies knirschte, als der Wagen auf dem Vorplatz hielt, dann schaltete sie den Motor aus.

»Er wollte, dass sie einen Diebstahl deckt.«

34

Sosehr Pierre auch versuchte, seine Stimme unter Kontrolle zu behalten, er konnte seinen Zorn nicht länger verbergen.

»Einen Diebstahl? Du meinst, ich fahre nach Grasse, um deine Freundin herauszuhauen, während sie darüber nachdenkt, einen Verbrecher zu decken, der nur wenige Kilometer von uns entfernt wohnt?«

»Sie hat darüber nachgedacht, du sagst es«, echauffierte sich Charlotte, und ihre Augen funkelten, als die Innenraumbeleuchtung aufflammte. »Das ist, soweit ich weiß, nicht strafbar.«

»Aber sie selbst war im Archiv. Die Polizei hat sie erwischt, als sie etwas suchte, schon vergessen? Was, wenn dieser Mann nicht nur ein Dieb ist, sondern auch ein Mörder!« Alles ergab plötzlich einen Sinn. Anouks Entsetzen, als Aminatas Anruf einging, die Bitte, nicht nur die Sanitäter zu alarmieren, sondern auch die Polizei. Sie musste geahnt haben, dass ihr ominöser Freund zu weit gegangen war.

»*Mon Dieu*, hätte ich dir doch bloß nichts erzählt!« Charlotte sprang aus dem Wagen und lief in den Kegel des sich einschaltenden Hoflichts.

»Im Gegenteil, du hättest es viel früher tun sollen. Dann hätte ich nicht einen unbescholtenen, hart arbeitenden Mann eines Verbrechens beschuldigt. Wusstest du, dass ich mich wegen Anouk sogar strafbar gemacht habe?« Pierre stieg aus und knallte die Autotür zu, lauter als notwendig. »Was ist nur mit dir los, verdammt noch mal? Diese Frau hat dir offenbar vollkommen den Kopf verdreht. Bleib stehen, Charlotte, ich will endlich die Wahrheit wissen!«

»Die Wahrheit?« Sie hielt inne und drehte sich zu ihm um. Ihr Gesicht wirkte angestrengt. »Na schön! Ich sage dir, was ich denke. Anouk ist da in etwas hineingeraten, für das sie jetzt den Kopf hinhalten soll. Aber sie ist unschuldig. Sie hat mir gesagt, sie sei dankbar für meinen Rat. Das sei genau das, was sie gebraucht habe. Sie habe schließlich sonst niemanden, mit dem sie reden könne und dem sie vertraue. Ich hätte recht, alleine dass sie darüber nachgedacht hatte, sei unverzeihlich. Sie habe sich dem Mann verpflichtet gefühlt, aber das sei nun vorbei.« Sie nickte mit Nachdruck. »Genau das hat sie gesagt. Und ich glaube ihr.«

»Mag sein, dass du richtigliegst. Aber du hättest es mir erzählen müssen. Dann käme ich mir jetzt nicht so furchtbar dämlich vor.« Er packte sie mit beiden Händen bei den Schultern. »Charlotte, bitte, wer ist dieser Mann?«

»Was ändert das schon?«

»Alles. Wenn er den Archivar auf dem Gewissen hat, könnte Anouk die Nächste sein.«

»Ich weiß es nicht.« Mit einem Seufzen schüttelte sie seine Hände ab. »Ich glaube, du verrennst dich da in etwas. Er hat Bousquet nicht ermordet.«

»Woher willst du das wissen?«

»Als Anouk am Morgen vor ihrer Verhaftung zu uns kam, habe ich dasselbe gedacht wie du. Während du bei den Ziegen warst, habe ich sie gefragt, ob dieser Mann etwas damit zu tun haben könne. Sie hat es verneint und nur gesagt, dazu sei er gar nicht in der Lage.«

»Was hat sie damit gemeint?«

»Es klang, als würde ihn etwas daran hindern. Eine Krankheit oder so. Ich wollte nachhaken, aber in dem Augenblick bist du reingekommen. Es tut mir leid, Pierre. Es stimmt, ich hätte es dir erzählen sollen, aber ich war mir sicher, dass es Anouk nur in Schwierigkeiten bringt.«

»Du glaubst im Ernst, die Wahrheit zu verschweigen sei die bessere Lösung?«, empörte er sich. »Du hast versucht, meine Ermittlungen zu beeinflussen, ist dir das eigentlich klar?«

»Das ist nicht wahr. Aber manchmal bist du ein wenig ... wie soll ich es sagen ... unbeherrscht. Ich hatte Sorge, dass du die falschen Schlüsse ziehst.«

»Die falschen Schlüsse? Ich bin Polizist. Du kannst doch nicht von mir verlangen, dass ich für deine Jugendfreundin in den Kampf ziehe und dabei die Augen vor belastenden Tatsachen verschließe, nur weil du der Meinung bist, es habe nichts mit dem Fall zu tun! Ich wäre beinahe zu Marechal gegangen und hätte ihm meinen Job vor die Füße geworfen, um weiter ermitteln zu können.«

»Jetzt komm schon.« Sie lächelte beschwichtigend. »Kennst du das denn nicht? Gibt es niemanden, für den du durchs Feuer gehen würdest, egal wie viel gegen ihn spricht? Dem du seine Beteuerungen vorbehaltlos glaubst, den du mit all deiner Kraft verteidigst, damit ihm kein Unrecht geschieht?«

»Nein. Wenn ich eines gelernt habe, dann dass selbst diejenigen, die wir lieben und schätzen, manchmal Fehler machen. Es ist blauäugig, sie von allem freizusprechen. Sie sind nur Menschen, keine Heiligen.«

»Und was wäre«, ihre Stimme wurde ganz sanft, »wenn es um mich ginge?«

»Das ist unfair.« Er stieß die Luft aus.

»Siehst du? Du würdest dasselbe für mich tun. Weil du mich kennst und mir vertraust.« Sie reckte sich ihm entgegen und gab ihm einen Kuss.

Pierre ließ es geschehen und schwieg. Er war zu aufgewühlt, um zur Tagesordnung übergehen zu können. Ja, er vertraute Charlotte. Aber hatte er auch Vertrauen in ihr Urteil? War Anouk tatsächlich stark genug gewesen, dem Drängen eines geliebten Mannes zu widerstehen, einen Diebstahl zu decken, der womöglich nicht nur mit dem Mord an Bousquet zu tun hatte, sondern auch mit Auberts Unfalltod?

Er beschloss, das Thema ruhen zu lassen und diesen Punkt alleine weiterzuverfolgen. Ohne Charlottes Wissen. Gleich morgen früh würde er nach Oppède-le-Vieux fahren.

Während Charlotte die Haustür aufsperrte und die Kühltasche in die Küche brachte, um das Essen aufzuwärmen, ging Pierre ins Wohnzimmer. Wie ein Stein sank er auf das Sofa und dachte darüber nach, wie er die Suche nach dem Mann auch innerhalb seiner Dienstzeit bewerkstelligen könnte. Die Fahrt in das alte Bergdorf betrug etwa zwanzig Minuten, er könnte den Umweg unauffällig einschieben und zum Beispiel eine Straßenkontrolle vorgeben, ohne dass jemand es bemerkte.

Zufrieden mit dieser Aussicht gab er der bleiernen Müdigkeit nach, die einsetzte, kaum dass er die Füße hochgelegt und den Kopf auf das zurechtgezupfte Kissen gebettet hatte, und schloss die Augen. Kurz nur, ganz kurz, dachte er. Im nächsten Moment war er eingeschlafen.

Als er wieder erwachte, lag das Haus im Dunkeln, und über seinen Körper war eine Decke ausgebreitet. Verwirrt rieb er sich die Augen, dann richtete er sich auf und schlich ohne Licht nach oben, wo er den Staub des Tages notdürftig abwusch und sich dann zu Charlotte ins Bett legte.

»Ist das Anouks Parfüm?«, murmelte sie schlaftrunken.

»Ja«, sagte er und überlegte, wie er es ihr am besten erklären sollte.

»Es passt irgendwie nicht zu ihr«, flüsterte Charlotte. »Es ist zu … dunkel.« Sie schmiegte sich an ihn und war im nächsten Moment schon wieder eingeschlafen.

Pierre strich ihr übers Haar. Charlotte vertraute ihm, so viel stand fest. Vorbehaltlos.

35

Es war Donnerstag, der 17. Mai. Im Radio hatten sie Temperaturen von bis zu dreiundzwanzig Grad angekündigt, am Wochenende sollten es sogar siebenundzwanzig werden.

Pierre hatte am Morgen ausgiebig geduscht, bis er sicher sein konnte, dass sämtliche Reste des Parfüms abgewaschen waren. Dann hatte er sich kurz in der Wache zurückgemeldet und, nachdem Penelope ihm versichert hatte, dass die Suche nach Aminata in vollem Gange sei, den Schlüssel zum Einsatzwagen vom Brett genommen. Er wolle ein wenig durch die Gegend fahren und ein paar Autos kontrollieren. Was Luc mit einem breiten Grinsen quittierte.

»Eines solltest du wissen«, hatte sein Assistent Penelope erklärt, »wenn der Chef Patrouille fährt, dann ist irgendwas im Busch.«

Und so steuerte Pierre den Wagen den Berg hinab und auf die andere Seite des Tals, an Weinbergen und vereinzelten Gehöften vorbei nach Oppède-le-Vieux. Jetzt, da die Sonne schien, fielen ihm auch wieder die Mohnblumen ins Auge, die noch immer den Wegesrand zierten, ebenso die stark verblühten Iris. Der Regen hatte der Region gutgetan. Wo im Mai sonst die Straßen mit dem Staub der trockenen Felder bedeckt waren, war das Land überzogen mit unzähligen Schattierungen von Grün.

Die Straße führte steil bergan, den mittelalterlichen Ruinen und der *Église Notre-Dame d'Alidon* entgegen, zu deren Füßen sich Steinhäuser eng aneinanderschmiegten. Pierre stellte den Wagen in einer Seitengasse ab, gleich neben einem Café, das in einem Eckhaus lag. Gewiss ein beliebter Treffpunkt von Bewohnern und Gästen, hier wollte er mit der Suche beginnen.

Pierre überquerte die menschenleere, eng möblierte Terrasse, schlängelte sich durch die Reihen bunt zusammengewürfelter Stühle und Tische vorbei zum Eingang – einer grün lackierten, von Rosenranken umrahmten Sprossentür – und drückte die Klinke herunter. Drinnen herrschte ein buntes Sammelsurium aus verschiedenfarbigen Möbeln und Erinnerungsstücken. Der Inhaber schien ein Fan von Oldtimern zu sein. An den Deckenbalken waren Schilder verschiedener Rallyes und Clubs angebracht – vom *Coupe des Alpes,* der *Rallyes des Vignobles* oder einem Rennen vom *Club Bugatti France.*

»Wir haben noch geschlossen«, ertönte eine Stimme hinter dem Tresen. »Kommen Sie um zehn wieder.«

»Ich brauche nur schnell eine Auskunft.«

Ein Kopf mit Brille tauchte auf. »Ah, *Monsieur le policier*, natürlich«, sagte der Mann mit Blick auf Pierres Uniform. »Kleinen Moment noch, ich bin gleich bei Ihnen.« Dann ging er wieder hinter dem Tresen in die Knie.

Neugierig blickte Pierre sich um. Selten hatte er einen Ort gesehen, an dem die Leidenschaft für Oldtimer derart präsent war. Im Regal hinter dem Tresen standen unzählige Pokale. An den Wänden hingen alte Helme, Modellfahrzeuge, sogar ein Lenkrad. Er erinnerte sich, von diesem Café gehört zu haben, aber er war noch nie hier gewesen.

»So«, sagte der Mann endlich und stellte sich vor ihn hin, »wie kann ich helfen?«

»Sammeln Sie zufällig auch historische Parfüms?«

Der Wirt lachte entwaffnend. »Gott bewahre, ein aufwändiges Hobby reicht.«

Pierre stimmte ein und zog ein Bild von Anouk hervor, das er in der Wache ausgedruckt hatte.

»Kennen Sie diese Frau?«

»Nein. Wer ist das?«

»Ihr Name ist Anouk Debris. Sie soll vor einigen Tagen hier im Dorf gewesen sein.«

»Darf ich?«

Pierre reichte ihm den Ausdruck.

Der Mann schob die Brille auf die Nase und hob das Blatt ins Licht. »Hübsche Frau. Sie kommt mir irgendwie bekannt vor. Ist das eine Schauspielerin? Ich habe das Gefühl, sie schon einmal im Fernsehen gesehen zu haben.«

»Ihr Bild war im Zusammenhang mit einem Mordfall in der Presse«, antwortete Pierre. »Sie war vergangenen Montag hier und hat einen Mann besucht, der im Dorf wohnen soll.«

»Nein.« Der Wirt gab ihm den Ausdruck mit einem Schulterzucken zurück. »Es tut mir wirklich leid, aber da kann ich Ihnen nicht weiterhelfen.«

»Trotzdem danke.«

Pierre verließ das Lokal und sah sich um. Schräg gegenüber war ein Sandplatz, in dessen Mitte ein Kreuz stand, das wohl das Dorfzentrum markierte. Auf einem der Steinblöcke saß eine ältere Dame in rustikalen Schnürschuhen, auf dem Schoß einen plüschigen weißen Hund, der die Zähne bleckte, als Pierre sich den beiden näherte.

»Wohnen Sie hier?«

Sie nickte. »Was gibt's denn?« Energisch fuhr sie dem Hund, der nun zu kläffen begann, über die Schnauze, und er verstummte.

Pierre hielt ihr den Ausdruck hin. »Es geht um diese Frau hier. Sie soll mit jemanden aus dem Dorf befreundet sein.«

Die Dame runzelte die Stirn. »Die habe ich tatsächlich gesehen, vor wenigen Tagen. Sie ist dort entlanggegangen.« Sie deutete in Richtung des Stadttors auf der anderen Seite des Platzes. »Aber sie war nicht lange da, etwa zehn Minuten.«

»Wohnt dort vielleicht ein verheirateter Mann? Einer, der etwas mit der Parfümbranche zu tun hat? Oder ein Sammler historischer Düfte?«

»Es gab mal jemanden hier im Dorf, dessen Sohn als Parfümeur arbeitet. Er wohnte nicht weit entfernt, nur etwa fünfzig Meter den Berg hoch in der *Rue des Écoles*. Aber den meinen Sie sicher nicht, der lebt schon seit einigen Jahren nicht mehr.«

Pierre spürte, wie ihm die Hitze in den Kopf schoss. »Heißt der Sohn zufällig Lucien Aubert?«

»Ich habe keine Ahnung, ich bin erst vor Kurzem hergezogen. Aber fragen Sie doch die jetzigen Mieter, Madame und Monsieur Philibert.«

»Welches Haus ist es?«

»Das mit den vielen Geranientöpfen. Sie müssen nur der Gasse folgen, Sie laufen direkt darauf zu.«

»Ich danke Ihnen.«

Pierre eilte durch das alte Tor, das so beengt und niedrig war, dass er unwillkürlich den Kopf einzog, und folgte dem uneben gepflasterten, von Kräutern gesäumten Weg. Je höher er stieg, desto einsamer wurde es. Nur der Ruf der Zikaden begleitete ihn auf der Suche nach dem Haus der Philiberts, das er kurz vor einer Biegung erblickte.

Es war ein altes Haus aus rußigen Steinen und mit einem verwitterten Dach. Pierre betätigte den Türklopfer und wartete auf eine Reaktion. Dabei rieb er sich die Beine, die von dem ungewohnt steilen Aufstieg brannten. Sah dabei den Berg hinauf, über die notdürftig geflickten Dächer hinweg bis zur Burgruine, die alles überragte.

Ein zauberhafter Ort, dachte er, so friedlich und still. Und das mitten im Luberon, wo man kaum noch einen Schafstall unter einer halben Million Euro ergatterte. Nur wenige Kilometer weiter östlich, rund um Menèrbes, hatten sich Menschen aus aller Welt einen Zweitwohnsitz geschaffen. Aber wahrscheinlich war das Leben hier, hinter den engen Stadtmauern, wo man jeden Wasserkasten zu Fuß den Berg hinaufschleppen musste, für die meisten zu beschwerlich. Und die Sanierung der teils verfallenen Häuser zu aufwändig.

Er drehte sich wieder um und ließ den Klopfer ein zweites Mal gegen die Tür schlagen, diesmal energischer. Babygeschrei ertönte, und eine weibliche Stimme begann beruhigend zu singen. Dann wurde der Gesang lauter, und die Tür öffnete sich.

Eine Frau mit kräftigen roten Wangen und zerzaustem Haar stand im Dunkel des Flures, auf dem Arm einen Säugling, den sie rhythmisch wiegte, obwohl er schon wieder selig schlummerte.

»Entschuldigen Sie bitte die Störung«, sagte Pierre und hielt ihr den Ausdruck mit den Bildern von Anouk entgegen. »Ich möchte wissen, ob Sie diese Frau schon einmal gesehen haben. Sie wollte vermutlich jemanden besuchen, der früher einmal hier gelebt hat.«

»Ja, sie war da.«

»Was wollte sie?«

»Das weiß ich nicht. Ich habe zufällig aus dem Fenster gesehen, weil wir Besuch erwarteten. Sie ist mir nur aufgefallen, weil sie mit reglosem Gesichtsausdruck zum Haus herüberstarrte und dann zu weinen anfing. So heftig, dass ich sie fragen wollte, ob ich ihr helfen könne. Aber als ich vor die Tür trat, war sie schon wieder auf dem Weg hinunter.« Sie bemerkte sein Polizeiabzeichen. »Wird sie gesucht?«

»Es geht mir vor allem um einen Mann, der hier aufgewachsen sein soll. Einen Parfümeur.«

»Meinen Sie Lucien Aubert?«

Pierre stockte der Atem. »Sie kennen ihn?«

»Ja. Nur leider kommen Sie zu spät. Er ist Ende April auf einer Bootstour verunglückt. Man hat ihn vor zwei Wochen auf dem Friedhof beigesetzt.«

»Kannten Sie ihn gut?«

»Nur flüchtig. Er hat das Haus nach dem Tod seines Vaters leergeräumt, damit wir einziehen konnten. Der alte Mann war vollkommen vereinsamt, sein Sohn hat sich über Jahre hier nicht blicken lassen.«

Pierre nickte. Das Bild von Luciens Charakter fügte sich immer deutlicher zusammen, doch es war kein schönes Bild, das sich ihm da zeigte. »Wo finde ich den Friedhof?«

»Er liegt in der *Rue de l'Église*, weiter unten in Richtung Tal.«

Es war ein kleiner Friedhof inmitten der Ebene vor den Toren des neuen Oppède. Von einer Mauer umschlossen, davor ein großer Parkplatz, auf dem nur ein Fahrrad stand.

Obwohl ihm die junge Frau bereits alle Fragen beantwortet hatte, konnte er nicht anders, als das Grab des ihm unbekannten Parfümeurs zu besuchen. In der Hoffnung, es möge ihm einen Einblick geben, obwohl er noch nicht wusste, in was.

Am Eingang saß eine alte Frau auf einer Bank, neben sich eine Gießkanne. Er sprach sie an und fragte, ob sie wisse, wo sich das Grab befand.

Sie streckte den Arm aus und erzählte, dass es eine sehr traurige Beerdigung gewesen sei.

»Nur eine einzige Dame ist gekommen. Sonst niemand, nicht einmal der Bürgermeister. Obwohl der junge Mann hier geboren ist. Aber er hat sich einfach zu lange nicht sehen lassen, bevor seine Eltern verstorben sind, einer nach dem anderen, der

Vater zuletzt.« Sie kniff die Augen zusammen. »Es heißt, er habe reich geheiratet, ist das wahr?«

»Ja.« Pierre zeigte ihr Anouks Bild. »Die Dame auf der Beerdigung, war das die Frau hier?«

Die alte Dame holte eine Brille hervor und schnalzte dann irritiert mit der Zunge. »Die habe ich auch gesehen. Sie hat fast mehr geweint als seine Ehefrau.« Sie wies mit dem Kopf in die Richtung, in die sie schon mit dem ausgestreckten Arm gezeigt hatte. »Es ist ein Familiengrab, auf der linken Seite, Sie können es nicht verfehlen.«

Er fand es sofort. Ein schlichter Stein zwischen Marmorplatten und aufwändig verzierten Kreuzen. Davor dunkle Erde mit Bodendeckern und – er hockte sich nieder und berührte die noch feuchten Krumen – ein frisch gepflanzter Rosenbusch mit kugelförmigen, üppig gefüllten zartrosa Köpfen, wie sie auf Anouks Feld standen.

Unwillkürlich verschränkte Pierre die Hände.

Sie war also hier gewesen, um Abschied zu nehmen. Es rührte ihn, und ihm stiegen Tränen in die Augen, ohne dass er sich dagegen wehren konnte. So war es immer, wenn er dem Tod begegnete, er hasste die Vergänglichkeit, verdrängte sie, so gut er konnte.

Pierre richtete sich auf und blieb noch einen Augenblick vor dem Grab stehen, unbewegt, bis ihn die Präsenz des Todes zu sehr beklemmte und er sich umwandte.

Wenn Anouk Charlotte die Wahrheit gesagt hatte, dann hatte sie an diesem Grab Abschied von ihrem Liebhaber genommen. Wenn nicht, dann war sie gekommen, weil sie sich schuldig fühlte.

36

Noch auf dem Rückweg rief Pierre Hugo Monnier an.

»Besorgen Sie mir sofort einen Termin im *Maison d'Arret*. Ja, Sie haben richtig gehört. Ich will mit Mademoiselle Debris sprechen. Ich werde gegen zwei Uhr in Grasse sein.«

Ohne weitere Erklärung legte er auf.

Eine toxische Beziehung hatte Anouk die Ehe zwischen Carole Aubert und ihrem Mann genannt. Und toxisch war vielleicht auch das, was sie selbst mit Lucien verbunden hatte. Zwei Frauen, die um die Aufmerksamkeit eines Mannes rangen, der sich offenbar nicht entscheiden konnte. Beide hatten einen unterschiedlichen Blick auf die Wahrheit. Nur welcher war der richtige?

Zwanzig Minuten später stellte Pierre den Dienstwagen vor der Wache ab und hastete die *Rue des Oiseaux* entlang zur Aussichtsplattform, an dessen Anwohnerparkstreifen Charlotte am Morgen den Berlingo abgestellt hatte. Der Wagen war fort.

Er eilte weiter zur *Épicerie* und rief, kaum dass er den Laden betreten hatte, in Richtung Theke: »Wo ist Charlotte?«

»Auf dem Markt in Cavaillon«, antwortete Isabelle. »Sie ist vor einer halben Stunde losgefahren. Soll ich ihr etwas ausrichten?«

»Nein.« Pierre bedankte sich und stürzte hinaus. Er hatte Charlotte am Morgen gesagt, dass er nicht nach Grasse fahren werde, weil er andere Dinge zu tun hatte, und sie hatte es mit einem hilflosen Schulterzucken quittiert.

Sie hatte nicht damit rechnen können, dass er den Wagen entgegen seiner Ankündigung nun doch brauchte, er musste also einen anderen Weg finden und hatte auch schon eine Idee.

Hastig lief Pierre über die gepflasterten Gassen und weiter durch ein schmales Tor in den Hinterhof, in dem Carbonnes Werkstatt lag. Er fand den Uhrmacher vor seinem alten Kastenwagen. Der Witwer hielt einen Schwamm in den Händen, aus dem schaumiges Wasser tropfte und den er mit liebevollen Bewegungen über die Seite des rostigen Ungetüms gleiten ließ.

»Didier, kann ich mir deinen Citroën ausleihen?«

Carbonne fuhr sich mit dem Handrücken über die Stirn, wo er einen schmutzigen Streifen hinterließ. »Jetzt gleich?«

»Ja, es muss schnell gehen. Morgen hast du ihn wieder.«

»Morgen erst? Ich wollte noch zum Supermarkt. Die haben gerade *bière blonde* im Angebot.«

»Das ist morgen auch noch da.«

»Und heute Abend? Ich wollte gemütlich Fernsehen gucken und dazu ein Bier trinken.«

»Dann kauf die eine Flasche eben bei Oudard.«

»Oudard ist ein Halsabschneider!«, rief Carbonne ein wenig zu laut. »Weißt du, was bei dem eine Flasche kostet? Drei Euro fünfzig! So viel bezahlt man im *E. Leclerc* nicht mal für einen Kasten.«

Der Uhrmacher reckte den Kopf, er hatte maßlos übertrieben, und seinem Grinsen war zu entnehmen, dass er das auch ganz genau wusste. Offenbar wollte er einen guten Preis für sein Entgegenkommen aushandeln.

Aus dem Augenwinkel nahm Pierre eine hastige Bewegung wahr. Eine Gardine wurde gelupft, kurz darauf öffnete sich das zugehörige Fenster einen Spaltbreit, und ein Gesicht erschien, Augen und Ohren scheinbar unbeteiligt auf das gerichtet, was hier gerade vor sich ging.

Pierre wurde ungeduldig. »Komm schon, du bist mir noch einen Gefallen schuldig«, zischte er.

»Bin ich nicht. Arnaud hat sich bei mir gemeldet, und ich habe ihm alles erzählt, was ich über den Verräter weiß. Damit sind wir quitt.«

»In Ordnung.« Pierre holte sein Portemonnaie heraus und hielt ihm zehn Euro hin. »Hier, für das Bier. Du bekommst den Wagen auch vollgetankt zurück.«

»Zwanzig.« Der Uhrmacher grinste noch breiter, sodass man die Zahnlücken sehen konnte, und schielte dabei zu dem Fenster hinüber, hinter dem eine weitere Person aufgetaucht war.

»Übertreib es nicht!« Pierre wedelte mit dem Schein. »Nun gib den Schlüssel her, es eilt.«

Carbonne kniff die Augen zu und blinzelte, als stehe er im gleißenden Sonnenlicht. Dabei tat er, als müsse er sich die ganze Sache noch einmal gründlich überlegen.

»Die Anzeige wegen des unerlaubten Marktstandes«, sagte Pierre ungerührt, »kann ich im Übrigen auch nachträglich ausstellen.«

»Na schön«, brummte der Alte. »Aber der Tank ist dann voll!«

»Versprochen!«

Pierre schwang sich auf den Fahrersitz und ließ den Motor an, der nach kurzem Blubbern erstarb. Erst beim dritten Versuch sprang der Wagen an.

»Willst du denn gar nicht wissen, wer der Verräter war?«, rief Carbonne gegen das Röhren an.

Pierre kurbelte das Fenster herunter. »Später.« Er streckte dem Uhrmacher den erhobenen Daumen entgegen, dann bugsierte er den Citroën rückwärts durch das Tor auf die Straße. Doch der Alte hatte ihm den Namen schon hinterhergerufen.

»Es war Maurice Marechal.«

Pierre nahm gerade erst die Auffahrt zur A7, als Luc anrief.

»Chef, wo steckst du denn? Der Einsatzwagen steht vor der Tür, aber du bist nirgends auffindbar.«

»Ich bin wieder auf dem Weg nach Grasse. Ich hätte mich gleich bei dir gemeldet.«

»Dann solltest du schnellstmöglich umdrehen.«

»Warum?«

»Weil sich Marechal angekündigt hat. Er will mit dir die Details zum Fest besprechen. Er hat wohl mit dem Inhaber des Crêpes-Standes in Aix-en-Provence telefoniert, und der weiß nichts von einem Kinderfest.«

»Himmelherrgott!«, stöhnte Pierre. »Was mischt der sich auch ein. Sag ihm, er soll das mit Penelope klären, ihre Idee mit der Spende für die Schule ist sicher in seinem Sinne.«

»Das habe ich ihm längst gesagt, er will trotzdem zu dir.«

»Richte ihm aus, dass ich krank bin. Eine Magenverstimmung.«

»Aber du kannst doch nicht …«

»Es geht nicht anders. Ich stehe kurz davor, den Fall zu lösen. Ich muss nur noch ein paar Details klären. Hör zu, Luc, bitte halte mir den Rücken frei, ich verlass mich auf dich.«

Pierre legte auf und fuhr sich durchs Haar. Er versuchte, einen klaren Kopf zu bewahren, während er das Für und Wider abwägte. Würde der Bürgermeister ihm die kleine Lüge übelnehmen? Er kannte die Antwort. Dennoch konnte er unmöglich umkehren, was auch immer die Konsequenz war. Er hatte das Gefühl, dass sich eine Tür geöffnet hatte, die ihm einen Blick auf die Wahrheit gewährte. Und dass sie sich wieder schloss, wenn er sie nicht schnellstens durchschritt.

Pierre krallte die Hände fest ums Lenkrad. Er entschied weiterzufahren. Bald schon, so hoffte er, würde er wissen, wer der Mörder oder die Mörderin war. Und dann würde er weitersehen.

37

Pierre erreichte das *Maison d'Arrête* in Grasse um kurz vor zwei. Er hatte zwischendurch tanken müssen, der alte Kastenwagen schien das Benzin geradezu zu fressen. Während er den Stutzen in die Tanköffnung schob, ging ein Anruf vom Bürgermeister ein, er ließ es klingeln, ohne ranzugehen.

Auf Höhe von Brignoles hatte Monnier sich gemeldet und bestätigt, dass er um halb drei mit Anouk sprechen könne.

Nun stand Pierre auf dem Parkplatz vor dem Gefängnis und sah über die karge Berglandschaft, in die es gebaut war, als das Telefon abermals klingelte. Fluchend zog er es aus der Tasche, doch es war Charlotte.

»Hast du Marechal erzählt, du hättest eine Magenverstimmung?«

»Er war bei dir?«

»Ja. Er meinte, er sei bei uns zu Hause gewesen, um sich nach deinem Befinden zu erkundigen. Allerdings habe niemand aufgemacht.«

»*Merde!*« Pierre stöhnte auf. Er hätte Charlotte informieren sollen, aber er war mit seinen Gedanken ganz beim Fall gewesen. »Und was hast du ihm gesagt?«

»Ich wusste zuerst nicht, worum es ging. Er wollte wohl testen, ob ich über deine akute Erkrankung informiert bin. Am Ende konnte ich die Situation retten, indem ich ihm sagte, dass Magenverstimmungen häufiger urplötzlich auftreten und du sicher zum Arzt gefahren seist, um dich krankschreiben zu lassen.«

»Das ist gut. Nur wo bekomme ich so schnell ein Attest her?«

»Du bist unterwegs wegen des Falles, nicht wahr? Du solltest Marechal anrufen und es ihm erklären. Er wird es sicher verstehen.«

»Wird er nicht, das habe ich ja schon versucht. Nein, ich werde mich morgen bei ihm melden. Bis dahin habe ich mir etwas überlegt.«

»Tu es besser sofort. Er will, dass du ihn augenblicklich zurückrufst.«

In diesem Augenblick rollte der Wagen des Anwalts auf den Parkplatz. Sofort löste sich ein schlaksiger Mann aus dem Schatten und begann, Fotos zu machen.

»*Maître* Monnier«, rief er, »gibt es Neuigkeiten zum Fall Anouk Debris?«

»Kein Kommentar«, blaffte der Anwalt und schlug den Mantelkragen hoch.

»Ich muss jetzt los, Charlotte«, murmelte Pierre ins Telefon. »Sollte Marechal sich noch einmal bei dir melden, dann tu so, als hättest du mich nicht erreicht.« Er legte auf und ging Monnier entgegen.

»Ihre Fahrzeuge werden immer hübscher«, feixte der Anwalt ohne ein Lächeln. Er zeigte auf Pierres Uniform. »So wird man Sie hier sicher nicht reinlassen.«

»Es muss gehen. Ich hatte keine Zeit, mich umzuziehen.«

»Legen Sie wenigstens die Uniformjacke ab.« Der Anwalt öffnete die Klappe seines Kofferraumes und warf Pierre einen hellgrauen Feinstrickpullover mit Rundhalsausschnitt zu. »Hier, so müsste es gehen. Gibt es einen Grund für Ihre Hektik? Ich musste einen wichtigen Termin umlegen und hoffe, Sie haben eine gute Erklärung hierfür.«

Unwillig zog Pierre sich den Pullover über den Kopf. »Das wird sich gleich herausstellen.«

Anouk war ungeschminkt und hatte das Haar zu einem Pferdeschwanz zusammengebunden, was sie wie ein Teenager aussehen ließ. Nur die tiefen Augenringe ließen erahnen, wie es um sie bestellt war.

»Du hast erzählt, du hattest einen Termin in Oppède-le-Vieux, um jemanden zu besuchen«, begann Pierre ohne Umschweife. »Du warst an Lucien Auberts Grab.«

Sie zuckte zusammen. »Wie kommst du darauf?«

»Ich war dort, Anouk, ich habe den Rosenbusch gesehen. Lucien und du, ihr wart ein Paar. Oder gab es einen anderen Grund für deinen Besuch dort?«

Sie starrte ihn lange an, nickte dann zögerlich. »Ich habe ihn über alles geliebt.« Eine Träne löste sich und rann über die Wange, tropfte auf das Sweatshirt.

»Warum hast du es uns die ganze Zeit verheimlicht?«

»Weil mir dann erst recht keiner mehr geglaubt hätte.« Sie sah zu Monnier. »Haben Sie mir Zigaretten mitgebracht?«

»Rauchen ist hier nicht erlaubt.«

»Das ist mir egal. Was sollen die schon tun? Was soll denn noch Schlimmeres kommen?«

Monnier stand auf, klopfte an die Tür und sprach, nachdem sie geöffnet wurde, mit dem Wachhabenden. Kurz darauf kam er mit einer Zigarette und einem Aschenbecher wieder.

»Nur eine. Den Rest gebe ich Ihnen später.«

Pierre wartete, bis sie sich die Zigarette mit zittrigen Fingern zwischen die Lippen gesteckt hatte, dann gab er ihr Feuer. »Und nun erzähl.«

Anouk lehnte sich zurück und blies den Rauch in Richtung Decke. »Lucien und ich haben uns im vergangenen Sommer bei einem von Hervés Abendessen kennengelernt. In dem Moment, als ich Lucien sah, wusste ich, dass ich ihm verfallen würde. Es war eine warme, unumstößliche Gewissheit, einfach so, aus dem Nichts heraus. Lucien erging es ebenso, ich habe es ihm angesehen. An jenem Abend sind wir umeinander herumgeschlichen, taten freundlich, aber distanziert, doch innerlich haben wir da schon gebrannt.«

»Und dann? Wann seid ihr zusammengekommen?«

»Das hat eine Weile gedauert. Zunächst haben wir uns wieder aus den Augen verloren. Drei Monate haben wir nichts mehr voneinander gehört und wenn, dann nur, wenn Hervé von dem jeweils anderen erzählte. Eines Tages veranstaltete *Syntesse* ein Firmenfest. Ich hatte gehofft, Lucien dort wiederzusehen. Wir redeten den ganzen Abend. Über Träume und Sehnsüchte, über die Freiheit künstlerischen Ausdrucks. Und über schicksalhafte Begegnungen, die das Leben mit einem Schlag verwandeln können. Als wir am Ende des Abends voreinander standen, erst seltsam sprachlos, dann mit verlegenem Lächeln, lud ich ihn kurzerhand zu mir ein.« Sie lächelte, und ihre Züge bekamen etwas Weiches, Verletzliches. »In dieser Nacht sind wir zusammengekommen.«

»Wie lange ist das her?«

Anouk atmete tief ein. Ihr Kinn zitterte, und es dauerte eine Weile, bis sie antwortete. »Sieben Monate, drei Tage und vierzehn Stunden.«

»Er ist also über Nacht geblieben«, hakte Monnier nach. »Was hat seine Frau dazu gesagt?«

»Ich weiß es nicht. Er meinte, er ließe sich etwas einfallen.« Sie sah Pierre flehend an. »Vielleicht denkst du jetzt, ich sei unmoralisch und herzlos. Aber unsere Begegnung, unsere Liebe war wie ein Tsunami, der uns willenlos machte und mit sich riss. Was hätte ich denn tun sollen? Ihn abweisen? Er war kreuzunglücklich in seiner Ehe, Carole engte ihn ein. Ihr Interesse für seinen Beruf, ihre Art, ihn zu fördern, war ihm eine Last. Er hasste das Gefühl, von ihr abhängig zu sein. Dabei hatte er längst genügend Geld verdient, um auf eigenen Beinen zu stehen. Er hätte gut ohne sie leben können.«

»Hat er davon gesprochen, sich von ihr zu trennen?«

Sie schüttelte stumm den Kopf.

»Hast du ihn darum gebeten?«

»Er war niemand, von dem man etwas verlangen durfte. Dafür war er viel zu freiheitsliebend.« Anouk zog an der Zigarette und drückte sie aus. »Trotzdem habe ich es irgendwann angesprochen. Er bat mich um Zeit. Zeit, um sich über das Chaos klar zu werden, das unsere Affäre in ihm angerichtet hatte. Also wartete ich, während wir uns weiter heimlich trafen und die wenigen Stunden genossen, die wir miteinander verbrachten. Bei mir im Haus und manchmal auch in seinem Atelier in Èze Village.«

»Sagt dir der Name *Rose Intense* etwas?«

Sie starrte Pierre an, den Mund weit geöffnet.

»Anouk, bitte! Hör auf, irgendwelche Spielchen zu treiben. Wenn du mir jetzt nicht alles erzählst, dann bin ich raus, endgültig. Weißt du eigentlich, dass ich für dich meinen Job riskiere?«

»Also gut«, flüsterte sie. »Hervé hat uns davon erzählt. Er lud uns zum Abendessen ein, nur uns beide, seine liebsten Menschen, wie er betonte. Dabei zeigte er uns eine wachsversiegelte Phiole, die ein Meeresarchäologe bei einem Tauchgang entdeckt und ihm angeboten hatte. Sie stammt aus einem Wrack, das vor der Küste Nordafrikas gesunken ist. Es war das Handelsschiff eines vermögenden Kaufmannes, der Duft war offenbar als Gastgeschenk gedacht.«

»Wann war das?«

Sie dachte kurz nach. »Das muss Anfang Februar gewesen sein.«

Pierre nickte, ihre Erzählung stimmte mit Hervés Einträgen überein. Und jetzt verstand er auch den Zusammenhang. *Aequori* hatte neben dem Namen des Rosenmoleküls gestanden, aber er hatte mit dem Hinweis nichts anfangen können. Es war die lateinische Ortsbestimmung des Wortes Ebene, und er hatte gedacht, Hervé habe damit eine bestimmte Ebene bei Grasse gemeint. Doch das Wort *aequor* bedeutete auch Wasserfläche, Meer.

»Das *Rose Intense* aus dem Archiv stammt also aus einem Wrack«, wiederholte er leise.

»Ja«, bestätigte Anouk. »Der Archäologe erkannte anhand der Prägung die herstellende Firma. Er hätte die Phiole auch Lefevre anbieten können, aber er wollte, dass es in wertschätzende Hände kommt. So hat er sie Hervé für einen stattlichen Betrag überlassen. Der war außer sich vor Freude, er hat sie uns gezeigt und in unserem Beisein geöffnet.«

»Und?« Pierre beugte sich vor.

»Wir erwarteten, dass es stechend roch, irgendwie brackig. Vor einigen Jahren hat jemand eine unversehrte Parfümflasche vor den Bermudainseln gefunden, die beim Öffnen furchtbar stank. Schon das war eine Sensation. Der Geruch aus der Phiole war anders, sanfter, der ursprüngliche Rosenduft war gut zu erahnen. Er war leichter als das Original, ihm haftete etwas an, das uns alle drei sprachlos aufschauen ließ. Ich kann kaum beschreiben, was es war. Als sei der Duft eine Symbiose mit dem Salzwasser eingegangen, als habe die stete Bewegung der Moleküle am Meeresgrund etwas in Schwingung gebracht, das der emotional stabilisierenden Wirkung der Rose etwas hinzufügte.«

»Wie bei aus dem Meer geborgenen Weinen«, rief Monnier aus. »Manche schmecken wie aus dem Höllenpfuhl, andere sind gereift und überraschend exquisit. Da gibt es inzwischen vielversprechende Experimente, man nutzt den Wasserdruck und die Meeresströmung, um die Prozesse in Gang zu bringen. Eine moderne Form der Alchemie.« Er nahm mit einem Schnaufen seine Brille ab und legte sie vor sich auf den Tisch. »Genial! «

Anouk nickte. »Lucien war wie elektrisiert und bat Hervé, ihm die Flasche mitzugeben. Er wolle den Inhalt im Labor von *Syntesse* analysieren.«

»Hat der Archivar zugestimmt?«

»Nein. Er sagte, sie sei viel zu wertvoll. Hervé wollte die Kostbarkeit bewahren, statt sie für den Kommerz in sämtliche Einzelteile zu dividieren.«

»Und Lucien Aubert? Wie hat er reagiert?«

»Er zeigte Verständnis. Wir feierten die Entdeckung gebührend mit einem teuren Rotwein. Der Duft war danach kein Thema mehr.« Anouk schlang die Arme um den Oberkörper. »Als Lucien mir Wochen später sein *Hommage au Bleu* zeigte, erinnerte ich mich an das Gefühl, das uns beim Öffnen der Phiole überkommen hatte. Ich fragte ihn, ob er sie entwendet habe. Zuerst verneinte er, aber ich war mir sicher, dass der Meeresrosenduft ein bedeutender Anteil des Parfüms war. Als ich ihm drohte, mit Hervé darüber zu sprechen, gab er es zu. Lucien tat furchtbar zerknirscht. Er habe nicht widerstehen können, er habe aus dem Gedächtnis heraus etwas nahezu identisch Riechendes kreiert und dann die Flüssigkeiten ausgetauscht. Hervé würde schon nichts merken. Lucien flehte mich an, beschwor mich, es für mich zu behalten, es breche dem Archivar sonst das Herz. Zu der Zeit erholte Hervé sich gerade von seinem Infarkt. Ich wollte ihn nicht zusätzlich belasten, also schwieg ich.«

»Hervé Bousquet hat den Verlust sehr wohl bemerkt«, warf Pierre ein. »Allerdings erst nach Lucien Auberts Tod. Er dachte, Clément Lefevre sei der Dieb.«

»Der Fabrikant?« Monnier sah ihn überrascht an.

»So steht es zumindest in seinen Notizen«, bestätigte Pierre.

»Von welchen Notizen reden Sie?«

»Das erzähle ich Ihnen später.«

»Hervé hat mir von seinem Verdacht erzählt«, sagte Anouk leise. »Auch dass er es der Polizei melden wolle. Aber ich traute mich nicht, die Wahrheit zu sagen, ich fühlte mich an das Versprechen gebunden, das ich Lucien gegeben hatte. Es war falsch, das weiß ich jetzt. Ich wünschte, ich hätte es richtiggestellt, bevor es zu spät war.«

Monnier wiegte nachdenklich den Kopf. »Hat Sie dieser Wunsch«, fragte er Anouk, »dazu veranlasst, das Archiv so gründlich zu durchsuchen?«

Sie nickte. »Ich wollte doch bloß die Notizen vernichten, bevor der Verdacht auf den Falschen fällt.«

Pierre betrachtete ihr gerötetes Gesicht, die tiefen Schatten unter den Augen. Er glaubte ihr. Er spürte, dass sie endlich alles erzählt und ihnen die Wahrheit gesagt hatte. Anouk war unschuldig. Charlotte, seine warmherzige und kluge Charlotte, hatte recht gehabt.

»Wer außer dir und vielleicht auch Lefevre weiß noch von dem Meeresrosenduft?«

»Niemand. Es sei denn, Lucien hat Carole davon erzählt.«

Pierre dachte, dass angesichts dessen nur noch eine Person als Täter in Frage kam. Und dass, sofern er mit seiner Theorie richtiglag, noch jemandes Leben in Gefahr war. Das Leben derjenigen, die den einzigen Flakon des *Hommage au Bleu* stets bei sich trug und die den Schlüssel zu dem Atelier besaß, in dem sich das aus dem Wrack geborgene *Rose Intense* befinden mochte: Carole Aubert.

38

»Sie glauben, dass Clément Lefevre der Mörder ist?«, fragte Monnier, kaum dass sie wieder auf dem Parkplatz standen. Es hatte zu stürmen begonnen, aber der Himmel war noch immer klar und sonnig.

»Ich will es nicht ausschließen. Noch ist es reine Spekulation. Doch ich werde alles tun, um Gewissheit zu erlangen.«

Monnier sah ihn mit großen Augen an. »Spekulationen scheinen Sie zu lieben. Aber ganz ehrlich, ich komme da langsam nicht mehr mit.«

»Spekulationen sind manchmal die einzige Möglichkeit, sich der Wahrheit anzunähern«, entgegnete Pierre schmunzelnd. Mit Zeigefinger und Daumen deutete er die Größe einer Parfümflasche an. »Sehen Sie: Alles begann mit einem Duft. Mit dem *Rose Intense*, das über hundertzwanzig Jahre lang der Meeresströmung ausgesetzt war. Hervé Bousquet hat den Duft im Februar von dem Meeresarchäologen erhalten. Das Fläschchen stammt aus der gemeinsamen Produktion seines Urgroßvaters Henri und dessen Kompagnon Eugène Lefevre. Es hat sich, wie sich herausstellte …«

»… im Laufe der Jahre unter Wasser verändert«, ergänzte Monnier. »Ja, so weit habe ich es verstanden. Nur warum Clément Lefevre?«

»Moment. Es ist wichtig, dass wir chronologisch vorgehen, damit wir nichts übersehen.« Pierre holte tief Luft. »Also, Hervé Bousquet lädt seine beiden Vertrauten Anouk und Lucien zum

Essen ein und zeigt ihnen die Phiole. Lucien Aubert ist begeistert. Es ist genau das, wonach er immer gesucht hat. Ein besonderer Duft, der ihn elektrisiert, euphorisiert. Sofort erkennt er das Potenzial. Während die Parfümindustrie Forscher in sämtliche Winkel der Welt schickt, um einen nie gerochenen Duft zu finden, hält Hervé ihm hier, vor den Toren von Grasse, einen vollkommen neuartigen unter die Nase.«

»Damit hätte Aubert sich«, überlegte Monnier, »wenn er es geschickt angestellt hätte, nicht nur aus der Abhängigkeit seiner Frau befreien können, sondern auch aus der seines Arbeitgebers.«

»Weit mehr als das, es wäre der direkte Sprung auf den Olymp. Er mischt also einen Duft, der dem in der Phiole nahekommt, und tauscht die beiden in Abwesenheit des Archivars aus. Immerhin hat er den Schlüssel und kennt den Zugangscode zum Archiv. Dann beginnt er, das aus dem Meer geborgene *Rose Intense* zu analysieren. Das kann er nicht in seinem Atelier, dafür braucht er das Labor von *Syntesse*. Er macht es ohne die hochmoderne Technik, deren Einsatz sofort registriert werden würde, sondern mit herkömmlichen Methoden. Gerade als er den Duft entschlüsselt hat, wird Clément Lefevre auf das eigenartige Verhalten seines Mitarbeiters aufmerksam und stellt ihn zur Rede.«

»Meinen Sie«, fragte Monnier, »Lefevre hat von der Phiole gewusst?«

»Das frage ich mich auch. Aber nur mal angenommen, der Meeresarchäologe hat, entgegen der Vereinbarung, auch Lefevre von dem Duft erzählt … immerhin stehen auf dem Flakon beide Namen, *Bousquet & Lefevre*. Vielleicht ahnte Lefevre, dass sein Parfümeur sich damit beschäftigte. Warum, das weiß ich nicht, hier fehlt mir noch eine ausreichende Erklärung.«

»Lefevre könnte ihn auch beobachtet haben. Mit einer versteckten Kamera beispielsweise.«

Pierre wiegte den Kopf. »Gut möglich. Dieser Teil ist noch im Unklaren. Sicher ist nur, dass er seinen Parfümeur zur Herausgabe eines Duftes zwingen wollte, an dem Aubert heimlich und ohne Einbeziehung des Laborpersonals arbeitete. Lefevre sucht nach dem Schlüssel zu einem synthetischen Rosenöl, das ebenso exklusiv riecht wie ein echtes. Und das *Rose Intense* enthält genau so einen synthetischen Anteil, auch wenn er im Originalzustand nicht besonders aufregend ist. Was, wenn er sich von der molekular veränderten Substanz einen Durchbruch seiner Forschung versprochen hat? Lefevre ruft also das Sicherheitspersonal, das die Tür aufbricht, doch er hat nicht damit gerechnet, dass Carole Aubert ihren Mann von der Arbeit abholt. Sie kommt hinzu, als Lefevre handgreiflich wird, und rettet ihrem Lucien damit den Kopf. Lefevre muss ihn ziehen lassen.«

Pierre dachte nach, rieb sich dabei die Stirn, um den Faden nicht zu verlieren, während Monnier ihm mit einem ungeduldigen Nicken bedeutete fortzufahren.

»Es ist Ende März, als Lucien Aubert die Firma mitsamt dem Duft verlässt. Er zieht sich in sein Atelier zurück und kreiert ein Parfüm, das sich unter anderem auch der Wirkung des Meeresrosenduftes bedient: das *Hommage au Bleu*. Doch es bleibt bei der einen Flasche. Er stirbt, bevor er den Duft auf den Markt bringen kann.«

»Jetzt kommt der schwierige Teil«, sagte Monnier. »Die Sache mit dem Betäubungsmittel. Könnte es sein, dass Carole Aubert wegen Mademoiselle Debris aufgebracht war und ein Beruhigungsmittel genommen hat, das sich mit dem Champagner auf fatale Weise vermischte?«

»Natürlich, das wäre denkbar.«

»Außerdem gibt es noch einige andere Möglichkeiten, das Boot zu beschleunigen. Fernbedienungen zum Beispiel, mit denen sich moderne Jachten auch aus fünfzig Metern Entfernung steuern lassen.«

Monnier rückte seine Brille zurecht und sah dabei so ernst aus, dass Pierre unwillkürlich lachen musste.

»Klingt ein wenig nach James Bond«, scherzte er.

»Na ja, Sie haben doch selbst gesagt, dass Spekulationen hilfreich seien.«

»Wie dem auch sei. Lucien Aubert kommt dabei ums Leben. Wenige Tage nach seinem Tod entdeckt der Archivar, dass der Duft in der Phiole nicht der echte ist. Dem Verstorbenen traut er diese Tat nicht zu. Also vermutet er, dass Lefevre dahintersteckt, und konfrontiert ihn mit seinem Verdacht. Der Fabrikant bekommt es mit der Angst zu tun und schleicht sich ins Haus, um ein Gift zu deponieren, das den Archivar tötet. Er entdeckt die Pralinen, ohne zu wissen, dass Anouk sie mitgebracht hat … was erklärt, warum er ein so großes Interesse daran hatte, sie zu entlasten. Dann verschwindet er, bevor Hervé Bousquet sein Eindringen bemerken kann.«

Monnier nickte. »So weit ist alles klar. Nur wie ist Lefevre ins Haus gekommen?«

»Mit Lucien Auberts Schlüssel. Ich habe ihn bei *Syntesse* gefunden, in seinem Laborkittel. Allerdings habe ich einen Fehler gemacht und ihn eingesteckt.«

»Bitte?« Monnier verdrehte die Augen. »Und wo ist er jetzt?«

»Im Teich.« Pierre hob die Hände. »Ja, ich weiß. Bloß ohne den Schlüssel hätte ich das Ganze nicht herausgefunden. Lefevre könnte sehr wohl unbemerkt ins Haus gelangt sein. Was er jetzt noch braucht, um seinen Plan zu vollenden, sind das Original aus der Phiole und der Flakon vom *Hommage au Bleu*, den Luciens Witwe stets bei sich trägt.«

»Verdammt, Sie haben recht. Und was machen wir nun?«

»Madame Aubert warnen.« Pierre zog sein Telefon aus der Tasche und wählte die Nummer der Galerie in Valbonne.

Die junge Verkäuferin meldete sich beim dritten Klingeln.

»Sie ist nicht da, Monsieur«, antwortete sie auf seine Bitte, Carole Aubert sprechen zu dürfen. »Sie hat heute frei genommen.«

»Wissen Sie, wo ich sie finden kann?«

»Sie wollte nach Saint-Jean-Cap-Ferrat. Die Unglücksjacht soll verkauft werden, Madame Aubert hat einen Termin mit einer Vermittlungsagentur, die das übernehmen soll.«

»Wie heißt die Agentur?«

»Das weiß ich nicht, tut mir leid.«

»Dann geben Sie mir bitte Madame Auberts Mobilnummer. Es ist sehr wichtig.«

Pierre notierte die Zahlen und tippte sie sogleich ein. Doch Carole Aubert hatte das Telefon ausgeschaltet.

»Versuchen Sie den Namen der Vermittlungsagentur herauszufinden«, sagte er, an Monnier gewandt. »Ich will wissen, wann der Termin ist und mit wem sie sich trifft.«

»In Ordnung. Und was machen Sie in der Zwischenzeit?«

»Ich fahre zum Cap Ferrat.«

Als Pierre die Küstenstraße in Richtung des Hafens verließ, war es kurz vor fünf. Er hatte Nizza weiträumig umfahren und sich erst auf Höhe von Villefranche-sur-Mer der Bucht genähert.

Plötzlich tauchte das Meer vor ihm auf. Erst ein funkelndes Blau, das immer wieder zwischen den Dächern der an den Hang gebauten Häuser aufblitzte. Dann – hinter einer Kurve – mit einem Schlag präsent. Atemberaubend schön in der Bewegung der Wellen, die der Wind landwärts schob. Auf dem Wasser dümpelnde Boote, am Horizont ein Kreuzfahrtschiff, das gerade Fahrt aufnahm.

Am liebsten hätte er in einer der Parkbuchten gehalten, von denen man einen herrlichen Blick über die Küste hatte. Es den Touristen gleichgetan, die ihre Kameras auf das Panorama richteten oder einfach nur dastanden und die Aussicht genossen. Stattdessen quälte er Carbonnes alten Kastenwagen um die Kurven, getrieben von der Sorge um Madame Aubert, und ließ den Seewind durch das heruntergekurbelte Wagenfenster hereinströmen, der sein Gesicht warm und weich streichelte.

Die Küstenstraße schlängelte sich oberhalb der kleinen Badebuchten entlang, vorbei an violett berankten Hausfronten, Agaven und Palmen. Die Bougainvilleas standen hier schon in voller Blüte, violettblaue und pinke Farbtupfer in einem Meer frischen Grüns.

Rechter Hand überholte ihn ein Zug, fuhr wie aus dem Nichts kommend auf breiten Schienen zur anderen Seite der Bucht, wo er auf Höhe von Cap Ferrat aus dem Blickfeld verschwand. Der ins Meer ragenden Halbinsel, an deren östlicher Seite das ehemalige Fischerdorf Saint-Jean-Cap-Ferrat lag.

Der Weg zum Jachthafen führte über schmale Straßen durch Wohngebiete. Je näher er der Spitze kam, desto exklusiver die Häuser und höher die Mauern. Bis er nach links geleitet wurde und sich im Ort wiederfand.

Als Pierre den Kastenwagen durch die engen Gassen in Richtung Parkplatz steuerte, rief Monnier an.

»Ich habe die Agentur herausgefunden, die das Boot anbieten soll. Madame Aubert wollte sich mit dem Inhaber heute um vier Uhr treffen, aber der Mann ist noch nicht zurück. Die Dame am Telefon versprach, mich anzurufen, sobald sie ihn erreicht.«

»Sie gäben einen guten Ermittler ab«, lachte Pierre, obwohl

ihm nicht zum Scherzen zumute war. Er überlegte, *Commissaire* Thiebaud einzuschalten, doch er hatte noch nichts in der Hand, was einen Polizeieinsatz rechtfertigte.

»Und was machen wir nun?«, fragte Monnier.

»Ich bin gleich am Jachthafen und melde mich, sobald ich mehr weiß. Könnten Sie sich in der Zwischenzeit auf den Weg hierher machen?«

»Bitte? Wissen Sie, wie lange man zum Cap Ferrat braucht?«

»Eine knappe Stunde. Aber ich habe ein ungutes Gefühl. Und es wäre mir lieber, jemand würde mich bei allen weiteren Schritten begleiten.«

39

Der Hafenmeister nannte ihm die Nummer des Anlegers und streckte den Finger weit von sich.

»Die Motorjacht liegt in der *grand môle*. Sie müssen die Fußgängerzone entlang und einmal ganz über den *Quai Lindbergh*. Das Boot liegt in der Reihe rechts vom alten Leuchtturm.«

Im Laufschritt eilte Pierre die Promenade mit den Boutiquen und Restaurants entlang, am Muschelmuseum vorbei, bis seine Lunge brannte. Der Weg war weiter als gedacht, er musste das gesamte Hafenbecken umrunden, bis er die Princess V 62 von Carole Aubert sah. Und als er sie endlich erreichte, blieb er keuchend stehen und wartete, bis er wieder zu Atem kam.

Die Sportjacht war tatsächlich sehr groß. Zweimal so hoch wie er selbst und bestimmt zwanzig Meter lang. Schwarz glänzender Lack, oberhalb der Kabinen in Weiß. Pierre reckte den Kopf, suchte auf dem Deck nach anwesenden Personen, doch er konnte niemanden sehen.

»Madame Aubert?«, rief er. »Madame Aubert, hören Sie mich?«

Als niemand antwortete, kletterte Pierre auf die Badeplattform und über die schmale Treppe auf das hölzerne Deck. An der Sofalandschaft vorbei bis zur Glastür, die ihn vom Innenraum trennte.

»Hallo?«, rief er, während er fest gegen das Glas klopfte. »Madame Aubert, sind Sie da?« Er rüttelte am Griff, die Tür war verschlossen.

»*Monsieur*, was tun Sie denn da?«

Pierre fuhr herum. Ein kräftiger Mann mit derbem, sonnengegerbtem Gesicht, das nicht zu seinem rosafarbenen Polohemd passen wollte, starrte ihn vom benachbarten Deck aus an.

»Verlassen Sie sofort das Boot, sonst rufe ich die Polizei.« Er sprach mit osteuropäischem Dialekt.

»Die steht schon vor Ihnen.« Pierre holte seinen Dienstausweis hervor, er hatte inzwischen jegliche Hemmungen verloren. »Ich suche Carole Aubert. Sie wollte sich hier mit einem Makler treffen.«

Das Boot schaukelte im Auf und Ab der Wellen, Pierre musste sich mit einer Hand festhalten, während er den Ausweis mit der anderen über die Reling hielt.

Der Mann beugte sich vor und nickte dann. »Sie kommen zu spät. Der Makler hat nur ein paar Fotos gemacht, dann sind sie wieder gegangen.«

»Wissen Sie zufällig, wohin?« Pierre wandte den Blick in Richtung der Fußgängerzone. Er hatte die Reihen der Tische im Vorbeilaufen gescannt, aber bis auf ein Eiscafé waren alle Restaurants noch geschlossen.

»Soweit ich es mitbekommen habe, wollte Carole gleich weiter. Sie sah sehr müde aus, es ging ihr nicht gut.« Der Mann verzog den Mund. »Das alles ist kein Zustand für eine trauernde Witwe, höchste Zeit, dass das Ganze endlich aufgeklärt wird.«

»Sie haben vollkommen recht, *Monsieur*, leider fehlen uns noch einige entscheidende Zusammenhänge.«

»Kann ich vielleicht noch etwas tun?«

»Waren Sie denn hier, als das Unglück passiert ist?«

»Ja, ich habe auch schon ausgesagt.«

»Würden Sie dies wiederholen? Vielleicht haben wir ein wichtiges Detail übersehen.«

Der Mann nickte. »Wir ankerten in der Bucht, als es geschah, ich habe gesehen, wie die Jacht auf die *Pointe de Saint-Hospice* zugerast ist. Carole hat einfach auf die Küste zugehalten, ohne Kursänderung. Beinahe wäre sie mit uns zusammengestoßen. Ich habe wie verrückt geschrien und einen Schnellstart hingelegt, damit wir vom Fleck kamen. Ich habe noch heute Albträume davon. Was, wenn ich bei meiner Frau und unserem Sohn auf der Sonnenliege gelegen hätte?« Er fuhr sich mit beiden Händen über das Gesicht. »Manchmal bilde ich mir ein, dass meine Schreie Carole aus der Bewusstlosigkeit gerissen haben und dass sie daraufhin das Boot herumriss. Aber das ist natürlich Unsinn, der Motor machte ja viel zu viel Lärm.«

»Haben Sie sie gesehen?«

»Nur für den Bruchteil einer Sekunde, aber ich meine, sie stand am Steuer und hob in einer abrupten Bewegung den Kopf. Einen Augenblick später bremste sie ab und wendete in einer scharfen Kurve.« Er schüttelte den Kopf, sichtlich erschüttert von den aufkommenden Bildern. »Das war wirklich knapp. Nicht auszudenken, was passiert wäre, wenn … Und nun ist sie Witwe, und es sieht nicht so aus, als käme sie damit klar.«

»Was können Sie mir über das Verhältnis der Eheleute erzählen?«

»Sie konnten die Hände kaum voneinander lassen.«

»Wirklich?«

»Ja, die beiden haben sich geliebt, das wusste jeder hier.«

»Keine Frauengeschichten?«

»Na ja, Lucien war wohl nicht immer treu. Es war keine einfache Beziehung. Wenn man Boot an Boot liegt, hört man so einiges, an windstillen Tagen jedes Husten.«

»Die Auberts haben sich gestritten?«

»Ja, über dieses und jenes, meist Kleinigkeiten. Sie schimpfte, dass sie ihn kaum noch zu Gesicht bekommt, und über seine mangelnde Fähigkeit, ihr zuzuhören. Er hasste das und verschloss sich dann ganz, bis sie irgendwann damit aufhörte. Trotzdem waren sie sich sehr nahe, die engsten Vertrauten. Und sie haben sich geliebt. Auch hörbar, meine ich. Das letzte Mal, kurz bevor sie an jenem Unglückstag in See stachen.«

Pierre runzelte die Stirn. Das hatte er nicht erwartet. Hatte Lucien nur mit Anouk gespielt? Mit beiden Frauen? Hatte er den leichteren Weg gewählt und je nach Lust und Laune mal mit der einen, mal mit der anderen geschlafen? Stand ihm seine Frau deutlich näher, als er gegenüber Anouk zugegeben hatte?

Langsam ließ Pierre den Blick über das Deck schweifen und weiter bis zur Badeplattform. Er dachte an Anouks spürbare Trauer und an den Rosenbusch auf Lucien Auberts Grab. Die Rosen standen in starkem Kontrast zu dem schmucklosen Grabstein, der ihm im Nachklang geradezu lieblos schlicht erschien. Darauf Lucien Auberts Name, ebenso schmucklos ergänzt, unterhalb dem seiner Eltern. Erst jetzt fiel ihm auf, wie eigenartig es war, dass Aubert ausgerechnet in Oppède-le-Vieux begraben lag. An einem Ort, den der Parfümeur in den letzten Jahren gemieden hatte, als scheue er den Blick in die ärmlichen Verhältnisse, aus denen er kam. Und in dem seine Eltern auch nach dem Aufstieg bis zu ihrem Tode gelebt hatten. Eltern, die er nie besuchte und denen er am Ende nichts als diesen schmucklosen Grabstein gab.

»Alles in Ordnung, *Monsieur*?«

Pierre blickte auf. »Worüber haben die beiden sich zuletzt gestritten?«

»Lucien beschwerte sich, dass sie ihm nachstelle. Ob sie ihm etwa nicht vertraue, wollte er wissen.« Der Mann grinste kurz, bevor er wieder ernst wurde. »Und dann sollte er ihr beweisen, wie sehr er sie liebt.«

»Ich danke Ihnen. Sie haben mir sehr geholfen.«

Pierre ging von Bord und lief den Weg an der Mole entlang, an den Restaurants und Geschäften vorbei zum Parkplatz. Etwas stimmte nicht an diesem Bild. Lucien Aubert, dem seine persönliche Freiheit und der äußere Glanz wichtig schienen, konnte diese letzte Ruhestätte nicht ernsthaft veranlasst haben. Und Carole? Würde eine liebende und trauernde Witwe ihren Mann nicht in der Nähe haben wollen? Würde sie das Grab nicht mit üppigem Blumenschmuck dekorieren, um ihn – seinem Lebensweg entsprechend – mit Düften zu umgeben?

Plötzlich fiel ihm etwas auf. Ein Zusammenhang, der unvermittelt vor ihm lag, glasklar und deutlich zu erkennen.

Er holte sein Mobiltelefon hervor. Dieses Mal wählte er die Nummer des Hauses in Valbonne, die Monnier ihm mitsamt der Adresse ins Notizbuch gekritzelt hatte.

»Ist Madame Aubert schon zurück?«, fragte er die Hausangestellte und fuhr, als sie verneinte, fort: »Würden Sie mir bitte die Adresse vom Atelier ihres verstorbenen Mannes geben? Es ist wichtig.« Er notierte die Antwort und legte auf. Dann bestieg er den Citroën und startete den Motor.

»Du bist so ein Idiot«, beschimpfte er sich selbst und gab Gas.

40

Der Kastenwagen kroch die ansteigende Straße hinauf, nahm die Kurven mit einem Schnaufen. Gerade als Pierre sicher war, er würde es nicht bis nach oben schaffen, ging der Weg in die gut ausgebaute *moyenne corniche* über, die sich weit über der Küstenstraße in Richtung Èze Village dahinzog.

Als er das auf einer Klippe liegende Bergdorf erreichte, war es fast sechs. Pierre stellte Carbonnes Wagen auf dem Parkplatz vor der Anhöhe ab und sprach Monnier, dessen Anschluss besetzt war, die neue Zieladresse auf den Anrufbeantworter.

»Das Atelier liegt in der *Rue de la Bournou*, im Übergang zur *Rue de la Pise*. Beeilen Sie sich!«

Dann lief er die Straße hinauf zu den Steinhäusern, die sich um ein mittelalterliches Schloss gruppierten.

Acht Minuten später tauchte er durch den Torbogen in pittoreske Gassen ein, hastete schwer atmend an einem Aussichtscafé vorüber, zwängte sich an Touristen vorbei und lief über schmale Wege, die sich zwischen den Fassaden der Steinhäuser wanden. Auf Höhe der Abzweigung zum Hotel *Le Chevre d'Or* hielt er an, um sich zu orientieren.

Pierre entschied sich für den rechten der beiden Wege und eilte weiter, vorbei an den bunten Schildern der Geschäfte, in denen Kunsthandwerk angeboten wurde und die sich inmitten der steinernen Wände wie bunte Farbtupfer auf einer Malerpalette ausnahmen.

Endlich blieb Pierre vor einer Reihe Häuser stehen, hinter deren vergitterten Fenstern jemand warmes Licht entzündet hatte, obwohl es draußen noch hell war. Das Atelier lag gegenüber, direkt neben einem Restaurant.

Pierre betrat die Stufen der Außentreppe, die ins Obergeschoss führte. Als niemand auf das Klingeln reagierte, klopfte er laut und vernehmlich gegen die Tür.

»Madame Aubert, hier ist Pierre Durand, ich muss Sie dringend sprechen.«

Keine Antwort. Er klopfte noch einmal, spähte dann durch das kleine Fenster, das neben der Tür in den Stein gelassen war.

Der Raum, den er erblickte, war hell. Von hier konnte man direkt aufs Meer sehen. Schräg vor dem Fenster stand ein Sofa, und darauf lag – Pierres Herz setzte für einige Schläge aus – Carole Aubert.

War ihr etwas zugestoßen? Hatte sie sich etwas angetan? Ihr dunkles Haar hing zerzaust über die Lehne. Pierre konnte nicht erkennen, ob sie noch atmete, er hämmerte gegen die Tür und warf sich gegen das Holz, als sie unvermittelt aufschwang.

»Verschwinden Sie!«, sagte Carole Aubert mit verwaschener Stimme. Sie sah müde aus, bekleidet nur mit Unterwäsche und einem T-Shirt.

Pierre nahm zwischen all den Gerüchen auch den Alkohol in ihrem Atem wahr. Er sah an ihr vorbei in das Atelier, das aus einem einzigen Raum zu bestehen schien, in dem sich neben dem Sofa auch ein Arbeitsplatz und eine Kochnische samt Esstisch und Stühlen befanden. Auf dem Boden verstreut lagen braune Glassplitter. Ein beißender Geruch drang ins Freie, ein fürchterliches Gemisch verschiedenster Düfte, die in der Gesamtheit nur schwer zu ertragen waren.

»Geht es Ihnen gut?«

»Lassen Sie mich gefälligst in Ruhe!« Carole Auberts Stimme kippte, sie wollte die Tür zuschlagen, doch Pierre drückte mit ausgestrecktem Arm gegen das Holz.

»Wollen Sie, dass Ihr Mann das Spiel am Ende doch gewinnt?«, rief er aus. Er nahm sich zusammen und fuhr dann deutlich sanfter fort. »Sie müssen darüber reden, wenn Sie nicht wollen, dass es Sie zerreißt.«

Carole Aubert strich sich mit beiden Händen über das zerzauste Haar, ihr Gesicht war wie erstarrt, bevor sie ihren Widerstand aufgab. »Warten Sie drinnen«, murmelte sie. Sie trat einen Schritt zurück und umkurvte auf Zehenspitzen die Glasscherben. Verschwand hinter einer Tür, durch die kurz darauf das Geräusch fließenden Wassers drang.

Pierre betrat den Raum, überrascht über ihre Reaktion. Es war nur ein Versuch gewesen, ein spontanes Vorpreschen, aus einem Gedanken heraus, der ihm beim Aussprechen geradezu infam erschien. Aber er hatte recht. Wie sie hilflos das Haar zurückgestrichen hatte, die Erstarrung, wie sich sämtliche Muskelpartien ihres Gesichtes gelöst hatten – all das zeigte ihm, dass er mit seiner Annahme richtiglag.

Die ganze Zeit hatten seine Gedanken um die Lebenden gekreist und waren immer wieder bei Clément Lefevre hängen geblieben, dessen Motiv ihm am wahrscheinlichsten erschien. Um jetzt festzustellen, dass er sich geirrt hatte. Weil er bei seinen Spekulationen nie über den Rand des Sichtbaren hinausgeschaut hatte.

Der strenge Geruch der Duftöle verursachte ihm Übelkeit. Pierre ging zum Fenster, um es aufzureißen. Bei jedem Schritt knirschte es unter seinen Schuhen. Er sah hinüber zur Duftorgel, die der Parfümeur neben dem Fenster aufgestellt hatte, ein halbrundes, stufenförmig gebautes Regal, dem der gesamte Inhalt entrissen worden war.

Durch das offene Fenster drang frische Luft in den Raum, und Pierre stöhnte erleichtert auf.

Nach Atem ringend beugte er sich vor und starrte über Agaven und Kakteen hinweg in die Tiefe. Hunderte Meter unter ihm brandete das Meer gegen die Klippen. Ein faszinierender Anblick und respekteinflößend zugleich. Als er einen Schritt zurücktrat, bemerkte er aus dem Augenwinkel die Scherben einer Glasflasche, die Carole Aubert mit voller Wucht gegen die Wand geworfen haben musste. Er erkannte die schmale Form, das durchsichtige Glas. Vorsichtig hob er eine Scherbe auf und hielt sie an die Nase. Das *Hommage au Bleu!*

Mit der Scherbe in der Hand sank er auf einen Stuhl. Vor ihm auf dem Tisch standen eine halb geleerte Flasche Rotwein und ein Glas. Er legte die Scherbe daneben ab und aktivierte die Aufnahmefunktion seines Mobiltelefons, bevor er es zurück in die Jackentasche schob.

»Sie fragen sich bestimmt, warum ich sein Werk zerstört habe«, sagte Carole Aubert, als sie den Raum wieder betrat. Sie hatte eine Jeans angezogen und einen übergroßen Pullover, der sie wieder so schmal und zerbrechlich wirken ließ wie bei ihrer ersten Begegnung. Barfuß kam sie näher, setzte sich auf einen Stuhl ihm gegenüber und zog die Beine an. »Ich habe das alles nicht mehr ertragen.« Um ihren Mund zuckte es. »Ich habe gehofft, es würde mich von dem Schmerz ablenken, der mich seit Luciens Tod fest umklammert hält.«

»Der Schmerz war doch schon vorher da«, stellte Pierre fest. »Dieses Bild in der Dachkammer Ihrer Galerie. Die Meeresszene bei Nacht, voll grellweißer und violetter Blitze, die wie ein einziger Schrei wirken. Der Schmerz war schon da, und zwar lange bevor Ihr Mann starb. Er hat ihn Ihnen zugefügt, nicht erst sein Tod.«

»Sie haben recht.« Carole Aubert wandte den Blick ab und sah durch das Fenster aufs Meer. »Lucien war sehr emotional. Schwierig. Aber auch sehr intensiv. Wenn er liebte, glaubte man, Mittelpunkt des Geschehens zu sein. Er besaß die Fähigkeit, sich voll und ganz auf das zu konzentrieren, was er wollte. Hundertprozentig. Und genauso hundertprozentig verschwand diese intensive Aufmerksamkeit wieder, sobald er sie auf etwas anderes lenkte.«

»Oder auf jemanden?«

Ihre Züge bekamen einen harten Zug. »Oder jemanden.« Sie nickte. »Einen Mann wie Lucien kann man nur halten, wenn man ihm gewisse Freiheiten lässt. Mit den Jahren lernt man, damit zu leben.«

»Sie haben von dem Verhältnis mit Anouk gewusst?«

»Er hat versucht, es vor mir zu verheimlichen. Er hat sie schlechtgemacht, um mir zu zeigen, wie weit er davon entfernt war, sie zu lieben. Aber ich habe sie an ihm gerochen.«

»Wenn er Sie so sehr verletzt hat, warum haben Sie sich dann nicht längst von ihm getrennt?«

»Das sagt sich so einfach. Manchmal ist die Liebe eben stärker als der Schmerz.« Noch immer richtete sie den Blick auf das Meer. Starr und bitter. »Aber ich hätte niemals gedacht, dass er so weit gehen würde …«

»Sie wussten, dass er den alten, aus dem Schiffswrack geborgenen Rosenduft aus dem Archiv entwendet hatte, nicht wahr? Hat er Ihnen erzählt, Anouk Debris werde ihn an Hervé Bousquet verraten?«

Sie schwieg. Spielte mit ihrem Ehering. Dann zeigte sie auf seine Jackentasche. »Haben Sie Ihr Mobiltelefon dabei? Schalten Sie es aus.«

Pierre holte es hervor, deaktivierte die Aufnahme und schob es von sich.

Zuerst dachte er, er hätte die Intimität der Situation überschätzt und ihr Vertrauen verloren, doch dann begann sie mit rauer Stimme zu sprechen.

»Es war wenige Tage vor dem Unglück. Lucien war vollkommen durcheinander, regelrecht aufgebracht. Er erzählte mir, dass Anouk von dem Diebstahl wisse. Und dass sie ihn in der Hand habe.«

»Es hat Sie wütend gemacht.«

»Wundert Sie das? Wer ist diese Frau, dass sie ihm die Pistole auf die Brust setzte?«

»Anouk Debris hat Ihren Mann lediglich gebeten, Hervé Bousquet den Diebstahl zu gestehen.«

Sie stieß ein unwilliges Zischen aus. »Diese Person stand wegen ihrer Loyalität plötzlich zwischen den Stühlen und war dabei, sich auf die Seite des Archivars zu schlagen. Ich habe Lucien gesagt, er müsse etwas dagegen tun, dass sie sein Lebenswerk zerstört. Alles, worauf er seit Jahren hingearbeitet hatte, stand auf dem Spiel. Trotzdem zögerte er.«

»Sie haben Mademoiselle Debris die vergifteten Pralinen geschickt, nicht wahr?«

Carole sah ihn an, reglos, doch er hatte das kurze Zusammenzucken bemerkt.

»Damit konnten Sie«, fuhr er lauter fort, »Ihrem Mann zum ersten Mal in Ihrer Ehe helfen. All die Jahre über wollten Sie ihm zur Seite stehen, aber er hat Ihre Hilfe abgelehnt. Jetzt, endlich, hatten Sie ihn dort, wo Sie ihn immer haben wollten. In Ihrer Vorstellung waren Sie es, die ihn davor bewahrt, dass seine Karriere, sein Lebenstraum, zerstört wurde.«

Carole Aubert sah ihn überrascht an. »Lucien war so was von naiv. Er sagte, sie sei ein guter Mensch, sie wolle ihn nicht zerstören. Ich … ich musste doch etwas unternehmen.«

»Aber Anouk Debris hat die Pralinen nicht gegessen, sondern Hervé Bousquet. Wussten Sie, dass sie sich weiter mit Ihrem Mann traf?«

Sie schrak zusammen. »Nein! Das hätte er niemals getan. Er hat es mir geschworen.«

»Als Sie ihn am Unglückstag überraschend auf der Jacht besuchten, war er eigentlich mit Anouk verabredet. Sie erreichte Saint-Jean-Cap-Ferrat in dem Augenblick, als das Boot ablegte.«

»Das behauptet Anouk, aber sie lügt.«

»Es gibt Videoaufzeichnungen, die das belegen. Hat er Ihnen das nicht erzählt?«

Langsam schüttelte sie den Kopf.

»Einen Moment lang glaubte ich, Sie seien so wütend gewesen, dass Sie das Boot mit Absicht in die Klippen steuerten. Ich war der festen Überzeugung, Sie wollten sich auch an Ihrem Mann für all den Schmerz rächen. Aber das passte nicht zusammen. Ihre Trauer war echt, und gleichzeitig war da die Wut. Dann habe ich sein Grab gesehen. Ich habe mich gefragt, wie es sein kann, dass Sie ihn so weit von sich schieben, zurück in die Armut, aus der Sie ihn vor vielen Jahren befreit hatten. Es hat eine Weile gedauert, bis ich es begriffen habe. Ich erkannte, dass etwas passiert sein muss, das Sie zu diesem Schritt bewegte. Das Narkotikum … Ihr Mann wollte Sie loswerden, nicht wahr? Er wollte sich von Ihnen befreien.«

Tränen liefen ihr über die Wangen. Carole Aubert versuchte, sie zurückzuhalten, doch es wurden immer mehr.

»Er war so liebevoll an dem Tag. Draußen auf dem Meer hat er sogar einen Champagner geöffnet, damit wir auf unsere gemeinsame Zukunft trinken.« Sie schlang die Arme fest um die angezogenen Knie und blickte zu Boden. »Ich habe lange über diese Szene nachgedacht. Er hat auch von dem Champagner getrunken, da bin ich mir ganz sicher. Aber man hat mir gesagt, in seinem Blut sei kein Betäubungsmittel gefunden worden. Wissen Sie, was das bedeutet?«

»Das Mittel war in dem Glas.«

Sie nickte mit einem Seufzen. »Von jetzt auf gleich war ich müde und legte mich auf eine der Bänke. Doch mir wurde übel, also bin ich nach drinnen und habe ihn gesucht. Er war nicht in den Schlafzimmern und hat auch nicht auf meine Rufe reagiert, da bin ich nach oben zum Cockpit. Ich hatte Panik, ich wusste, dass etwas mit mir nicht in Ordnung war. Ich brauchte Hilfe und wollte zurück zum Hafen, also habe ich die Jacht durchgestartet. Immer wieder hatte ich Aussetzer, doch ich habe mich zusammengerissen, denn ich wusste instinktiv, es ging um Leben oder Tod. Als ich das Boot mit Mühe und Not in die Nähe der Mole gebracht hatte, verlor ich das Bewusstsein. Man hat mir erzählt, dass ein anderer Skipper an Bord gesprungen sei und die Kontrolle übernommen habe. Als ich erwachte, beugten sich Sanitäter über mich, ich wollte wissen, wo Lucien ist.« Sie lachte bitter auf. »Ich machte mir Sorgen um ihn! Und dann erfuhr ich, welches Mittel es gewesen war. Eines, das Lucien immer in seiner Nähe hatte. Ein Angstlöser, den er in Ampullen bei sich trug, falls seine dunklen Phasen unvermittelt kamen.« Sie wischte sich mit beiden Händen über das tränennasse Gesicht.

»Warum haben Sie das der Polizei nicht erzählt?«

»Weil ich wollte, dass Anouk Debris für das bezahlt, was sie uns angetan hat.«

»Sie geben ihr die Schuld?«

»Ohne diese Frau wäre alles anders gekommen«, stieß sie aus, und dabei funkelten ihre Augen. »Ich kann Ihnen gar nicht sagen, was für eine Genugtuung es ist, sie im Gefängnis zu wissen.«

Überrascht runzelte Pierre die Stirn. »Was sich ja nun ändern wird.«

»Nein.« Carole Aubert lächelte. »Es hat gutgetan, darüber zu reden. Nur werde ich es niemals wiederholen.«

»Dafür werde ich es tun.«

»Nur zu, aber ich werde alles abstreiten. Ich werde erzählen, dass Sie hergekommen seien, um mir einen Mord anzuhängen, den ich nie begangen habe. Glauben Sie mir, ich werde meine Rolle überzeugend spielen.«

»Und das Gift? Es ist im freien Handel nicht erhältlich, es gibt sicher eine Spur, die zu Ihnen führt.«

Sie hob die Schultern. »Welches Gift?« Lachend schüttelte sie den Kopf. »Es gibt keinen Beweis für meine Schuld. Die Polizei wird vermuten, dass Sie alles tun würden, um Ihre gute Freundin reinzuwaschen. Sogar eine unschuldige, vom Leben gezeichnete Witwe des Mordes bezichtigen.«

Sie hatte recht. Carole Aubert würde für alles eine logische Erklärung finden, selbst für das schmucklose Grab. Es stand Aussage gegen Aussage. Er hatte nichts in der Hand, rein gar nichts, das für eine Verurteilung reichte! Wütend griff Pierre nach seinem Telefon und steckte es ein.

»So einfach werden Sie mir nicht davonkommen!«, schrie er in seiner Empörung. »Ich werde dafür sorgen, dass am Ende die Gerechtigkeit siegt!«

Er ging zur Tür, die, wie er bemerkte, noch immer einen Spaltbreit offen stand. Als er sie aufriss, sah er eine Gestalt die Treppe heraufkommen, es war Monnier. Ihn schickte der Himmel!

»Könnten Sie mir freundlicherweise erklären …«, begann der Anwalt mit erhobenen Brauen.

Pierre legte den Finger auf die Lippen. »Ich bitte Sie, egal was gleich geschieht, nicken Sie zustimmend«, raunte er. Dann nahm er den Anwalt am Arm und drehte sich wieder um.

»Darf ich Ihnen *Maître* Monnier vorstellen«, sagte er mit fester Stimme und betrat erneut das Atelier. »Er wird bezeugen, dass ich Sie des versuchten Mordes an Anouk Debris und der daraus resultierenden Vergiftung von Hervé Bousquet überführt habe.« Er wandte sich an Monnier. »Würden Sie jetzt bitte die Polizei informieren?«

Die Witwe starrte den Anwalt fassungslos an. »Sie haben die ganze Zeit vor der Tür gestanden?«

Monnier nickte mit übertriebener Ernsthaftigkeit.

Sie sprang auf. »Nein!«, schrie Carole Aubert, vollkommen außer sich. »Ich bitte Sie, lassen Sie mich gehen.«

Pierre lächelte bemüht. »Alles, was ich für Sie tun kann, ist, Ihnen den Vortritt zu lassen. Eine Selbstanzeige mit glaubwürdig gezeigter Reue wird das Strafmaß um einiges mildern. Wenn Sie also das Gefängnis lebend wieder verlassen wollen …«

Er sagte es so überzeugend, dass Monnier keine Einwände erhob. In aller Seelenruhe nahm der Anwalt sein Telefon und tippte eine Nummer ein. »Hallo? Hier spricht *Maître* Hugo Monnier. Ich stehe gerade bei einer Dame, die ein Geständnis ablegen will. Es geht um Mord.«

Als die Beamten Carole Aubert durch die Gassen zu dem vor den Stadtmauern wartenden Streifenwagen begleiteten, stand die Abendsonne bereits tief über dem Horizont. Die Witwe hatte sich kooperativ gezeigt und alles zu Protokoll gegeben, bevor sie vollends zusammenbrach.

Erschöpft setzte sich Pierre neben Monnier, der gerade ein Telefonat beendete, auf die Außentreppe vor dem Atelier. Obwohl der Himmel erst langsam sein Licht an die Nacht abgab, lagen die Häuser bereits im Halbdunkel. Nur die Lichter in den Fenstern erhellten den steinernen Weg.

»Danke, dass Sie hergekommen sind. Das war wirklich in letzter Sekunde.«

Monnier warf ihm einen Seitenblick zu. »Sie wissen schon, dass eine ›Selbstanzeige‹ bei Mord keine Erleichterung bringt. Der *code pénal* sieht bei vorsätzlichen Anschlägen auf das Leben durch die Anwendung oder Verabreichung von tötungstauglichen Substanzen eine Freiheitsstrafe von dreißig Jahren vor, wenn nicht sogar lebenslänglich. Egal wie reumütig sich der Täter zeigt. Dass Madame Aubert zudem die Verhaftung einer Unschuldigen billigend in Kauf genommen hat, verschärft das Ganze.«

»Ich weiß. Aber ich hatte nur diese eine Chance. Solange sie glaubte, Sie hätten unsere Unterhaltung belauscht, wähnte sie sich in der Falle. Wenn sie bemerkt hätte, dass Sie gar nicht in der Lage sind, das Geständnis zu bezeugen, hätten wir verloren.«

»Das war schlau von Ihnen. Ich soll Sie übrigens herzlich von Mademoiselle Debris grüßen, ich habe eben mit ihr telefoniert. Sie können sich vorstellen, wie erleichtert sie ist. Die Untersuchungsrichterin ist auch schon informiert. Sobald die Formalitäten erledigt sind, hole ich meine Mandantin ab.« Monnier streckte die Beine aus und stand auf. »Wissen Sie, was? Ich habe Hunger. Wie wäre es, wenn wir hier im Dorf eine Kleinigkeit zu Abend essen?«

»Das ist eine hervorragende Idee.«

Auch Pierre erhob sich. Er trat zwischen die Häuser und sah über die Dächer von Èze Village auf den Horizont, der sich über dem Meer orangerot verfärbte.

Er würde sich Meeresfrüchte bestellen, dazu ein Glas Wein, und den Ausklang des Tages an einem Logenplatz unter dem Sternenhimmel genießen. Aber zuerst würde er Charlotte anrufen und ihr berichten, dass ihre beste Freundin Anouk endlich frei sein würde.

Epilog

»Wir haben Aminata gefunden. Sie ist bereit, eine Aussage zu machen.«

Penelope kam ihm entgegengelaufen, kaum dass Pierre am Morgen die Wache betrat. Hinter ihr erschien Luc, der ein wenig besorgt wirkte.

»Das ist ganz schön tapfer von ihr. Damit riskiert sie ihre Abschiebung.«

»Das ist nicht mehr notwendig«, entgegnete Pierre. »Anouk hat das Untersuchungsgefängnis noch in der Nacht verlassen.« Mit wenigen Worten schilderte er den Ausgang des Falles. »Aber es ist gut, dass wir Aminatas Aufenthaltsort kennen. *Maître* Monnier hat angeboten, sie und ihre Tochter juristisch zu begleiten. Er meinte, die Anträge hätten gute Chancen auf Anerkennung. Die Aufnahmequote für vor Misshandlung geflohene Frauen aus Guinea liege in Frankreich derzeit bei über dreiundzwanzig Prozent.«

Luc klatschte in die Hände und lachte dabei. »Hurra! Dann können wir uns ja in aller Ruhe um das Bouleturnier kümmern. Sieh mal, was ich für die Kinder eingeübt habe.«

Er zog eine Grimasse und sprang auf die Hände, wobei er wilde Verrenkungen machte, als die Tür aufschwang und Marechal eintrat. Sofort verlor der Assistent das Gleichgewicht und plumpste zu Boden.

»Monsieur Durand, schön, Sie bei der Arbeit zu sehen«, sagte der Bürgermeister, ohne Lucs unfreiwillig komischer

Darbietung Beachtung zu schenken. »Es geht Ihnen ja offenbar schon wieder besser.«

»Ich will ehrlich sein«, antwortete Pierre. »Ich war gar nicht krank. Es war sicher falsch, eine Krankheit vorzuschützen, aber ich wusste mir nicht anders zu helfen. Wie schon erwähnt: Eine gute Freundin steckte in einer Notlage, und ich wollte sie nicht im Stich lassen.«

»Meinen Sie etwa die Dame hier?« Marechal warf eine Zeitung auf den Tisch.

Pierre beugte sich vor und las die Titelzeile.

Anwalt der Rosenmörderin holt sich Hilfe von Dorfpolizei.

Darunter war ein Foto abgedruckt, das der Reporter von ihm in Uniform neben Monnier vor dem Untersuchungsgefängnis geschossen hatte.

Er seufzte. »Der Fotograf hat einen ungünstigen Moment erwischt. Ich habe mich umgezogen. Außerdem ist die Schlagzeile veraltet, inzwischen …«

»Sie haben meine Anweisungen missachtet und mit Ihren unbefugten Ermittlungen gegen die *règlements* verstoßen. Was haben Sie sich nur dabei gedacht?«

»Ich habe versucht, es Ihnen zu erklären«, sagte Pierre ruhig, doch er war kurz davor, die Geduld zu verlieren. »Aber Sie wollten mich ja aus Prinzip nicht gehen lassen.«

»Sie haben mich angelogen!«, brüllte Marechal. Er ballte die Hand zur Faust und öffnete sie wieder. »Erst um dem Uhrmacher zu helfen und dann dieser Frau. Wer glauben Sie eigentlich, wer Sie sind? Der heilige Samariter? Oder halten Sie sich für etwas Besseres, nur weil Sie in ferner Vergangenheit zum höheren Polizeidienst berufen waren? Sie sind Dorfpolizist, verdammt noch mal.«

»Wenn ich mir die Bemerkung erlauben darf …« Luc trat einen Schritt vor und stellte sich neben Pierre. »Die Dame auf dem Titelblatt ist unschuldig. Monsieur Durand hat maßgeblich dazu beigetragen, dass die wahre Mörderin verhaftet werden konnte.«

»Schön, aber das war nicht seine Aufgabe, dafür waren die Ermittler vor Ort zuständig.« Marechal schüttelte den Kopf und sah Pierre düster an. »Ich brauche Personal, auf das ich mich verlassen kann. Wann immer es zu Differenzen kommt, dann erwarte ich, dass man sie mit mir persönlich klärt, von Angesicht zu Angesicht. Eigenmächtig Handelnde, die sich über Grenzen und Regeln erhaben fühlen, kann ich hier nicht gebrauchen.« Er holte tief Luft und stieß sie mit einem kurzen Schnauben wieder aus. »Sie sind suspendiert, Monsieur Durand, und zwar mit sofortiger Wirkung. Sie haben genau eine Stunde Zeit, Ihre persönlichen Dinge zu packen und die Wache zu verlassen.« Er blickte zu Luc. »Sie werden vorläufig den vakanten Posten einnehmen, bis ich Ersatz gefunden habe.« Damit drehte er sich um und verließ ohne ein weiteres Wort den Raum.

Pierre rieb sich über die Stirn, wartete auf eine emotionale Antwort. Beißende Wut oder gar Enttäuschung. Aber er fühlte … nichts.

»Das darf doch nicht wahr sein!« Luc standen die Tränen in den Augen. »Das ist so was von ungerecht«, schluchzte er. »Ich werde nicht zulassen, dass dieser Hornochse von Bürgermeister alles kaputt macht.«

»Noch ist das letzte Wort nicht gesprochen«, stimmte Penelope kampflustig ein. »Wenn Madame Duprais recht hat und er tatsächlich mit einer fingierten Korruptionsanzeige seinen Vorgänger aus dem Amt gekickt hat, dann schlagen wir ihn einfach mit seinen eigenen Waffen.«

Pierre lächelte, er wollte erwidern, dass es auch für Madame Duprais' Behauptung keinen Beweis gab, dass sie, wie Carbonne ihm gestern bei der Rückgabe des Kastenwagens erzählt hatte, lediglich ein Gespräch zwischen Marechal und seiner Frau belauscht und vielleicht sogar missverstanden hatte. Aber er kam nicht zu Wort.

»Wir drohen damit, die Sache öffentlich zu machen«, sagte Luc und stemmte die Hände in die Hüften. »Marechal wird einknicken, ganz bestimmt, er wird es nicht riskieren, den Zorn seiner Wähler auf sich zu ziehen. Die Leute hier im Ort werden mit Sicherheit nicht begreifen, dass man ihren geschätzten *Chef de police municipale* auf die Straße setzt, nur weil er dafür gesorgt hat, dass eine Mörderin ins Gefängnis kommt.«

»Und was dann?« Pierre schüttelte den Kopf. »Am Ende habe ich einen Vorgesetzten, der es kaum erwarten kann, mich zum Dank mit lästigem Bürokram zuzuschütten.« Er warf einen Blick auf die hohen Ablagestapel. »Ich will nicht hinter dem Schreibtisch versauern. Ich muss unter Leute, ich will helfen, wenn es Probleme gibt. Knifflige Fälle lösen. Mich in Gedankenknäule verstricken, bis es mir gelingt, den roten Faden zu finden.«

»Dafür bin ich doch jetzt da«, sagte Penelope. »Für den Schriftkram, meine ich.«

»Du musst Widerspruch einlegen«, beharrte Luc. »Sie werden ihm stattgeben, ganz sicher.«

»Ich werde nie wieder ermitteln dürfen.« Pierre schluckte heftig, und nun spürte er doch ein leises Bedauern. So viele Fälle hatte er in den Jahren bearbeitet, und mehr als einmal mussten seine Vorgesetzten ein Auge zudrücken. Marechal hatte jedoch deutlich gemacht, dass er derartige Alleingänge niemals tolerieren würde. Und das war das Allerschlimmste.

Er sah in zwei erwartungsvolle Gesichter. Die Situation bedrückte ihn, vor allem wegen seiner Kollegen, wegen Luc, den er ins Herz geschlossen hatte. Doch darunter mischte sich auch ein Gefühl von Erleichterung. Als würde er endlich allen Ballast abschütteln, den er seit Marechals Amtsantritt stärker gespürt hatte als je zuvor. Ballast, der ihm, wie er jetzt erkannte, den Spaß an seiner Arbeit genommen hatte. Er wusste allerdings auch, dass es nicht gut war, derart weitreichende Entscheidungen zu treffen, ohne ein wenig Zeit verstreichen zu lassen.

»Momentan bin ich einfach nur müde«, sagte Pierre. »Aber ich verspreche euch, darüber nachzudenken.«

Im Laufe der Jahre hatte Pierre gelernt, dass es – abgesehen von Charlottes herzlichem Lachen – zwei Dinge gab, die seine Stimmung umgehend hoben. Das eine war der Anblick zauberhafter Landschaften, die Schönheit der Natur. Das andere war gutes Essen. Und am besten war es, wenn beides zusammenkam.

Pierre führte den letzten Löffel der *soupe de poisson* zum Mund und sah, während er das Aroma aus Fisch, Safran, Knoblauch und Tomaten genoss, über die Promenade und vertäuten Boote hinweg zum Meer. Noch vor wenigen Tagen war er achtlos daran vorbeigestürmt, vertieft in die Suche nach Carole Aubert. Nun hatte er Zeit, sich an den smaragdgrünen Buchten, die den Hafen umgaben, und am Glitzern der Gischt zu erfreuen.

Es war eine schöne Idee gewesen, noch einmal hierherzukommen. Anouk hatte sie eingeladen, ihre neu gewonnene Freiheit ausgiebig zu feiern, und Charlotte hatte darauf bestanden, die Einladung anzunehmen.

»Ein Wochenende an der Küste wird dir guttun«, sagte sie. »Du brauchst Abstand, um dir darüber klar zu werden, wie du auf die Suspendierung reagieren willst.«

»Willst du mich denn auch als Arbeitssuchenden haben?«

»Ich würde dich selbst dann lieben, wenn du ein Ziegenhirte wärst«, lachte sie.

Sie hatten sich in Saint-Jean-Cap-Ferrat getroffen, weil Anouk in der Nacht ihrer Freilassung eine Eingebung gehabt hatte, was Lucien ihr damals auf dem Meer zeigen wollte. Mit einem Boot und einer Taucherausrüstung wollte sie dem nachgehen.

»Fahrt ihr beiden nur raus, ich warte im Restaurant auf euch.« Pierre machte sich nichts aus dem Tauchen, viel lieber saß er bei Fischsuppe und Wein in einem schönen Lokal und ließ sich von der besonderen Atmosphäre dieses Ortes gefangen nehmen.

Charlotte hatte recht, der Blick auf das Meer und den Horizont tat ihm ausgesprochen gut.

Mit einem zufriedenen Seufzen nahm er ein Stück Brot und tunkte die restliche Suppe vom Teller auf. Er kaute genüsslich, schmeckte der perfekten Komposition der Kräuter nach – Petersilie, Thymian und Lorbeer – und hob schließlich das Weinglas, um den Genuss mit einem Schluck gut gekühltem *Cuvée Blanc* abzurunden. Dabei schloss er die Augen und lauschte dem Geräusch der gegen die Kaimauer schwappenden Wellen. Spürte die sanfte Berührung des Seewindes auf der Haut, die Wärme der Sonne.

»Pierre, sieh nur!«

Er hob die Lider. Der Ruf war aus weiter Entfernung gekommen. Er schirmte die Augen ab und sah zum Horizont. Das Wasser glitzerte im Schein der Sonne, funkelte wie tausend Diamanten, als er das kleine Motorboot sah, das den Leuchtturm an der Hafeneinfahrt umrundete und auf den Bootsverleih zusteuerte. Jetzt konnte er die beiden Frauen in den Neoprenanzügen erkennen. Anouk winkte ihm zu, sie hielt etwas Undefinierbares in die Höhe und strahlte über das ganze Gesicht.

Ihre Haut hatte in den wenigen Tagen nach der Freilassung bereits wieder Farbe bekommen. Überhaupt hatte sie eine innere Stärke bewiesen, die ihn überraschte. Als sie sich auf dem Parkplatz bei der Hafenmeisterei begrüßt hatten, war ihm aufgefallen, dass sie ein anderes Parfüm trug. Nicht so düster und intensiv wie zuvor, sondern sanfter. Harmonischer.

»Du hast einen neuen Duft?«

»Es ist mein alter«, antwortete sie. »Ich habe mir geschworen, mich nie wieder für einen Mann zu verstellen. Selbst wenn es bedeutet, dass ich ihn nicht halten kann.«

Sich nicht verstellen müssen, dachte Pierre und sah den beiden zu, wie sie sich von einem Angestellten des Bootsverleihs an Land helfen ließen.

Genau das war es, was auch er wollte. Authentisch bleiben, ganz er selbst. Er dachte an die Wache in der *Rue des Oiseaux*, an seinen Assistenten Luc und an Penelope, die wirklich eine große Hilfe war.

War es richtig zu gehen?

In jedem Beruf gab es Phasen, in denen man verzweifelte. Momente, in denen einem die Arbeit nicht so leicht von der Hand, mitunter sogar gewaltig auf die Nerven ging. Die aber bald wieder von Tagen abgelöst wurden, an denen man sich wohl fühlte. Zufrieden. Richtig an seinem Platz.

Genau dieses Gefühl hatte er in den vergangenen Monaten vermisst. Er hätte einiges darum gegeben, dieselbe Leidenschaft und Begeisterung für seinen Beruf zu empfinden wie Charlotte. Es waren die Menschen, die ihn bei der Stange gehalten hatten. Die Bewohner von Sainte-Valérie, die ihm in seiner Funktion als *Chef de police municipale* vertrauten. Aber blieben ihm die Menschen nicht auch, wenn er einer anderen Arbeit nachging? Nur welcher? Im Grunde hatte er den Platz gefunden, an dem er sich zu Hause fühlte. Während der Ermittlungen war er stets voll in seinem Element gewesen. Er hatte sich lebendig gefühlt, nützlich in seinem Tun. Ohne Ermittlungen war sein Beruf nur noch halb so viel wert.

Alles hing an einer einzigen Person. An einem Menschen, der erst vor zwei Monaten gewählt worden war und für fünf Jahre bleiben würde.

»Hey, worüber denkst du nach?«, flüsterte Charlotte leise an seinem Ohr, und er schrak auf. Ihre Wange war kalt, das Haar noch nass vom Tauchgang.

»Nichts weiter.« Er schüttelte den Kopf. »Na, wart ihr erfolgreich?«

Mit einem Grinsen ließ Anouk sich auf einen Stuhl fallen und zog die Kamera aus der Schutzhülle. »Hier, sieh mal.«

Pierre betrachtete die Aufnahme eines Unterwasserkäfigs, in dem sich ein Dutzend versiegelte Flaschen befanden. Eine davon stellte sie nun auf den Tisch.

»Das war es, was Lucien dir zeigen wollte? Ein Experiment mit unter Wasser gelagerten Rosenölen?«

»Ich vermute, es ist Citronellol.« Sie nahm ein Messer, öffnete die Versiegelung und entfernte den Korken. Dann hob sie das Fläschchen an die Nase. »Ja, genau das ist es. Lucien hat offenbar gehofft, es auf diese Weise genauso verändern zu können wie das *Rose Intense* aus dem Wrack.«

»Glaubst du, es funktioniert?«

»Keine Ahnung, ob es nach wenigen Jahren dieselbe Wirkung entfalten wird wie nach hundertdreißig. Aber ich finde, es ist eine schöne Idee.«

Ja, das war es. Man musste abwarten, dem Öl die Zeit geben zu reifen. Manche Dinge wurden besser, wenn man sie eine Weile den Gezeiten überließ. Wie auch eine Entscheidung besser reifen konnte, wenn man seinen Gedanken eine Pause verordnete.

Er würde sich die Zeit nehmen. Sich sortieren. Und dann neu beginnen, ob mit oder ohne Marechal.

Pierre nahm Charlottes kühle Hand und führte sie an seine Wange. Sie sah ihn fragend an, lächelte. Auf einmal spürte er, wie er innerlich ganz ruhig wurde. Die Zukunft machte ihm keine Angst, egal wofür er sich entschied. Charlotte war an seiner Seite, und das war das Allerwichtigste.

Anmerkungen der Autorin

Das charmante Dörfchen Sainte-Valérie liegt irgendwo zwischen Weinbergen und Olivenhainen in der Nähe von Gordes. Wer es auf der Landkarte sucht, wird feststellen, dass es den Ort in der Realität gar nicht gibt. Ebenso wenig den Berg, auf dem es liegt, und somit auch die Straße, die hinunter ins Luberontal führt.

Nicht nur Sainte-Valérie ist meiner Fantasie entsprungen, sondern auch dessen Bewohner sowie alle Personen und deren Handlungen in diesem Buch. Ähnlichkeiten mit toten oder lebenden Personen oder realen Ereignissen sind nicht beabsichtigt und wären rein zufällig.

Die Beschreibungen des *La Bastide Saint-Antoine*, des Gemüsehändlers in der Altstadt von Grasse oder des Cafés in Oppède-le-Vieux orientieren sich zwar an existierenden Betrieben, alles über Namen, Lage und Ausstattung Hinausgehende ist jedoch erdacht.

Real hingegen sind die Probleme der Blumenbauern und der Parfümindustrie rund um Grasse. Es ist ein täglicher Kampf ums Überleben zwischen Tradition und Moderne, der die tiefgreifenden Veränderungen wohl nur verlangsamen, aber nicht aufhalten kann.

Die Suche nach einem synthetischen Duft, der dem natürlichen der Mairose in Eleganz und Exklusivität nahekommt, gestaltet sich geradezu wie die nach dem Heiligen Gral. Um das Geheimnis des Rosendufts zu entschlüsseln, schreckt die

Wissenschaft vor keinem noch so verrückten Experiment zurück. Im Jahr 2001 wurden sogar Rosen mit der ISS ins Weltall geschickt, um die Veränderung des Duftes zu untersuchen, und tatsächlich wandelte er sich in der Schwerelosigkeit so gravierend, dass der japanische Kosmetikkonzern Shiseido daraus ein neues Parfüm kreierte.

Das Schicksal von Aminata und ihrer Tochter konnte im Rahmen dieses Kriminalromans nur angerissen werden. Die menschenunwürdigen Lebensbedingungen junger Frauen in Guinea hätten ein eigenes Buch gefüllt. Wer sich weiter zum Thema informieren oder selbst engagieren möchte, erhält über das gemeinnützige Kinderhilfswerk *PLAN International* umfassend Auskunft: www.plan.de.

Während sich meine Arbeit an diesem Buch dem Ende zuneigt, erreichen die Proteste der Gelbwesten in Frankreich ihren Höhepunkt. Bei den Recherchen zu meinen Krimis bin ich immer wieder auf Themen gestoßen, bei denen sich Menschen von der Regierung im Stich gelassen fühlen. Die traditionellen Hersteller der *Savon de Marseille* sind besorgt über die ungebremste Überschwemmung des Marktes mit Plagiaten aus dem Ausland (*Provenzalische Intrige*). Kulturbewusste Südfranzosen wehren sich gegen die staatliche Unterdrückung der okzitanischen Sprachkultur (*Provenzalisches Feuer*). Die Schafzüchter in der *Haute Provence* sind empört, dass das Sterben der jahrhundertealten Weidewirtschaft für die Wiederkehr des Wolfes billigend in Kauf genommen wird (*Provenzalische Schuld*).

Daher kann ich die Proteste der Gelbwesten in vielen Punkten nachvollziehen, nicht aber den Aufruf zur Gewalt. Die Themen sind zu komplex, um auf eine einfache Lösung zu dringen. Aber solange der Wille zum Dialog bestehen bleibt und die

Bereitschaft wächst, einen tragfähigen Kompromiss auszuhandeln, gibt es Hoffnung auf einen gemeinsamen Weg.

Vive la France, vive l'Europe!

Hamburg, im Januar 2019

Glossar

à vos souhaits	Gesundheit (nach dem Niesen)
baba	süße Hefeküchlein, meist mit Rum getränkt (baba au rhum)
bière blonde	helles Bier
cassoulet	französischer Bohneneintopf mit mehreren Fleischsorten, Speck und Würsten
carafes d'eau	offene Flasche Leitungswasser, die in französischen Restaurants nicht berechnet wird
chef de cuisine	Chefkoch
& Cie	Firmenbezeichnung: & Partner (Abkürzung für Compagnie)
croquants	knusprige Kekse
épicerie	hier: Delikatessengeschäft (épicerie fine)
Farandole	provenzalischer Tanz
Fonds de Dotation	Stiftungsfonds
Gantiers-Parfumeurs	historische Berufsbezeichnung; Parfümeure, die Handschuhe bedufteten
Hommage au Bleu	Hommage an das Meer (le bleu = das Blau)
le vent d'innocence	Wind der Unschuld
les œufs de caille pochés	pochierte Wachteleier
Maison d'Arrête	Gefängnis; in Grasse ist darin das Untersuchungsgefängnis integriert

Maître	Meister; hier: Anwaltstitel
Merde!	Scheiße!
Messieurs	meine Herren
ma douce	Kosename: meine Sanfte, meine Süße
mairie	Bürgermeisteramt, entspricht dem Rathaus in Orten mit Stadtrecht
mon ami	mein Freund
mon Dieu!	mein Gott!, umgspr.: meine Güte!
moyenne corniche	hier: die auf mittlerer Höhe liegende Klippenstraße zwischen Menton und Nizza
n'est-ce pas?	nicht wahr?
pain au chocolat	Schokoladencroissant
pistache	Pistazie
poissons	Fische
poulet rôti	Brathähnchen
policier	Polizist
Putain!	Verdammt!/Scheiße! (Ursprünglich: Hure, Schlampe)
rouget aux courgettes	Rotbarbe auf Zucchinis
salade de haricots blancs	weißer Bohnensalat
Santé!	hier: Zum Wohl!
sensualité en noir	Sinnlichkeit in Schwarz
supermarché	Supermarkt
Touché!	Treffer!
tristesse en rouge	Traurigkeit in Rot
verveine	Eisenkrautgewächs, hier Zitronenverbene
Zut!	Verdammt!/So ein Mist!

Rezepte zu »Provenzalischer Rosenkrieg«

Liebe Leserinnen und Leser,

der sechste Fall von Pierre Durand führt aus Sainte-Valérie hinaus zu den verbliebenen Rosenfeldern rund um Grasse und weiter bis ans Meer.

In dieser Region sind auch die nachfolgenden Rezepte verortet. Es beginnt mit einem typisch provenzalischen Gericht, dem *petatou*, einem Kartoffel-Ziegenkäse-Gratin, das in der traditionellen Variante die kleinen, würzigen Nizza-Oliven enthält. Danach kommen der *loup de mer*, den Pierre beim ersten Gespräch mit *Maître* Monnier genießt, und natürlich Charlottes berühmte Rosencremetorte, deren gezuckerte Rosenblüten nicht nur dekorativ aussehen, sondern auch überaus köstlich schmecken.

Wer jetzt Lust bekommen hat, sich einmal quer durch die Küche Südfrankreichs zu kochen, dem empfehle ich mein Kochbuch *Provenzalischer Genuss*. Oder Sie werfen einen Blick auf meine Homepage www.sophie-bonnet.de, auf der Sie neben Informationen rund um die Provence und Einblicken in den Autorinnenalltag auch die Rezepte der Vorgängerbände finden.

Ich wünsche Ihnen wie immer viel Vergnügen beim Zubereiten und *bon appétit*

Ihre
Sophie Bonnet

Petatou

Dieses Kartoffel-Ziegenkäse-Gratin ist ein beliebtes Gericht in der Region rund um Nizza. Traditionell wird es mit den schwarzen *cailletier*-Oliven zubereitet, deren Anbaugebiet sich vom Hinterland bei Grasse bis zur Küste erstreckt. Das Fruchtfleisch dieser kleinen Olive ist sehr würzig, was das Gericht geschmackvoll abrundet. Wem das zu intensiv ist, der nimmt einfach eine mildere Sorte.

Für 4 Personen
(als Hauptspeise: 2 Personen)

Zubereitungszeit:
20 Minuten + 15 Minuten Garzeit + 15 Minuten Backzeit

800 g mehlig kochende Kartoffeln
Salz
1 Knoblauchzehe, ungepellt
80 ml Milch
3 Eigelb
200 g Crème fraîche
1 Zweig Rosmarin
1 Zweig Thymian
Pfeffer
etwas Öl
150 g schwarze Nizza-Oliven *(cailletier)*
1 ½ Rollen Ziegenweichkäse (z. B. Chavroux oder Sainte-Maure)

1. Den Backofen auf 220 °C Ober-/Unterhitze (200 °C Umluft, Gas Stufe 4-5) vorheizen. Die Kartoffeln schälen, waschen, in Scheiben schneiden und im kochenden Salzwasser etwa 15 Minuten garen.

2. In der Zwischenzeit die Knoblauchzehe mit dem Handballen zerdrücken und mit der Milch in einen Topf geben. Bei mittlerer Temperatur etwa fünf Minuten erwärmen. Das Eigelb mit der Crème fraîche verrühren. Die Kräuter waschen, trocken schütteln, die Nadeln bzw. Blätter fein schneiden und hinzugeben. Die Milch vom Herd nehmen, von der Knoblauchzehe befreien und mit der Eiercreme verrühren. Mit Salz und Pfeffer würzen.

3. Die Kartoffelscheiben abgießen und die Eiercreme unterrühren (4 EL davon aufheben). Die Oliven entkernen und vierteln, den Ziegenweichkäse in Scheiben schneiden.

4. Eine Auflaufform mit etwas Öl ausstreichen. Als Erstes die Kartoffeln, dann die Oliven und zuletzt den Ziegenweichkäse hineinschichten. Mit der restlichen Eiercreme bestreichen.

5. Das Gratin im heißen Ofen auf mittlerer Schiene 15 Minuten backen und in der heißen Form servieren. Dazu passt Feldsalat mit Aprikosen-Vinaigrette.

Tipp: Wer es aromatisch-süß mag, probiert statt der Oliven die Variante mit Zwiebelconfit. Einfach drei rote Zwiebeln grob würfeln und in der Pfanne mit etwas Öl, 1½ EL braunem Zucker, Salz und Pfeffer anbraten. Das Ganze mit 50 ml Balsamico und 100 ml Rotwein ablöschen und für ca. 30 Minuten auf kleiner Flamme reduzieren (eindicken). Das Confit zwischen die Kartoffelscheiben und den Ziegenkäse geben.

C'est tout!

Loup de mer grillé - im Ofen gegrillter Wolfsbarsch in Tomaten-Schalotten-Sud

Der *loup de mer* zählt zu den beliebtesten Edelfischen Frankreichs. Sein Fleisch ist besonders zart, er besitzt ein dezentes Aroma und gut zu entfernende Gräten. Wegen seiner festen Struktur eignet sich der Wolfsbarsch hervorragend für den Grill. In diesem Fall verwende ich den Oberhitzegrill im Backofen. Die Portionsgrößen sind perfekt für eine Hauptmahlzeit. Bei einem Menü reichen zwei Wolfsbarsche à 500 Gramm.

Für 4 Personen

Zubereitungszeit:
30 Minuten + 20 Minuten Garzeit

4 Wolfsbarsche à 400 g, küchenfertig (ausgenommen und geschuppt)
3 Zweige Rosmarin
8 Zweige Thymian
Salz
Pfeffer
5 Schalotten
150 ml Olivenöl
2 EL Tomatenmark
Saft von 1 Zitrone
250 ml Weißwein
1 Bund Frühlingszwiebeln
400 g Cocktailstrauchtomaten
2 Knoblauchzehen

1. Die Fische kalt abspülen und mit etwas Küchenpapier trocken tupfen. Rosmarin und Thymian waschen und trocken schütteln, die Hälfte beiseitelegen. Den Bauchraum der Fische mit Salz und Pfeffer bestreichen und mit den Kräuterzweigen füllen. Die Fischhaut mit einem scharfen Messer auf beiden Seiten mehrmals schräg einschneiden. Den Backofen auf Grillfunktion (oberste Stufe ohne Umluft) vorheizen.

2. Die Schalotten abziehen und fein hacken. In einer Schüssel mit dem Olivenöl, dem Tomatenmark und dem Zitronensaft verrühren. Kräftig salzen. Die Fische damit von beiden Seiten bestreichen und in eine große feuerfeste Form legen. Die übrige Marinade hinzugeben und den Weißwein angießen. Im heißen Ofen auf mittlerer Schiene 20 Minuten garen. Dabei die Fische immer wieder mit dem Sud begießen und nach 10 Minuten vorsichtig wenden.

3. In der Zwischenzeit die Frühlingszwiebeln putzen, waschen

und quer halbieren. Die Tomaten mitsamt der Rispe waschen. (Sie ist zwar nicht essbar, aber das Gericht sieht damit sehr dekorativ aus.) Den Knoblauch abziehen und in dünne Scheiben schneiden. Die restlichen Kräuter von den Stielen befreien. Das Ganze 7 Minuten vor Ende der Garzeit zu den Fischen legen.

4. Die Wolfsbarsche herausheben und filetieren. Die Filets auf vorgewärmten Tellern anrichten, mit dem Tomaten-Schalotten-Sud bedecken und gemeinsam mit den Frühlingszwiebeln und den Cocktailtomaten servieren. Dazu passt gedünsteter Mangold.

Gâteau à la rose - Charlottes Rosencremetorte

Als ich mit der Arbeit an *Provenzalischer Rosenkrieg* begann, hatte ich sofort das Bild dieser Torte im Kopf. Charlottes Frühlingsgruß an ihre Kundschaft sollte prachtvoll sein, üppig mit gezuckerten Rosenblättern dekoriert und dazu eine blumige, nicht allzu schwere Sahnecremefüllung. Was bei der Arbeit am Rezept zu einer echten Herausforderung wurde.

Der Duft einer Rose ist herrlich betörend, im Geschmack hingegen wirkt sie schnell penetrant. Getrocknete Blütenblätter in Sahne gezogen, wie man es von Lavendelspeisen kennt, verleihen der Torte einen extrem herben Unterton. Die Lösung bestand darin, das Aroma der Rose nur punktuell einzusetzen. Die Kombination aus Erdbeercoulis und dem Sirup aus Rosenwasser verleihen der Torte nun einen angenehm blumig-süßen Geschmack. Und die kandierten Rosenblätter sind ein echter Leckerbissen!

10 Stücke

Zubereitungszeit:
1 Stunde 20 Minuten + 10 Minuten Kochzeit + 20 Minuten Backzeit + insgesamt 5 Stunden, 45 Minuten Kühlzeit

Biskuitteig

3 Eier
5 EL lauwarmes Wasser
150 g Zucker
100 g Mehl
50 g Speisestärke
1 gestrichener TL Backpulver
40 g gemahlene Mandeln

Füllung

2½ TL Gelatine, gemahlen, weiß
250 g Magerquark
150 g Zucker
1 TL Bio-Zitronenabrieb
3 EL Zitronensaft
350 ml Sahne
1 Päckchen Vanillezucker

Rosen-Erdbeercoulis

20 unbehandelte Rosenblütenblätter
100 ml Wasser
100 g Zucker
1 EL Zitronensaft
500 g Erdbeeren

Dekoration

30 unbehandelte Rosenblütenblätter
1 Eiweiß
100 g feiner Zucker

1. Die Eier trennen. Das Eigelb mit dem Wasser schaumig schlagen. 100 Gramm Zucker hinzufügen und weiterschlagen, bis eine cremige Masse entsteht. Das Eiweiß steif schlagen und den restlichen Zucker nach und nach hinzugeben. Fertigen Eischnee zu der Eigelbmasse geben. Das Mehl mit

der Stärke und dem Backpulver vermischen und hineinsieben. Die gemahlenen Mandeln hinzugeben und alles vorsichtig unterheben. Eine Springform mit Backpapier auslegen und die Masse einfüllen. Im vorgeheizten Backofen bei 180 °C Ober-/Unterhitze (160 °C Umluft, Gas Stufe 2–3) auf mittlerer Schiene 20 Minuten backen. In der Form abkühlen lassen.

2. Währenddessen den Quark, den Zucker und den Zitronenabrieb mit dem Handmixer cremig rühren. Den Zitronensaft in einem Topf erwärmen, die gemahlene Gelatine im Saft auflösen und unter die Quarkmasse rühren, 45 Minuten kalt stellen.

3. Die Rosenblütenblätter unter fließendem Wasser abspülen und trocken schütteln. Vorsichtig mit Küchenkrepp abtupfen und die hellen Stielansätze entfernen. Die Blütenblätter für das Rosen-Erdbeercoulis beiseitelegen. Das Eiweiß nicht zu steif aufschlagen und die Blütenblätter mit Hilfe eines Pinsels damit bestreichen. 100 Gramm Zucker in eine Schüssel geben und die Blütenblätter darin wenden. Auf Backpapier auslegen und zum Trocknen in den ausgeschalteten, noch warmen Ofen (etwa 50 °C) geben und dort trocknen lassen, bis der Zucker fest wird. In einem verschließbaren Gefäß aufbewahren.

4. Inzwischen 100 Milliliter Wasser in einem Topf zum Kochen bringen. Die übrigen Rosenblütenblätter hineingeben, bei ausgeschaltetem Herd 15 Minuten ziehen lassen. Durch ein feines Sieb seihen und das Rosenwasser zurück in den Topf geben. Den Zitronensaft und den Zucker hinzufügen und bei mittlerer Temperatur köcheln lassen, bis sich der Zucker aufgelöst hat. Die Erdbeeren waschen, etwa ein Drittel für

die Dekoration beiseitelegen. Die restlichen Früchte mit dem Rosensirup in einen Mixer mit Aufsatz geben und pürieren. Das fertige Rosen-Erdbeercoulis kühl stellen.

5. Die Schlagsahne mit dem Vanillezucker steif schlagen und unter die Quarkmasse heben. Den Tortenboden aus der Backform lösen, das Papier abziehen und waagerecht in drei Teile schneiden. Den Rand der Springform mit Pergamentpapier auslegen und um den ersten Tortenboden legen. Nun im Wechsel mit Rosen-Erdbeercoulis und Sahne-Quark-Creme bestreichen, dann einen neuen Boden auflegen, bis der dritte Boden mit der Creme bedeckt ist. Für ca. fünf Stunden in den Kühlschrank stellen.

6. Nach Ende der Kühlzeit den Rand entfernen. Mit gezuckerten Rosenblütenblättern und den restlichen Erdbeeren dekoriert servieren.

Tipp: Wer keine unbehandelten Rosen im Garten hat, kann stattdessen für das Rosen-Erdbeercoulis natürliches Rosenblütenaroma verwenden (erhältlich in Apotheken oder gut sortierten Backabteilungen). Bereits kandierte Rosenblätter für die Dekoration sind online erhältlich.

In seinem 7. Fall erliegt Ermittler Pierre Durand dem rauen Charme der Camargue – und stolpert mitten hinein in eine düstere Mordserie.

368 Seiten. ISBN 978-3-7341-1016-0

Die Angst geht um in der Camargue. Während Pierre Durand in einem Hausboot durch das Rhônedelta fährt, um über seine berufliche Zukunft nachzudenken, verbreitet sich ein Kettenbrief mit einer Weissagung, die den Tod dreier Sünder ankündigt. Tatsächlich wird kurz darauf ein Toter mit geschwärztem Gesicht aufgefunden. Es handelt sich um einen Kriminalbeamten, der verdeckt im Milieu der »gens du voyage« ermittelt hatte. Pierre versucht,, dem Geheimnis der Kettenbriefe auf die Spur zu kommen, und zunächst deutet alles auf einen Konflikt zwischen den Kulturen hin, doch ein weiterer Mord rückt die Verbrechen in ein neues Licht. Pierre erkennt, dass er auf seine Intuition vertrauen muss, um zu verhindern, dass sich auch noch der letzte Teil der Prophezeiung erfüllt …

Lesen Sie mehr unter: **www.blanvalet.de**

Aromatische Trüffel, grüne Eichenwälder und ein toter Polizist …

368 Seiten. ISBN 978-3-7645-0792-3

Es ist Trüffelzeit in der Provence. Pierre und Charlotte bereiten ihre Hochzeit vor, als eine Nachricht Sainte-Valérie in Aufregung versetzt: Gilbert Langlois – kürzlich in das Bergdorf gezogen, um Pierre seinen Posten streitig zu machen – liegt tot im Bach. Der Verdacht fällt auf Pierre, doch der glaubt zu wissen, wer der wahre Täter ist: Maurice Marechal, der Bürgermeister des Ortes. Pierre beginnt verdeckt zu ermitteln. Die Spur führt ihn nach Mazan unweit des Mont Ventoux, wo sowohl das Opfer als auch Marechal aufgewachsen sind, und zu einem tragischen Fall aus der Vergangenheit. Pierre stellt schon bald fest, dass sich dabei jemand an seine Fersen geheftet hat …

Lesen Sie mehr unter: **www.blanvalet.de**